Frederick M. Warren

French Prose of the 17. Century

selected and ed. with an introduction and notes

Frederick M. Warren

French Prose of the 17. Century
selected and ed. with an introduction and notes

ISBN/EAN: 9783337367947

Printed in Europe, USA, Canada, Australia, Japan

Cover: Foto ©Andreas Hilbeck / pixelio.de

More available books at **www.hansebooks.com**

Heath's Modern Language Series

FRENCH PROSE
OF THE XVII CENTURY

SELECTED AND EDITED
WITH AN INTRODUCTION AND NOTES

BY

F. M. WARREN

PROFESSOR IN YALE UNIVERSITY

D. C. HEATH & CO., PUBLISHERS
BOSTON NEW YORK CHICAGO

PREFACE.

THE authors who appear in these selections are Descartes, Pascal, La Rochefoucauld, Bossuet and La Bruyère. Descartes is represented by the first four chapters of the *Discours de la méthode* — the text after Victor Cousin's edition of Descartes' works (*Œuvres*, Paris, 1824–1826, 11 vols., 8vo); Pascal by the first, fourth and thirteenth of his *Lettres provinciales* — the text being with slight variations the text of the edition of 1659, the last published during Pascal's life (see Prosper Faugère: *les Provinciales*, Paris, 1886–1895, 2 vols., 8vo; variants to the text), — and by selections from the *Pensées*, after the edition of Ernest Havet (third edition, Paris, 1880, 2 vols., 8vo); La Rochefoucauld by selections from the *Maximes* after D. L. Gilbert's edition in the series of "Les Grands Écrivains" (Paris, 1868, vol. I, 8vo); Bossuet by the funeral orations on Madame and the Prince de Condé (text after Albert Cahen's *Oraisons funèbres*, Paris, 1884, 12mo); and La Bruyère by extracts from his *Caractères* after Gustave Servois' edition in "Les Grands Écrivains" series (Paris, 1865, vols. I–II, 8vo).

These editions have also furnished the main body of the notes. Other aids which should be mentioned are the school editions of Descartes' *Discours de la méthode* by H. Joly, Pascal's *Provinciales* (the three given here) by F. Brunetière, Bossuet's *Oraisons funèbres* by A. Gazier and La Bruyère's *Caractères* by G. Servois and A. Rébelliau,

The literature of the seventeenth century is so constant
a theme with the best critics of France that it did not seem
advisable to repeat their views here.   Accordingly the Introduction is limited to summaries of the lives and writings
of the five authors in question and a statement of the ideas
which actuated them.   Additional details may be found in
the Notes, in the remarks under the heads of chapters and
sections.   These remarks are not always indicated by note
numbers in the text.

F. M. WARREN.

CLEVELAND, August 16, 1899.

INTRODUCTION

FRENCH prose of the seventeenth century, like French poetry and drama of the same epoch, is the offspring of the Renaissance. In the prose of society, such as fiction and letters, which take much of their matter from abroad, the parentage is evident. It is not so clear in the more philosophical lines, which we are to consider, where the material is quite original and indigenous. Yet the latter as well as the former are plainly actuated by the same purpose and prompted by the same spirit. The spirit is the one which inspired the revival of learning, the spirit of interest in humanity. In France, Rabelais, who was of the transition, old in form, new in thought, is the first, perhaps, to reveal its workings, while Calvin, his contemporary and counterpart, combats its results without escaping its influence. Montaigne, of the next generation, is its confessed exponent. The traditions which embarrassed the monk are gone. The dogmatism which was formulated by the theologian has passed by. A sceptic on all other subjects, Montaigne's only creed is man, expressed either in himself, his neighbors of France or Europe or Asia, or in the records bequeathed to posterity by the authors of ancient Greece and Rome. Montaigne's *Essais* are the embodiment of this principle of the Renaissance, and as such were ever present before the minds of the prose writers who succeeded him for three generations. He set the theme for literature from Descartes to La Bruyère. And this theme was mankind.

I.

Descartes,[1] to be sure, is apparently oblivious of Montaigne. But he also does not seem to be aware of those other undisputed

---

[1] René Descartes, born March 31, 1596, at La Haye (Indre-et-Loire), south of Tours. Sent to the Jesuit school of La Flèche (Sarthe) at age of

predecessors of his, Francis Bacon and Saint Augustine. Yet Descartes' great postulate, his methodical principle of doubt, suggests at once that studied uncertainty with which many of the *Essais* end. Of more consequence than this possible external connection between the two writers is the fact that they chose the same field for their observations. As Montaigne studied his own feelings, attributes, desires, and generalized them by his erudition, so Descartes fixed his attention on the processes of his own thought, as typical of the thought of humanity. The essayist scouts the authorities of the preceding centuries, the schoolmen with their logomachies and their educational system. The philosopher rejects the abstractions of mediæval learning and its formal classifications, and seeks in man himself the exact expression of the conditions of life and knowledge. And when he reaches a conclusion satisfactory to his own mind he formulates it in his celebrated thesis regarding his own nature : " Je pense, donc je suis." This idea is a genuine product of the Renaissance, an attempt to explain the facts of humanity by the attributes of each individual composing it.

Beside these characteristics, created by the times in which it was conceived, the *Discours de la méthode* throws much light on Descartes' personality. It tells of his liking for mathematics on account of the exactness of its demonstrations. His philosophy is imbued with mathematics, rests on it, in fact, to such an extent that we might say he applies mathematics to the opera-

---

eight. Showed great aptitude for mathematics. Remained there eight years, going thence to Poitiers, where he took a degree in law, November 10, 1614. Lived in Paris. In 1617 volunteered under Maurice of Nassau. Sees the world. Is stationed in Holland and Germany. Resigns commission in 1621, and travels in Central Europe and Italy. Returns to Paris in 1625. At La Rochelle in 1628. Settles at Amsterdam in 1629. In 1649 goes to Stockholm, on invitation of Queen Christina, where he dies February 11, 1650. — Always studying and writing, he does not publish till 1637 (*Discours de la méthode*). In 1641 his *Méditations* appeared, at first in Latin; in 1644, his *Principia;* in 1649, the *Traité des passions de l'âme.*

tions of the mind, and becomes a mathematical psychologist. His temperament could not endure obscurity. His nature inclined wholly towards logical deductions from a determined principle. Granting his premises, there was no escaping his conclusions. But his premises were assumptions. Steady, clear, persistent thinking does not necessarily prove the existence of the thing thought of, and Cartesianism suffered the fate of all systems of philosophy.

Apart from the benefit the world at large derived from Descartes' labors, they were of considerable direct profit to French literature. They introduced philosophy to a larger public by substituting the vernacular of the educated for the Latin of the learned — much such a service as Calvin had rendered to theology. Furthermore, the so-called "precepts" enjoined in the *Discours de la méthode* (see pages 16, 17 of this edition), aided clear thought and correct expression, while the attempt to put all ideas and notions under the control of the reason would do away with many whims and vagaries. Yet Descartes' own style does not fully exemplify the rules of his method. It leaves much to be desired in the way of conciseness and directness. Nor did his eulogy of reason have the immediate effect on literature that has sometimes been claimed. The school of common sense in France had been founded by Malherbe some decades before the *Discours de la méthode* was generally known. Still the popularization of Cartesianism seems to have contributed its share to the destruction of the heroic-gallant novel of La Calprenède and Mlle de Scudéry, in the later fifties, and furnished Molière with some of his arguments for temperance and moderation in life and expression. One of the lasting attributes of French writers is their fondness for orderly arrangement and clear deduction. The *Discours de la méthode* did not create this trait, but it undoubtedly aided greatly in establishing it.

II.

Pascal [1] was a mathematician also, and, like Descartes and Montaigne, his study was the study of man. But his interest did not lie in the demonstration of man's existence, nor in noting man's ways and manners. His gaze was bent on the soul rather than the mind, and it was to the problem of the soul's salvation that he applied his energies. For mathematics could not satisfy his inner life, if it could Descartes' (see page 95, pensée 23). The study that could engage Pascal, " la science que l'homme doit avoir," was the study of the Cross. And it was to this that he gave the years of retreat which followed his conversion.

Pascal's first appearance in literature was as a polemist. His *Lettres provinciales* were written for the purpose of defending Arnauld against the attacks of his enemies among the Jesuits and at the Sorbonne. This immediate purpose, however, actuated a few of the letters only, for with the fourth of the series he dropped his simulated defense of Arnauld, and began a violent assault on the ethical teachings of the Jesuits. Herein lies the interest of the *Provinciales*. The argument which Pascal employs in them — and it shows us the real cause of his enmity towards the doctrine he combats — is that the individual is directly responsible to his Maker for his conduct, and that this responsibility cannot be avoided nor remitted. He believes in original sin. The soul by nature is prone to evil. Divine grace alone can save it. The church may train and confessors may

---

[1] Blaise Pascal, born at Clermont (Puy-de-Dôme), June 19, 1623. Moved to Paris in 1630. Educated by father, a magistrate fond of the natural sciences. Early aptitude for mathematics and physics. Treatise on conic sections at sixteen, arithmetical machine at eighteen. Constitution undermined by study. Sister, Jacqueline, took the veil at Port-Royal in 1652. Pascal, converted in 1654, became Jansenist also. Ascetic life attended with feeble health and suffering. Died August 19, 1662. — In defense of his Port-Royal teachers, wrote the *Lettres provinciales* in 1656–1657. Left posthumous notes on the way of salvation, published by friends of Port-Royal in 1670, under the title of *Pensées*. Minor scientific and moral writings.

warn, but neither the church nor the confessor can abrogate the great fact of personal accountability for transgression.

In this way the *Provinciales* foretold the *Pensées*. Their leading principle is the same, applied in the former to a specific case, extended and made general in the latter. If divine grace alone can heal, then God is essential to man. If the great concern of humanity is its eternal welfare, then without God man is of all creatures most miserable. With Him we have full happiness and joy. Here is the fundamental thought of the *Pensées*. God being necessary to man's happiness, all man's energies should be bent towards seeking God. Neither scepticism nor intellectual vain-glory should hinder so urgent a quest. With Montaigne and Descartes ever before him — indeed, the occasion of the *Pensées* may be found in the attraction exerted on their author by the *Essais* (see the "Entretien avec M. de Saci" on Epictetus and Montaigne)— Pascal is forced into a warfare against both religious indifference and a God revealed by reason. He could not base his faith on such uncertainties. They did not satisfy the needs of his soul. Nature does not know that God is. The mind does not see His existence. The soul alone, which feels its wretchedness in sin, is sure that there is a Redeemer, for it is only under the conditions of wants thus felt that the Redeemer reveals Himself. There is, therefore, an inherent antagonism between the *Essais* and *Discours* on the one hand and the *Pensées* on the other. Pascal by no means rejects reason : "Toute notre dignité consiste donc en la pensée " (Art. I. pensée 61, page 83, line 17 ; see, also, Art. I. pensées 2 and 11). A religion which is not reasonable would be absurd. Yet he denies to pure thought the power of attaining the goal of humanity. It is the heart, rather : "Le cœur a ses raisons, que la raison ne connaît point" (Art. XXIV. pensée 5, page 110), and God is perceived by the feelings, not by the judgment.

These truths are vital, and Pascal's mode of expressing them was commensurate with their importance. If classical French prose did not begin with the *Lettres provinciales*, as is often said, it cannot be questioned that they are the first prose work in French which maintains a uniform standard of literary excellence. Controversial literature does not know their like for keenness, vigor, and variety of argument. Their vocabulary is abundant and ready, their periods clear, strong and concise. These are qualities which characterize the *Pensées* also, despite the absence of the last touch of the master's hand, while the later work adds to them the attractions of eloquence and imagination.

III.

It is quite another study of man which Pascal's noble contemporary, La Rochefoucauld,[1] offers us. Concern for the soul's salvation is among the least of his cares. Born to one of the highest stations in France, mingling always with the life of courts, La Rochefoucauld's objective point was the rewards of this world. His failure to attain them made him an author. Literature became a means with him of enjoining the lessons of frustrated ambition. His *Maximes*, therefore, are rather individual than general. They are the fruits of the career of one man, and present observations which were made on but one class of society. So far as the traits of character they delineate are common to mankind, so far their epigrams are true and lasting. Otherwise they tell but a part of the story, and possess that interest only which attaches to the satire of the past.

La Rochefoucauld's philosophy of man is quite like Pascal's, notwithstanding his different purpose in formulating it. The

---

[1] François VI, Duc de La Rochefoucauld, born at Paris, September 15, 1613. Married in 1628, soldier 1629, begins court life in 1630. Many love affairs. Joined the Fronde because his duchess was refused a stool at court, and the right to enter the gate of the Louvre in her carriage. From 1656, in broken health, frequents the *salons* of Paris. Attaches himself to Mme de Sablé and Mme de La Fayette. Died March 16, 1680. — Published the *Maximes* (from 1665 on.) Wrote *Mémoires* of the Regency of Anne of Austria.

Maximes teach us that the soul is corrupt by nature, given over to evil. Even "nos vertus ne sont le plus souvent que des vices déguisés" (heading to the *Maximes,* page 114). But while they continually insist on this view of man's degradation, and constantly repeat that humanity obeys the promptings of selfishness and self-seeking, they rarely show that desire for moral regeneration which actuated Pascal, or consider anything beyond the limits of earthly gratification. "Amour-propre" is the fulcrum of La Rochefoucauld's world.

It is not the thought, then, of the *Maximes* which has assured them a lasting place in literature. The explanation of their survival is to be found in their form. Their casting is epigrammatic, attaining its final shape only after repeated handlings, in which some of the highest minds of France shared with their avowed author. For conciseness, directness and polish the *Maximes* may safely be called models of expression. Subsequent writers for many generations are under obligations to them in these particulars, and none perhaps more so than Voltaire, who thus indirectly acknowledges his debt to the collection : "Il accoutume à penser et à renfermer ses pensées dans un tour vif, précis et délicat" (*Siècle de Louis XIV,* c. 32).

IV.

Posterity has long admired in Bossuet [1] the orator and the historian, and has begun to do justice to the merit of his polemical writings also. With his contemporaries he was undoubtedly one of the great powers of the time, though his plebeian

---

[1] Jacques-Bénigne Bossuet, born at Dijon, September 27, 1627. Jesuit school at Dijon; College of Navarre at Paris, 1642. In 1643 extemporized a sermon at the Hôtel de Rambouillet. Bachelor's thesis defended, 1648, in presence of Condé, governor of his province. Priest and doctor of Sorbonne, 1652. Canon at Metz, 1649 to 1659; preached at Dijon (1656) and Paris (1657). Stationed at Paris from 1659. Bishop of Condom 1669. Preceptor to the Dauphin, 1670. Bishop of Meaux, 1681. Died April 12, 1704. — Many sermons, funeral orations, polemics against heretics, free-thinkers, and the like, religious treatises, and *Discours sur l'Histoire universelle* (1681).

birth closed to him the doors of the highest ecclesiastical distinctions. But it could not injure his leadership. He had fixed on his vocation early in life. His studies had given the appropriate historical support to his faith and the equipment necessary to a theologian. From his very ordination he was in demand as a preacher. Few churchmen have ever received the applause he did, or been rewarded with so much worldly success. Yet, in spite of this publicity and intercourse with the ruling element of the nation, Bossuet remained as true to the principles of the Gospel as Pascal had done in his retirement. Nor did any personal friendship prevent him from applying them. His zeal was pure, his faith was simple. The discourses in which he found himself face to face with the grandees of the land, his sermons and funeral orations, repeat without ceasing the truth which was also the great burden of the *Pensées*: Without divine grace man is vanity.

Bossuet was always an evangelist, laboring for the salvation of souls with unfaltering fervor. He was also an expounder of historical Christianity. We read in his *Discours sur l'Histoire universelle* how the progress of the world, from the earliest ages, had been conditioned by the evolution of the Jewish and Christian religion. The proclamation of the Gospel had been prepared by God's dealings with the Hebrews and preluded by all the events which had taken place even among the heathen. The real reason for the creation of man was to be found in his redemption through Christ. The rise and fall of empires are but illustrations of this great fact. It is God's providence, therefore, and not the working out of blind forces, which leads humanity along its earthly way, and this same providence sanctifies all individual trials and triumphs to the common end of universal salvation.

The historian with Bossuet went hand in hand with the polemist. The great custodian of historical Christianity, he argued, is the Church, which has grown with the growth of the faith, and developed with its development. Creeds and decrees are the visible records of this growth. They are formulated from time to time as the spirit of religion demands expression. To object, then, to the established usages of the Church, or to refuse obedience to its regulations, is tantamount to attacking Christianity itself. Occupying this point of view, we are not surprised to find that many of Bossuet's religious controversies were with earnest believers who doubted the authority of the Councils, or who claimed to follow a purer faith than the one generally accepted. Towards the Protestants on the one hand and the Quietists on the other he was exceptionally severe, though he always supported the claims of the Gallican church among the Catholics. In the dispute between Port-Royal and the Jesuits, on the subject of ethics, his sympathies for the moral teachings of the former led him to take an active part in the condemnation of the casuists, which Pascal's *Provinciales* eventually brought about. The Jansenist doctrine of grace, however, did not meet with his approval. He also had the intellectual keenness to perceive the mischief Cartesianism might do religion, and in his apologetics he answered in advance much of the reasoning which the sceptics of the eighteenth century were to borrow from that philosophical system.

The funeral orations of Bossuet are the works by which he is most widely known, and which, perhaps, best constitute his claim to fame. For he made them literature. Funeral orations, before his day, were eulogies, panegyrics for the most part, in which there was but little substance or regard for style. Bossuet's idea of his priestly mission did not allow him to be satisfied with such productions. In taking up the funeral oration, he remodelled it, gave it the general outline and plan of a sermon, made it part of the church service, not only praised the dead, but drew lessons from their departed greatness for the admonition of the living, and vitalized it with his own earnest spirit. His aggressive temperament was well suited to the display of oratory. It supplied the chief characteristics of his style, such as force, directness, flow, eloquence, sublimity even. The results of his study of the Scriptures are revealed in his language, which reproduces on many occasions the picturesqueness, grandeur and pathos of the Old Testament.   He exhorts openly, like a prophet of Israel, strengthening his appeals with an abundance of rhetoric which was natural to him.   But the form he kept subservient to the thought.   His constant affirmation of the vanity of earthly greatness implied the necessity of finding true nobility in God, so that the highest type of eloquence which the classical period of French literature could create was a direct means of urging man to seek the way of salvation.

V.

La Bruyère [1] somewhat surprises us by his complexity.   The purpose of Descartes, Pascal, La Rochefoucauld or Bossuet, is evident.   Whatever their deviations from their chosen way, through temporary misgivings or transient preoccupations, their way was always plain, and their wanderings brief.   But La Bruyère seems to follow no one path.   He "returns to the public what it has loaned " him (page 196).   He is a portrait painter, and also a moralist.   In other words, he observes, and meditates on his observations.   The writers we have considered before him were also observers, but their observation was subordinated to a preconceived purpose.   The opposite process seems to have been preferred by La Bruyère, and his purpose is often lost sight of in his observation.   His predecessors were more subjective ; he is more objective ; yet without reaching the standpoint of a complete realist.   If we compare him to La Rochefoucauld — and the *Maximes* and *Caractères* meet at many

---

[1] Jean de La Bruyère, born at Paris, August 16, 1645.   Degree in law at Orleans, 1665.   Attached to the Parliament of Paris.   Preceptor to the Duc de Bourbon (Condé's grandson), through Bossuet's influence, in 1684.   Died at Versailles, May 10, 1696. — Bookworm and antiquarian.   Translated Theophrastus' *Characters*, and published them as an introduction to his own *Caractères* (1688).   Nine editions by 1695.   Left posthumous *Dialogues sur le Quiétisme.*

points — we see at once that La Bruyère is the broader observer of man. His station in life was more humble than
La Rochefoucauld's. He naturally would look up, and did not
disdain to look down. As a consequence, he studies a greater
number of people, the middle as well as the upper classes, and
he sometimes touches even on the lower. His attitude is much
like La Rochefoucauld's. His remarks on his equals are in-
dulgent enough, on his inferiors they are even compassionate,
but for the nobles and the newly enriched plebeians his pen is
guided by the bitterness of the slights he suffered as a dependent of the great family of Condé. So La Bruyère's chronicle
of contemporaneous society is to be accepted with certain reservations. In many instances he is as impartial a student of
mankind as was Montaigne, whom he occasionally quotes with
admiration. In others he is limited and prejudiced, like the
author of the *Maximes*.

We might call the *Caractères* the final repository of the prose
writers of the seventeenth century. They contain abundant
traces of Cartesianism, eulogies of Bossuet, the firm friend of
their author, and frequent references to Pascal, the Pascal of
the *Pensées*. Indeed, in the *Discours sur Théophraste* which
prefaces the *Caractères*, La Bruyère frankly comments on the
similarity between his work and the work of Pascal and La
Rochefoucauld : " Moins sublime que le premier et moins délicat que le second, il ne tend qu'à rendre l'homme raisonnable ; "
a conclusion which evokes at once the shades of Descartes.

The study of man, which was the chief study of the prose
writers of France from Montaigne down through the seventeenth
century, is continued by La Bruyère. But it is continued in a
different way, and from quite a different standpoint. The
objective method of the author of the *Caractères* does not explain this divergence. Montaigne was perhaps as objective as
he. It can only be explained by his animus. No one before
La Bruyère, not even La Rochefoucauld, would have changed
mankind, unless it were a change from evil to good. All took

humanity as it was, and did not intimate that it could be altered in any other than a moral way. La Bruyère brings this view to an end, and begins another. The passive contemplation of man ceases in the *Caractères*, and the active commences. The intellectual, moral or spiritual conception of the great subject yields to the social. Unlike his predecessors in the field, La Bruyère had felt the inequalities of rank and wealth. He was not content to rest under the established social conditions, and he uses his study of man to give relief to his sufferings as an individual. Of course sparingly. It would not have been prudent, under Louis XIV, to attack the existing order of things. Yet we find that in this passage La Bruyère expresses indignation at the precedence of birth over brains ("Des Grands," No. 3, page 234) ; in the other he cries out against a government which sacrifices the many to the few ("Des Biens de Fortune," No. 26, page 223), while a glimpse of the privations which were to culminate in the ferocity of the French Revolution is afforded by his well-known picture of the peasants of France ("De l'Homme," No. 128, page 243). In such outspoken lines as these there is no direct appeal to altruistic sentiments. La Bruyère does not suggest that the social fabric is faulty. He merely calls attention to certain hardships which its construction and continuance involves. But his words are sufficient to show that another standpoint of looking at man had been reached. To call attention to the sufferings which arise from certain conditions is to lead to the suggestion that the sufferings may be remedied by changing those conditions. The study of man, as conceived by the eighteenth century, will be directed to this end. The *Caractères* mark the place where the old merges into the new. And the new is mainly concerned with man's happiness on earth. It has no desire for a Pascal or a Bossuet.

The style of the *Caractères* testifies to the presence of these new ideas. Their sentences are of a different construction from those we have studied. They often lack that easy progression from subject to predicate. They object to syntactical simplici-

ty. The artifice of the builder is quite frequently evident.
He tries every method, for the purpose of varying his expression. Inversion, apostrophe, exclamation, interrogation, are
called upon. Oratorical and conversational styles are employed.
The words are unexpectedly juxtaposed, surprising comparisons
are made, while the periods frequently end with a paradox or
witticism. This manner is the rule, but instances of the har-
monious classical phrase are not wanting. Voltaire has well
expressed La Bruyère's composition : " Un style rapide, concis,
nerveux, des expressions pittoresques ; un usage tout nouveau
de la langue, mais qui n'en blesse pas les règles " (*Siècle de
Louis XIV*, c. 32).

CONTENTS

FRENCH PROSE OF THE XVII CENTURY

CHAPTER I—DESCARTES

DISCOURS DE LA MÉTHODE

POUR BIEN CONDUIRE SA RAISON, ET CHERCHER LA VÉRITÉ DANS LES
SCIENCES; PLUS LA DIOPTRIQUE, LES MÉTÉORES
ET LA GÉOMÉTRIE.[1]

Si ce discours semble trop long pour être lu en une fois,[2]
on le pourra distinguer[3] en six parties ; et en la première on
trouvera diverses considérations touchant les sciences ; en
la seconde, les principales règles de la méthode que l'auteur
a cherchée ; en la troisième, quelques-unes de celles de la 5
morale qu'il a tirée de cette méthode ; en la quatrième, les
raisons par lesquelles il prouve l'existence de Dieu et de
l'âme humaine, qui sont les fondements de sa métaphysique ; en la cinquième, l'ordre des questions de physique
qu'il a cherchées, et particulièrement l'explication du mouve- 10
ment du cœur et de quelques autres difficultés qui appar-
tiennent à la médecine, puis aussi la différence qui est entre
notre âme et celle des bêtes ; et en la dernière, quelles
choses il croit être requises pour aller plus avant en la
recherche de la nature qu'il n'a été, et quelles raisons l'ont 15
fait écrire.

PREMIÈRE PARTIE

Diverses considérations touchant les sciences.

Le bon sens[4] est la chose du monde la mieux partagée,
car chacun pense en être[5] si bien pourvu, que ceux même
qui sont les plus difficiles à contenter en toute autre chose

n'ont point coutume[1] d'en désirer plus qu'ils en ont.[2] En
quoi il n'est pas vraisemblable que tous se trompent ; mais
plutôt cela témoigne que la puissance de bien juger et distinguer[3] le vrai d'avec le faux, qui est proprement ce qu'on
5 nomme le bon sens ou la raison, est naturellement égale en
tous les hommes,[4] et ainsi que la diversité de nos opinions
ne vient pas de ce que les uns sont plus raisonnables que
les autres, mais seulement de ce que nous conduisons nos
pensées par diverses voies, et ne considérons pas les mêmes
10 choses.   Car ce n'est pas assez d'avoir l'esprit bon, mais le
principal est de l'appliquer bien.   Les plus grandes âmes
sont capables des plus grands vices aussi bien que des plus
grandes vertus ; et ceux qui ne marchent que fort lentement peuvent avancer beaucoup davantage,[5] s'ils suivent
15 toujours le droit chemin, que ne font ceux qui courent et
qui s'en éloignent.

Pour moi, je n'ai jamais présumé que mon esprit fût en
rien plus parfait que ceux du commun ; même j'ai souvent
souhaité d'avoir la pensée aussi prompte, ou l'imagination
20 aussi nette et distincte, ou la mémoire aussi ample ou aussi
présente que quelques autres.   Et je ne sache point de
qualités que celles-ci qui servent à la perfection de l'esprit,
car pour la raison, ou le sens, d'autant qu'elle est la seule
chose qui nous rend hommes et nous distingue des bêtes, je
25 veux croire qu'elle est tout entière en un chacun, et suivre en
ceci l'opinion commune des philosophes, qui disent qu'il n'y
a du plus ou du moins qu'entre les *accidents*,[6] et non point
entre les *formes*[7] ou natures des *individus* d'une même *espèce*.

Mais je ne craindrai pas de dire que je pense avoir eu
30 beaucoup d'heur[8] de m'être rencontré dès ma jeunesse en[9]
certains chemins qui m'ont conduit à des considérations
et des maximes dont j'ai formé une méthode, par laquelle

il me semble que j'ai moyen d'augmenter par degrés ma
connaissance, et de l'élever peu à peu au plus haut point
auquel la médiocrité de mon esprit et la courte durée de
ma vie lui pourront permettre d'atteindre. Car j'en ai déjà
recueilli de tels fruits, qu'encore ¹ qu'au jugement que je fais ₅
de moi-même je tâche toujours de pencher vers le côté de
la défiance plutôt que vers celui de la présomption, et que,
regardant d'un œil de philosophe les diverses actions et
entreprises de tous les hommes, il n'y en ait quasi aucune
qui ne me semble vaine et inutile, je ne laisse pas de rece- ₁₀
voir une extrême satisfaction du progrès que je pense avoir
déjà fait en la recherche de la vérité, et de concevoir de
telles espérances pour l'avenir, que si, entre les occupations
des hommes, purement hommes,² il y en a quelqu'une qui
soit solidement bonne et importante, j'ose croire que c'est ₁₅
celle que j'ai choisie.

Toutefois il se peut faire³ que je me trompe, et ce n'est
peut-être qu'un peu de cuivre et de verre que je prends
pour de l'or et des diamants. Je sais combien nous
sommes sujets à nous méprendre en ce qui nous touche, ₂₀
et combien aussi les jugements de nos amis nous doivent.
être suspects lorsqu'ils sont en notre faveur. Mais je serai
bien aise de faire voir en ce discours quels sont les chemins
que j'ai suivis, et d'y représenter ma vie comme en un
tableau, afin que chacun en puisse juger, et qu'apprenant ₂₅
du bruit commun les opinions qu'on en aura, ce soit un
nouveau moyen de m'instruire, que j'ajouterai à ceux dont
j'ai coutume de me servir.

Ainsi mon dessein n'est pas d'enseigner ici la méthode
que chacun doit suivre pour bien conduire sa raison, mais ₃₀
seulement de faire voir en quelle sorte j'ai tâché de conduire la mienne. Ceux qui se mêlent de donner des pré-

ceptes se doivent estimer plus habiles que ceux auxquels
ils les donnent; et s'ils manquent en la moindre chose ils
en sont blâmables.   Mais ne proposant cet écrit que comme
une histoire, ou, si vous l'aimez mieux, que comme une
5 fable, en laquelle, parmi quelques exemples qu'on peut
imiter, on en trouvera peut-être aussi plusieurs autres qu'on
aura raison de ne pas suivre, j'espère qu'il sera utile à
quelques-uns sans être nuisible à personne, et que tous me
sauront gré de ma franchise.

10   J'ai été nourri aux lettres[1] dès mon enfance, et, pource[2]
qu'on me persuadait que par leur moyen on pouvait acquérir une connaissance claire et assurée de tout ce qui est
utile à la vie, j'avais un extrême désir de les apprendre.
Mais sitôt que j'eus achevé tout ce cours d'études au bout
15 duquel on a coutume d'être reçu au rang des doctes, je
changeai entièrement d'opinion.   Car je me trouvais embarrassé de tant de doutes et d'erreurs, qu'il me semblait
n'avoir fait autre profit, en tâchant de m'instruire, sinon
que j'avais découvert de plus en plus mon ignorance.   Et
20 néanmoins j'étais en l'une des plus célèbres écoles[3] de
l'Europe, où je pensais qu'il devait y avoir de savants
hommes, s'il y en avait en aucun endroit de la terre.   J'y
avais appris tout ce que les autres y apprenaient; et même,
ne m'étant pas contenté des sciences qu'on nous enseignait,
25 j'avais parcouru tous les livres traitant de celles qu'on
estime les plus curieuses et les plus rares qui avaient pu
tomber entre mes mains.   Avec cela je savais les jugements
que les autres faisaient de moi; et je ne voyais point qu'on
m'estimât inférieur à mes condisciples, bien qu'il y en eût
30 déjà entre eux quelques-uns qu'on destinait à remplir les
places de nos maîtres.   Et enfin notre siècle me semblait
aussi fleurissant et aussi fertile en bons esprits qu'ait été

aucun des précédents. Ce qui me faisait prendre la liberté de juger par moi de tous les autres, et de penser qu'il n'y avait aucune doctrine dans le monde qui fût telle qu'on m'avait auparavant fait espérer.

Je ne laissais pas toutefois d'estimer les exercices aux- 5 quels on s'occupe dans les écoles. Je savais que les langues que l'on y apprend sont nécessaires pour l'intelligence des livres anciens ; que la gentillesse des fables[1] réveille l'esprit ; que les actions mémorables des histoires le relèvent, et qu'étant lues avec discrétion, elles aident à former le juge- 10 ment ; que la lecture de tous les bons livres est comme une conversation avec les plus honnêtes gens des siècles passés, qui en ont été les auteurs, et même une conversation étudiée en laquelle ils ne nous découvrent que les meilleures de leurs pensées ; que l'éloquence a des forces et des beautés 15 incomparables ; que la poésie a des délicatesses et des douceurs très ravissantes ; que les mathématiques ont des inventions très subtiles, et qui peuvent beaucoup servir tant à contenter les curieux qu'à faciliter tous les arts et diminuer le travail des hommes ; que les écrits qui traitent des mœurs 20 contiennent plusieurs enseignements et plusieurs exhortations à la vertu qui sont fort utiles ; que la théologie enseigne à gagner le ciel ; que la philosophie donne moyen de parler vraisemblablement de toutes choses et se faire admirer des moins savants ; que la jurisprudence, la médecine et 25 les autres sciences apportent des honneurs et des richesses à ceux qui les cultivent ; et enfin, qu'il est bon de les avoir toutes examinées, même les plus superstitieuses et les plus fausses,[2] afin de connaître leur juste valeur et se garder d'en être trompé. 30

Mais je croyais avoir déjà donné assez de temps aux langues, et même aussi à la lecture des livres anciens, et à

leurs histoires, et à leurs fables.   Car c'est quasi le même
de converser avec ceux des autres siècles que de voyager.
Il est bon de savoir quelque chose des mœurs de divers
peuples, afin de juger des nôtres plus sainement, et que
5 nous[1] ne pensions pas que tout ce qui est contre nos modes
soit ridicule et contre raison, ainsi qu'ont coutume de faire
ceux qui n'ont rien vu.   Mais lorsqu'on emploie trop de
temps à voyager, on devient enfin étranger en son pays ; et
lorsqu'on est trop curieux des choses qui se pratiquaient
10 aux siècles passés, on demeure[2] ordinairement fort ignorant
de celles qui se pratiquent en celui-ci.   Outre que les
fables font imaginer plusieurs événements comme possibles
qui ne le sont point, et que même les histoires les plus
fidèles, si elles ne changent ni n'augmentent la valeur des
15 choses pour les rendre plus dignes d'être lues, au moins en
omettent-elles presque toujours les plus basses et moins
illustres circonstances,[3] d'où vient[4] que le reste ne paraît pas
tel qu'il est, et que ceux qui règlent leurs mœurs par les
exemples qu'ils en tirent sont sujets à tomber dans les ex-
20 travagances des paladins de nos romans[5] et à concevoir des
desseins qui passent leurs forces.

J'estimais fort l'éloquence,[6] et j'étais amoureux de la
poésie,[7] mais je pensais que l'une et l'autre étaient des dons
de l'esprit plutôt que des fruits de l'étude.   Ceux qui ont le
25 raisonnement le plus fort, et qui digèrent le mieux leurs
pensées afin de les rendre claires et intelligibles, peuvent
toujours le mieux persuader ce qu'ils proposent, encore
qu'ils ne parlassent que bas-breton[8] et qu'ils n'eussent jamais
appris de rhétorique, et ceux qui ont les inventions les plus
30 agréables, et qui les savent exprimer avec le plus d'ornement et de douceur, ne laisseraient pas d'être les meilleurs
poètes, encore que l'art poétique[9] leur fût inconnu.

Je me plaisais surtout aux mathématiques, à cause de la
certitude et de l'évidence de leurs raisons, mais je ne remarquais point encore leur vrai usage, et, pensant qu'elles
ne servaient qu'aux arts mécaniques, je m'étonnais de ce
que, leurs fondements étant si fermes et si solides, on n'avait 5
rien bâti dessus de plus relevé. Comme, au contraire, je
comparais les écrits des anciens païens qui traitent des
mœurs à des palais fort superbes et fort magnifiques qui
n'étaient bâtis que sur du sable et sur de la boue : ils élèvent
fort haut les vertus, et les font paraître estimables par-des- 10
sus toutes les choses qui sont au monde ; mais ils n'enseignent pas assez à les connaître, et souvent ce qu'ils appellent[1] d'un si beau nom n'est qu'une insensibilité ou un
orgueil, ou un désespoir, ou un parricide.

Je révérais notre théologie, et prétendais autant qu'aucun 15
autre à gagner le ciel ; mais ayant appris, comme chose[2] très
assurée, que le chemin n'en est pas moins ouvert aux plus
ignorants qu'aux plus doctes, et que les vérités révélées qui
y conduisent sont au-dessus de notre intelligence, je n'eusse
osé les soumettre à la faiblesse de mes raisonnements, et je 20
pensais que pour entreprendre de les examiner et y réussir
il était besoin d'avoir quelque extraordinaire assistance du
ciel et d'être plus qu'homme.

Je ne dirai rien de la philosophie, sinon que, voyant
qu'elle a été cultivée par les plus excellents esprits qui aient 25
vécu depuis plusieurs siècles, et que néanmoins il ne s'y
trouve encore aucune chose dont on ne dispute, et par conséquent qui ne soit douteuse, je n'avais point assez de présomption pour espérer d'y rencontrer mieux que les autres ;
et que, considérant combien il peut y avoir de diverses 30
opinions touchant une même matière, qui soient soutenues
par des gens doctes, sans qu'il y en puisse avoir jamais

plus d'une seule qui soit vraie, je réputais presque pour
faux tout ce qui n'était que vraisemblable.

Puis, pour les autres sciences, d'autant qu'elles emprun-
tent leurs principes de la philosophie, je jugeais qu'on ne
5 pouvait avoir rien bâti qui fût solide sur des fondements
si peu fermes; et ni l'honneur ni le gain qu'elles promettent n'étaient suffisants pour me convier à les apprendre : car je ne me sentais point, grâce à Dieu, de
condition¹ qui m'obligeât à faire un métier de la science
10 pour le soulagement de ma fortune; et quoique je ne fisse
pas profession de mépriser la gloire en cynique, je faisais
néanmoins fort peu d'état de celle que je n'espérais point
pouvoir acquérir qu'à faux titres. Et enfin, pour les
mauvaises doctrines, je pensais déjà connaître assez ce
15 qu'elles valaient, pour n'être plus sujet à être trompé ni
par les promesses d'un alchimiste, ni par les prédictions
d'un astrologue, ni par les impostures d'un magicien, ni
par les artifices ou la vanterie d'aucun de ceux qui font
profession de savoir plus qu'ils ne savent.

20 C'est pourquoi, sitôt que l'âge me permit de sortir de
la sujétion de mes précepteurs, je quittai entièrement
l'étude des lettres; et me résolvant de ne chercher plus
d'autre science que celle qui se pourrait trouver en moi-
même, ou bien dans le grand livre du monde,² j'employai
25 le reste de ma jeunesse à voyager,³ à voir des cours et des
armées, à fréquenter des gens de diverses humeurs et conditions, à recueillir diverses expériences,⁴ à m'éprouver
moi-même dans les rencontres que la fortune me propo-
sait, et partout à faire telle réflexion sur les choses qui se
30 présentaient que j'en pusse tirer quelque profit. Car il me
semblait que je pourrais rencontrer beaucoup plus de
vérité dans les raisonnements que chacun fait touchant les

affaires qui lui importent, et dont l'événement le doit punir bientôt après s'il a mal jugé, que dans ceux que fait un homme de lettres dans son cabinet touchant des spécula-tions qui ne produisent aucun effet, et qui ne lui sont d'autre conséquence, sinon que peut-être il en tirera d'au- 5 tant plus de vanité qu'elles seront plus éloignées du sens commun, à cause qu'il aura dû employer d'autant plus d'esprit et d'artifice à tâcher de les rendre vraisemblables. Et j'avais toujours un extrême désir d'apprendre à dis-tinguer le vrai d'avec le faux, pour voir clair en mes actions 10 et marcher avec assurance en cette vie.

Il est vrai que pendant que je ne faisais que considérer les mœurs des autres hommes, je n'y trouvais guère de quoi m'assurer, et que j'y remarquais quasi autant de diversité que j'avais fait auparavant entre les opinions des 15 philosophes. En sorte que le plus grand profit que j'en retirais était que, voyant plusieurs choses qui, bien qu'elles nous semblent fort extravagantes et ridicules, ne laissent pas d'être communément reçues et approuvées par d'au-tres grands peuples, j'apprenais à ne rien croire trop 20 fermement de ce qui ne m'avait été persuadé que par l'exemple et par la coutume ; et ainsi je me délivrais peu à peu de beaucoup d'erreurs qui peuvent offusquer notre lumière naturelle [1] et nous rendre moins capables d'entendre raison. Mais, après que j'eus employé quelques années à 25 étudier ainsi dans le livre du monde et à tâcher d'acquérir quelque expérience, je pris un jour résolution d'étudier aussi en moi-même, et d'employer toutes les forces de mon esprit à choisir les chemins que je devais suivre ; ce qui me réussit beaucoup mieux, ce me semble, que si je ne me 30 fusse jamais éloigné ni de mon pays ni de mes livres.

DEUXIÈME PARTIE

Principales règles de la méthode.

J'étais alors en Allemagne[1] où l'occasion des guerres[2] qui
n'y sont pas encore finies m'avait appelé ; et comme je
retournais du couronnement de l'empereur[3] vers l'armée, le
commencement de l'hiver m'arrêta en un quartier[4] où, ne
5 trouvant aucune conversation qui me divertît, et n'ayant
d'ailleurs, par bonheur, aucuns soins ni passions qui me
troublassent, je demeurais tout le jour enfermé seul dans
un poêle,[5] où j'avais tout le loisir de m'entretenir de mes
pensées.   Entre lesquelles l'une des premières fut que je
10 m'avisai de considérer que souvent il n'y a pas tant de perfection dans les ouvrages composés de plusieurs pièces, et
faits de la main de divers maîtres, qu'en ceux auxquels un
seul a travaillé.   Ainsi voit-on que les bâtiments qu'un seul
architecte a entrepris et achevés ont coutume d'être plus
15 beaux et mieux ordonnés que ceux que plusieurs ont tâché
de raccommoder en faisant servir de vieilles murailles qui
avaient été bâties à d'autres fins.   Ainsi ces anciennes cités
qui, n'ayant été au commencement que des bourgades, sont
devenues par succession de temps de grandes villes, sont
20 ordinairement si mal compassées, au prix de ces places
régulières qu'un ingénieur trace à sa fantaisie dans une
plaine, qu'encore que, considérant leurs édifices chacun à
part, on y trouve souvent autant ou plus d'art qu'en ceux
des autres ; toutefois, à voir comme ils sont arrangés, ici un
25 grand, là un petit, et comme ils rendent les rues courbées
et inégales, on dirait plutôt que c'est la fortune que la
volonté de quelques hommes usants de raison[6] qui les a ainsi
disposés.   Et si on considère qu'il y a eu néanmoins de
tout temps quelques officiers qui ont eu charge de prendre

garde aux bâtiments des particuliers pour les faire servir à
l'ornement du public, on connaîtra bien qu'il est malaisé, en
ne travaillant que sur les ouvrages d'autrui, de faire des
choses fort accomplies. Ainsi je m'imaginai[1] que les peuples
qui, ayant été autrefois demi-sauvages, et ne s'étant civilisés   5
que peu à peu, n'ont fait leurs lois qu'à mesure que l'incom-
modité des crimes et des querelles les y a contraints, ne
sauraient être si bien policés que ceux qui, dès le commencement qu'ils se sont assemblés, ont observé les cons-
titutions de quelque prudent législateur.   Comme il est 10
bien certain que l'état de la vraie religion, dont Dieu seul a
fait les ordonnances, doit être incomparablement mieux
réglé que tous les autres.   Et, pour parler des choses humaines, je crois que si Sparte[2] a été autrefois très florissante,
ce[3] n'a pas été à cause de la bonté de chacune de ses lois en 15
particulier, vu que plusieurs étaient fort étranges, et même
contraires aux bonnes mœurs ; mais à cause que, n'ayant
été inventées que par un seul, elles tendaient toutes à même
fin.   Et ainsi je pensai que les sciences des livres, au moins
celles[4] dont les raisons ne sont que probables, et qui n'ont 20
aucunes démonstrations, s'étant composées et grossies peu
à peu des opinions de plusieurs diverses personnes, ne sont
point si approchantes de la vérité que les simples raisonnements que peut faire naturellement un homme de bon sens
touchant les choses qui se présentent.   Et ainsi encore je 25
pensai que pource que nous avons tous été enfants avant
que d'être[5] hommes, et qu'il nous a fallu longtemps être
gouvernés par nos appétits et nos précepteurs, qui étaient
souvent contraires les uns aux autres, et qui, ni les uns ni
les autres, ne nous conseillaient peut-être pas toujours le 30
meilleur,[6] il est presque impossible que nos jugements soient
si purs ni[7] si solides qu'ils auraient été si nous avions eu

l'usage entier de notre raison dès le point de notre naissance, et que nous n'eussions jamais été conduits que par
elle.

Il est vrai[1] que nous ne voyons point qu'on jette par terre
5 toutes les maisons d'une ville pour le seul dessein de les
refaire d'autre façon et d'en rendre les rues plus belles ;
mais on voit bien que plusieurs font abattre les leurs pour
les rebâtir, et que même quelquefois ils y sont contraints
quand elles sont en danger de tomber d'elles-mêmes, et que
10 les fondements n'en sont pas bien fermes. A l'exemple de
quoi je me persuadai qu'il n'y aurait véritablement point
d'apparence qu'un particulier fît dessein de réformer un
État en y changeant tout dès les fondements et en le renversant pour le redresser ; ni même aussi de réformer le
15 corps des sciences ou l'ordre établi dans les écoles pour les
enseigner ; mais que, pour toutes les opinions que j'avais
reçues jusques alors en ma créance, je ne pouvais mieux
faire que d'entreprendre une bonne fois de les en ôter, afin
d'y en remettre par après[2] ou d'autres meilleures, ou bien les
20 mêmes, lorsque je les aurais ajustées au niveau de la raison.
Et je crus fermement que par ce moyen je réussirais à conduire ma vie beaucoup mieux que si je ne bâtissais que sur
de vieux fondements, et que je ne m'appuyasse que sur les
principes que je m'étais laissé persuader en ma jeunesse,
25 sans avoir jamais examiné s'ils étaient vrais. Car, bien que
je remarquasse en ceci diverses difficultés, elles n'étaient
point toutefois sans remède, ni comparables à celles qui se
trouvent en la réformation des moindres choses qui touchent
le public. Ces grands corps sont trop malaisés à relever
30 étant abattus, ou même à retenir étant ébranlés, et leurs
chutes ne peuvent être que très rudes. Puis, pour leurs
imperfections, s'ils en ont, comme la seule diversité[3] qui est

entre eux suffit pour assurer que plusieurs en ont, l'usage les
a sans doute fort adoucies, et même il en a évité ou corrigé
insensiblement quantité[1] auxquelles on ne pourrait si bien
pourvoir par prudence ; et enfin elles sont quasi toujours
plus supportables que ne serait[2] leur changement, en même façon que les grands chemins qui tournoient entre des
montagnes deviennent peu à peu si unis et si commodes,
à force d'être fréquentés, qu'il est beaucoup meilleur de
les suivre que d'entreprendre d'aller plus droit en grim-
pant au-dessus des rochers et descendant jusques aux bas
des précipices.

C'est pourquoi je ne saurais aucunement approuver ces
humeurs brouillonnes et inquiètes qui, n'étant appelées ni
par leur naissance ni par leur fortune au maniement des
affaires publiques, ne laissent pas d'y faire toujours en idée
quelque nouvelle réformation ; et si je pensais[3] qu'il y eût la
moindre chose en cet écrit par laquelle on me pût soup-
çonner de cette folie, je serais très marri[4] de souffrir qu'il
fût publié. Jamais mon dessein ne s'est étendu plus avant
que de tâcher à réformer mes propres pensées, et de bâtir
dans un fonds qui est tout à moi. Que si[5] mon ouvrage
m'ayant assez plu, je vous en fais voir ici le modèle, ce n'est
pas pour cela que je veuille conseiller à personne de l'imiter.
Ceux que Dieu a mieux partagés de ses grâces auront peut-
être des desseins plus relevés ; mais je crains bien que celui-
ci ne soit déjà que trop hardi pour plusieurs. La seule
résolution de se défaire de toutes les opinions qu'on a reçues
auparavant en sa créance n'est pas un exemple que chacun
doive suivre. Et le monde n'est quasi composé que de
deux sortes d'esprits auxquels il[6] ne convient aucunement : à
savoir, de ceux qui, se croyant plus habiles qu'ils ne sont, ne
se peuvent empêcher de précipiter leurs jugements, ni avoir

assez de patience pour conduire par ordre toutes leurs pensées : d'où vient que, s'ils avaient une fois pris la liberté de
douter des principes qu'ils ont reçus et de s'écarter du
chemin commun, jamais ils ne pourraient tenir le sentier
5 qu'il faut prendre pour aller plus droit, et demeureraient
égarés toute leur vie ; puis de ceux qui, ayant assez de
raison ou de modestie pour juger qu'ils sont moins capables
de distinguer le vrai d'avec le faux que quelques autres par
lesquels ils peuvent être instruits, doivent bien plutôt se
10 contenter de suivre les opinions de ces autres qu'en chercher eux-mêmes de meilleures.

Et pour moi, j'aurais été sans doute du nombre de ces
derniers, si je n'avais jamais eu qu'un seul maître, ou que je
n'eusse point su les différences qui ont été de tout temps
15 entre les opinions des plus doctes. Mais ayant appris dès le
collège qu'on ne saurait rien [1] imaginer de si étrange et si peu
croyable, qu'il n'ait été dit par quelqu'un des philosophes ;
et depuis, en voyageant, ayant reconnu que tous ceux qui
ont des sentiments fort contraires aux nôtres ne sont pas
20 pour cela barbares ni sauvages, mais que plusieurs usent
autant ou plus que nous de raison ; et ayant considéré [2] combien un même homme, avec son même esprit, étant nourri
dès son enfance entre [3] des Français ou des Allemands, devient différent de ce qu'il serait s'il avait toujours vécu
25 entre des Chinois ou des cannibales ; et comment, jusques
aux modes de nos habits, la même chose qui nous a plu il y
a dix ans, et qui nous plaira peut-être encore avant dix ans,
nous semble maintenant extravagante et ridicule ; en sorte
que c'est bien plus la coutume et l'exemple qui nous per-
30 suade qu'aucune connaissance certaine ; et que néanmoins
la pluralité des voix n'est pas une preuve qui vaille rien
pour les vérités un peu malaisées à découvrir, à cause qu'il

est bien plus vraisemblable qu'un homme seul les ait rencontrées que tout un peuple, je ne pouvais choisir personne dont les opinions me semblassent devoir être préférées à celles des autres, et je me trouvai comme contraint d'entreprendre moi-même de me conduire. 5

Mais comme un homme qui marche seul et dans les ténèbres, je me résolus d'aller si lentement et d'user de tant de circonspection en toutes choses, que si je n'avançais que fort peu, je me garderais bien au moins de tomber. Même je ne voulus point commencer à rejeter tout à fait 10 aucune des opinions qui s'étaient pu glisser autrefois en ma créance sans y avoir été introduites par la raison, que[1] je n'eusse auparavant employé assez de temps à faire le projet de l'ouvrage que j'entreprenais, et à chercher la vraie méthode pour parvenir à la connaissance de toutes les 15 choses dont mon esprit serait capable.

J'avais un peu étudié,[2] étant plus jeune, entre les parties de la philosophie, à la logique,[3] et, entre les mathématiques, à l'analyse des géomètres et à l'algèbre, trois arts ou sciences qui semblaient devoir contribuer quelque chose à mon des- 20 sein. Mais, en les examinant, je pris garde que, pour la logique, ses syllogismes et la plupart de ses autres instructions servent plutôt à expliquer à autrui les choses qu'on sait, ou même, comme l'art de Lulle,[4] à parler sans jugement de celles qu'on ignore, qu'à les apprendre ; et bien qu'elle 25 contienne en effet beaucoup de préceptes très vrais et très bons, il y en a toutefois tant d'autres mêlés parmi[5] qui sont ou nuisibles ou superflus, qu'il est presque aussi malaisé de les en séparer que de tirer une Diane ou une Minerve hors d'un bloc de marbre qui n'est point encore ébauché. Puis, 30 pour l'analyse des anciens[6] et l'algèbre des modernes,[7] outre qu'elles ne s'étendent qu'à des matières fort abstraites, et

qui ne semblent d'aucun usage, la première est toujours si
astreinte à la considération des figures, qu'elle ne peut exercer
l'entendement sans fatiguer beaucoup l'imagination ; et on
s'est tellement assujetti, en la dernière, à certaines règles et
5 à certains chiffres, qu'on en a fait un art confus et obscur
qui embarrasse l'esprit, au lieu d'une science qui le cultive.
Ce qui fut cause que je pensai qu'il fallait chercher quelque
autre méthode qui, comprenant les avantages de ces trois,
fût exempte de leurs défauts.   Et comme la multitude des
10 lois fournit souvent des excuses aux vices, en sorte qu'un
État est bien mieux réglé lorsque, n'en ayant que fort peu,
elles y sont fort étroitement observées ; ainsi, au lieu de ce
grand nombre de préceptes dont la logique est composée, je
crus que j'aurais assez des quatre suivants, pourvu que je
15 prisse une ferme et constante résolution de ne manquer pas
une seule fois à les observer.

Le premier était[1] de ne recevoir jamais aucune chose pour
vraie que je ne la connusse évidemment être telle ; c'est-à-
dire d'éviter soigneusement la précipitation et la prévention,
20 et de ne comprendre rien de plus en mes jugements que ce
qui se présenterait si clairement et si distinctement à mon
esprit, que je n'eusse aucune occasion de le mettre en doute.

Le second, de diviser chacune des difficultés que j'exa-
minerais en autant de parcelles qu'il se pourrait et qu'il
25 serait requis pour les mieux résoudre.

Le troisième, de conduire par ordre mes pensées, en commençant par les objets les plus simples et les plus aisés à
connaître, pour monter peu à peu comme par degrès jusques
à la connaissance des plus composés, et supposant même de
30 l'ordre entre ceux qui ne se précèdent point naturellement
les uns les autres.   .

Et le dernier, de faire partout des dénombrements si

entiers et des revues si générales, que je fusse assuré de
ne rien omettre.

Ces longues chaînes de raisons, toutes simples et faciles,
dont les géomètres ont coutume de se servir pour parvenir
à leurs plus difficiles démonstrations, m'avaient donné occa- 5
sion de m'imaginer que toutes les choses qui peuvent tomber
sous la connaissance des hommes s'entresuivent en même
façon, et que, pourvu seulement qu'on s'abstienne d'en recevoir aucune pour vraie qui ne le soit, et qu'on garde toujours
l'ordre qu'il faut pour les déduire les unes des autres, il n'y 10
en peut avoir de si éloignées auxquelles enfin on ne par-
vienne, ni de si cachées qu'on ne découvre. Et je ne fus
pas beaucoup en peine [1] de chercher par lesquelles il était
besoin de commencer, car je savais déjà que c'était par les
plus simples et les plus aisées à connaître ; et, considérant 15
qu'entre tous ceux qui ont ci-devant recherché la vérité
dans les sciences il n'y a eu que les seuls mathématiciens
qui ont pu trouver quelques démonstrations, c'est-à-dire
quelques raisons certaines et évidentes, je ne doutais point
que ce ne fût par les mêmes qu'ils ont examinées ; bien que 20
je n'en espérasse aucune autre utilité, sinon qu'elles accou-
tumeraient mon esprit à se repaître de vérités et ne se contenter point de fausses raisons. Mais je n'eus pas dessein
pour cela de tâcher d'apprendre toutes ces sciences particulières qu'on nomme communément mathématiques ; et 25
voyant qu'encore que leurs objets soient différents, elles ne
laissent pas de s'accorder toutes, en ce qu'elles n'y con-
sidèrent autre chose que les divers rapports ou proportions qui s'y trouvent, je pensai qu'il valait mieux que j'exa-
minasse seulement ces proportions en général, et sans les 30
supposer que dans les sujets qui serviraient à m'en rendre la
connaissance plus aisée, même aussi sans les y astreindre

aucunement, afin de les pouvoir[1] d'autant mieux appliquer
après à tous les autres auxquels elles conviendraient.   Puis,
ayant pris garde que pour les connaître j'aurais quelquefois
besoin de les considérer chacune en particulier, et quelque-
5 fois seulement de les retenir ou de les comprendre plusieurs
ensemble, je pensai que, pour les considérer mieux en particulier, je les devais supposer en des lignes, à cause que je
ne trouvais rien de plus simple, ni que je pusse plus distinctement représenter à mon imagination et à mes sens ;
10 mais que, pour les retenir ou les comprendre plusieurs ensemble, il fallait que je les expliquasse par quelques chiffres,
les plus courts qu'il serait possible ; et que, par ce moyen, j'emprunterais tout le meilleur[2] de l'analyse géométrique et de
l'algèbre, et corrigerais tous les défauts de l'une par l'autre.
15   Comme en effet j'ose dire que l'exacte observation de ce
peu de préceptes que j'avais choisis me donna telle facilité
à démêler toutes les questions auxquelles ces deux sciences
s'étendent, qu'en deux ou trois mois que j'employai à les
examiner, ayant commencé par les plus simples et plus
20 générales, et chaque vérité que je trouvais étant une règle
qui me servait après à en trouver d'autres, non seulement
je vins à bout de plusieurs que j'avais jugées autrefois très
difficiles, mais il me sembla aussi vers la fin que je pouvais
déterminer, en celles même que j'ignorais, par quels moyens
25 et jusqu'où il était possible de les résoudre.   En quoi je ne
vous paraîtrai peut-être pas être fort vain, si vous considérez
que, n'y ayant[3] qu'une vérité de chaque chose, quiconque la
trouve en sait autant qu'on en peut savoir ; et que, par
exemple, un enfant instruit en l'arithmétique,[4] ayant fait une
30 addition suivant ses règles, se peut assurer d'avoir trouvé,
touchant la somme qu'il examinait, tout ce que l'esprit
humain saurait trouver : car enfin la méthode qui enseigne

à suivre le vrai ordre et à dénombrer exactement toutes les
circonstances de ce qu'on cherche contient tout ce qui
donne de la certitude aux règles d'arithmétique.

Mais ce qui me contentait le plus de cette méthode était
que par elle j'étais assuré d'user en tout de ma raison, sinon 5
parfaitement, au moins le mieux qui fût en mon pouvoir :
outre que je sentais, en la pratiquant, que mon esprit s'ac-
coutumait peu à peu à concevoir plus nettement et plus
distinctement ses objets ; et que, ne l'ayant point assujettie
à aucune matière particulière, je me promettais de l'appli- 10
quer aussi utilement aux difficultés des autres sciences que
j'avais fait à celles de l'algèbre. Non que pour cela j'osasse
entreprendre d'abord d'examiner toutes celles qui se présen-
teraient, car cela même eût été contraire à l'ordre qu'elle
prescrit ; mais ayant pris garde que leurs principes devaient 15
tous être empruntés de la philosophie, en laquelle je n'en
trouvais point encore de certains, je pensai qu'il fallait avant
tout que je tâchasse d'y en établir ; et que, cela étant la
chose du monde la plus importante, et où la précipitation
et la prévention étaient le plus à craindre, je ne devais 20
point entreprendre d'en venir à bout que je n'eusse atteint
un âge bien plus mûr que celui de vingt-trois ans que j'avais
alors, et que je n'eusse auparavant employé beaucoup de
temps à m'y préparer, tant en déracinant de mon esprit
toutes les mauvaises opinions que j'y avais reçues avant ce 25
temps-là qu'en faisant amas de plusieurs expériences, pour
être ¹ après la matière de mes raisonnements, et en m'exer-
çant toujours en la méthode que je m'étais prescrite, afin de
m'y affermir de plus en plus.

TROISIÈME PARTIE

Quelques règles de morale tirées de cette méthode.

Et enfin, comme ce n'est pas assez, avant de commencer
à rebâtir le logis où on demeure, que de l'abattre, et de faire
provision de matériaux et d'architectes, ou s'exercer soi-
même à l'architecture, et outre cela d'en avoir soigneuse-
5 ment tracé le dessin, mais qu'il faut aussi s'être pourvu de
quelque autre où on puisse être logé commodément pendant
le temps qu'on y travaillera ; ainsi, afin que je ne demeurasse
point irrésolu en mes actions, pendant que la raison m'obli-
gerait de l'être en mes jugements, et que je ne laissasse pas
10 de vivre dès lors le plus heureusement que je pourrais,[1] je me
formai une morale par provision, qui ne consistait qu'en trois
ou quatre maximes dont je veux bien vous faire part.

La première était d'obéir aux lois et aux coutumes de mon
pays, retenant constamment la religion en laquelle Dieu m'a
15 fait la grâce d'être instruit dès mon enfance, et me gouvernant
en toute autre chose suivant les opinions les plus modérées
et les plus éloignées de l'excès qui fussent communément
reçues en pratique par les mieux sensés de ceux avec lesquels j'aurais à vivre.   Car, commençant dès lors à ne
20 compter pour rien les miennes propres, à cause que je les
voulais remettre toutes à l'examen, j'étais assuré de ne pouvoir mieux[2] que de suivre celles des mieux sensés.   Et encore qu'il y en ait peut-être d'aussi bien sensés parmi les
Perses ou les Chinois que parmi nous, il me semblait que le
25 plus utile était de me régler selon ceux avec lesquels j'aurais
à vivre ; et que, pour savoir quelles étaient véritablement
leurs opinions, je devais plutôt prendre garde à ce qu'ils
pratiquaient qu'à ce qu'ils disaient, non seulement à cause
qu'en la corruption de nos mœurs il y a peu de gens qui

veuillent dire tout ce qu'ils croient, mais aussi à cause que
plusieurs l'ignorent eux-mêmes : car l'action de la pensée
par laquelle on croit une chose étant différente de celle par
laquelle on connaît qu'on la croit, elles sont souvent l'une
sans l'autre.   Et entre plusieurs opinions[1] également reçues, 5
je ne choisissais que les plus modérées, tant à cause que ce
sont toujours les plus commodes pour la pratique, et vraisemblablement les meilleures, tous excès ayant coutume
d'être mauvais, comme aussi afin de me détourner moins
du vrai chemin, en cas que je faillisse, que si, ayant choisi 10
l'un des extrêmes, c'eût été l'autre qu'il eût fallu suivre.
Et particulièrement je mettais entre les excès toutes les promesses par lesquelles on retranche quelque chose de sa
liberté ; non que je désapprouvasse les lois qui, pour remé-
dier à l'inconstance des esprits faibles, permettent, lorsqu'on 15
a quelque bon dessein, ou même, pour la sûreté du commerce, quelque dessein qui n'est qu'indifférent, qu'on fasse
des vœux ou des contrats qui obligent à y persévérer ; mais
à cause que je ne voyais au monde aucune chose qui demeu-
rât toujours en même état, et que, pour mon particulier,[2] je 20
me promettais de perfectionner de plus en plus mes jugements, et non point de les rendre pires, j'eusse pensé commettre une grande faute contre le bon sens, si, pource que j'ap-
prouvais alors quelque chose, je me fusse obligé de la prendre
pour bonne encore après, lorsqu'elle aurait peut-être cessé de 25
l'être, ou que j'aurais cessé de l'estimer telle.

Ma seconde maxime était d'être le plus ferme et le plus
résolu en mes actions que je pourrais, et de ne suivre pas
moins constamment les opinions les plus douteuses, lorsque
je m'y serais une fois déterminé, que si elles eussent été très 30
assurées : imitant en ceci les voyageurs qui, se trouvant
égarés en quelque forêt, ne doivent pas errer en tournoyant

tantôt d'un côté, tantôt d'un autre, ni encore moins s'arrêter en une place, mais marcher toujours le plus droit qu'ils
peuvent vers un même côté, et ne le changer point pour de
faibles raisons, encore que ce n'ait peut-être été au com-
5 mencement que le hasard seul qui les ait déterminés à le
choisir : car par ce moyen, s'ils ne vont justement où ils
désirent, ils arriveront au moins à la fin quelque part où vraisemblablement ils seront mieux que dans le milieu d'une
forêt. Et ainsi les actions de la vie ne souffrant souvent
10 aucun délai, c'est une vérité très certaine que, lorsqu'il n'est
pas en notre pouvoir de discerner les plus vraies opinions,
nous devons suivre les plus probables ; et même qu'encore
que nous ne remarquions point davantage de probabilité
aux unes qu'aux autres, nous devons néanmoins nous déter-
15 miner à quelques-unes, et les considérer après, non plus
comme douteuses en tant qu'elles se rapportent à la pratique, mais comme très vraies et très certaines, à cause que
la raison qui nous y a fait déterminer se trouve telle. Et
ceci fut capable dès lors de me délivrer de tous les repentirs
20 et les remords qui ont coutume d'agiter les consciences de
ces esprits faibles et chancelants qui se laissent aller incon-
stamment à pratiquer comme bonnes les choses qu'ils jugent
après être mauvaises.

Ma troisième maxime¹ était de tâcher toujours plutôt à
25 me vaincre que la fortune, et à changer mes désirs que
l'ordre du monde, et généralement de m'accoutumer à
croire qu'il n'y a rien qui soit entièrement en notre pouvoir
que nos pensées, en sorte qu'après que nous avons fait notre
mieux touchant les choses qui nous sont extérieures, tout ce
30 qui manque de nous réussir est au regard de nous absolument impossible. Et ceci seul me semblait être suffisant
pour m'empêcher de rien désirer à l'avenir que je n'ac-

quisse, et ainsi pour me rendre content : car notre volonté ne se portant naturellement à désirer que les choses que notre entendement lui représente en quelque façon comme possibles, il est certain que si nous considérons tous les biens qui sont hors de nous comme également éloignés de 5 notre pouvoir, nous n'aurons pas plus de regret de manquer de ceux qui semblent être dus à notre naissance, lorsque nous en serons privés sans notre faute, que nous avons de ne posséder pas les royaumes de la Chine ou de Mexique ; et que faisant, comme on dit, de nécessité vertu, nous ne 10 désirerons pas davantage d'être sains étant malades, ou d'être libres étant en prison, que nous faisons maintenant d'avoir des corps d'une matière aussi peu corruptible que les diamants, ou des ailes pour voler comme les oiseaux. Mais j'avoue qu'il est besoin d'un long exercice et d'une 15 méditation souvent réitérée pour s'accoutumer à regarder de ce biais [1] toutes les choses : et je crois que c'est principalement en ceci que consistait le secret de ces philosophes [2] qui ont pu autrefois se soustraire de l'empire de la fortune, et malgré les douleurs et la pauvreté disputer de la félicité 20 avec leurs dieux. Car s'occupant sans cesse à considérer les bornes qui leur étaient prescrites par la nature, ils se persuadaient si parfaitement que rien n'était en leur pouvoir que leurs pensées, que cela seul était suffisant pour les empêcher d'avoir aucune affection pour d'autres choses ; et ils 25 disposaient d'elles si absolument qu'ils avaient en cela quelque raison de s'estimer plus riches et plus puissants, et plus libres et plus heureux qu'aucun des autres hommes, qui, n'ayant point cette philosophie, tant favorisés de la nature et de la fortune qu'ils puissent être, ne disposent jamais 30 ainsi de tout ce qu'ils veulent.

Enfin, pour conclusion de cette morale, je m'avisai de

faire une revue sur les[1] diverses occupations qu'ont les hommes en cette vie, pour tâcher à faire choix de la meilleure ;
et sans que je veuille rien dire de celles des autres, je pensai
que je ne pouvais mieux que de continuer en celle-là même
5 où je me trouvais, c'est-à-dire que d'employer toute ma vie
à cultiver ma raison, et m'avancer autant que je pourrais en
la connaissance de la vérité, suivant la méthode que je
m'étais prescrite.   J'avais éprouvé de si extrêmes contente-
ments depuis que j'avais commencé à me servir de cette
10 méthode, que je ne croyais pas qu'on en pût recevoir de
plus doux ni de plus innocents en cette vie ; et découvrant
tous les jours, par son moyen, quelques vérités qui me
semblaient assez importantes et communément ignorées des
autres hommes, la satisfaction que j'en avais remplissait
15 tellement mon esprit, que tout le reste ne me touchait point.
Outre que[2] les trois maximes précédentes n'étaient fondées
que sur le dessein que j'avais de continuer à m'instruire :
car Dieu nous ayant donné à chacun quelque lumière pour
discerner le vrai d'avec le faux, je n'eusse pas cru me devoir
20 contenter des opinions d'autrui un seul moment, si je ne me
fusse proposé d'employer mon propre jugement à les examiner lorsqu'il serait temps ; et je n'eusse su m'exempter
de scrupule en les suivant, si je n'eusse espéré de ne perdre
pour cela aucune occasion d'en trouver de meilleures, en
25 cas qu'il y en eût ; et enfin je n'eusse su borner mes désirs
ni être content, si je n'eusse suivi un chemin par lequel,
pensant être assuré de l'acquisition de toutes les connaissances dont je serais capable, je le pensais être par même
moyen de celle[3] de tous les vrais biens qui seraient jamais en
30 mon pouvoir ; d'autant que, notre volonté ne se portant à
suivre ni à fuir aucune chose que selon que notre entendement la lui représente bonne ou mauvaise, il suffit de bien

juger pour bien faire, et de juger le mieux qu'on puisse pour faire aussi tout son mieux, c'est-à-dire pour acquérir toutes les vertus, et ensemble tous les autres biens qu'on puisse acquérir ; et lorsqu'on est certain que cela est, on ne saurait manquer d'être content.[1]

Après m'être ainsi assuré de ces maximes, et les avoir mises à part avec les vérités de la foi, qui ont toujours été les premières en ma créance, je jugeai que pour tout le reste de mes opinions je pouvais librement entreprendre de m'en défaire. Et d'autant que j'espérais en pouvoir mieux venir à bout en conversant avec les hommes, qu'en demeurant plus longtemps renfermé dans le poêle où j'avais eu toutes ces pensées, l'hiver n'était pas encore bien achevé que je me remis à voyager. Et en toutes les neuf années suivantes je ne fis autre chose que rouler çà et là dans le monde, tâchant d'y être spectateur plutôt qu'acteur en toutes les comédies[2] qui s'y jouent ; et faisant particulièrement réflexion en chaque matière sur ce qui la pouvait rendre suspecte et nous donner occasion de nous méprendre, je déracinais cependant de mon esprit toutes les erreurs qui s'y étaient pu glisser auparavant. Non que j'imitasse pour cela les sceptiques[3] qui ne doutent que pour douter, et affectent d'être toujours irrésolus : car au contraire tout mon dessein ne tendait qu'à m'assurer, et à rejeter la terre mouvante et le sable pour trouver le roc ou l'argile. Ce qui me réussissait, ce me semble, assez bien, d'autant que, tâchant à découvrir la fausseté ou l'incertitude des propositions que j'examinais, non par de faibles conjectures, mais par des raisonnements clairs et assurés, je n'en rencontrais point de si douteuse que je n'en tirasse toujours quelque conclusion assez certaine, quand ce n'eût été que cela même qu'elle ne contenait rien de certain. Et comme en abat-

tant un vieux logis on en réserve ordinairement les démoli-
tions pour servir à en bâtir un nouveau, ainsi en détruisant
toutes celles de mes opinions que je jugeais être mal
fondées, je faisais diverses observations, et acquérais plu-
5 sieurs expériences qui m'ont servi depuis à en établir de
plus certaines.   Et de plus je continuais à m'exercer en la
méthode que je m'étais prescrite : car outre que j'avais soin
de conduire généralement toutes mes pensées selon les
règles, je me réservais de temps en temps quelques heures,
10 que j'employais particulièrement à la pratiquer en des difficultés de mathématique, ou même aussi en quelques autres
que je pouvais rendre quasi semblables à celles des mathématiques, en les détachant de tous les principes des autres
sciences que je ne trouvais pas assez fermes, comme vous
15 verrez que j'ai fait en plusieurs qui sont expliquées[1] en ce
volume.   Et ainsi sans vivre d'autre façon en apparence
que ceux qui, n'ayant aucun emploi qu'à passer une vie
douce et innocente, s'étudient à séparer les plaisirs des
vices, et qui, pour jouir de leur loisir sans s'ennuyer, usent
20 de tous les divertissements qui sont honnêtes, je ne laissais
pas de poursuivre en[2] mon dessein, et de profiter en[3] la connaissance de la vérité, peut-être plus que si je n'eusse fait
que lire des livres ou fréquenter des gens de lettres.

Toutefois ces neuf années s'écoulèrent avant que j'eusse
25 encore pris aucun parti touchant les difficultés qui ont
coutume d'être disputées entre les doctes, ni commencé à
chercher les fondements d'aucune philosophie plus certaine
que la vulgaire.   Et l'exemple de plusieurs excellents esprits
qui, en ayant[4] eu ci-devant le dessein, me semblaient n'y
30 avoir pas réussi, m'y faisait imaginer tant de difficultés, que
je n'eusse peut-être pas encore sitôt osé l'entreprendre, si
je n'eusse vu que quelques-uns faisaient déjà courre[5] le bruit

que j'en étais venu à bout. Je ne saurais pas dire sur quoi ils fondaient cette opinion ; [1] et, si j'y ai contribué quelque chose par mes discours, ce doit avoir été en confessant plus ingénument ce que j'ignorais que n'ont coutume de faire ceux qui ont un peu étudié, et peut-être aussi en faisant 5 voir les raisons que j'avais de douter de beaucoup de choses que les autres estiment certaines, plutôt qu'en me vantant d'aucune doctrine. Mais ayant le cœur assez bon pour ne vouloir point qu'on me prît pour autre que je n'étais, je pensai qu'il fallait que je tâchasse par tous moyens à me 10 rendre digne de la réputation qu'on me donnait ; et il y a justement huit ans [2] que ce désir me fit résoudre à m'éloigner de tous les lieux où je pouvais avoir des connaissances, et à me retirer ici, en un pays où la longue durée de la guerre a fait établir de tels ordres que les armées qu'on y entretient 15 ne semblent servir qu'à faire qu'on y jouisse des fruits de la paix avec d'autant plus de sûreté, et où, parmi la foule [3] d'un grand peuple fort actif et plus soigneux de ses propres affaires que curieux de celles d'autrui, sans manquer d'aucune des commodités qui sont dans les villes les plus fré- 20 quentées, j'ai pu vivre aussi solitaire et retiré que dans les déserts les plus écartés.

QUATRIÈME PARTIE

Raisons par lesquelles on prouve l'existence de Dieu et de l'âme humaine, qui sont les fondements de la métaphysique.

Je ne sais si je dois vous entretenir des premières méditations que j'y ai faites : car elles sont si métaphysiques et si peu communes, qu'elles ne seront peut-être pas au goût 25 de tout le monde ; et toutefois, afin qu'on puisse juger si les fondements que j'ai pris sont assez fermes, je me trouve en quelque façon contraint d'en parler. J'avais dès long-

temps remarqué que pour les mœurs il est besoin quelquefois de suivre des opinions qu'on sait être fort incertaines, tout de même que si elles étaient indubitables, ainsi qu'il a été dit ci-dessus ; mais pource qu'alors je
5 désirais vaquer seulement à la recherche de la vérité, je pensai qu'il fallait que je fisse tout le contraire, et que je rejetasse comme absolument faux tout ce en quoi je pourrais imaginer le moindre doute, afin de voir s'il ne resterait point après cela quelque chose en ma créance
10 qui fût entièrement indubitable. Ainsi, à cause que nos sens nous trompent quelquefois, je voulus supposer qu'il n'y avait aucune chose qui fût telle qu'ils nous la font imaginer ; et parce qu'il y a des hommes qui se méprennent en raisonnant même touchant les plus simples matières de
15 géométrie, et y font des paralogismes,[1] jugeant que j'étais sujet à faillir autant qu'aucun autre, je rejetai comme fausses toutes les raisons que j'avais prises auparavant pour démonstrations ; et enfin, considérant que toutes les mêmes pensées que nous avons étant éveillés[2] nous peuvent aussi
20 venir quand nous dormons, sans qu'il y en ait aucune pour lors qui soit vraie, je me résolus de feindre que toutes les choses qui m'étaient jamais entrées en l'esprit n'étaient non plus[3] vraies que les illusions de mes songes. Mais aussitôt après je pris garde que, pendant que je voulais ainsi penser
25 que tout était faux, il fallait nécessairement que moi qui le pensais fusse quelque chose ; et remarquant que cette vérité, *je pense, donc je suis,*[4] était si ferme et si assurée, que toutes les plus extravagantes suppositions des sceptiques n'étaient pas capables de l'ébranler, je jugeai que je pouvais la rece-
30 voir sans scrupule pour le premier principe de la philosophie que je cherchais.

Puis, examinant avec attention ce que j'étais, et voyant

que je pouvais feindre que je n'avais aucun corps, et qu'il n'y
avait aucun monde ni aucun lieu où je fusse, mais que je ne
pouvais pas feindre pour cela que je n'étais point, et qu'au
contraire, de cela même que je pensais à douter de la vérité
des autres choses, il suivait très évidemment et très cer- 5
tainement que j'étais ; au lieu que si j'eusse seulement cessé
de penser, encore que tout le reste de ce que j'avais imaginé
eût été vrai, je n'avais aucune raison de croire que j'eusse
été, je connus de là [1] que j'étais une substance dont toute
l'essence ou la nature n'est que de penser, et qui pour être 10
n'a besoin d'aucun lieu ni ne dépend d'aucune chose maté-
rielle ; en sorte que ce moi, c'est-à-dire l'âme, par laquelle
je suis ce que je suis, est entièrement distincte du corps, et
même qu'elle est plus aisée à connaître que lui, et qu'encore
qu'il ne fût point, elle ne lairrait [2] pas d'être tout ce qu'elle 15
est.

Après cela je considérai en général ce qui est requis à
une proposition pour être vraie et certaine : car puisque je
venais d'en trouver une que je savais être telle, je pensai
que je devais aussi savoir en quoi consiste cette certitude. 20
Et, ayant remarqué qu'il n'y a rien du tout en ceci, *je pense,
donc je suis*, qui m'assure que je dis la vérité, sinon que je
vois très clairement que pour penser il faut être, je jugeai
que je pouvais prendre pour règle générale que les choses
que nous concevons [3] fort clairement et fort distinctement 25
sont toutes vraies, mais qu'il y a seulement quelque difficulté [4]
à bien remarquer quelles sont celles que nous concevons
distinctement.

Ensuite de quoi, [4] faisant réflexion sur ce que je doutais, et
que par conséquent mon être n'était pas tout parfait, car je 30
voyais clairement que c'était une plus grande perfection de
connaître que de douter, je m'avisai de chercher d'où j'avais

appris à penser à quelque chose de plus parfait que je
n'étais, et je connus évidemment que ce devait être de quelque nature qui fût en effet plus parfaite.   Pour ce qui est
des pensées que j'avais de plusieurs autres choses hors de
5 moi, comme du ciel, de la terre, de la lumière, de la chaleur,
et de mille autres, je n'étais point tant en peine de savoir
d'où elles venaient, à cause que, ne remarquant rien en elles
qui me semblât les rendre supérieures à moi, je pouvais
croire que, si elles étaient vraies, c'étaient des dépendances
10 de ma nature, en tant qu'elle avait quelque perfection, et, si
elles ne l'étaient pas, que je les tenais du néant, c'est-à-dire
qu'elles étaient en moi pource que j'avais du défaut.   Mais
ce ne pouvait être le même[1] de l'idée d'un être plus parfait
que le mien : car de la tenir du néant, c'était chose mani-
15 festement impossible.   Et pource qu'il n'y a pas moins de
répugnance que le plus parfait soit une suite et une dépendance du moins parfait, qu'il n'y en a que de rien procède
quelque chose, je ne la pouvais tenir non plus de moi-même :
de façon qu'il restait qu'elle eût été mise en moi par une
20 nature qui fût véritablement plus parfaite que je n'étais, et
même qui eût en soi[2] toutes les perfections dont je pouvais
avoir quelque idée, c'est-à-dire, pour m'expliquer en un mot,
qui fût Dieu.   A quoi j'ajoutai que, puisque je connaissais
quelques perfections que je n'avais point, je n'étais pas le
25 seul être qui existât (j'userai, s'il vous plaît, ici librement
des mots de l'école)[3], mais qu'il fallait de nécessité qu'il y
en eût quelque autre plus parfait, duquel je dépendisse, et
duquel j'eusse acquis tout ce que j'avais : car, si j'eusse été
seul et indépendant de tout autre, en sorte que j'eusse eu
30 de moi-même tout ce peu que je participais de l'être parfait, j'eusse pu avoir de moi, par même raison, tout le sur-
plus que je connaissais me manquer,[4] et ainsi être[5] moi-même

infini, éternel, immuable, tout connaissant, tout puissant, et enfin avoir toutes les perfections que je pouvais remarquer être en Dieu. Car, suivant les raisonnements que je viens de faire, pour connaître la nature de Dieu autant que la mienne en était capable, je n'avais qu'à considérer, de toutes 5 les choses dont je trouvais en moi quelque idée, si c'était perfection ou non de les posséder ; et j'étais assuré qu'aucune de celles qui marquaient quelque imperfection n'était en lui, mais que toutes les autres y étaient : comme je voyais que le doute, l'inconstance, la tristesse et choses semblables 10 n'y pouvaient être, vu que j'eusse été moi-même bien aise d'en être exempt. Puis, outre cela, j'avais des idées de plusieurs choses sensibles et corporelles ; car, quoique je supposasse que je rêvais, et que tout ce que je voyais ou imaginais était faux, je ne pouvais nier toutefois que les 15 idées n'en fussent véritablement en ma pensée. Mais pour ce que j'avais déjà connu en moi très clairement que la nature intelligente est distincte de la corporelle, considérant que toute composition témoigne de la dépendance, et que la dépendance est manifestement un défaut, je jugeais de là 20 que ce ne pouvait être une perfection en Dieu d'être composé de ces deux natures, et que par conséquent il ne l'était pas ; mais que s'il y avait quelques corps dans le monde, ou bien quelques intelligences ou autres natures qui ne fussent point toutes parfaites, leur être devait dépendre de sa puis- 25 sance, en telle sorte qu'elles ne pouvaient subsister sans lui un seul moment.

Je voulus chercher après cela d'autres vérités ; et m'étant proposé l'objet des géomètres, que je concevais comme un corps continu, ou un espace indéfiniment étendu en lon- 30 gueur, largeur et hauteur ou profondeur, divisible en diverses parties, qui pouvaient avoir diverses figures et gran-

deurs, et être mues ¹ ou transposées en toutes sortes,² car les
géomètres supposent tout cela en leur objet, je parcourus
quelques-unes de leurs plus simples démonstrations ; et,
ayant pris garde que cette grande certitude que tout le
5 monde leur attribue n'est fondée que sur ce qu'on les con-
çoit évidemment, suivant la règle que j'ai tantôt dite, je pris
garde aussi qu'il n'y avait rien du tout en elles qui m'assurât
de l'existence de leur objet : car, par exemple, je voyais
bien que, supposant un triangle, il fallait que ses trois angles
10 fussent égaux à deux droits, mais je ne voyais rien pour cela
qui m'assurât qu'il y eût au monde aucun triangle ; au lieu
que, revenant à examiner l'idée que j'avais d'un être parfait, je trouvais que l'existence ³ y était comprise en même
façon qu'il est compris en celle d'un triangle que ses trois
15 angles sont égaux à deux droits, ou en celle d'une sphère
que toutes ses parties sont également distantes de son
centre, ou même encore plus évidemment ; et que par conséquent il est pour le moins aussi certain que Dieu, qui est
cet être si parfait, est ou existe, qu'aucune démonstration
20 de géométrie le saurait être.

Mais ce qui fait qu'il y en a plusieurs qui se persuadent
qu'il y a de la difficulté à le connaître, et même aussi à connaître ce que c'est que leur âme, c'est qu'ils n'élèvent
jamais leur esprit au delà des choses sensibles, et qu'ils sont
25 tellement accoutumés à ne rien considérer qu'en l'imaginant,⁴ qui est une façon de penser particulière pour les
choses matérielles, que tout ce qui n'est pas imaginable leur
semble n'être pas intelligible.   Ce qui est assez manifeste
de ce que même les philosophes tiennent pour maxime dans
30 les écoles, qu'il n'y a rien ⁵ dans l'entendement qui n'ait
premièrement été dans le sens, où toutefois il est certain
que les idées de Dieu et de l'âme ⁶ n'ont jamais été, et il

me semble que ceux qui veulent user de leur imagination
pour les comprendre font tout de même que si, pour ouïr
les sons ou sentir les odeurs, ils se voulaient servir de leurs
yeux : sinon qu'il y a encore cette différence, que le sens de
la vue ne nous assure pas moins de la vérité de ces objets 5
que font ceux de l'odorat ou de l'ouïe ; au lieu que ni notre
imagination ni nos sens ne nous sauraient jamais assurer
d'aucune chose, si notre entendement n'y intervient.

Enfin, s'il y a encore des hommes qui ne soient pas assez
persuadés de l'existence de Dieu et de leur âme par les rai- 10
sons que j'ai apportées, je veux bien qu'ils sachent que toutes
les autres choses dont ils se pensent peut-être plus assurés,
comme d'avoir un corps, et qu'il y a des astres et une terre,
et choses semblables, sont moins certaines : car, encore
qu'on ait une assurance morale ¹ de ces choses, qui est telle 15
qu'il semble qu'à moins d'être extravagant on n'en peut
douter, toutefois aussi, à moins que d'être déraisonnable,
lorsqu'il est question d'une certitude métaphysique, on ne
peut nier que ce ne soit assez de sujet pour n'en être pas
entièrement assuré que d'avoir pris garde qu'on peut en 20
même façon s'imaginer, étant endormi, qu'on a un autre
corps, et qu'on voit d'autres astres et une autre terre sans
qu'il en soit rien. Car d'où sait-on que les pensées qui
viennent en songe sont plutôt fausses que les autres, vu que
souvent elles ne sont pas moins vives et expresses? Et que 25
les meilleurs esprits y étudient tant qu'il leur plaira, je ne
crois pas qu'ils puissent donner aucune raison qui soit suffisante pour ôter ce doute, s'ils ne présupposent l'existence
de Dieu. Car, premièrement, cela même que j'ai tantôt
pris pour une règle, à savoir, que les choses que nous con- 30
cevons très clairement et très distinctement sont toutes
vraies, n'est assuré qu'à cause que Dieu est ou existe, et

qu'il est un être parfait, et que tout ce qui est en nous vient
de lui : d'où il suit que nos idées ou notions, étant des
choses réelles, et qui viennent de Dieu en tout ce en quoi
elles sont claires et distinctes, ne peuvent en cela être que
5 vraies. En sorte que si nous en avons assez souvent qui
contiennent de la fausseté, ce ne peut être que de celles qui
ont quelque chose de confus et obscur, à cause qu'en cela
elles participent du néant, c'est-à-dire qu'elles ne sont en
nous ainsi confuses qu'à cause que nous ne sommes pas tout
10 parfaits. Et il est évident qu'il n'y a pas moins de répugnance que la fausseté ou l'imperfection procède de Dieu,
en tant que telle,[1] qu'il y en a que la vérité ou la perfection
procède du néant. Mais si nous ne savions point[2] que tout
ce qui est en nous de réel et de vrai vient d'un être parfait
15 et infini, pour claires[3] et distinctes que fussent nos idées,
nous n'aurions aucune raison qui nous assurât qu'elles eussent
la perfection d'être vraies.

Or, après que la connaissance de Dieu et de l'âme nous a
ainsi rendus certains de cette règle, il est bien aisé à con-
20 naître que les rêveries que nous imaginons étant endormis
ne doivent aucunement nous faire douter de la vérité des
pensées que nous avons étant éveillés. Car s'il arrivait
même en dormant qu'on eût quelque idée fort distincte,
comme, par exemple, qu'un géomètre inventât quelque
25 nouvelle démonstration, son sommeil ne l'empêcherait pas
d'être vraie ; et pour l'erreur la plus ordinaire de nos songes,
qui consiste en ce qu'ils nous représentent divers objets en
même façon que font nos sens extérieurs, n'importe pas
qu'elle nous donne occasion de nous défier de la vérité de
30 telles idées, à cause qu'elles peuvent aussi nous tromper
assez souvent sans que nous dormions : comme lorsque
ceux qui ont la jaunisse voient tout de couleur jaune, ou

que les astres ou autres corps fort éloignés nous paraissent
beaucoup plus petits qu'ils ne sont. Car enfin, soit que nous
veillions, soit que nous dormions, nous ne nous devons jamais
laisser persuader qu'à l'évidence de notre raison. Et il est à
remarquer que je dis de notre raison, et non point de notre   5
imagination ni de nos sens : comme, encore que nous voyions
le soleil très clairement, nous ne devons pas juger pour cela
qu'il ne soit que de la grandeur que nous le voyons ; et nous
pouvons bien imaginer distinctement une tête de lion entée
sur le corps d'une chèvre, sans qu'il faille conclure pour cela   10
qu'il y ait au monde une chimère : car la raison ne nous
dicte point que ce que nous voyons ou imaginons ainsi soit
véritable, mais elle nous dicte bien que toutes nos idées ou
notions doivent avoir quelque fondement de vérité : car il
ne serait pas possible que Dieu, qui est tout parfait et tout   15
véritable, les eût mises en nous sans cela ; et pource que
nos raisonnements ne sont jamais si évidents ni si entiers
pendant le sommeil que pendant la veille, bien que quelquefois nos imaginations soient alors autant ou plus vives et
expresses, elle nous dicte aussi que nos pensées ne pouvant   20
être toutes vraies, à cause que nous ne sommes pas tout
parfaits, ce qu'elles ont de vérité doit infailliblement se rencontrer en celles que nous avons étant éveillés plutôt qu'en
nos songes.

CHAPTER II — PASCAL

LES PROVINCIALES

OU LES LETTRES ÉCRITES PAR LOUIS DE MONTALTE[1] À UN PROVINCIAL[2] DE SES AMIS ET AUX RR. PP. JÉSUITES SUR LE SUJET DE LA MORALE ET DE LA POLITIQUE DE CES PÈRES.

PREMIÈRE LETTRE

De Paris, ce 23e janvier[3] 1656.

Monsieur,

Nous étions bien abusés. Je ne suis détrompé que d'hier ; jusque-là j'ai pensé que le sujet des disputes de Sorbonne[4] était bien important et d'une extrême consé-
5 quence pour la religion. Tant d'assemblées d'une compagnie aussi célèbre qu'est la Faculté de Théologie de Paris,[5] et où il s'est passé tant de choses si extraordinaires et si hors d'exemple, en font concevoir une si haute idée, qu'on ne peut croire qu'il n'y en ait un sujet bien extraordinaire.

10 Cependant vous serez bien surpris, quand vous apprendrez par ce récit à quoi se termine un si grand éclat ; et c'est ce que je vous dirai en peu de mots, après m'en être parfaitement instruit.

On examine deux questions : l'une de fait, l'autre de
15 droit.

Celle de fait consiste à savoir si M. Arnauld[6] est téméraire, pour avoir dit dans sa seconde lettre,[7] qu'il a «lu exactement le livre de Jansénius[8] et qu'il n'y a point trouvé les propositions condamnées par le feu pape[9] ; et néanmoins
20 que, comme il condamne ces propositions en quelque lieu qu'elles se rencontrent, il les condamne dans Jansénius, si elles y sont.»

La question sur cela est de savoir s'il a pu, sans témérité, témoigner par là qu'il doute que ces propositions soient dans Jansénius, après que MM. les évêques [1] ont déclaré qu'elles y sont.

On propose l'affaire en Sorbonne. Soixante et onze docteurs entreprennent sa défense, et soutiennent qu'il n'a pu répondre autre chose à ceux qui, par tant d'écrits, lui demandaient s'il tenait que ces propositions fussent dans ce livre, sinon qu'il ne les y a pas vues, et que néanmoins il les y condamne, si elles y sont.

Quelques-uns même, passant plus avant, ont déclaré que, quelque recherche qu'ils en aient faite, ils ne les y ont jamais trouvées, et que même ils y en ont trouvé de toutes contraires. Ils ont demandé ensuite avec instance que s'il y avait quelque docteur qui les eût vues, il voulût les montrer ; que c'était une chose si facile qu'elle ne pouvait être refusée, puisque c'était un moyen sûr de les réduire tous, et M. Arnauld même ; mais on le leur a toujours refusé. Voilà ce qui s'est passé de ce côté-là.

De l'autre part se sont trouvés quatre-vingts docteurs séculiers, et quelque quarante religieux mendiants, qui ont condamné la proposition de M. Arnauld, sans vouloir examiner si ce qu'il avait dit était vrai ou faux, et ayant même déclaré qu'il ne s'agissait pas de la vérité, mais seulement de la témérité de sa proposition.

Il s'en est de plus trouvé quinze qui n'ont point été pour la censure, et qu'on appelle indifférents.

Voilà comment [2] s'est terminée la question de fait, dont je ne me mets guère en peine : car que M. Arnauld soit téméraire ou non, ma conscience n'y est pas intéressée. Et si la curiosité me prenait de savoir si ces propositions sont dans Jansénius, son livre n'est pas si rare, ni si gros,[3] que je ne le pusse lire tout entier pour m'en éclaircir, sans en consulter la Sorbonne.

Mais si je ne craignais aussi d'être téméraire, je crois que je suivrais l'avis de la plupart des gens que je vois, qui ayant
5 cru jusqu'ici sur la foi publique que ces propositions sont dans Jansénius, commencent à se défier du contraire par le refus bizarre qu'on fait de les montrer, qui est tel que je n'ai encore vu personne qui m'ait dit les y avoir vues. De sorte que je crains que cette censure ne fasse plus de mal que de
10 bien, et qu'elle ne donne à ceux qui en sauront l'histoire une impression toute opposée[1] à la conclusion. Car en vérité le monde devient méfiant, et ne croit les choses que quand il les voit. Mais comme j'ai déjà dit, ce point-là est peu important, puisqu'il ne s'y agit point de la foi.

15 Pour la question de droit,[2] elle semble bien plus considérable en ce qu'elle touche la foi. Aussi j'ai pris un soin particulier de m'en informer. Mais vous serez bien satisfait de voir que c'est une chose aussi peu importante que la première.

20 Il s'agit d'examiner ce que M. Arnauld a dit dans la même lettre : « Que la grâce, sans laquelle on ne peut rien, a manqué à saint Pierre dans sa chute. » Sur quoi nous pensions, vous et moi, qu'il était question d'examiner les plus grands principes de la grâce : comme, si elle n'est pas
25 donnée à tous les hommes, ou bien si elle est efficace. Mais nous étions bien trompés. Je suis devenu grand théologien en peu de temps, et vous en allez voir des marques.

Pour savoir la chose au vrai, je vis M. N.,[3] docteur de Navarre,[4] qui demeure près de chez moi, qui est, comme
30 vous le savez, des plus zélés contre les Jansénistes ; et comme ma curiosité me rendait presque aussi ardent que lui, je lui demandai d'abord s'ils ne décideraient pas for-

mellement, «que la grâce est donnée à tous,» afin qu'on
n'agitât plus ce doute. Mais il me rebuta rudement, et me
dit que ce n'était pas là le point ; qu'il y en avait de ceux
de son côté qui tenaient que la grâce n'est pas donnée à
tous ; que les examinateurs mêmes avaient dit en pleine 5
Sorbonne que cette opinion est *problématique*, et qu'il était
lui-même dans ce sentiment ; ce qu'il me confirma par ce
passage qu'il dit être célèbre de saint Augustin : [1] «Nous
savons que la grâce n'est pas donnée à tous les hommes.»

Je lui fis excuse d'avoir mal pris son sentiment, et le priai 10
de me dire s'ils ne condamneraient donc pas au moins cette
autre opinion des Jansénistes, qui fait tant de bruit : «Que
la grâce est efficace, et qu'elle détermine notre volonté à
faire le bien.» Mais je ne fus pas plus heureux en cette
seconde question. «Vous n'y entendez rien, me dit-il ; ce 15
n'est pas là une hérésie ; c'est une opinion orthodoxe : tous
les Thomistes [2] la tiennent ; et moi-même je l'ai soutenue dans
ma *Sorbonique.* » [3]

Je n'osai plus lui proposer mes doutes, et même je ne
savais plus où était la difficulté, quand pour m'en éclaircir 20
je le suppliai de me dire en quoi consistait donc l'hérésie de
la proposition de M. Arnauld. «C'est, me dit-il, en ce qu'il
ne reconnaît pas que les justes aient le pouvoir d'accomplir
les commandements de Dieu en la manière que nous l'entendons.» 25

Je le quittai après cette instruction ; et bien glorieux de
savoir le nœud de l'affaire, je fus [4] trouver M. N., qui se porte
de mieux en mieux, et qui eut assez de santé pour me conduire chez son beau-frère, qui est janséniste s'il y en eut
jamais, et pourtant fort bon homme. Pour en être mieux 30
reçu, je feignis d'être fort des siens, et lui dis : «Serait-il
bien possible que la Sorbonne introduisît dans l'Église cette

erreur, que tous les justes ont toujours le pouvoir d'accomplir les commandements? — Comment parlez-vous? me dit
mon docteur.   Appelez-vous erreur un sentiment si catholique, et que les seuls Luthériens et Calvinistes combattent?
5 — Eh quoi! lui dis-je, n'est-ce pas votre opinion? — Non,
me dit-il, nous l'anathématisons comme hérétique et impie.»
Surpris de cette réponse, je connus bien que j'avais trop fait
le Janséniste, comme j'avais l'autre fois été trop moliniste.[1]
Mais ne pouvant m'assurer de sa réponse, je le priai de me
10 dire confidemment s'il tenait «que les justes eussent toujours
un pouvoir véritable d'observer les préceptes.» Mon homme
s'échauffa là-dessus, mais d'un zèle dévot, et dit qu'il ne dé-
guiserait jamais ses sentiments, pour quoi que ce fût; que
c'était sa créance, et que lui et tous les siens la défendraient
15 jusqu'à la mort, comme étant la pure doctrine de saint
Thomas et de saint Augustin leur maître.

Il m'en parla si sérieusement que je n'en pus douter. Et
sur cette assurance je retournai chez mon premier docteur,
et lui dis, bien satisfait, que j'étais certain que la paix serait
20 bientôt en Sorbonne; que les Jansénistes étaient d'accord
du pouvoir qu'ont les justes d'accomplir les préceptes; que
j'en étais garant; et que je le leur ferais signer de leur
sang. «Tout beau! me dit-il; il faut être théologien pour
en voir le fin. La différence qui est entre nous est si subtile,
25 qu'à peine pouvons-nous la marquer nous-mêmes. Vous
auriez trop de difficulté à l'entendre. Contentez-vous donc
de savoir que les Jansénistes vous diront bien que tous les
justes ont toujours le pouvoir d'accomplir les commandements; ce n'est pas de quoi nous disputons. Mais ils ne
30 vous diront pas que ce pouvoir soit *prochain:* c'est là le
point.»

Ce mot me fut nouveau et inconnu. Jusque-là j'avais

entendu les affaires, mais ce terme me jeta dans l'obscurité, et je crois qu'il n'a été inventé que pour brouiller. Je lui en demandai donc l'explication, mais il m'en fit un mystère et me renvoya sans autre satisfaction pour demander aux Jansénistes s'ils admettaient ce pouvoir *prochain*. Je chargeai ma mémoire de ce terme : car mon intelligence n'y avait aucune part. Et, de peur d'oublier, je fus promptement retrouver mon Janséniste, à qui je dis incontinent après les premières civilités : « Dites-moi, je vous prie, si vous admettez le *pouvoir prochain*. » Il se mit à rire, et me dit froidement : « Dites-moi vous-même en quel sens vous l'entendez, et alors je vous dirai ce que j'en crois. » Comme ma connaissance n'allait pas jusque-là, je me vis en terme de¹ ne lui pouvoir répondre ; et néanmoins pour ne pas rendre ma visite inutile, je lui dis au hasard : « Je l'entends au sens des Molinistes. » A quoi mon homme, sans s'émouvoir : « Auxquels des Molinistes, me dit-il, me renvoyez-vous ? » Je les lui offris tous ensemble, comme ne faisant qu'un même corps, et n'agissant que par un même esprit.

Mais il me dit : « Vous êtes bien peu instruit. Ils sont si peu dans les mêmes sentiments, qu'ils en ont de tout contraires. Étant tous unis dans le dessein de perdre M. Arnauld, ils se sont avisés de s'accorder de ce terme de *prochain*, que les uns et les autres diraient ensemble, quoiqu'ils l'entendissent diversement, afin de parler un même language ; et que par cette conformité apparente, ils pussent former un corps considérable, et composer le plus grand nombre pour l'opprimer avec assurance. »

Cette réponse m'étonna. Mais, sans recevoir ces impressions des méchants desseins des Molinistes, que je ne veux pas croire sur sa parole, et où je n'ai point d'intérêt,² je m'attachai seulement à savoir les divers sens qu'ils donnent à ce

mot mystérieux de *prochain*.   Il me dit : « Je vous en éclair-
cirais de bon cœur, mais vous y verriez une répugnance et
une contradiction si grossière, que vous auriez peine à me
croire.   Je vous serais suspect.   Vous en serez plus sûr en
5 l'apprenant d'eux-mêmes, et je vous en donnerai les adresses.
Vous n'avez qu'à voir séparément M. Le Moine[1] et le P. Nicc·
laï.[2] — Je ne connais ni l'un ni l'autre, l·· dis-je. — Voye;
donc, me dit-il, si vous ne connaîtrez point quelqu'un de
ceux que je vous vas[3] nommer ; car ils suivent les sentiments
10 de M. Le Moine. »   J'en connus en effet quelques-uns.   Et
ensuite il me dit :   « Voyez si vous ne connaissez point des
Dominicains[4] qu'on appelle nouveaux Thomistes ;[5] car ils
sont tous comme le P. Nicolaï. »   J'en connus aussi entre
ceux qu'il me nomma ; et, résolu de profiter de cet avis et
15 de sortir d'affaire, je le quittai et allai d'abord chez un des
disciples de M. Le Moine.

Je le suppliai de me dire ce que c'est que d'*avoir le pou-*
voir prochain de faire quelque chose. « Cela est aisé, me
dit-il : c'est avoir tout ce qui est nécessaire pour la faire, de
20 telle sorte qu'il ne manque rien pour agir. — Et ainsi, lui
dis-je, avoir le *pouvoir prochain* de passer une rivière, c'est
avoir un bateau, des bateliers, des rames et le reste, en sorte
que rien ne manque. — Fort bien, me dit-il. — Et avoir le
pouvoir prochain de voir, lui dis-je, c'est avoir bonne vue,
25 et être en plein jour.   Car qui aurait bonne vue dans l'obscurité n'aurait pas le *pouvoir prochain* de voir, selon vous,
puisque la lumière lui manquerait, sans quoi on ne voit
point. — Doctement, me dit-il. — Et par conséquent, con-
· tinuai-je, quand vous dites que tous les justes ont toujours le
30 *pouvoir prochain* d'observer les commandements, vous entendez qu'ils ont toujours toute la grâce nécessaire pour les
accomplir ; en sorte qu'il ne leur manque rien de la part de

Dieu. — Attendez, me dit-il : ils ont toujours tout ce qui est
nécessaire pour les observer, ou du moins pour le demander
à Dieu. — J'entends bien, lui dis-je, ils ont tout ce qui est
nécessaire pour prier Dieu de les assister, sans qu'il soit
nécessaire qu'ils aient aucune nouvelle grâce de Dieu pour 5
prier. — Vous l'entendez, me dit-il. — Mais il n'est donc pas
nécessaire qu'ils aient une grâce efficace pour prier Dieu ?
— Non, me dit-il, suivant M. Le Moine. »

Pour ne point perdre de temps, j'allai aux Jacobins,[1] et
demandai ceux que je savais être des nouveaux Thomistes. 10
Je les priai de me dire ce que c'est que *pouvoir prochain.*
« N'est-ce pas celui, leur dis-je, auquel il ne manque rien
pour agir ? — Non, me dirent-ils. — Mais quoi ! mon Père,
s'il manque quelque chose à ce pouvoir, l'appelez-vous *pro-*
chain ; et diriez-vous, par exemple, qu'un homme ait, la nuit 15
et sans aucune lumière, le *pouvoir prochain de voir ?* — Oui-
dea,[2] il l'aurait, selon nous, s'il n'est pas aveugle. — Je le veux
bien, leur dis-je ; mais M. Le Moine l'entend d'une manière
contraire. — Il est vrai, me dirent-ils ; mais nous l'entendons
ainsi. — J'y consens, leur dis-je, car je ne dispute jamais du 20
nom, pourvu qu'on m'avertisse du sens qu'on lui donne.
Mais je vois par là que, quand vous dites que les justes ont
toujours le *pouvoir prochain* pour prier Dieu, vous entendez
qu'ils ont besoin d'un autre secours pour prier, sans quoi ils
ne prieront jamais. — Voilà qui va bien, me répondirent mes 25
Pères, en m'embrassant, voilà qui va bien. Car il leur faut
de plus une grâce efficace qui n'est pas donnée à tous, et qui
détermine leur volonté à prier ; et c'est une hérésie de nier
la nécessité de cette grâce efficace pour prier.

— Voilà qui va bien, leur dis-je à mon tour ; mais selon 30
vous les Jansénistes sont catholiques, et M. Le Moine hérétique. Car les Jansénistes disent que les justes ont le pou-

voir de prier, mais qu'il faut pourtant une grâce efficace, et
c'est ce que vous approuvez.   Et M. Le Moine dit que les
justes prient sans grâce efficace, et c'est ce que vous con-
damnez. — Oui, dirent-ils ; mais M. Le Moine[1] appelle ce
5 pouvoir *pouvoir prochain.*

    — Quoi ! mes Pères, leur dis-je, c'est se jouer des paroles,
de dire que vous êtes d'accord à cause des termes communs
dont vous usez, quand vous êtes contraires dans le sens.»
Mes Pères ne répondirent rien ; et sur cela, mon disciple de
10 M. Le Moine arriva, par un bonheur que je croyais extraordinaire ; mais j'ai su depuis que leur rencontre n'est pas rare,
et qu'ils sont continuellement mêlés les uns avec les
autres.

    Je dis donc à mon disciple de M. Le Moine : « Je connais
15 un homme qui dit que tous les justes ont toujours le pouvoir
de prier Dieu, mais que néanmoins ils ne prieront jamais sans
une grâce efficace qui les détermine, et laquelle Dieu ne
donne pas toujours à tous les justes.   Est-il hérétique ? —
Attendez, me dit mon docteur, vous me pourriez surprendre.
20 Allons donc doucement.   *Distinguo :*[2] s'il appelle ce pouvoir *pouvoir prochain*, il sera thomiste et partant catholique ;
sinon, il sera janséniste et partant hérétique. — Il ne l'appelle, lui dis-je, ni prochain, ni non prochain. — Il est donc
hérétique, me dit-il : demandez-le à ces bons Pères.»   Je
25 ne les pris pas pour juges, car ils consentaient déjà d'un
mouvement de tête.   Mais je leur dis : « Il refuse d'ad-
mettre ce mot de *prochain*, parce qu'on ne le veut pas expliquer.»   A cela, un de mes Pères voulut en apporter sa
définition ; mais il fut interrompu par le disciple de M. Le
30 Moine, qui lui dit : «Voulez-vous donc recommencer nos
brouilleries ?   Ne sommes-nous pas demeurés d'accord
de ne point expliquer ce mot de *prochain*, et de le dire de

part et d'autre sans dire ce qu'il signifie?» A quoi le
Jacobin consentit.

Je pénétrai par là dans leur dessein, et leur dis en me
levant pour les quitter : «En vérité, mes Pères, j'ai grand'
peur que tout ceci ne soit une pure chicanerie ; et quoi 5
qu'il arrive de vos assemblées, j'ose vous prédire que quand la
censure serait faite la paix ne serait pas établie. Car, quand
on aurait décidé qu'il faut prononcer les syllabes *pro, chain,*
qui ne voit que, n'ayant pas été expliquées, chacun de vous
voudra jouir de la victoire? Les Jacobins diront que ce 10
mot s'entend en leur sens ; M. Le Moine dira que c'est au
sien ; et ainsi il y aura bien plus de disputes pour l'expliquer
que pour l'introduire. Car, après tout, il n'y aurait pas
grand péril à le recevoir sans aucun sens, puisqu'il ne peut
nuire que par le sens. Mais ce serait une chose indigne de 15
la Sorbonne et de la théologie d'user de mots équivoques
et captieux, sans les expliquer.

Enfin, mes Pères, dites-moi, je vous prie pour la dernière fois, ce qu'il faut que je croie pour être catholique.
— Il faut, me dirent-ils tous ensemble, dire que tous les 20
justes ont le *pouvoir prochain,* en faisant abstraction de tout
sens : *abstrahendo a sensu Thomistarum et a sensu aliorum
theologorum.*

— C'est-à-dire, leur dis-je en les quittant, qu'il faut prononcer ce mot des lèvres, de peur d'être hérétique de nom. 25
Car est-ce que ce mot est de l'Écriture ? — Non, me dirent-ils.
— Est-il donc des Pères,¹ ou des Conciles, ou des Papes?
— Non. — Est-il donc de saint Thomas? — Non. — Quelle
nécessité y a-t-il donc de le dire, puisqu'il n'a ni autorité,
ni aucun sens de lui-même ? — Vous êtes opiniâtre, me di- 30
rent-ils. Vous le direz ou vous serez hérétique, et M.
Arnauld aussi. Car nous sommes le plus grand ·nombre :

et, s'il est besoin, nous ferons venir tant de Cordeliers,[1] que nous l'emporterons. »

Je les viens de quitter sur cette solide raison pour vous écrire ce récit, par où vous voyez qu'il ne s'agit d'aucun
5 des points suivants, et qu'ils ne sont condamnés de part ni d'autre : « 1. Que la grâce[2] n'est pas donnée à tous les hommes. 2. Que tous les justes ont toujours le pouvoir d'accomplir les commandements de Dieu. 3. Qu'ils ont néanmoins besoin pour les accomplir, et même pour prier,
10 d'une grâce efficace qui détermine leur volonté. 4. Que cette grâce efficace n'est pas toujours donnée à tous les justes, et qu'elle dépend de la pure miséricorde de Dieu. » De sorte qu'il n'y a plus que le mot *prochain* sans aucun sens qui court risque.

15 Heureux les peuples qui l'ignorent! heureux ceux qui ont précédé sa naissance! car je n'y vois plus de remède, si Messieurs de l'Académie[3] ne bannissent par un coup d'autorité ce mot barbare de Sorbonne,[4] qui cause tant de divisions. Sans cela, la censure paraît assurée : mais je vois
20 qu'elle ne fera point d'autre mal que de rendre la Sorbonne méprisable par ce procédé, qui lui ôtera l'autorité qui lui est si nécessaire en d'autres rencontres.

Je vous laisse cependant dans la liberté de tenir pour le mot *prochain*, ou non ; car j'aime trop mon prochain pour
25 le persécuter sous ce prétexte. Si ce récit ne vous déplaît pas, je continuerai de vous avertir de tout ce qui se passera.

Je suis, etc.

QUATRIÈME LETTRE

De Paris, le 25ᵉ février 1656.

Monsieur,

Il n'est rien tel que les Jésuites. J'ai bien vu des Jacobins,
30 des docteurs, et de toute sorte de gens ; mais une pareille

visite manquait à mon instruction. Les autres ne font que
les copier. Les choses valent toujours mieux dans leur
source. J'en ai donc vu un des plus habiles, et j'y étais
accompagné de mon fidèle Janséniste qui vint avec moi [1]
aux Jacobins. Et comme je souhaitais particulièrement [5]
d'être éclairci sur le sujet d'un différend qu'ils ont avec les
Jansénistes, touchant ce qu'ils appellent la *grâce actuelle*, je
dis à ce bon Père que je lui serais fort obligé s'il voulait m'en
instruire ; que je ne savais pas seulement ce que ce terme
signifiait ; et je le priai donc de me l'expliquer. «Très- [10]
volontiers, me dit-il, car j'aime les gens curieux. En voici
la définition. Nous appelons *grâce actuelle*, une inspiration
de Dieu, par laquelle il nous fait connaître sa volonté, et par
laquelle il nous excite à la vouloir accomplir.—Et en quoi,
lui dis-je, êtes-vous en dispute avec les Jansénistes sur ce [15]
sujet? — C'est, me répondit-il, en ce que nous voulons que
Dieu donne des grâces actuelles à tous les hommes, à
chaque tentation, parce que nous soutenons que, si l'on
n'avait pas à chaque tentation la grâce actuelle pour n'y
point pécher, quelque péché que l'on commît, il ne pourrait [20]
jamais être imputé. Et les Jansénistes disent, au contraire,
que les péchés commis sans grâce actuelle ne laissent pas
d'être imputés. Mais ce sont des rêveurs.» J'entrevoyais
ce qu'il voulait dire ; mais pour le lui faire expliquer encore
plus clairement, je lui dis : «Mon Père, ce mot de *grâce* [25]
actuelle me brouille ; je n'y suis pas accoutumé ; si vous
aviez la bonté de me dire la même chose sans vous servir
de ce terme, vous m'obligeriez infiniment.—Oui, dit le
Père, c'est-à-dire que vous voulez que je substitue la définition à la place du défini : [2] cela ne change jamais le sens du [30]
discours ; je le veux bien. Nous soutenons donc, comme
un principe indubitable : *qu'une action ne peut être imputée*

à péché, si Dieu ne nous donne, avant de la commettre, la connaissance du mal qui y est, et une inspiration qui nous excite à l'éviter. Entendez-vous maintenant?»

Étonné d'un tel discours, selon lequel tous les péchés de
5 surprise et ceux qu'on fait dans un entier oubli de Dieu ne pourraient être imputés, puisqu'avant que de les commettre on n'a ni la connaissance du mal qui y est, ni la pensée de l'éviter, je me tournai vers mon Janséniste, et je connus bien à sa façon qu'il n'en croyait rien.   Mais comme il ne répon-
10 dait point, je dis à ce Père : « Je voudrais, mon Père, que ce que vous dites fût bien véritable, et que vous en eussiez de bonnes preuves. — En voulez-vous? me dit-il aussitôt.   Je m'en vais vous en fournir, et des meilleures ; laissez-moi faire.» Sur cela, il alla chercher ses livres.   Et je dis cepen-
15 dant à mon ami : «Y en a-t-il quelque autre qui parle comme celui-ci? — Cela vous est-il si nouveau? me répondit-il. Faites état[1] que jamais les Pères, les Papes, les Conciles, ni l'Écriture, ni aucun livre de piété, même dans ces derniers temps, n'ont parlé de cette sorte ; mais que pour des casuistes
20 et des nouveaux scolastiques,[2] il vous en apportera un beau nombre. — Mais quoi ! lui dis-je, je me moque de ces au-teurs-là, s'ils sont contraires à la tradition. — Vous avez raison,» me dit-il.   A ces mots, le bon Père arriva chargé de livres ; et m'offrant le premier qu'il tenait : « Lisez, me
25 dit-il, la *Somme des péchés* du P. Bauny,[3] que voici, et de la cinquième édition encore, pour vous montrer que c'est un bon livre. — C'est dommage, me dit tout bas mon Jansé-niste, que ce livre-là ait été condamné à Rome, et par les évêques de France. — Voyez, dit le Père, la page 906.»   Je
30 lus donc, et je trouvai ces paroles : «Pour pécher et se rendre coupable devant Dieu, il faut savoir que la chose qu'on veut faire ne vaut rien, ou au moins en douter,

craindre, ou bien juger que Dieu ne prend plaisir à l'action à laquelle on s'occupe, qu'il la défend, et nonobstant la faire, franchir le saut,[1] et passer outre. »

« Voilà qui commence bien, lui dis-je. — Voyez cependant, me dit-il, ce que c'est que l'envie. C'était sur cela que M. Hallier,[2] avant qu'il fût de nos amis, se moquait du P: Bauny, et lui appliquait ces paroles : *Ecce qui tollit peccata mundi ;*[3] Voilà celui qui ôte les péchés du monde. — Il est vrai, lui dis-je, que voilà une rédemption toute nouvelle, selon le P. Bauny.

— En voulez-vous, ajouta-t-il, une autorité plus authentique ? Voyez ce livre du P. Annat.[4] C'est le dernier qu'il a fait contre M. Arnauld ; lisez la page 34 où il y a une oreille, et voyez les lignes que j'ai marquées avec du crayon ; elles sont toutes d'or. » Je lus donc ces termes : « Celui qui n'a aucune pensée de Dieu, ni de ses péchés, ni aucune appréhension, — c'est-à-dire, à ce qu'il me fit entendre, aucune connaissance — de l'obligation d'exercer des actes d'amour de Dieu, ou de contrition, n'a aucune grâce actuelle pour exercer ces actes ; mais il est vrai aussi qu'il ne fait aucun péché en les omettant, et que, s'il est damné, ce ne sera pas en punition de cette omission. » Et quelques lignes plus bas : « Et on peut dire la même chose d'une coupable commission. »

— Voyez-vous, me dit le Père, comment il parle des péchés d'omission, et de ceux de commission ? Car il n'oublie rien. Qu'en dites-vous ? — O que cela me plaît ! lui répondis-je, que j'en vois de belles conséquences ! Je perce déjà dans les suites ! Que de mystères s'offrent à moi ! Je vois sans comparaison plus de gens justifiés par cette ignorance et cet oubli de Dieu, que par la grâce et les sacrements. Mais, mon Père, ne me donnez-vous point ici une

fausse joie ?   N'est-ce point quelque chose de semblable à
cette *suffisance* qui ne suffit pas ?   J'appréhende furieusement[1] le *distinguo* : j'y ai été déjà attrapé ; parlez-vous sincèrement ? — Comment ! dit le Père en s'échauffant, il n'en
5 faut pas railler.   Il n'y a point ici d'équivoque. — Je n'en
raille pas, lui dis-je ; mais c'est que je crains à force de
désirer.

    — Voyez donc, me dit-il, pour vous en mieux assurer,
les écrits de M. Le Moine, qui l'a enseigné en pleine Sor-
10 bonne.   Il l'a appris de nous, à la vérité, mais il l'a bien
démêlé.   O qu'il l'a fortement établi !   Il enseigne que
pour faire qu'une action *soit péché*, il faut que *toutes ces*
choses se passent dans l'âme.   Lisez, et pesez chaque mot. »
Je lus donc en latin ce que vous verrez ici en français :
15 « 1°. Dieu répand dans l'âme quelque amour qui la penche
vers la chose commandée ; et de l'autre part la concupiscence rebelle la sollicite au contraire.   2°. Dieu lui inspire
la connaissance de sa faiblesse.   3°. Dieu lui inspire la connaissance du médecin qui la doit guérir.   4°. Dieu lui in-
20 spire le désir de sa guérison.   5°. Dieu lui inspire le désir
de le prier et d'implorer son secours. »

    « Et si toutes ces choses ne se passent dans l'âme, dit le
Jésuite, l'action n'est pas proprement péché, et ne peut être
imputée, comme M. Le Moine le dit en ce même endroit et
25 dans toute la suite.

    « En voulez-vous encore d'autres autorités ?   En voici. . .
— Mais toutes modernes, me dit doucement mon Janséniste. — Je le vois bien, » dis-je, et, en m'adressant à ce Père, je
lui dis : « O mon Père, le grand bien que voici pour des gens
30 de ma connaissance !   Il faut que je vous les amène.   Peut-être
n'en avez-vous guère vu qui aient moins de péchés ; car ils
ne pensent jamais à Dieu ; les vices ont prévenu leur raison.

Ils n'ont jamais connu ni leur infirmité, ni le médecin qui la peut guérir. Ils n'ont jamais pensé à désirer la santé de leur âme, et encore moins à prier Dieu de la leur donner : de sorte qu'ils sont encore dans l'innocence du baptême, selon M. Le Moine. Ils n'ont jamais eu de pensée d'aimer 5 Dieu ni d'être contrits de leurs péchés ; de sorte que, selon le P. Annat, ils n'ont jamais commis aucun péché par le défaut de charité et de pénitence : leur vie est dans une recherche continuelle de toutes sortes de plaisirs, dont jamais le moindre remords n'a interrompu le cours. Tous 10 ces excès me faisaient croire leur perte assurée ; mais, mon Père, vous m'apprenez que ces mêmes excès rendent leur salut assuré. Béni soyez-vous, mon Père, qui justifiez ainsi les gens ! Les autres apprennent à guérir les âmes par des austérités pénibles ; mais vous montrez que celles qu'on 15 aurait cru [1] le plus désespérément malades se portent bien. O la bonne voie pour être heureux en ce monde et en l'autre ! J'avais toujours pensé qu'on péchât d'autant plus, qu'on pensait le moins à Dieu. Mais à ce que je vois, quand on a pu gagner une fois sur soi de n'y plus penser [2] du tout, 20 toutes choses deviennent pures pour l'avenir. Point de ces pécheurs à demi qui ont quelque amour pour la vertu. Ils seront tous damnés, ces demi-pécheurs. Mais pour ces francs pécheurs, pécheurs endurcis, pécheurs sans mélange, pleins et achevés, l'enfer ne les tient pas : ils ont trompé le 25 diable, à force de s'y abandonner. »

Le bon Père, qui voyait assez clairement la liaison de ces conséquences avec son principe, s'en échappa adroitement ; et sans se fâcher, ou par douceur ou par prudence, il me dit seulement : « Afin que vous entendiez comment nous sauvons 30 ces inconvénients, sachez que nous disons bien que ces impies dont vous parlez seraient sans péché, s'ils n'avaient jamais eu

de pensées de se convertir, ni de désirs de se donner à Dieu. Mais nous soutenons qu'ils en ont tous ; et que Dieu n'a jamais laissé pécher un homme sans lui donner auparavant la vue du mal qu'il va faire, et le désir ou d'éviter le péché, ou
5 au moins d'implorer son assistance pour le pouvoir éviter : et il n'y a que les Jansénistes qui disent le contraire.

— Eh quoi ! mon Père, lui repartis-je, est-ce là l'hérésie des Jansénistes, de nier qu'à chaque fois qu'on fait un péché il vient un remords troubler la conscience, malgré lequel on
10 ne laisse pas de *franchir le saut et de passer outre*, comme dit le P. Bauny ? C'est une assez plaisante chose d'être hérétique pour cela ! Je croyais bien qu'on fût damné pour n'avoir pas de bonnes pensées ; mais qu'on le soit pour ne pas croire que tout le monde en a, vraiment, je ne le pen-
15 sais pas ! Mais, mon Père, je me tiens obligé en conscience de vous désabuser, et de vous dire qu'il y a mille gens qui n'ont point ces désirs, qui pèchent sans regret, qui pèchent avec joie, qui en font vanité. Et qui peut en savoir plus de nouvelles¹ que vous ? Il n'est pas que vous ne confessiez
20 quelqu'un de ceux dont je parle : car c'est parmi les per- sonnes de grande qualité qu'il s'en rencontre d'ordinaire. Mais prenez garde, mon Père, aux dangereuses suites de votre maxime. Ne remarquez-vous pas quel effet elle peut faire dans ces libertins,² qui ne cherchent qu'à douter de la
25 religion ? Quel prétexte leur en offrez-vous, quand vous leur dites, comme une vérité de foi, qu'ils sentent à chaque péché qu'ils commettent un avertissement et un désir inté- rieur de s'en abstenir ! Car n'est-il pas visible qu'étant convaincus, par leur propre expérience, de la fausseté de
30 votre doctrine en ce point, que vous dites être de foi, ils en étendront la conséquence à tous les autres ? Ils diront que si vous n'êtes pas véritables³ en un article, vous êtes sus-

pects en tous : et ainsi vous les obligerez à conclure, ou
que la religion est fausse ou du moins que vous en êtes mal
instruits. »

Mais mon second,[1] soutenant mon discours, lui dit :
« Vous feriez bien, mon Père, pour conserver votre doctrine, 5
de n'expliquer pas aussi nettement que vous avez fait ce
que vous entendez par *grâce actuelle*.   Car comment pour-
riez-vous déclarer ouvertement, sans perdre toute créance
dans les esprits : *que personne ne pèche qu'il n'ait aupara-*
vant la connaissance de son infirmité, celle du médecin, le 10
désir de la guérison, et celui de la demander à Dieu ?
Croira-t-on, sur votre parole, que ceux qui sont plongés
dans l'avarice, dans l'impudicité, dans les blasphèmes, dans
le duel, dans la vengeance, dans les vols, dans les sacrilèges,
aient véritablement le désir d'embrasser la chasteté, l'humi- 15
lité, et les autres vertus chrétiennes?

« Pensera-t-on que ces philosophes, qui vantaient si hautement la puissance de la nature, en connussent l'infirmité et
le médecin?   Direz-vous que ceux qui soutenaient comme
une maxime assurée : *que ce n'est pas Dieu qui donne la* 20
vertu, et qu'il ne s'est jamais trouvé personne qui la lui ait
demandée, pensassent à la lui demander eux-mêmes?

« Qui pourra croire que les Épicuriens, qui niaient la
providence divine, eussent des mouvements de prier Dieu?
eux qui disaient : *que c'était lui faire injure que de l'im-* 25
plorer dans nos besoins, comme s'il eût été capable de
s'amuser à penser à nous.

« Et enfin, comment s'imaginer que les idolâtres et les
athées aient dans toutes les tentations qui les portent au
péché, c'est-à-dire une infinité de fois en leur vie, le désir 30
de prier le vrai Dieu, qu'ils ignorent, de leur donner les
vraies vertues qu'ils ne connaissent pas?

— Oui, dit le bon Père d'un ton résolu, nous le dirons ;
et plutôt que de dire qu'on pèche sans avoir la vue que l'on
fait mal et le désir de la vertu contraire, nous soutiendrons
que tout le monde, et les impies et les infidèles, ont ces
5 inspirations et ces désirs à chaque tentation.   Car vous ne
sauriez me montrer, au moins par l'Écriture, que cela ne
soit pas. »

Je pris la parole à ce discours pour lui dire : « Eh quoi !
mon Père, faut-il recourir à l'Écriture pour montrer une
10 chose si claire ?   Ce n'est point ici un point de foi, ni même
de raisonnement.   C'est une chose de fait.   Nous le voyons,
nous le savons, nous le sentons. »

Mais mon Janséniste, se tenant dans les termes que le
Père avait prescrits, lui dit ainsi : « Si vous voulez, mon
15 Père, ne vous rendre qu'à l'Écriture, j'y consens ; mais au
moins ne lui résistez pas, et puisqu'il est écrit : *que Dieu
n'a pas révélé*[1] *ses jugements aux Gentils, et qu'il les a laissés
errer dans leurs voies*, ne dites pas que Dieu a éclairé ceux
que les livres sacrés nous assurent avoir été abandonnés[2]
20 dans les ténèbres et dans l'ombre de la mort.

« Ne vous suffit-il pas, pour entendre l'erreur de votre
principe, de voir que saint Paul se dit[3] *le premier des pécheurs*, pour un péché qu'il déclare avoir commis *par ignorance, et avec zèle ?*

25 « Ne suffit-il pas de voir par l'Évangile[4] que ceux qui
crucifiaient Jésus-Christ avaient besoin du pardon qu'il de-
mandait pour eux, quoiqu'ils ne connussent point la malice
de leur action, et qu'ils ne l'eussent jamais faite,[5] selon saint
Paul, s'ils en eussent eu la connaissance ?

30 « Ne suffit-il pas que Jésus-Christ nous avertisse qu'il y
aura des persécuteurs[6] de l'Église qui croiront rendre service
à Dieu en s'efforçant de la ruiner, pour nous faire entendre

que ce péché, qui est le plus grand de tous[1] selon l'Apôtre,
peut être commis par ceux qui sont si éloignés de savoir
qu'ils pèchent, qu'ils croiraient pécher en ne le faisant pas?
Et enfin ne suffit-il pas que Jésus-Christ lui-même nous ait
appris qu'il y a de deux sortes[2] de pécheurs, dont les uns 5
pèchent avec connaissance et les autres sans connaissance ; et
qu'ils seront tous châtiés, quoique à la vérité différemment?»

Le bon Père, pressé par tant de témoignages de l'Écriture à laquelle il avait eu recours, commença à lâcher le
pied ; et laissant pécher les impies sans inspiration, il nous 10
dit : «Au moins vous ne nierez pas que les justes ne pèchent
jamais sans que Dieu leur donne . . . — Vous reculez, lui
dis-je en l'interrompant, vous reculez, mon Père, vous
abandonnez le principe général ; et voyant qu'il ne vaut
plus rien à l'égard des pécheurs, vous voudriez entrer en 15
composition, et le faire au moins subsister pour les justes.
Mais, cela étant, j'en vois l'usage bien raccourci ; car il ne
servira plus à guères[3] de gens. Et ce n'est quasi pas la
peine de vous le disputer. »

Mais mon second, qui avait, à ce que je crois, étudié 20
toute cette question le matin même, tant il était prêt sur
tout, lui répondit : «Voilà, mon Père, le dernier retranche-
ment où se retirent ceux de votre parti qui ont voulu entrer
en dispute. Mais vous y êtes aussi peu en assurance.
L'exemple des justes ne vous est pas plus favorable. Qui 25
doute qu'ils ne tombent souvent dans des péchés de surprise sans qu'ils s'en aperçoivent? N'apprenons-nous pas
des saints mêmes combien la concupiscence leur tend de
pièges secrets, et combien il arrive ordinairement que,
quelque sobres qu'ils soient, ils donnent à la volupté ce 30
qu'ils pensent donner à la seule nécessité, comme saint
Augustin le dit de soi-même dans ses *Confessions* ?[4]

« Combien est-il ordinaire de voir les plus zélés s'emporter
dans la dispute à des mouvements d'aigreur pour leur propre
intérêt, sans que leur conscience leur rende sur l'heure
d'autre témoignage, sinon qu'ils agissent de la sorte pour le
5 seul intérêt de la vérité, et sans qu'ils s'en aperçoivent
quelquefois que longtemps après !

« Mais que dira-t-on de ceux qui se portent avec ardeur
à des choses effectivement mauvaises, parce qu'ils les croient
effectivement bonnes, comme l'histoire ecclésiastique en
10 donne des exemples ? Ce qui n'empêche pas, selon les
Pères, qu'ils n'aient péché dans ces occasions.

« Et sans cela, comment les justes auraient-ils des péchés
cachés ? Comment serait-il véritable que Dieu seul en connaît et la grandeur et le nombre ; que personne ne sait s'il
15 est digne d'amour ou de haine, et que les plus saints doivent¹
toujours demeurer dans la crainte et dans le tremblement,
quoiqu'ils ne se sentent coupables en aucune chose, comme
saint Paul le dit de lui-même ?

« Concevez donc, mon Père, que les exemples et des
20 justes et des pécheurs renversent également cette nécessité
que vous supposez pour pécher, de connaître le mal et
d'aimer la vertu contraire, puisque la passion que les impies
ont pour les vices témoigne assez qu'ils n'ont aucun désir
pour la vertu ; et que l'amour que les justes ont pour la
25 vertu témoigne hautement qu'ils n'ont pas toujours la connaissance des péchés qu'ils commettent chaque jour, selon
l'Écriture.

« Et il est si vrai que les justes pèchent en cette sorte, qu'il
est rare que les grands saints pèchent autrement. Car
30 comment pourrait-on concevoir que ces âmes si pures, qui
fuient avec tant de soin et d'ardeur les moindres choses qui
peuvent déplaire à Dieu aussitôt qu'elles s'en aperçoivent,

et qui pèchent néanmoins plusieurs fois chaque jour, eussent à chaque fois avant que de tomber, la connaissance de leur infirmité en cette occasion, celle du médecin, le désir de leur santé, celui de prier Dieu de les secourir, et que malgré toutes ces inspirations ces âmes si zélées *ne* 5 *laissassent pas de passer outre* et de commettre le péché?

«Concluez donc, mon Père, que ni les pécheurs, ni même les plus justes, n'ont pas toujours ces connaissances, ces désirs, et toutes ces inspirations toutes les fois qu'ils pèchent; c'est-à-dire, pour user de vos termes, qu'ils n'ont 10 pas toujours la *grâce actuelle* dans toutes les occasions où ils pèchent. Et ne dites plus avec vos nouveaux auteurs qu'il est impossible qu'on pèche quand on ne connaît pas la justice; mais dites plutôt, avec saint Augustin et les anciens Pères, qu'il est impossible qu'on ne pèche pas quand on ne 15 connaît pas la justice : *Necesse est ut peccet, a quo ignoratur justitia.*[1] »

Le bon Père, se trouvant aussi empêché de soutenir son opinion au regard[2] des justes qu'au regard des pécheurs, ne perdit pas pourtant courage. Et après avoir un peu rêvé : 20 « Je m'en vas bien vous convaincre, » nous dit-il. Et reprenant son P. Bauny à l'endroit même qu'il nous avait montré : « Voyez, voyez la raison sur laquelle il établit sa pensée. Je savais bien qu'il ne manquait pas de bonnes preuves. Lisez ce qu'il cite d'Aristote,[3] et vous verrez qu'après une autorité 25 si expresse, il faut brûler les livres de ce prince des philosophes, ou être de notre opinion. Écoutez donc les principes qu'établit le P. Bauny. Il dit premièrement : *qu'une action ne peut être imputée à blâme lorsqu'elle est involontaire.* —Je l'avoue, lui dit mon ami. —Voilà la première fois, 30 leur dis-je, que je vous ai vus d'accord. Tenez-vous-en là, mon Père, si vous m'en croyez. — Ce ne serait rien faire, me

dit-il; car il faut savoir quelles sont les conditions nécessaires pour faire qu'une action soit volontaire. — J'ai bien
peur, répondis-je, que vous ne vous brouilliez là-dessus. —
Ne craignez point, dit-il, ceci est sûr.   Aristote est pour
5 moi.   Écoutez bien ce que dit le P. Bauny : « Afin qu'une
action soit volontaire, il faut qu'elle procède d'homme qui
voie, qui sache, qui pénètre ce qu'il y a de bien et de mal
en elle.   *Voluntarium est,* dit-on communément avec le
Philosophe (vous savez bien que c'est Aristote, me dit-il en
10 me serrant les doigts), *quod fit a principio cognoscente singula, in quibus est actio :* si bien que quand la volonté, à la
volée et sans discussion, se porte à vouloir ou abhorrer,
faire ou laisser quelque chose, avant que l'entendement ait
pu voir s'il y a du mal à la vouloir ou à la fuir, la faire ou
15 la laisser, telle action n'est ni bonne ni mauvaise, d'autant
qu'avant cette perquisition, cette vue et réflexion de l'esprit
dessus les qualités bonnes ou mauvaises de la chose à laquelle on s'occupe, l'action avec laquelle on la fait n'est
volontaire. »

20   — Eh bien ! me dit le Père, êtes-vous content? — Il
semble, repartis-je, qu'Aristote est de l'avis du P. Bauny ;
mais cela ne laisse pas de me surprendre.   Quoi, mon Père !
il ne suffit pas, pour agir volontairement, qu'on sache ce
que l'on fait, et qu'on ne le fasse que parce qu'on le veut
25 faire, mais il faut de plus « que l'on voie, que l'on sache et
que l'on pénètre ce qu'il y a de bien et de mal dans cette
action? »   Si cela est, il n'y a guère d'action volontaire
dans la vie : car on ne pense guère à tout cela.   Que de
jurements dans le jeu, que d'excès dans les débauches, que
30 d'emportements dans le carnaval qui ne sont point volontaires, et par conséquent ni bons ni mauvais, pour n'être
point accompagnés de ces *réflexions d'esprit sur les qualités*

bonnes ou mauvaises de ce que l'on fait ! Mais est-il possible, mon Père, qu'Aristote ait eu cette pensée ? car j'avais
ouï dire que c'était un habile homme. — Je m'en vas vous
en éclaircir,» me dit mon Janséniste. Et ayant demandé au
Père la *Morale* d'Aristote, il l'ouvrit au commencement du 5
troisième livre, d'où le P. Bauny a pris les paroles qu'il en
rapporte, et dit à ce bon Père : «Je vous pardonne d'avoir
cru, sur la foi du P. Bauny, qu'Aristote ait été de ce sentiment. Vous auriez changé d'avis si vous l'aviez lu vous-
même. Il est bien vrai qu'il enseigne : «qu'afin qu'une 10
action soit volontaire, il faut connaître les particularités de
cette action : *singula in quibus est actio.*» Mais qu'entend-
il par là, sinon les circonstances particulières de l'action,
ainsi que les exemples qu'il en donne le justifient clairement, n'en rapportant point d'autres que de ceux où l'on 15
ignore quelqu'une de ces circonstances, comme «d'une personne qui, voulant montrer une machine, en décoche un
dard qui blesse quelqu'un ; et de Mérope ¹ qui tua son fils
en pensant tuer son ennemi,» et autres semblables ?

«Vous voyez donc par là quelle est l'ignorance qui rend 20
les actions involontaires ; et que ce n'est que celle des circonstances particulières qui est appelée par les théologiens,
comme vous le savez fort bien, mon Père, l'*ignorance du
fait*. Mais, quant à celle *du droit*, c'est-à-dire quant à
l'ignorance du bien et du mal qui est en l'action, de laquelle 25
seule il s'agit ici, voyons si Aristote est de l'avis du P.
Bauny. Voici les paroles de ce philosophe : «Tous les
méchants ignorent ce qu'ils doivent faire et ce qu'ils
doivent fuir ; et c'est cela même qui les rend méchants et
vicieux. C'est pourquoi on ne peut pas dire que, parce 30
qu'un homme ignore ce qu'il est à propos qu'il fasse pour
satisfaire à son devoir, son action soit involontaire. Car

cette ignorance dans le choix du bien et du mal ne fait pas qu'une action soit involontaire, mais seulement qu'elle est vicieuse.   L'on doit dire la même chose de celui qui ignore en général les règles de son devoir, puisque cette ignorance
5 rend les hommes dignes de blâme et non d'excuse.   Et ainsi l'ignorance qui rend les actions involontaires et excusables est seulement celle qui regarde le fait en particulier et ses circonstances singulières : car alors on pardonne à un homme et on le considère comme ayant agi contre son
10 gré.»

« Après cela, mon Père, direz-vous encore qu'Aristote soit de votre opinion ?   Et qui ne s'étonnera de voir qu'un philosophe païen ait été plus éclairé que vos docteurs en une matière aussi importante à toute la morale et à la con-
15 duite même des âmes qu'est la connaissance des conditions qui rendent les actions volontaires ou involontaires, et qui ensuite les excusent ou ne les excusent pas du péché ? N'espérez donc plus rien, mon père, de ce prince des philosophes, et ne résistez plus au prince des théologiens qui
20 décide ainsi ce point au livre I de ses *Rétract.*,¹ chap. xv : «Ceux qui pèchent par ignorance ne font leur action que parce qu'ils la veulent faire, quoiqu'ils pèchent sans qu'ils veuillent pécher.   Et ainsi ce péché même d'ignorance ne peut être commis que par la volonté de celui qui le commet,
25 mais par une volonté qui se porte à l'action et non au péché ; ce qui n'empêche pas néanmoins que l'action ne soit péché, parce qu'il suffit pour cela qu'on ait fait ce qu'on était obligé de ne point faire.»

Le Père me parut surpris, et plus encore du passage
30 d'Aristote que de celui de saint Augustin.   Mais comme il pensait à ce qu'il devait dire, on vint l'avertir que Mme la maréchale ² de . . . et Mme la marquise de . . . le de-

mandaient. Et ainsi, en nous quittant à la hâte : « J'en parlerai, dit-il, à nos Pères ; ils y trouveront bien quelque réponse. Nous en avons ici de bien subtils. » Nous l'entendîmes bien ; et quand je fus seul avec mon ami, je lui témoignai d'être étonné du renversement que cette doctrine 5 apportait dans la morale. A quoi il me répondit qu'il était bien étonné de mon étonnement. « Ne savez-vous donc pas encore que leurs excès sont beaucoup plus grands dans la morale que dans les autres matières? » Il m'en donna d'étranges exemples, et remit le reste à une autre fois. 10 J'espère que ce que j'en apprendrai sera le sujet de notre premier entretien.

Je suis, etc.

TREIZIÈME LETTRE

Écrite par l'auteur des lettres au provincial aux RR. PP. Jésuites.

Du 30 septembre 1656.

Mes révérends Pères,

Je viens de voir votre dernier écrit,[1] où vous continuez 15 vos *Impostures*[2] jusqu'à la vingtième, en déclarant que vous finissez par là cette sorte d'accusation, qui faisait votre première partie,[3] pour en venir à la seconde, où vous devez prendre une nouvelle manière de vous défendre, en montrant qu'il y a bien d'autres casuistes que les vôtres qui sont 20 dans le relâchement aussi bien que vous. Je vois donc maintenant, mes Pères, à combien d'*Impostures* j'ai à répondre ; et puisque la quatrième,[4] où nous en sommes demeurés, est sur le sujet de l'homicide, il sera à propos, en y répondant, de satisfaire en même temps à la onzième, trei- 25 zième, quatorzième, quinzième, seizième, dix-septième et dix-huitième, qui sont sur le même sujet.

Je justifierai donc dans cette lettre la vérité de mes citations contre les faussetés que vous m'imposez. Mais parce
que vous avez osé avancer dans vos écrits « que les sentiments de vos auteurs sur le meurtre sont conformes aux
5 décisions des papes et des lois ecclésiastiques, » vous m'obligerez à détruire dans ma lettre suivante une proposition si
téméraire et si injurieuse à l'Église. Il importe de faire
voir qu'elle est exempte de vos corruptions, afin que les
hérétiques ne puissent pas se prévaloir de vos égarements
10 pour en tirer des conséquences qui la déshonorent. Et
ainsi, en voyant d'une part vos pernicieuses maximes, et de
l'autre les canons de l'Église¹ qui les ont toujours condamnées, on trouvera tout ensemble, et ce qu'on doit
éviter, et ce qu'on doit suivre.

15 Votre quatrième *Imposture* est sur une maxime touchant
le meurtre, que vous prétendez que j'ai faussement attribuée
à Lessius.² C'est celle-ci : « Celui qui a reçu un soufflet peut
poursuivre à l'heure même son ennemi, et même à coups
d'épée, non pas pour se venger, mais pour réparer son hon-
20 neur. » Sur quoi vous dites que cette opinion-là est du
casuiste Victoria.³ Et ce n'est pas encore là le sujet de la
dispute ; car il n'y a point de répugnance à dire qu'elle soit
tout ensemble de Victoria et de Lessius, puisque Lessius dit
lui-même qu'elle est aussi de Navarre⁴ et de votre P. Henri-
25 quez,⁵ qui enseignent « que celui qui a reçu un soufflet peut à
l'heure même poursuivre son homme, et lui donner autant
de coups qu'il jugera nécessaire pour réparer son honneur. »
Il est donc seulement question de savoir si Lessius est du
sentiment de ces auteurs, aussi bien que son confrère. Et
30 c'est pourquoi vous ajoutez « que Lessius ne rapporte cette
opinion que pour la réfuter, et qu'ainsi je lui attribue un sentiment qu'il n'allègue que pour le combattre, qui est l'action

du monde la plus lâche et plus honteuse à un écrivain.»
Or je soutiens, mes Pères, qu'il ne la rapporte que pour la
suivre. C'est une question de fait qu'il sera bien facile de
décider. Voyons donc comment vous prouvez ce que vous
dites, et vous verrez ensuite comment je prouve ce que je dis. 5

Pour montrer que Lessius n'est pas de ce sentiment, vous
dites qu'il en condamne la pratique. Et pour prouver cela
vous rapportez un de ses passages (liv. II, chap. IX, n. 82),
où il dit ces mots : «J'en condamne la pratique.» Je demeure d'accord que, si on cherche ces paroles dans Lessius 10
au nombre 82, où vous les citez, on les y trouvera. Mais
que dira-t-on, mes Pères, quand on verra en même temps
qu'il traite en cet endroit d'une question toute différente
de celle dont nous parlons, et que l'opinion, dont il dit en
ce lieu-là qu'il en condamne la pratique, n'est en aucune 15
sorte celle dont il s'agit ici, mais une autre toute séparée?
Cependant il ne faut, pour en être éclairci, qu'ouvrir le
livre même où vous renvoyez. Car on y trouvera toute la
suite de son discours en cette manière :

Il traite la question : «savoir, si on peut tuer pour un 20
soufflet,» au nombre 79, et il la finit au nombre 80, sans
qu'il y ait en tout cela un seul mot de condamnation. Cette
question étant terminée, il en commence une nouvelle en
l'article 81 : «savoir, si on peut tuer pour des médisances.»
Et c'est sur celle-là qu'il dit, au nombre 82, ces paroles que 25
vous avez citées : «J'en condamne la pratique.»

N'est-ce donc pas une chose honteuse, mes Pères, que
vous osiez produire ces paroles, pour faire croire que Lessius condamne l'opinion qu'on peut tuer pour un soufflet,
et que n'en ayant rapporté en tout que cette seule preuve 30
vous triomphiez là-dessus, en disant, comme vous faites :
«Plusieurs personnes d'honneur dans Paris ont déjà re-

connu cette fausseté par la lecture de Lessius, et ont appris
par là quelle créance on doit avoir à ce calomniateur?»
Quoi! mes Pères, est-ce ainsi que vous abusez de la créance que ces personnes d'honneur ont en¹ vous?   Pour
5 leur faire entendre que Lessius n'est pas d'un sentiment,
vous leur ouvrez son livre en un endroit où il en condamne
un autre.   Et comme ces personnes n'entrent pas en défiance de votre bonne foi, et ne pensent pas à examiner s'il
s'agit en ce lieu-là de la question contestée, vous trompez
10 ainsi leur crédulité.   Je m'assure, mes Pères, que pour vous
garantir d'un si honteux mensonge vous avez eu recours à
votre doctrine des équivoques,² et que lisant ce passage
tout haut vous disiez *tout bas* qu'il s'y agissait d'une autre
matière.   Mais je ne sais si cette raison, qui suffit bien
15 pour satisfaire votre conscience, suffira pour satisfaire la
juste plainte que vous feront ces gens d'honneur, quand ils
verront que vous les avez joués de cette sorte.

Empêchez-les donc bien, mes Pères, de voir mes lettres,
puisque c'est le seul moyen qui vous reste pour conserver
20 encore quelque temps votre crédit.   Je n'en use pas ainsi
des vôtres.   J'en envoie à tous mes amis.   Je souhaite que
tout le monde les voie.   Et je crois que nous avons tous
raison.   Car enfin, après avoir publié cette quatrième
Imposture avec tant d'éclat, vous voilà décriés si on vient à
25 savoir que vous y avez supposé un passage pour un autre.
On jugera facilement que si vous eussiez trouvé ce que vous
demandiez au lieu même où Lessius traite cette matière,
vous ne l'eussiez pas été chercher ailleurs, et que vous n'y
avez eu recours que parce que vous n'y voyiez rien qui fût
30 favorable à votre dessein.   Vous vouliez faire trouver dans
Lessius ce que vous dites dans votre *Imposture*, page 10,
ligne 12 : «qu'il n'accorde pas que cette opinion soit pro-

bable dans la spéculation ; » et Lessius dit expressément en
sa conclusion (n. 80) : «Cette opinion, qu'on peut tuer
pour un soufflet reçu, est probable dans la spéculation.»
N'est-ce pas là, mot à mot, le contraire de votre discours?
Et qui peut assez admirer avec quelle hardiesse vous pro- 5
duisez en propres termes le contraire d'une vérité de fait?
De sorte qu'au lieu que vous concluiez de votre passage
supposé que Lessius n'était pas de ce sentiment, il se conclut fort bien de son véritable passage qu'il est de ce même
sentiment.   10

Vous vouliez encore faire dire à Lessius « qu'il en condamne la pratique.»   Et comme je l'ai déjà dit, il ne se
trouve pas une seule parole de condamnation en ce lieu-là ;
mais il parle ainsi : «Il semble qu'on n'en doit pas *facilement* permettre la pratique : *in praxi non videtur* FACILE 15
PERMITTENDA. »   Est-ce là, mes Pères, le langage d'un
homme qui *condamne* une maxime?   Diriez-vous qu'il ne
faut pas *permettre facilement,* dans la pratique, les adultères
ou les incestes?   Ne doit-on pas conclure au contraire que,
puisque Lessius ne dit autre chose, sinon que la pratique 20
n'en doit pas être facilement permise, son sentiment est
que cette pratique peut être quelquefois permise, quoique
rarement?   Et comme s'il eût voulu apprendre à tout le
monde quand on la doit permettre, et ôter aux personnes
offensées les scrupules qui les pourraient troubler mal à pro- 25
pos, ne sachant en quelles occasions il leur est permis de
tuer dans la pratique, il a eu soin de leur marquer ce qu'ils
doivent éviter pour pratiquer cette doctrine en conscience.
Écoutez-le, mes Pères.   «Il semble, dit-il, qu'on ne doit
pas le permettre facilement *à cause* du danger qu'il y a 30
qu'on n'agisse en cela par haine ou par vengeance, ou avec
excès, ou que cela ne causât trop de meurtres.»   De sorte

qu'il est clair que ce meurtre restera tout à fait permis dans
la pratique, selon Lessius, si on évite ces inconvénients,
c'est-à-dire si l'on peut agir sans haine, sans vengeance, et
dans des circonstances qui n'attirent pas beaucoup de
5 meurtres.   En voulez-vous un exemple, mes Pères?   En
voici un assez nouveau ; c'est celui du soufflet de Com-
piègne.¹   Car vous avouerez que celui qui l'a reçu a témoigné, par la manière dont il s'est conduit, qu'il était assez
maître des mouvements de haine et de vengeance.   Il ne
10 lui restait donc qu'à éviter un trop grand nombre de
meurtres ; et vous savez, mes Pères, qu'il est si rare que des
Jésuites donnent des soufflets aux officiers de la maison du
roi, qu'il n'y avait pas à craindre qu'un meurtre en cette
occasion en eût tiré beaucoup d'autres en conséquence.   Et
15 ainsi vous ne sauriez nier que ce Jésuite ne fût tuable en
sûreté de conscience, et que l'offensé ne pût en cette rencontre pratiquer envers lui la doctrine de Lessius.   Et peut-
être, mes Pères, qu'il l'eût fait, s'il eût été instruit dans
votre école, et s'il eût appris d'Escobar,² « qu'un homme
20 qui a reçu un soufflet est réputé sans honneur jusqu'à ce
qu'il ait tué celui qui le lui a donné. »   Mais vous avez sujet
de croire que les instructions fort contraires qu'il a reçues
d'un curé que vous n'aimez pas trop n'ont pas peu contribué en cette occasion à sauver la vie à un Jésuite.

25   Ne nous parlez donc plus de ces inconvénients qu'on
peut éviter en tant de rencontres, et hors lesquels le meurtre
est permis, selon Lessius, dans la pratique même.   C'est ce
qu'ont bien reconnu vos auteurs cités par Escobar dans la
*Pratique de l'homicide*³ *selon votre Société.*   « Est-il permis,
30 dit-il, de tuer celui qui a donné un soufflet?   Lessius dit
que cela est permis dans la spéculation, mais qu'on ne le
doit pas conseiller dans la pratique, *non consulendum in*

praxi, à cause du danger de la haine ou des meurtres nuisibles à l'État qui en pourraient arriver. Mais les autres ont jugé qu'en évitant ces inconvénients, cela est permis et sûr dans la pratique ; *in praxi probabilem et tutam judicaverunt Henriquez*, etc. » Voilà comment les opinions s'élèvent 5 peu à peu jusqu'au comble de la probabilité. Car vous y avez porté celle-ci en la permettant enfin sans aucune distinction de spéculation ni de pratique, en ces termes : « Il est permis, lorsqu'on a reçu un soufflet, de donner incontinent un coup d'épée, non pas pour se venger, mais pour 10 conserver son honneur. » C'est ce qu'ont enseigné vos Pères à Caen,' en 1644, dans leurs écrits publics, que l'Université² produisit au Parlement³ lorsqu'elle y présenta sa troisième requête contre votre doctrine de l'homicide, comme il se voit en la page 339 du livre qu'elle en fit alors 15 imprimer.

Remarquez donc, mes Pères, que vos propres auteurs ruinent d'eux-mêmes cette vaine distinction de spéculation et de pratique, que l'Université avait traitée de ridicule, et dont l'invention est un secret de votre politique qu'il est 20 bon de faire entendre. Car outre que l'intelligence en est nécessaire pour les 15ᵉ, 16ᵉ, 17ᵉ et 18ᵉ *Impostures*, il est toujours à propos de découvrir peu à peu les principes de cette politique mystérieuse.

Quand vous avez entrepris⁴ de décider les cas de con- 25 science d'une manière favorable et accommodante, vous en avez trouvé où la religion seule était intéressée, comme les questions de la contrition, de la pénitence, de l'amour de Dieu, et toutes celles qui ne touchent que l'intérieur des consciences. Mais vous en avez trouvé d'autres où l'État a 30 intérêt aussi bien que la religion, comme sont celles de l'usure, des banqueroutes, de l'homicide, et autres sem-

blables. Et c'est une chose bien sensible à ceux qui ont
un véritable amour pour l'Église, de voir qu'en une infinité
d'occasions où vous n'avez eu que la religion à combattre,
vous en avez renversé les lois sans réserve, sans distinction,
5 et sans crainte, comme il se voit dans vos opinions si hardies
contre la pénitence et l'amour de Dieu, parce que vous saviez
que ce n'est pas ici le lieu où Dieu exerce visiblement sa justice. Mais dans celles où l'État est intéressé aussi bien que
la religion, l'appréhension que vous avez eue de la justice
10 des hommes vous a fait partager vos décisions, et former
deux questions sur ces matières : l'une, que vous appelez
de spéculation, dans laquelle, en considérant ces crimes en
eux-mêmes, sans regarder à l'intérêt de l'État, mais seulement à la loi de Dieu qui les défend, vous les avez permis,
15 sans hésiter, en renversant ainsi la loi de Dieu qui les condamne ; l'autre, que vous appelez *de pratique*, dans laquelle,
en considérant le dommage que l'État en recevrait, et la
présence des magistrats qui maintiennent la sûreté publique,
vous n'approuvez pas toujours dans la pratique ces meurtres
20 et ces crimes que vous trouvez permis dans la spéculation,
afin de vous mettre par là à couvert du côté des juges.
C'est ainsi, par exemple, que sur cette question : «s'il est
permis de tuer pour des médisances, » vos auteurs, Filiutius [1]
(Tr.[2] XXIX, chap. III, n. 52), Reginaldus [3] (Liv. XXI,
25 chap. v, n. 63), et les autres répondent : «Cela est permis
dans la spéculation : *ex probabili opinione licet;* mais je
n'en approuve pas la pratique, à cause du grand nombre de
meurtres qui en arriveraient et qui feraient tort à l'État, si
on tuait tous les médisants ; et qu'aussi on serait puni en jus-
30 tice en tuant pour ce sujet.» Voilà de quelle sorte vos
opinions commencent à paraître sous cette distinction, par
le moyen de laquelle vous ne ruinez que la religion, sans

blesser encore sensiblement l'État. Par là vous croyez être
en assurance. Car vous vous imaginez que le crédit que
vous avez dans l'Église empêchera qu'on ne punisse vos
attentats contre la vérité, et que les précautions que vous
apportez pour ne mettre pas facilement ces permissions en 5
pratique vous mettront à couvert de la part des magistrats,
qui, n'étant pas juges des cas de conscience, n'ont proprement intérêt qu'à la pratique extérieure. Ainsi, une opinion
qui serait condamnée sous le nom de pratique se produit
en sûreté sous le nom de spéculation. Mais cette base 10
étant affermie, il n'est pas difficile d'y élever le reste de vos
maximes. Il y avait une distance infinie entre la défense
que Dieu a faite de tuer, et la permission spéculative que
vos auteurs en ont donnée. Mais la distance est bien
petite de cette permission à la pratique. Il ne reste seule- 15
ment qu'à montrer que ce qui est permis dans la spéculative l'est bien aussi dans la pratique. Or on ne manquera
pas de raisons pour cela. Vous en avez bien trouvé en des
cas plus difficiles. Voulez-vous voir, mes Pères, par où l'on
y arrive? Suivez ce raisonnement d'Escobar, qui l'a décidé 20
nettement dans le premier des six tomes de sa grande
Théologie morale,¹ dont je vous ai parlé, où il est tout
autrement éclairé que dans ce recueil qu'il avait fait de
vos vingt-quatre vieillards ; car, au lieu qu'il avait pensé en
ce temps-là qu'il pouvait y avoir des opinions probables 25
dans la spéculation qui ne fussent pas sûres dans la pratique, il a connu le contraire depuis, et l'a fort bien établi
dans ce dernier ouvrage : tant la doctrine de la probabilité
en général reçoit d'accroissement par le temps, aussi bien
que chaque opinion probable en particulier ! Écoutez-le 30
donc (*in Præloquio*,² chap. III, n. 15) : « Je ne vois pas,
dit-il, comment il se pourrait faire que ce qui paraît permis

dans la spéculation ne le fût pas dans la pratique, puisque
ce qu'on peut faire dans la pratique dépend de ce qu'on
trouve permis dans la spéculation, et que ces choses ne dif-
fèrent l'une de l'autre que comme l'effet de la cause.   Car
5 la spéculation est ce qui détermine à l'action. *D'où il s'en-
suit qu'on peut en sûreté de conscience suivre dans la pratique les opinions probables dans la spéculation,* et même
avec plus de sûreté que celles qu'on n'a pas si bien examinées spéculativement. »

10   En vérité, mes Pères, votre Escobar raisonne assez bien
quelquefois.   Et en effet, il y a tant de liaison entre la spéculation et la pratique, que, quand l'une a pris racine, vous
ne faites plus difficulté ¹ de permettre l'autre sans déguisement.   C'est ce qu'on a vu dans la permission de tuer pour
15 un soufflet, qui, de la simple spéculation, a été portée hardiment par Lessius à une pratique *qu'on ne doit pas facilement
accorder,* et de là par Escobar *à une pratique facile ;* d'où
vos Pères de Caen l'ont conduite à une permission pleine,
sans distinction de théorie et de pratique, comme vous
20 l'avez déjà vu.

C'est ainsi que vous faites croître peu à peu vos opinions.
Si elles paraissaient tout d'un coup dans leurs derniers excès,
elles causeraient de l'horreur ; mais ce progrès lent et insen-
sible y accoutume doucement les hommes, et en ôte le scan-
25 dale.   Et par ce moyen la permission de tuer, si odieuse à
l'État et à l'Église, s'introduit premièrement dans l'Église,
et ensuite de l'Église dans l'État.

On a vu un semblable succès de l'opinion de tuer pour
des médisances.   Car elle est aujourd'hui arrivée à une
30 permission pareille sans aucune distinction.   Je ne m'arrê-
terais pas à vous en rapporter les passages de vos Pères, si
cela n'était nécessaire pour confondre l'assurance que vous

avez eue de dire deux fois dans votre quinzième *Imposture*
(p. 26 et 30), «qu'il n'y a pas un Jésuite qui permette de
tuer pour des médisances.» Quand vous dites cela, mes
Pères, vous devriez empêcher que je ne le visse, puisqu'il
m'est si facile d'y répondre. Car, outre que vos PP. Regi- 5
naldus, Filiutius, etc., l'ont permis dans la spéculation,
comme je l'ai déjà dit, et que, de là, le principe d'Escobar
nous mène sûrement à la pratique, j'ai à vous dire de plus
que vous avez plusieurs auteurs qui l'ont permis en mots
propres, et entre autres le P. Héreau [1] dans ses leçons pu- 10
bliques, ensuite desquelles le roi le fit mettre en arrêt en
votre maison, pour avoir enseigné, outre plusieurs erreurs,
«que, quand celui qui nous décrie devant des gens d'honneur continue après l'avoir averti de cesser, il nous est permis de le tuer ; non pas véritablement en public, de peur 15
de scandale, mais en cachette, *sed clam.*»

Je vous ai déjà parlé du P. Lami [2] et vous n'ignorez pas
que sa doctrine sur ce sujet a été censurée en 1649 par
l'Université de Louvain. [3] Et néanmoins il n'y a pas encore
deux mois que votre P. des Bois [4] a soutenu à Rouen cette 20
doctrine censurée du P. Lamy, et a enseigné «qu'il est permis à un religieux de défendre l'honneur qu'il a acquis par
sa vertu, même en tuant celui qui attaque sa réputation,
etiam cum morte invasoris.» Ce qui a causé un tel scandale
en cette ville-là, que tous les curés se sont unis pour lui 25
faire imposer silence, et l'obliger à rétracter sa doctrine par
les voies canoniques. L'affaire en est à l'Officialité. [5]

Que voulez-vous donc dire, mes Pères? Comment en-
treprenez-vous de soutenir après cela «qu'aucun Jésuite
n'est d'avis qu'on puisse tuer pour des médisances»? Et 30
fallait-il autre chose pour vous en convaincre que les opinions mêmes de vos Pères que vous rapportez, puisqu'ils ne

défendent pas spéculativement de tuer, mais seulement dans la pratique, «à cause du mal qui en arriverait à l'État»? Car je vous demande sur cela, mes Pères, s'il s'agit dans nos disputes d'autre chose, sinon d'examiner si vous avez ren-
5 versé la loi de Dieu qui défend l'homicide. Il n'est pas question de savoir si vous avez blessé l'État, mais la religion. A quoi sert-il donc, dans ce genre de dispute, de montrer que vous avez épargné l'État quand vous faites voir en même temps que vous avez détruit la religion, en disant,
10 comme vous faites (p. 28, ligne 3), «que le sens de Reginaldus sur la question de tuer pour des médisances, est qu'un particulier a droit d'user de cette sorte de défense, la considérant simplement en elle-même»? Je n'en veux pas davantage que cet aveu pour vous confondre. «Un par-
15 ticulier, dites-vous, a droit d'user de cette défense,» c'est-à-dire de tuer pour des médisances, «en considérant la chose en elle-même;» et, par conséquent, mes Pères, la loi de Dieu qui défend de tuer est ruinée par cette décision.

Et il ne sert de rien de dire ensuite, comme vous faites,
20 «que cela est illégitime et criminel, même selon la loi de Dieu, à raison des meurtres et des désordres qui en arriveraient dans l'État, parce qu'on est obligé, selon Dieu, d'avoir égard au bien de l'État.» C'est sortir de la question. Car, mes Pères, il y a deux lois à observer: l'une qui défend de
25 tuer, l'autre qui défend de nuire à l'État. Reginaldus n'a pas peut-être violé la loi qui défend de nuire à l'État, mais il a violé certainement celle qui défend de tuer. Or, il ne s'agit ici que de celle-là seule. Outre que vos autres Pères, qui ont permis ces meurtres dans la pratique, ont ruiné
30 l'une aussi bien que l'autre. Mais allons plus avant, mes Pères. Nous voyons bien que vous défendez quelquefois de nuire à l'État, et vous dites que votre dessein en cela est

d'observer la loi de Dieu qui oblige à le maintenir. Cela peut être véritable,[1] quoiqu'il ne soit pas certain, puisque vous pourriez faire la même chose par la seule crainte des juges. Examinons donc, je vous prie, de quel principe part ce mouvement. 5

N'est-il pas vrai, mes Pères, que si vous regardiez véritablement Dieu, et que l'observation de sa loi fût le premier et principal objet de votre pensée, ce respect régnerait uniformément dans toutes vos décisions importantes, et vous engagerait à prendre dans toutes ces occasions l'intérêt 10 de la religion? Mais si l'on voit, au contraire, que vous violez en tant de rencontres les ordres les plus saints que Dieu ait imposés aux hommes, quand il n'y a que sa loi à combattre; et que, dans les occasions mêmes dont il s'agit, vous anéantissez la loi de Dieu, qui défend ces actions 15 comme criminelles en elles-mêmes, et ne témoignez craindre[2] de les approuver dans la pratique que par la crainte des juges, ne nous donnez-vous pas sujet de juger que ce n'est point Dieu que vous considérez dans cette crainte, et que, si en apparence vous maintenez sa loi en ce qui regarde 20 l'obligation de ne pas nuire à l'État, ce n'est pas pour sa loi même, mais pour arriver à vos fins, comme ont toujours fait les moins religieux politiques?

Quoi! mes Pères, vous direz qu'en ne regardant que la loi de Dieu qui défend l'homicide, on a droit de tuer pour 25 des médisances! Et après avoir ainsi violé la loi éternelle de Dieu, vous croirez lever le scandale que vous avez causé, et nous persuader de votre respect envers lui, en ajoutant que vous en défendez la pratique pour des considérations d'État, et par la crainte des juges! N'est-ce pas, au con- 30 traire, exciter un scandale nouveau? non pas par le respect que vous témoignez en cela pour les juges, car ce n'est pas

cela que je vous reproche, et vous vous jouez ridiculement
là-dessus (p. 29). Je ne vous reproche pas de craindre les
juges, mais de ne craindre que les juges. C'est cela que je
blâme, parce que c'est faire Dieu moins ennemi des crimes
5 que les hommes. Si vous disiez qu'on peut tuer un médi-
sant selon les hommes, mais non pas selon Dieu, cela serait
moins insupportable. Mais quand vous prétendez que ce
qui est trop criminel pour être souffert par les hommes soit
innocent et juste aux yeux de Dieu, qui est la justice même,
10 que faites-vous autre chose [1] sinon montrer [2] à tout le monde
que, par cet horrible renversement si contraire à l'esprit des
saints, vous êtes hardis contre Dieu, et timides envers les
hommes? Si vous aviez voulu condamner sincèrement ces
homicides, vous auriez laissé subsister l'ordre de Dieu qui
15 les défend; et si vous aviez osé permettre d'abord ces
homicides, vous les auriez permis ouvertement, malgré les
lois de Dieu et des hommes. Mais comme vous avez voulu
les permettre insensiblement, et surprendre les magistrats
qui veillent à la sûreté publique, vous avez agi finement en
20 séparant vos maximes, et proposant d'un côté « qu'il est
permis, dans la spéculative, de tuer pour des médisances »
(car on vous laisse examiner les choses dans la spéculation),
et produisant d'un autre côté cette maxime détachée, « que
ce qui est permis dans la spéculation l'est bien aussi dans la
25 pratique. » Car quel intérêt l'État semble-t-il avoir dans
cette proposition générale et métaphysique? Et ainsi, ces
deux principes peu suspects étant reçus séparément, la vigilance des magistrats est trompée, puisqu'il ne faut plus que
rassembler ces maximes pour en tirer cette conclusion où
30 vous tendez, qu'on peut donc tuer dans la pratique pour de
simples médisances.

Car c'est encore ici, mes Pères, une des plus subtiles

adresses de votre politique, de séparer dans vos écrits les
maximes que vous assemblez dans vos avis. C'est ainsi que
vous avez établi à part votre doctrine de la probabilité, que
j'ai souvent expliquée.[1] Et ce principe général étant affermi,
vous avancez séparément des choses qui, pouvant être in- 5
nocentes d'elles-mêmes, deviennent horribles étant jointes à
ce pernicieux principe. J'en donnerai pour exemple ce que
vous avez dit (p. 11) dans vos *Impostures*, et à quoi il faut
que je réponde : «que plusieurs théologiens célèbres sont
d'avis qu'on peut tuer pour un soufflet reçu.» Il est cer- 10
tain, mes Pères, que si une personne qui ne tient point la
probabilité avait dit cela, il n'y aurait rien à reprendre, puisqu'on ne ferait alors qu'un simple récit qui n'aurait aucune
conséquence. Mais vous, mes Pères, et tous ceux qui tenez
cette dangereuse doctrine, «que tout ce qu'approuvent les 15
auteurs célèbres est probable et sûr en conscience,» quand
vous ajoutez à cela «que plusieurs auteurs célèbres sont
d'avis qu'on peut tuer pour un soufflet,» qu'est-ce faire
autre chose, sinon de mettre à tous les chrétiens le poignard
à la main pour tuer ceux qui les auront offensés, en leur dé- 20
clarant qu'ils peuvent le faire en sûreté de conscience, parce
qu'ils suivront en cela l'avis de tant d'auteurs graves?

Quel horrible langage, qui, en disant que des auteurs
tiennent une opinion damnable, est en même temps une décision en faveur de cette opinion damnable, et qui autorise en 25
conscience tout ce qu'il ne fait que rapporter ! On l'entend,
mes Pères, ce langage de votre école. Et c'est une chose
étonnante que vous ayez le front de le parler si haut, puisqu'il marque votre sentiment si à découvert et vous con-
vainc de tenir pour sûre en conscience cette opinion, «qu'on 30
peut tuer pour un soufflet,» aussitôt que vous nous avez dit
que plusieurs auteurs célèbres la soutiennent.

Vous ne pouvez vous en défendre, mes Pères, non plus
que vous prévaloir des passages de Vasquez [1] et de Suarez [2]
que vous m'opposez, où ils condamnent ces meurtres que
leurs confrères approuvent.   Ces témoignages, séparés du
5 reste de votre doctrine, pourraient éblouir ceux qui ne l'entendent pas assez.   Mais il faut joindre ensemble vos principes et vos maximes.   Vous dites donc ici que Vasquez ne
souffre point les meurtres. Mais que dites-vous d'un autre côté,
mes Pères?   « Que la probabilité d'un sentiment n'empêche
10 pas la possibilité du sentiment contraire. »   Et en un autre
lieu, « qu'il est permis de suivre l'opinion la moins probable et
la moins sûre, en quittant l'opinion la plus probable et la
plus sûre. »   Que s'ensuit-il de tout cela ensemble, sinon
que nous avons une entière liberté de conscience pour
15 suivre celui qui nous plaira de tous ces avis opposés?   Que
devient donc, mes Pères, le fruit que vous espériez de toutes
ces citations?   Il disparaît, puisqu'il ne faut pour votre condamnation que rassembler ces maximes que vous séparez
pour votre justification.   Pourquoi produisez-vous donc ces
20 passages de vos auteurs que je n'ai point cités, pour excuser
ceux que j'ai cités, puisqu'ils n'ont rien de commun?   Quel
droit cela vous donne-t-il de m'appeler *imposteur ?*   Ai-je
dit que tous vos Pères sont dans un même dérèglement?   Et
n'ai-je pas fait voir au contraire que votre principal intérêt
25 est d'en avoir de tous avis pour servir à tous vos besoins?
A ceux qui voudront tuer, on présentera Lessius ; à ceux
qui ne voudront pas tuer, on produira Vasquez, afin que
personne ne sorte malcontent et sans avoir pour soi un auteur grave.   Lessius parlera en païen de l'homicide, et peut-
30 être en chrétien de l'aumône.   Vasquez parlera en païen
de l'aumône, et en chrétien de l'homicide.   Mais par le
moyen de la probabilité que Vasquez et Lessius tiennent, et

qui rend toutes vos opinions communes, ils se prêteront leurs sentiments les uns aux autres, et seront obligés d'absoudre ceux qui auront agi selon les opinions que chacun d'eux condamne. C'est donc cette variété qui vous confond davantage. L'uniformité serait plus supportable, et 5 il n'y a rien de plus contraire aux ordres exprès de saint Ignace[1] et de vos premiers généraux que ce mélange confus de toutes sortes d'opinions. Je vous en parlerai peut-être quelque jour, mes Pères, et on sera surpris de voir combien vous êtes déchus du premier esprit de votre Institut, et que 10 vos propres généraux ont prévu que le dérèglement de votre doctrine dans la morale pourrait être funeste non seulement à votre Société, mais encore à l'Église universelle.

Je vous dirai cependant que vous ne pouvez pas tirer aucun avantage[2] de l'opinion de Vasquez. Ce serait une 15 chose étrange, si, entre tant de Jésuites qui ont écrit, il n'y en avait pas un ou deux qui eussent dit ce que tous les chrétiens confessent. Il n'y a point de gloire à soutenir qu'on ne peut pas tuer pour un soufflet, selon l'Évangile[3] ; mais il y a une horrible honte à le nier. De sorte que cela vous 20 justifie si peu, qu'il n'y a rien qui vous accable davantage, puisque, ayant eu parmi vous des docteurs qui vous ont dit la vérité, vous n'êtes pas demeurés dans la vérité, et que vous avez mieux aimé les ténèbres[4] que la lumière. Car vous avez appris de Vasquez, «que c'est une opinion 25 païenne, et non pas chrétienne, de dire qu'on puisse donner un coup de bâton à celui qui a donné un soufflet ; que c'est ruiner le Décalogue et l'Évangile, de dire qu'on puisse tuer pour ce sujet ; et que les plus scélérats d'entre les hommes le reconnaissent. » Et cependant vous avez souffert que, 30 contre ces vérités connues, Lessius, Escobar et les autres aient décidé que toutes les défenses que Dieu a faites de

l'homicide n'empêchent point qu'on ne puisse tuer pour un
soufflet. A quoi sert-il donc maintenant de produire ce
passage de Vasquez contre le sentiment de Lessius, sinon
pour montrer que Lessius est un *païen* et un *scélérat*, selon
5 Vasquez? Et c'est ce que je n'osais dire. Qu'en peut-on
conclure, si ce n'est que Lessius *ruine le Décalogue et
l'Évangile ;* qu'au dernier jour Vasquez condamnera Lessius
sur ce point, comme Lessius condamnera Vasquez sur un
autre ; et que tous vos auteurs s'élèveront en jugement [1] les
10 uns contre les autres pour se condamner réciproquement
dans leurs effroyables excès contre la loi de Jésus-Christ?

Concluons donc, mes Pères, que puisque votre probabiiité
rend les bons sentiments de quelques-uns de vos auteurs
inutiles à l'Église, et utiles seulement à votre politique, ils
15 ne servent qu'à nous montrer par leur contrariété la dupli-
cité de votre cœur, que vous nous avez parfaitement décou-
verte, en nous déclarant d'une part que Vasquez et Suarez sont
contraires à l'homicide, et de l'autre que plusieurs auteurs
célèbres sont pour l'homicide : afin d'offrir deux chemins
20 aux hommes, en détruisant la simplicité de l'esprit de Dieu,
qui maudit ceux qui sont doubles de cœur et qui se préparent deux voies : *Væ duplici corde, et ingredienti duabus
viis !* [2]

PENSÉES

Art. XXII.— 1. Première partie : Misère de l'homme
25 sans Dieu.

Seconde partie : Félicité de l'homme avec Dieu.

Autrement. Première partie : Que la nature est corrompue. Par la nature même.[3]

Seconde partie : Qu'il y a un réparateur. Par l'Écriture.

Art. XXIV. — 26. Les hommes[1] ont mépris pour la religion, ils en ont haine, et peur qu'elle soit vraie. Pour guérir cela, il faut commencer par montrer que la religion n'est point contraire à la raison ; vénérable, en donner respect ; la rendre ensuite aimable, faire souhaiter aux bons 5 qu'elle fût vraie ; et puis, montrer qu'elle est vraie.

Vénérable, parce qu'elle a bien connu l'homme ; aimable, parce qu'elle promet le vrai bien.

Art. I. — 1. . . . Que l'homme contemple donc la nature entière[2] dans sa haute et pleine majesté ; qu'il éloigne sa vue 10 des objets bas qui l'environnent ; qu'il regarde cette éclatante lumière mise comme une lampe éternelle pour éclairer l'univers ; que la terre lui paraisse comme un point, au prix du vaste tour[3] que cet astre décrit, et qu'il s'étonne de ce que ce vaste tour lui-même n'est qu'une pointe très délicate 15 à l'égard de celui que les astres qui roulent dans le firmament embrassent.[4] Mais si notre vue s'arrête là, que l'imagination passe outre : elle se lassera plus tôt de concevoir que la nature de fournir. Tout ce monde visible n'est qu'un trait imperceptible dans l'ample sein de la nature. Nulle 20 idée n'en approche.[5] Nous avons beau enfler nos conceptions au delà des espaces imaginables,[6] nous n'enfantons que des atomes, au prix de la réalité des choses. C'est une sphère[7] infinie dont le centre est partout, la circonférence nulle part. Enfin, c'est le plus grand caractère sensible de 25 la toute-puissance de Dieu, que notre imagination se perde dans cette pensée.

Que l'homme, étant revenu à soi, considère ce qu'il est au prix de ce qui est ; qu'il se regarde comme égaré dans ce canton détourné de la nature, et que, de[8] ce petit cachot où 30 il se trouve logé, j'entends l'univers,[9] il apprenne à estimer la terre, les royaumes, les villes et soi-même son juste prix.

Qu'est-ce qu'un homme dans l'infini? Mais pour lui présenter un autre prodige aussi étonnant, qu'il recherche dans
5 ce qu'il connaît les choses les plus délicates.   Qu'un ciron lui offre dans la petitesse de son corps des parties incomparablement plus petites, des jambes avec des jointures, des veines dans ces jambes, du sang dans ces veines, des humeurs [1] dans ce sang, des gouttes [2] dans ces humeurs, des
10 vapeurs [3] dans ces gouttes ; que, divisant encore ces dernières choses, il épuise ses forces en ces conceptions, et que le dernier objet où il peut arriver soit maintenant celui de notre discours ; il pensera peut-être que c'est là l'extrême petitesse de la nature.   Je veux lui faire voir là-dedans un abîme
15 nouveau.   Je lui veux peindre non-seulement l'univers visible, mais l'immensité qu'on peut concevoir de la nature, dans l'enceinte de ce raccourci d'atome.[4]   Qu'il y voie une infinité d'univers, dont chacun a son firmament, ses planètes, sa terre, en la même proportion que le monde visible ; dans
20 cette terre, des animaux, et enfin des cirons, dans lesquels il retrouvera ce que les premiers ont donné ; et, trouvant encore dans les autres la même chose, sans fin et sans repos, qu'il se perde dans ces merveilles, aussi étonnantes, dans leur petitesse, que les autres dans leur étendue ; car qui
25 n'admirera que notre corps, qui tantôt n'était pas perceptible dans l'univers, imperceptible lui-même dans le sein du tout, soit à présent un colosse, un monde, ou plutôt un tout, à l'égard du néant [5] où l'on ne peut arriver?

Qui se considère de la sorte s'effrayera de soi-même, et,
30 se considérant soutenu dans la masse [6] que la nature lui a donnée, entre ces deux abîmes de l'infini et du néant, il tremblera à la vue de ces merveilles ; et je crois que, sa

curiosité se changeant en admiration, il sera plus disposé a les contempler en silence qu'à les rechercher avec présomption.

Car enfin qu'est-ce que l'homme dans la nature? Un néant à l'égard de l'infini, un tout à l'égard du néant, un milieu entre rien et tout. Infiniment éloigné de comprendre les extrêmes, la fin des choses et leur principe sont pour lui invinciblement cachés dans un secret impénétrable ; également incapable de voir le néant d'où il est tiré, et l'infini où il est englouti.

Que fera-t-il donc, sinon d'apercevoir l'apparence du milieu des choses, dans un désespoir éternel de connaître ni leur principe ni leur fin? Toutes choses sont sorties du néant et portées jusqu'à l'infini. Qui suivra ces étonnantes démarches? L'auteur de ces merveilles les comprend ; tout autre ne le peut faire.

Manque d'avoir contemplé ces infinis, les hommes se sont portés témérairement à la recherche de la nature, comme s'ils avaient quelque proportion avec elle.[1] .... Connaissons donc notre portée ; nous sommes quelque chose, et ne sommes pas tout. Ce que nous avons d'être[2] nous dérobe la connaissance des premiers principes, qui naissent du néant, et le peu que nous avons d'être nous cache la vue de l'infini.

Notre intelligence tient dans l'ordre des choses intelligibles le même rang que notre corps dans l'étendue de la nature.

Bornés en tout genre, cet état qui tient le milieu entre deux extrêmes se trouve en toutes nos impuissances.

Nos sens n'aperçoivent rien d'extrême. Trop de bruit nous assourdit ; trop de lumière éblouit ; trop de distance et trop de proximité empêche la vue ; trop de longueur et

trop de brièveté de discours l'obscurcit ; trop de vérité nous
étonne : j'en sais qui ne peuvent comprendre que qui de
zéro ôte 4 reste zéro.[1] Les premiers principes ont trop
d'évidence[2] pour nous. Trop de plaisir incommode. Trop
5 de consonnances déplaisent dans la musique ; et trop de
bienfaits irritent : nous voulons avoir de quoi surpayer la
dette : *Beneficia*[3] *eo usque laeta sunt dum videntur exsolvi
posse ; ubi multum antevenere, pro gratia odium red-
ditur.*

Nous ne sentons ni l'extrême chaud, ni l'extrême froid.
10 Les qualités excessives nous sont ennemies, et non pas sensibles : nous ne les sentons plus, nous les souffrons. Trop
de jeunesse et trop de vieillesse empêchent l'esprit ; trop et
trop peu d'instruction.[4] Enfin les choses extrêmes sont pour
nous comme si elles n'étaient point, et nous ne sommes
15 point à leur égard : elles nous échappent, ou nous à elles.

Voilà notre état véritable. C'est ce qui nous rend incapables de savoir certainement et d'ignorer absolument.
Nous voguons sur un milieu vaste, toujours incertains et
flottants, poussés d'un bout vers l'autre. Quelque terme où
20 nous pensions nous attacher et nous affermir, il branle et
nous quitte ; et si nous le suivons, il échappe à nos prises,
nous glisse et fuit d'une fuite éternelle. Rien ne s'arrête
pour nous. C'est l'état qui nous est naturel, et toutefois le
plus contraire à notre inclination. Nous brûlons de désir
25 de trouver une assiette ferme et une dernière base constante, pour y édifier une tour[5] qui s'élève à l'infini. Mais
tout notre fondement craque, et la terre s'ouvre jusqu'aux
abîmes. . . .

———

2. Je puis[6] bien concevoir un homme sans mains, pieds,
30 tête, car ce n'est que l'expérience qui nous apprend que la

tête est plus nécessaire que les pieds. Mais je ne puis concevoir l'homme sans pensée, ce serait une pierre ou une brute.

———

3. La grandeur de l'homme est grande en ce qu'il se connaît misérable. Un arbre ne se connaît pas misérable. C'est donc être misérable que de se connaître misérable ; mais c'est être grand que de connaître qu'on est misérable. Toutes ces misères-là mêmes prouvent sa grandeur. Ce sont misères de grand seigneur, misères d'un roi dépossédé.

———

6. L'homme n'est qu'un roseau,¹ le plus faible de la nature, mais c'est un roseau pensant. Il ne faut pas que l'univers entier s'arme pour l'écraser. Une vapeur, une goutte d'eau, suffit pour le tuer. Mais quand l'univers l'écraserait, l'homme serait encore plus noble que ce qui le tue, parce qu'il sait qu'il meurt, et l'avantage que l'univers a sur lui. L'univers n'en sait rien.

Toute notre dignité consiste donc en la pensée. C'est de là qu'il faut nous relever, et non de l'espace et de la durée, que nous ne saurions remplir. Travaillons donc à bien penser : voilà le principe de la morale.

———

11. Je sens que je puis n'avoir point été : car le moi consiste dans ma pensée ; donc moi qui pense n'aurais point été, si ma mère eût été tuée avant que j'eusse été animé. Donc je ne suis pas un être nécessaire. Je ne suis pas aussi éternel, ni infini ; mais je vois bien qu'il y a dans la nature un être nécessaire, éternel et infini.

———

Art. II. — 1. Nous² ne nous contentons pas de la vie que nous avons en nous et en notre propre être : nous voulons

vivre dans l'idée des autres d'une vie imaginaire, et nous
nous efforçons pour cela de paraître.   Nous travaillons incessamment à embellir et à conserver cet être imaginaire,
et nous négligeons le véritable.   Et si nous avons ou la
5 tranquillité, ou la générosité, ou la fidélité, nous nous em-
presserons de le faire savoir, afin d'attacher ces vertus à cet
être d'imagination : nous les détacherions plutôt de nous
pour les y joindre ; et nous serions volontiers poltrons pour
acquérir la réputation d'être vaillants.   Grande marque du
10 néant de notre propre être, de n'être pas satisfait de l'un
sans l'autre, et de renoncer souvent à l'un pour l'autre !
Car qui ne mourrait pour conserver son honneur, celui-là
serait infâme.
                        _____

1 *bis*. La douceur de la gloire est si grande, qu'à quelque
15 chose qu'on l'attache, même à la mort, on l'aime.
                        _____

2 *bis*. L'orgueil nous tient d'une possession si naturelle au
milieu de nos misères, erreurs. etc.   Nous perdons encore
la vie avec joie, pourvu qu'on en parle.
                        _____

3   La vanité est si ancrée dans le cœur de l'homme, qu'un
20 soldat, un goujat, un cuisinier, un crocheteur se vante et
veut avoir ses admirateurs : et les philosophes mêmes en
veulent.   Et ceux qui écrivent contre [1] veulent avoir la
gloire d'avoir bien écrit ; et ceux qui le lisent veulent avoir
la gloire de l'avoir lu ; et moi qui écris ceci, ai peut-être
25 cette envie ; et peut-être que ceux qui le liront . . .
                        _____

4. Malgré la vue de toutes nos misères, qui nous touchent,[2]
qui nous tiennent à la gorge, nous avons un instinct que nous
ne pouvons réprimer, qui nous élève.

5. Nous sommes si présomptueux, que nous voudrions être connus de toute la terre, et même des gens qui viendront quand nous ne serons plus ; et nous sommes si vains,[1] que l'estime de cinq ou six personnes qui nous environnent nous amuse[2] et nous contente.

7. Les villes par où on passe, on ne se soucie pas d'y être estimé ; mais quand on y doit demeurer un peu de temps, on s'en soucie. Combien de temps faut-il? Un temps proportionné à notre durée vaine et chétive.

8. ... L'homme[3] n'est donc que déguisement, que mensonge et hypocrisie, et en soi-même et à l'égard des autres. Il ne veut pas qu'on lui dise la vérité, il évite de la dire aux autres ; et toutes ces dispositions, si éloignées de la justice et de la raison, ont une racine naturelle[4] dans son cœur.

Art. III. — 2 bis. Si on est trop jeune, on ne juge pas bien ; trop vieil, de même ; si on n'y songe pas assez[5] ... ; si on y songe trop, on s'entête, et on s'encoiffe. Si on considère son ouvrage incontinent après l'avoir fait, on en est encore tout prévenu ; si trop longtemps après, on n'y entre plus. Aussi les tableaux, vus de trop loin et de trop près ; et il n'y a qu'un point indivisible qui soit le véritable lieu : les autres sont trop près, trop loin, trop haut ou trop bas. La perspective l'assigne dans l'art de la peinture. Mais dans la vérité et dans la morale, qui l'assignera?

3. ... Le plus grand philosophe du monde, sur une planche plus large qu'il ne faut, s'il y a au-dessous un précipice, quoique sa raison le convainque de sa sûreté, son

imagination prévaudra. Plusieurs n'en sauraient soutenir la pensée sans pâlir et suer.

Qui ne sait que la vue de chats, de rats, l'écrasement d'un charbon, etc., emportent la raison hors des gonds? 5 Le ton de voix impose aux plus sages, et change un discours et un poème de force.

L'affection ou la haine changent la justice de face ; et combien un avocat bien payé par avance trouve-t-il plus juste la cause qu'il plaide ! combien son geste hardi le [1] fait- 10 il paraître meilleur aux juges, dupés par cette apparence ! Plaisante raison qu'un vent manie, et à tout sens !

Je ne veux pas rapporter tous ses effets [2] ; je rapporterais presque toutes les actions des hommes, qui ne branlent presque que par ses secousses. Car la raison a été obligée 15 de céder, et la plus sage prend pour ses principes ceux que l'imagination des hommes a témérairement [3] introduits en chaque lieu.

Nos magistrats ont bien connu ce mystère. Leurs robes rouges, leurs hermines, dont ils s'emmaillottent en chats 20 fourrés,[4] les palais où ils jugent, les fleurs de lis,[5] tout cet appareil auguste était fort nécessaire ; et si les médecins n'avaient des soutanes et des mules,[6] et que les docteurs [7] n'eussent des bonnets carrés et des robes trop amples de quatre parties,[8] jamais ils n'auraient dupé le monde, qui ne 25 peut résister à cette montre si authentique.[9] Les seuls gens de guerre ne se sont pas déguisés de la sorte, parce qu'en effet leur part est plus essentielle [10] : ils s'établissent par la force, les autres par grimace [11] . . .

Notre propre intérêt est encore un merveilleux instrument 30 pour nous crever les yeux agréablement. Il n'est pas permis au plus équitable homme du monde d'être juge en sa cause : j'en sais qui, pour ne pas tomber dans cet amour-propre, ont été les plus injustes du monde à contre-biais. Le moyen sûr de perdre une affaire toute juste était de la leur faire recommander par leurs proches parents. La justice et la vérité sont deux pointes si subtiles, que nos instruments sont trop mousses pour y toucher exactement. S'ils y arrivent, ils en 5 écachent la pointe et appuient [1] tout autour, plus sur le faux que sur le vrai.

---

4. La chose [2] la plus importante à toute la vie est le choix du métier : le hasard en dispose. La coutume fait les maçons, soldats, couvreurs. C'est un excellent couvreur, dit-on ; 10 et en parlant des soldats : Ils sont bien fous, dit-on. Et les autres, au contraire : Il n'y a rien de grand que la guerre ; le reste des hommes sont des coquins. A force d'ouïr louer en l'enfance ces métiers, et mépriser tous les autres, on choisit ; car naturellement on aime la vérité, et on hait la 15 folie. Ces mots nous émeuvent : on ne pèche qu'en l'application. Tant est grande la force de la coutume, que de ceux que la nature n'a faits qu'hommes, on fait toutes les conditions des hommes ; car des pays sont tous de maçons, d'autres tous de soldats, etc. Sans doute que la nature 20 n'est pas si uniforme. C'est la coutume qui fait donc cela, car elle contraint la nature ; et quelquefois la nature la surmonte, et retient l'homme dans son instinct, malgré toute coutume, bonne ou mauvaise. . . .

---

5. Nous ne tenons jamais au temps présent. Nous an- 25 ticipons l'avenir comme trop lent à venir, comme pour hâter son cours ; ou nous rappelons le passé, pour l'arrêter comme trop prompt : si imprudents, que nous errons dans les temps qui ne sont pas nôtres et ne pensons point au seul qui nous appartient ; et si vains, que nous songeons à celui qui n'est 30

plus rien, et échappons sans réflexion le seul[1] qui subsiste.
C'est que le présent d'ordinaire nous blesse. Nous le ca-
chons à notre vue, parce qu'il nous afflige ; et, s'il nous est
agréable, nous regrettons de le voir échapper. Nous tâ-
5 chons de le soutenir par l'avenir, et pensons à disposer les
choses qui ne sont pas en notre puissance pour un temps où
nous n'avons aucune assurance d'arriver.

Que chacun examine ses pensées, il les trouvera toutes
occupées au passé et à l'avenir. Nous ne pensons presque
10 point au présent ; et, si nous y pensons, ce n'est que pour
en prendre la lumière pour disposer de l'avenir. Le présent n'est jamais notre fin : le passé et le présent sont nos
moyens ; le seul avenir est notre fin. Ainsi nous ne vivons
jamais, mais nous espérons de vivre ; et, nous disposant
15 toujours à être heureux, il est inévitable que nous ne le
soyons jamais.

———

8. . . . Sur quoi fondera-t-il[2] l'économie du monde qu'il
veut gouverner? Sera-ce sur le caprice de chaque particulier? Quelle confusion ! Sera-ce sur la justice? Il l'ignore.
20 Certainement s'il la connaissait, il n'aurait pas établi cette
maxime, la plus générale de toutes celles qui sont parmi les
hommes, que chacun suive les mœurs de son pays ; l'éclat de
la véritable équité aurait assujetti tous les peuples, et les
législateurs n'auraient pas pris pour modèle, au lieu de cette
25 justice constante, les fantaisies et les caprices des Perses et
Allemands[3] et des Indiens. ' On la verrait plantée par tous
les États du monde et dans tous les temps, au lieu qu'on ne
voit rien de juste ou d'injuste qui ne change de qualité en
changeant de climat. Trois degrés d'élévation du pôle
30 renversent toute la jurisprudence. Un méridien décide de
la vérité ; en peu d'années de possession, les lois fondamen-

tales changent ; le droit a ses époques. L'entrée de Saturne
au Lion[1] nous marque l'origine d'un tel crime. Plaisante
justice qu'une rivière borne ! Vérité au deçà des Pyrénées,
erreur au delà. . . .

———

9. L'esprit[2] de ce souverain juge du monde n'est pas si 5
indépendant qu'il ne soit sujet à être troublé par le premier
tintamarre qui se fait autour de lui. Il ne faut pas le bruit
d'un canon pour empêcher ses pensées : il ne faut que le
bruit d'une girouette ou d'une poulie. Ne vous étonnez pas
s'il ne raisonne pas bien à présent ; une mouche bourdonne 10
à ses oreilles : c'en est assez pour le rendre incapable de
bon conseil. Si vous voulez qu'il puisse trouver la vérité,
chassez cet animal qui tient sa raison en échec, et trouble
cette puissante intelligence, qui gouverne les villes et les royaumes. Le plaisant dieu[3] que voilà ! *O ridicolosissimo eroe !* 15

———

13. Qu'est-ce que nos principes naturels, sinon nos principes accoutumés ? Et dans les enfants, ceux qu'ils ont
reçus de la coutume de leurs pères, comme la chasse dans
les animaux ?

Une différente coutume en donnera d'autres principes 20
naturels. Cela se voit par expérience ; et s'il y en a d'ineffaçables à la coutume, il y en a aussi de la coutume contre
la nature, ineffaçables à la nature et à une seconde coutume.
Cela dépend de la disposition.

Les pères craignent que l'amour naturel des enfants ne 25
s'efface. Quelle est donc cette nature, sujette a être effacée ?
La coutume est donc une seconde nature, qui détruit la
première. Mais qu'est-ce que nature ? pourquoi la coutume
n'est-elle pas naturelle ? J'ai bien peur que cette nature ne
soit elle-même qu'une première coutume, comme la cou- 30
tume est une seconde nature.

14. Si nous rêvions toutes les nuits la même chose, elle nous affecterait autant que les objets que nous voyons tous les jours ; et si un artisan était sûr de rêver toutes les nuits, douze heures durant, qu'il est roi, je crois qu'il serait pres-
5 que aussi heureux qu'un roi qui rêverait toutes les nuits, douze heures durant, qu'il serait artisan.

Si nous rêvions toutes les nuits que nous sommes pour-suivis par des ennemis, et agités par ces fantômes pénibles, et qu'on passât tous les jours en diverses occupations, comme
10 quand on fait voyage, on souffrirait presque autant que si cela était véritable, et on appréhenderait le dormir, comme on appréhende le réveil quand on craint d'entrer dans de tels malheurs en effet. Et en effet il ferait à peu près les mêmes maux que la réalité. Mais parce que les songes
15 sont tous différents, et qu'un même se diversifie, ce qu'on y voit affecte bien moins que ce qu'on voit en veillant, à cause de la continuité ; qui n'est pourtant pas si continue et égale qu'elle ne change aussi, mais moins brusquement, si ce n'est rarement, comme quand on voyage ; et alors on dit : Il me
20 semble que je rêve ; car la vie est un songe un peu moins inconstant.

———

18. Le monde juge bien des choses, car il est dans l'igno-rance naturelle, qui est la vraie sagesse de l'homme. Les sciences ont deux extrémités qui se touchent : la première
25 est la pure ignorance naturelle où se trouvent tous les hommes en naissant. L'autre extrémité est celle où arri-vent les grandes âmes, qui, ayant parcouru tout ce que les hommes peuvent savoir, trouvent qu'ils ne savent rien, et se rencontrent en cette même ignorance d'où ils étaient partis.
30 Mais c'est une ignorance savante qui se connaît. Ceux d'entre deux, qui sont sortis de l'ignorance naturelle, et

n'ont pu arriver à l'autre, ont quelque teinture de cette
science suffisante, et font les entendus.

Ceux-là troublent le monde, et jugent mal de tout. Le
peuple et les habiles composent le train du monde ; ceux-là
le méprisent, et sont méprisés. Ils jugent mal de toutes 5
choses, et le monde en juge bien.

-----

19. L'homme n'est qu'un sujet plein d'erreur naturelle et
ineffaçable sans la grâce. Rien ne lui montre la vérité :
tout l'abuse. Ces deux principes de vérités, la raison et les
sens, outre qu'ils manquent chacun de sincérité, s'abusent 10
réciproquement l'un l'autre. Les sens abusent la raison
par de fausses apparences ; et cette même piperie¹ qu'ils
apportent à la raison, ils la reçoivent d'elle à leur tour : elle
s'en revanche. Les passions de l'âme troublent les sens, et
leur font des impressions fausses. Ils mentent et se trom- 15
pent à l'envi. . . .

Art. IV. — 2. Quand je m'y suis mis quelquefois à considérer les diverses agitations des hommes, et les périls et
les peines où ils s'exposent, dans la cour, dans la guerre,
d'où naissent tant de querelles, de passions, d'entreprises 20
hardies et souvent mauvaises, j'ai découvert que tout le
malheur des hommes vient d'une seule chose, qui est de ne
savoir pas demeurer en repos dans une chambre. Un
homme² qui a assez de bien pour vivre, s'il savait demeurer
chez soi avec plaisir, n'en sortirait pas pour aller sur la mer 25
ou au siège d'une place. On n'achètera une charge à
l'armée si cher que parce qu'on trouverait insupportable de
ne bouger de la ville ; et on ne recherche les conversations
et les divertissements des jeux que parce qu'on ne peut demeurer chez soi avec plaisir.   30

Mais quand j'ai pensé de plus près, et que, après avoir
trouvé la cause de tous nos malheurs, j'ai voulu en¹ découvrir la raison, j'ai trouvé qu'il y en a une bien effective, qui
consiste dans le malheur naturel de notre condition faible et
5 mortelle, et si misérable, que rien ne peut nous consoler,
lorsque nous y pensons de près. . . .

Ainsi l'homme est si malheureux, qu'il s'ennuierait même
sans aucune cause d'ennui, par l'état propre de sa complexion ; et il est si vain, qu'étant plein de mille causes
10 essentielles d'ennui, la moindre chose, comme un billard et
une balle qu'il pousse, suffisent pour le divertir. . . .

———

4. La seule chose qui nous console de nos misères est le
divertissement, et cependant c'est la plus grande de nos
misères.   Car c'est cela qui nous empêche principalement
15 de songer à nous,² et qui nous fait perdre³ insensiblement.
Sans cela, nous serions dans l'ennui, et cet ennui nous pous-
serait à chercher un moyen plus solide d'en sortir.   Mais le
divertissement nous amuse, et nous fait arriver insensiblement à la mort.

———

20   5. Les hommes n'ayant pu guérir la mort, la misère,
l'ignorance, ils se sont avisés, pour se rendre heureux, de ne
point y penser.

———

7. Qu'on s'imagine un nombre d'hommes dans les chaînes,
et tous condamnés à la mort, dont les uns étant chaque jour
25 égorgés à la vue des autres, ceux qui restent voient leur
propre condition dans celle de leurs semblables, et, se regardant les uns les autres avec douleur et sans espérance,
attendent leur tour : c'est l'image de la condition des
hommes.

Art V. — 3. Le plus[1] grand des maux est les guerres civiles. Elles sont sûres, si on veut récompenser les mérites, car tous diront qu'ils méritent. Le mal à craindre d'un sot, qui succède par droit de naissance, n'est ni si grand, ni si sûr. ⠀⠀⠀⠀5

_____

4. Pourquoi suit-on la pluralité ?[2] est-ce à cause qu'ils ont plus de raison? non, mais plus de force. Pourquoi suit-on les anciennes lois et anciennes opinions? est-ce qu'elles sont les plus saines? non, mais elles sont uniques, et nous ôtent la[3] . . . de la diversité. ⠀⠀⠀10

_____

5. L'empire fondé sur l'opinion et l'imagination règne quelque temps, et cet empire est doux et volontaire ; celui de la force règne toujours. Ainsi l'opinion est comme la reine du monde, mais la force en est le tyran.

_____

10. D'où vient qu'un boiteux ne nous irrite pas, et un 15 esprit boiteux nous irrite? A cause qu'un boiteux reconnaît que nous allons droit, et qu'un esprit boiteux dit que c'est nous qui boitons ; sans cela nous en aurions pitié et non colère.

Épictète[4] demande bien plus fortement : Pourquoi ne 20 nous fâchons-nous pas si on dit que nous avons mal à la tête, et que nous nous fâchons de ce qu'on dit que nous raisonnons mal, ou que nous choisissons mal? Ce qui cause cela, est que nous sommes bien certains que nous n'avons pas mal à la tête (et que nous ne sommes pas boi- 25 teux) : mais nous ne sommes pas si assurés que nous choisissons le vrai. De sorte que, n'en ayant d'assurance qu'à cause que nous le voyons de toute notre vue, quand un

autre voit de toute sa vue le contraire, cela nous met en
suspens et nous étonne, et encore plus quand mille autres
se moquent de notre choix ; car il faut préférer nos lumières
à celles de tant d'autres, et cela est hardi et difficile. Il
5 n'y a jamais cette contradiction dans les sens touchant un
boiteux. _____

11. Le respect est, Incommodez-vous. Cela est vain en
apparence, mais très juste ; car c'est dire : Je m'incommo-
derais bien si vous en aviez besoin, puisque je le fais bien
10 sans que cela vous serve. Outre que le respect est pour
distinguer les grands : or, si le respect était d'être en fauteuil,[1] on respecterait tout le monde, et ainsi on ne distin-
guerait pas ; mais, étant incommodé, on distingue fort bien.

_____

15. Que la noblesse est un grand avantage, qui, dès dix-
15 huit ans, met un homme en passe,[2] connu et respecté
comme un autre pourrait avoir mérité[3] à cinquante ans !
C'est trente ans gagnés sans peine.

_____

Art VI.- -3. Pourquoi me tuez-vous ?[4] Eh quoi ! ne
demeurez-vous pas de l'autre côté de l'eau? Mon ami, si
20 vous demeuriez de ce côté, je serais un assassin, cela serait
injuste de vous tuer de la sorte ; mais, puisque vous de-
meurez de l'autre côté, je suis un brave, et cela est juste.

_____

11. Il y a des vices qui ne tiennent à nous que par d'autres, et qui, en ôtant le tronc, s'emportent comme des
25 branches. _____

14. L'extrême esprit est accusé de folie, comme l'extrême
défaut. Rien que la médiocrité n'est bon. C'est la plura-

lité qui a établi cela, et qui mord quiconque s'en échappe
par quelque bout que ce soit.   Je ne m'y obstinerai pas, je
consens bien qu'on m'y mette,[1] et me refuse d'être au bas
bout, non pas parce qu'il est bas, mais parce qu'il est bout ;
car je refuserais de même qu'on me mît au haut.   C'est 5
sortir de l'humanité que de sortir du milieu : la grandeur de
l'âme humaine consiste à savoir s'y tenir ; tant s'en faut que
la grandeur soit à en sortir, qu'elle est à n'en point sortir.

------

19. Diseur de bons mots, mauvais caractère.

------

22 *bis*. Peu de chose nous console, parce que peu de 10
chose nous afflige.   ------

23. J'avais passé longtemps[2] dans l'étude des sciences
abstraites ; et le peu de communication[3] qu'on en peut
avoir m'en avait dégoûté.   Quand j'ai commencé l'étude
de l'homme, j'ai vu que ces sciences abstraites ne sont pas 15
propres à l'homme et que je m'égarais plus de ma condition en y pénétrant que les autres en l'ignorant ; j'ai par-
donné aux autres d'y peu savoir.   Mais j'ai cru trouver au
moins bien des compagnons en l'étude de l'homme, et que
c'est la vraie étude qui lui est propre.   J'ai été trompé.   Il 20
y en a encore moins qui l'étudient que la géométrie.   Ce
n'est que manque de savoir étudier cela qu'on cherche le
reste.   Mais n'est-ce pas[4] que ce n'est pas encore là la
science que l'homme doit avoir, et qu'il lui est meilleur de
s'ignorer pour être heureux ?   25

------

27. Ce que peut la vertu d'un homme ne se doit pas mesurer par ses efforts, mais par son ordinaire.

30. L'exemple de la chasteté d'Alexandre n'a pas tant fait de continents que celui de son ivrognerie a fait d'intempérants. Il n'est pas honteux de n'être pas aussi vertueux que lui, et il semble excusable de n'être pas plus vicieux que
5 lui. On croit n'être pas tout à fait dans les vices du commun des hommes quand on se voit dans les vices de ces grands hommes ; et cependant on ne prend pas garde qu'ils sont en cela du commun des hommes. On tient à eux par le bout par où ils tiennent au peuple ; car quelque élevés qu'ils
10 soient, si¹ sont-ils unis aux moindres des hommes par quelque endroit. Ils ne sont pas suspendus en l'air, tous abstraits² de notre société. Non, non ; s'ils sont plus grands que nous, c'est qu'ils ont la tête plus élevée ; mais ils ont les pieds aussi bas que les nôtres. Ils y sont tous à même niveau, et
15 s'appuient sur la même terre ; et par cette extrémité ils sont aussi abaissés que nous, que les plus petits, que les enfants, que les bêtes.

34. Plaindre les malheureux³ n'est pas contre la concupiscence⁴ ; au contraire, on est bien aise d'avoir à rendre
20 ce témoignage d'amitié, et à s'attirer la réputation de tendresse sans rien donner.

41. La science des choses extérieures ne me consolera pas de l'ignorance de la morale au temps d'affliction ; mais la science des mœurs me consolera toujours de l'ignorance
25 des sciences extérieures.

43. Condition de l'homme : inconstance, ennui, inquiétude.

43 *bis.* Qui voudra connaître à plein la vanité de l'homme n'a qu'à considérer les causes et les effets de l'amour. La

cause en est « un je ne sais quoi » (CORNEILLE¹) ; et les effets
en sont effroyables. Ce je ne sais quoi, si peu de chose
qu'on ne peut le reconnaître, remue toute la terre, les
princes, les armées, le monde entier. Le nez de Cléo-
pâtre² : s'il eût été plus court, toute la face de la terre au- 5
rait changé.

45. Le sentiment de la fausseté des plaisirs présents, et
l'ignorance de la vanité des plaisirs absents, causent l'inconstance.

46. L'éloquence continue ennuie. 10
Les princes et rois jouent quelquefois. Il ne sont pas
toujours sur leurs trônes ; ils s'y ennuient. La grandeur a
besoin d'être quittée pour être sentie. La continuité dégoûte en tout. Le froid est agréable, pour se chauffer.

47. *Lustravit lampade terras.*³ Le temps et mon hu- 15
meur⁴ ont peu de liaison. J'ai mes brouillards et mon
beau temps au dedans de moi. Le bien et le mal de mes
affaires même y fait peu : je m'efforce quelquefois . . .
contre la fortune ; la gloire de la dompter me la fait
dompter gaiement ; au lieu que je fais quelquefois le dé- 20
goûté dans la bonne fortune.

48. En écrivant ma pensée, elle m'échappe quelquefois ;
mais cela me fait souvenir de ma faiblesse, que j'oublie à
toute heure ; ce qui m'instruit autant que ma pensée
oubliée, car je ne tends qu'à connaître mon néant. 25

50. Ce chien⁵ est à moi, disaient ces pauvres enfants ;

c'est là ma place au soleil.   Voilà le commencement et
l'image de l'usurpation de toute la terre.

———

56. Voulez-vous qu'on croie du bien de vous? n'en dites
pas.

———

5   *Art. VII.* — 1. A mesure qu'on a plus d'esprit, on trouve
qu'il y a plus d'hommes originaux.   Les gens du commun
ne trouvent pas de différence entre les hommes.

———

9. Qu'on ne dise pas que je n'ai rien dit de nouveau ; la
disposition des matières est nouvelle.   Quand on joue à la
10 paume, c'est une même balle dont on joue l'un et l'autre ;
mais l'un la place mieux.   J'aimerais autant qu'on me dît
que je me suis servi des mots anciens.   Et comme si les
mêmes pensées ne formaient pas un autre corps par une
disposition différente de discours, aussi bien que les mêmes
15 mots forment d'autres pensées par leur différente disposition.

———

10. On se persuade mieux, pour l'ordinaire, par les raisons qu'on a soi-même trouvées, que par celles qui sont
venues dans l'esprit des autres.

———

22. Ceux qui font les antithèses en forçant les mots sont
20 comme ceux qui font de fausses fenêtres pour la symétrie.
Leur règle n'est pas de parler juste, mais de faire des figures
justes.

———

25. Comme on dit beauté poétique, on devrait aussi dire
beauté géométrique, et beauté médicinale.   Cependant on

ne le dit point : et la raison en est qu'on sait bien quel est
l'objet de la géométrie, et qu'il consiste en preuves, et quel
est l'objet de la médecine, et qu'il consiste en la guérison ;
mais on ne sait pas en quoi consiste l'agrément, qui est
l'objet de la poésie. On ne sait ce que c'est que ce modèle 5
naturel qu'il faut imiter ; et, à faute de cette connaissance,
on a inventé de certains termes bizarres : «siècle d'or, merveille de nos jours, fatal,» etc. ; et on appelle ce jargon
beauté poétique. Mais qui s'imaginera une femme sur ce
modèle-là, qui consiste à dire de petites choses avec de 10
grands mots, verra une jolie damoiselle toute pleine de
miroirs et de chaînes, dont il rira, parce qu'on sait mieux
en quoi consiste l'agrément d'une femme que l'agrément
des vers. Mais ceux qui ne s'y connaîtraient pas l'admire-
raient en cet équipage ; et il y a bien des villages où on la 15
prendrait pour la reine : et c'est pourquoi nous appelons
les sonnets faits sur ce modèle-là les reines de village.

---

27. Il faut de l'agréable et du réel ; mais il faut que cet
agréable soit lui-même pris du vrai.

---

28. Quand on voit le style naturel, on est tout étonné et 20
ravi ; car on s'attendait de voir un auteur, et on trouve un
homme. Au lieu que ceux qui ont le goût bon, et qui en
voyant un livre croient trouver un homme, sont tout surpris
de trouver un auteur : *Plus poetice quam humane locutus es.*
Ceux-là honorent bien la nature, qui lui apprennent qu'elle 25
peut parler de tout, et même de théologie.

---

29. La dernière chose qu'on trouve en faisant un ouvrage
est de savoir celle qu'il faut mettre la première.

30. Il ne faut point détourner l'esprit ailleurs, sinon pour
le délasser, mais dans le temps où cela est à propos ; le délasser quand il faut, et non autrement ; car qui délasse hors
de propos, il lasse ; et qui lasse hors de propos délasse, car
5 on quitte tout là ; tant la malice de la concupiscence se plaît
à faire tout le contraire de ce qu'on veut obtenir de nous
sans nous donner du plaisir, qui est la monnaie pour laquelle
nous donnons tout ce qu'on veut.

———

Art. VIII. — 1. . . . Les principales forces des pyrrho-
10 niens,[1] je laisse les moindres, sont : Que nous n'avons
aucune certitude de la vérité de ces principes,[2] hors la foi
et la révélation, sinon en ce que nous les sentons naturellement en nous ; or, ce sentiment naturel n'est pas une preuve
convaincante de leur vérité, puisque n'y ayant point de cer-
15 titude, hors la foi, si l'homme est créé par un Dieu bon, par
un démon méchant, ou à l'aventure, il est en doute si ces
principes nous sont donnés ou véritables, ou faux, ou incertains, selon notre origine. De plus, que[3] personne n'a d'assurance, hors de la foi, s'il veille ou s'il dort,[4] vu que durant
20 le sommeil on croit veiller aussi fermement que nous faisons ;
on croit voir les espaces, les figures, les mouvements ; on
sent couler le temps, on le mesure, et enfin on agit de
même qu'éveillé ; de sorte que, la moitié de la vie se passant en sommeil, par notre propre aveu, où, quoi qu'il nous
25 en paraisse, nous n'avons aucune idée du vrai, tous nos sentiments étant alors des illusions, qui sait si cette autre moitié
de la vie où nous pensons veiller n'est pas un autre sommeil
un peu différent du premier, dont nous nous éveillons quand
nous pensons dormir ? . . .
30   Que fera donc l'homme en cet état ? Doutera-t-il de tout ?

doutera-t-il s'il veille, si on le pince, si on le brûle? doutera-
t-il s'il doute?¹ doutera-t-il s'il est? On n'en peut venir là;
et je mets en fait qu'il n'y a jamais eu de pyrrhonien effec-
tif² parfait. La nature soutient la raison impuissante, et
l'empêche d'extravaguer jusqu'à ce point.   5

Dira-t-il donc, au contraire, qu'il possède certainement la
vérité, lui qui, si peu qu'on le pousse, ne peut en montrer
aucun titre, et est forcé de lâcher prise?

Quelle chimère est-ce donc que l'homme! quelle nouveauté, quel monstre, quel chaos, quel sujet de contradic- 10
tion, quel prodige! Juge de toutes choses, imbécile ver de
terre, dépositaire du vrai, cloaque d'incertitude et d'erreur,
gloire et rebut de l'univers.

Qui démêlera cet embrouillement? La nature confond
les pyrrhoniens et la raison confond les dogmatiques.³ Que 15
deviendrez-vous donc, ô homme! qui cherchez quelle est
votre véritable condition par votre raison naturelle? Vous
ne pouvez fuir une de ces sectes, ni subsister dans aucune.

Connaissez donc, superbe, quel paradoxe vous êtes à
vous-même. Humiliez-vous, raison impuissante; taisez- 20
vous, nature imbécile: apprenez que l'homme passe infiniment l'homme, et entendez de votre maître votre condition
véritable, que vous ignorez. Écoutez Dieu....

---

2. Tous les hommes⁴ recherchent d'être heureux; cela
est sans exception. Quelques différents moyens qu'ils y 25
emploient, ils tendent tous à ce but. Ce qui fait que les
uns vont à la guerre et que les autres n'y vont pas est ce
même désir qui est dans tous les deux, accompagné de différentes vues. La volonté ne fait jamais la moindre démarche que vers cet objet. C'est le motif de toutes les ac- 30
tions de tous les hommes, jusqu'à ceux qui vont se pendre.

Et cependant, depuis un si grand nombre d'années, jamais personne, sans la foi, n'est arrivé à ce point où tous
visent continuellement. Tous se plaignent : princes, sujets ;
nobles, roturiers ; vieux, jeunes ; forts, faibles ; savants, igno-
5 rants ; sains, malades ; de tous pays, de tous les temps, de
tous âges et de toutes conditions.

Une épreuve si longue, si continuelle et si uniforme, devrait bien nous convaincre de notre impuissance d'arriver
au bien par nos efforts ; mais l'exemple nous instruit peu.
10 Il n'est jamais si parfaitement semblable, qu'il n'y ait quelque
délicate différence ; et c'est de là que nous attendons que
notre attente ne sera pas déçue en cette occasion comme
en l'autre. Et ainsi, le présent ne nous satisfaisant jamais,
l'espérance nous pipe, et de malheur en malheur, nous mène
15 jusqu'à la mort, qui en est un comble éternel. . . .

———

6. Nous connaissons la vérité,[1] non-seulement par la raison, mais encore par le cœur ; c'est de cette dernière sorte
que nous connaissons les premiers principes, et c'est en vain
que le raisonnement, qui n'y a point de part, essaie de les
20 combattre. Les pyrrhoniens, qui n'ont que cela pour objet,
y travaillent inutilement. Nous savons que nous ne rêvons
point,[2] quelque impuissance où nous soyons de le prouver
par raison ; cette impuissance ne conclut autre chose que la
faiblesse de notre raison, mais non pas l'incertitude de
25 toutes nos connaissances, comme ils le prétendent. Car la
connaissance des premiers principes, comme qu'il y a *espace*,
temps, *mouvement*, *nombres*, est aussi ferme qu'aucune de
celles que nos raisonnements nous donnent. Et c'est sur ces
connaissances du cœur et de l'instinct qu'il faut que la rai-
30 son s'appuie, et qu'elle y fonde tout son discours. Le cœur

sent qu'il y a trois dimensions dans l'espace, et que les
nombres sont infinis ; et la raison démontre ensuite qu'il n'y
a point deux nombres carrés dont l'un soit double de l'autre.
Les principes se sentent, les propositions se concluent ; et
le tout avec certitude, quoique par différentes voies.   Et il 5
est aussi inutile et aussi ridicule que la raison demande au
cœur des preuves de ses premiers principes, pour vouloir [1]
y consentir, qu'il serait ridicule que le cœur demandât à la
raison un sentiment de toutes les propositions qu'elle démontre, pour vouloir les recevoir. . . .   10

———

Art. IX.—1. . . . Qu'ils[2] apprennent au moins quelle est
la religion qu'ils combattent, avant que de la combattre. Si
cette religion se vantait d'avoir une vue claire de Dieu, et
de le posséder à découvert et sans voile, ce serait la combattre que de dire qu'on ne voit-rien dans le monde qui le 15
montre avec cette évidence.   Mais puisqu'elle dit au contraire que les hommes sont dans les ténèbres et dans
l'éloignement de Dieu, qu'il s'est caché à leur connaissance,
que c'est même le nom qu'il se donne dans les Écritures,
Deus absconditus[3] ; et enfin, si elle travaille également à 20
établir ces deux choses : que Dieu a établi des marques
sensibles dans l'Église pour se faire reconnaître à ceux qui
le chercheraient sincèrement, et qu'il les a couvertes néanmoins de telle sorte qu'il ne sera aperçu que de ceux qui
le cherchent de tout leur cœur, quel avantage peuvent-ils 25
tirer, lorsque, dans la négligence où ils font profession
d'être, de chercher la vérité, ils crient que rien ne la leur
montre ? puisque cette obscurité où ils sont, et qu'ils objec-
tent à l'Église, ne fait qu'établir une des choses[4] qu'elle
soutient, sans toucher à l'autre,[5] et établit sa doctrine, bien 30
loin de la ruiner. . . .

. . . Mais, en vérité, je leur dirais ce que j'ai dit souvent, que cette négligence n'est pas supportable. Il ne s'agit pas[1] ici de l'intérêt léger de quelque personne étrangère, pour en user de cette façon ; il s'agit de nous-mêmes, et de
5 notre tout.

L'immortalité de l'âme est une chose qui nous importe si fort, qui nous touche si profondément, qu'il faut avoir perdu tout sentiment pour être dans l'indifférence de savoir ce qui en est.   Toutes nos actions et nos pensées doivent
10 prendre des routes si différentes, selon qu'il y aura des biens éternels à espérer ou non, qu'il est impossible de faire une démarche avec sens et jugement, qu'en la réglant par la vue de ce point qui doit être notre dernier objet.[2]

Ainsi, notre premier intérêt et notre premier devoir est
15 de nous éclaircir sur ce sujet, d'où dépend toute notre conduite.   Et c'est pourquoi, entre ceux qui n'en sont pas persuadés, je fais une extrême différence de ceux qui travail-
lent de toutes leurs forces à s'en instruire, à ceux qui vivent sans s'en mettre en peine et sans y penser. . . .

---

20   3. Entre nous, et l'enfer ou le ciel, il n'y a que la vie entre deux, qui est la chose du monde la plus fragile. . . .

---

4. Un homme dans un cachot, ne sachant si son arrêt est donné, n'ayant plus qu'une heure pour l'apprendre, cette heure suffisant, s'il sait qu'il est donné, pour le faire
25 révoquer, il est contre la nature qu'il emploie cette heure-là, non à s'informer si l'arrêt est donné, mais à jouer au piquet. Ainsi il est surnaturel que l'homme, etc.   C'est un appesan-
tissement de la main de Dieu.

Ainsi, non-seulement le zèle de ceux qui le cherchent

prouve Dieu, mais l'aveuglement de ceux qui ne le cherchent pas.

———

5. Nous courons sans souci dans le précipice, après que nous avons mis quelque chose devant nous pour nous empêcher de le voir.   5

———

Art. X. — 1. Notre âme est jetée dans le corps, où elle trouve nombre, temps, dimension ; elle raisonne là-dessus, et appelle cela nature, nécessité, et ne peut croire autre chose.

Nous connaissons qu'il y a un infini, et ignorons sa 10 nature. Comme nous savons qu'il est faux que les nombres soient finis ; donc il est vrai qu'il y a un infini en nombre : mais nous ne savons ce qu'il est. Il est faux qu'il soit pair, il est faux qu'il soit impair ; car en ajoutant l'unité il ne change point de nature ; cependant c'est un nombre, et 15 tout nombre est pair ou impair : il est vrai que cela s'entend de tout nombre fini.

Ainsi on peut bien connaître qu'il y a un Dieu sans savoir ce qu'il est.

Nous connaissons donc l'existence et la nature du fini, 20 parce que nous sommes finis et étendus comme lui.

Nous connaissons l'existence de l'infini et ignorons sa nature, parce qu'il a étendue comme nous, mais non pas des bornes comme nous.

Mais nous ne connaissons ni l'existence ni la nature de 25 Dieu, parce qu'il n'a ni étendue ni bornes.

Mais par la foi nous connaissons son existence ; par la gloire nous connaîtrons sa nature. Or, j'ai déjà montré qu'on peut bien connaître l'existence d'une chose sans connaître sa nature.   30

Parlons maintenant selon les lumières naturelles.

S'il y a un Dieu, il est infiniment incompréhensible,
puisque, n'ayant ni parties ni bornes, il n'a nul rapport avec
nous : nous sommes donc incapables de connaître ni ce
5 qu'il est, ni s'il est.   Cela étant, qui osera entreprendre de
résoudre cette question?   Ce n'est pas nous, qui n'avons
aucun rapport à lui.

Qui blâmera donc les chrétiens de ne pouvoir rendre
raison de leur créance, eux qui professent une religion dont
10 ils ne peuvent rendre raison?   Ils déclarent, en l'exposant
au monde, que c'est une sottise, *stultitiam*,[1] et puis vous
vous plaignez de ce qu'ils ne la prouvent pas ! S'ils la prou-
vaient, ils ne tiendraient pas parole : c'est en manquant de
preuves qu'ils ne manquent pas de sens. — Oui ; mais en-
15 core que cela excuse ceux qui l'offrent telle, et que cela les
ôte de blâme de la produire sans raison, cela n'excuse pas
ceux qui la reçoivent. — Examinons donc ce point, et disons : Dieu est, ou il n'est pas.   Mais de quel côté penche-
rons-nous?   La raison n'y peut rien déterminer.   Il y a un
20 chaos infini qui nous sépare.   Il se joue un jeu, à l'extrémité
de cette distance infinie, où il arrivera croix ou pile.[2]   Que
gagerez-vous?   Par raison, vous ne pouvez faire ni l'un
ni l'autre ; par raison, vous ne pouvez défendre nul des
deux. . . .

_____

25   *Art. XI.* — 1. La vraie religion doit avoir pour marque
d'obliger à aimer son Dieu.   Cela est bien juste.   Et cependant aucune ne l'a ordonné ; la nôtre l'a fait.   Elle doit
encore avoir connu la concupiscence et l'impuissance[3] ; la
nôtre l'a fait.   Elle doit y avoir apporté les remèdes ; l'un
30 est la prière.   Nulle religion n'a demandé à Dieu de l'aimer
et de le suivre.

3. Les autres religions, comme les païennes, sont plus populaires, car elles sont en extérieur : mais elles ne sont pas pour les gens habiles.[1] Une religion purement intellectuelle serait plus proportionnée aux habiles, mais elle ne servirait pas au peuple. La seule religion chrétienne est 5 proportionnée à tous, étant mêlée d'extérieur et d'intérieur. Elle élève le peuple à l'intérieur, et abaisse les superbes à l'extérieur ; et n'est pas parfaite sans les deux, car il faut que le peuple entende l'esprit de la lettre et que les habiles soumettent leur esprit à la lettre. 10

———

10 *bis.* . . . . Elle[2] enseigne donc ensemble aux hommes ces deux vérités : et qu'il y a un Dieu dont les hommes sont capables, et qu'il y a une corruption dans la nature qui les en rend indignes. Il importe également aux hommes de connaître l'un et l'autre de ces points, et il est égale- 15 ment dangereux à l'homme de connaître Dieu sans connaître sa misère, et de connaître sa misère sans connaître le Rédempteur qui l'en peut guérir. Une seule de ces connaissances fait ou l'orgueil des philosophes, qui ont connu Dieu et non leur misère, ou le désespoir des athées, qui 20 connaissent leur misère sans Rédempteur. Et ainsi, comme il est également de la nécessité de l'homme de connaître ces deux points, il est aussi également de la miséricorde de Dieu de nous les avoir fait connaître. La religion chrétienne le fait ; c'est en cela qu'elle consiste. Qu'on exa- 25 mine l'ordre du monde sur cela, et qu'on voie si toutes choses ne tendent pas à l'établissement des deux chefs de cette religion. ———

Art. XII. — 1. Les grandeurs et les misères de l'homme sont tellement visibles, qu'il faut nécessairement que la 30

véritable religion nous enseigne, et qu'il y a quelque grand
principe de grandeur en l'homme, et qu'il y a un grand
principe de misère.   Il faut donc qu'elle nous rende raison
de ces étonnantes contrariétés.

5   Il faut que, pour rendre l'homme heureux, elle lui montre
qu'il y a un Dieu ; qu'on est obligé de l'aimer ; que notre
vraie félicité est d'être en lui, et notre unique mal d'être
séparé de lui ; qu'elle reconnaisse que nous sommes pleins
de ténèbres qui nous empêchent de le connaître et de
10 l'aimer ; et qu'ainsi nos devoirs nous obligeant d'aimer Dieu,
et nos concupiscences nous en détournant, nous sommes
pleins d'injustice.   Il faut qu'elle nous rende raison de ces
oppositions que nous avons à Dieu et à notre propre bien ; il
faut qu'elle nous enseigne les remèdes à ces impuissances,
15 et les moyens d'obtenir ces remèdes.   Qu'on examine sur
cela toutes les religions du monde, et qu'on voie s'il y en a
une autre que la chrétienne qui y satisfasse. . . .

Art. XIII. — 1.   La dernière démarche de la raison, c'est
de reconnaître qu'il y a une infinité de choses qui la sur-
20 passent.   Elle n'est que faible, si elle ne va jusqu'à connaître cela.   Que si les choses naturelles la surpassent, que
dira-t-on des surnaturelles?

3.   Si on soumet tout à la raison, notre religion n'aura
rien de mystérieux et de surnaturel.   Si on choque les prin-
25 cipes de la raison, notre religion sera absurde et ridicule.

9.   Si j'avais vu un miracle, disent-ils, je me convertirais.
Comment assurent-ils qu'ils feraient ce qu'ils ignorent?[1]   Ils
s'imaginent que cette conversion consiste en une adoration

qui se fait de Dieu comme un commerce et une conversation telle qu'ils se la figurent. La conversion véritable
consiste à s'anéantir devant cet être universel qu'on a irrité
tant de fois, et qui peut vous perdre légitimement à toute
heure ; à reconnaître qu'on ne peut rien sans lui, et qu'on 5
n'a rien mérité de lui que sa disgrâce. Elle consiste à
connaître qu'il y a une opposition invincible entre Dieu et
nous ; et que, sans un médiateur, il ne peut y avoir de
commerce.

_____

Art. XIV. — 2. . . . Voilà ce que je vois et ce qui me 10
trouble. Je regarde de toutes parts, et je ne vois partout
qu'obscurité. La nature ne m'offre rien qui ne soit matière
de doute et d'inquiétude. Si je n'y voyais rien qui marquât
une Divinité, je me déterminerais à la négative. Si je
voyais partout les marques d'un Créateur, je reposerais en 15
paix dans la foi. Mais, voyant trop pour nier, et trop peu
pour m'assurer, je suis en un état à plaindre, et où j'ai souhaité cent fois que, si un Dieu la soutient, elle le marquât
sans équivoque ; et que, si les marques qu'elle en donne
sont trompeuses, elle les supprimât tout à fait ; qu'elle dît 20
tout ou rien, afin que je visse quel parti je dois suivre. Au
lieu qu'en l'état où je suis, ignorant ce que je suis et ce que
je dois faire, je ne connais ni ma condition ni mon devoir.
Mon cœur tend tout entier à connaître où est le vrai bien,
pour le suivre. Rien ne me serait trop cher pour l'éternité. . . 25

_____

Art. XX. — 5. Il n'y a rien sur la terre qui ne montre,
ou la misère de l'homme, ou la miséricorde de Dieu ; ou
l'impuissance de l'homme sans Dieu, ou la puissance de
l'homme avec Dieu.

5 *bis.* . . . Ainsi, tout l'univers apprend à l'homme, ou qu'il est corrompu, ou qu'il est racheté ; tout lui apprend sa grandeur ou sa misère.   L'abandon de Dieu paraît dans les païens ; la protection de Dieu paraît dans les Juifs.

---

5   19. On n'entend[1] rien aux ouvrages de Dieu, si on ne prend pour principe qu'il a voulu aveugler les uns et éclairer les autres.

Art. XXIV. — 5. Le cœur a ses raisons,[2] que la raison ne connaît point ; on le sait en mille choses.   Je dis que le
10 cœur aime l'être universel naturellement, et soi-même naturellement, selon qu'il s'y adonne ; et il se durcit contre l'un ou l'autre, à son choix.   Vous avez rejeté l'un et conservé l'autre : est-ce par raison que vous aimez ?   C'est le cœur qui sent Dieu, et non la raison.   Voilà ce que c'est
15 que la foi : Dieu sensible au cœur, non à la raison.

---

39 *ter.* Il est injuste[3] qu'on s'attache à moi, quoiqu'on le fasse avec plaisir et volontairement.   Je tromperais ceux à qui j'en ferais naître le désir ; car je ne suis la fin de personne, et n'ai pas de quoi les satisfaire.   Ne suis-je pas
20 prêt à mourir ?   Et ainsi l'objet de leur attachement mourra. Donc comme je serais coupable de faire croire une fausseté, quoique je la persuadasse doucement, et qu'on la crût avec plaisir, et qu'en cela on me fît plaisir, de même je suis coupable de me faire aimer, et si j'attire les gens à s'at-
25 tacher à moi.   Je dois avertir ceux qui seraient prêts à consentir au mensonge, qu'ils ne le doivent pas croire, quelque avantage qui m'en revînt ; et de même, qu'ils ne doivent pas s'attacher à moi ; car il faut qu'ils passent leur vie et leurs soins à plaire à Dieu, ou à le chercher.

58. Le dernier acte est sanglant, quelque belle que soit la comédie en tout le reste. On jette enfin de la terre sur la tête, et en voilà pour jamais.

_____

64. Tous les grands divertissements sont dangereux pour la vie chrétienne ; mais, entre tous ceux que le monde a inventés, il n'y en a point qui soit plus à craindre que la comédie.[1] C'est une représentation si naturelle et si délicate des passions, qu'elle les émeut et les fait naître dans notre cœur, et surtout celle de l'amour : principalement lorsqu'on le représente fort chaste et fort honnête. Car plus il paraît innocent aux âmes innocentes, plus elles sont capables d'en être touchées. Sa violence plaît à notre amour-propre, qui forme aussitôt un désir de causer les mêmes effets que l'on voit si bien représentés ; et l'on se fait en même temps une conscience fondée sur l'honnêteté des sentiments qu'on y voit, qui ôtent la crainte des âmes pures, qui s'imaginent que ce n'est pas blesser la pureté, d'aimer d'un amour qui leur semble si sage. Ainsi, l'on s'en va de la comédie le cœur si rempli de toutes les beautés et de toutes les douceurs de l'amour, et l'âme et l'esprit si persuadés de son innocence, qu'on est tout préparé à recevoir ses premières impressions, ou plutôt à chercher l'occasion de les faire naître dans le cœur de quelqu'un, pour recevoir les mêmes plaisirs et les mêmes sacrifices que l'on a vus si bien dépeints dans la comédie. _____

101. Athéisme, marque de force d'esprit, mais jusqu'à un certain degré seulement.

_____

Art. XXV. — 16. Quand je considère la petite durée de ma vie, absorbée dans l'éternité précédente et suivante ; le

petit espace que je remplis, et même que je vois, abîmé
dans l'infinie immensité des espaces que j'ignore et qui
m'ignorent ; je m'effraie, et m'étonne de me voir ici plutôt
que là ; car il n'y a point de raison pourquoi ici plutôt que
5 là, pourquoi à présent plutôt que lors.   Qui m'y a mis? par
l'ordre et la conduite de qui ce lieu et ce temps a-t-il été
destiné à moi? — *Memoria hospitis*[1] *unius diei prætereuntis.*

17. Combien de royaumes nous ignorent !

17 *bis.* Le silence éternel de ces espaces infinis m'effraie.

10   26. Rien n'est si insupportable[2] à l'homme que d'être
dans un plein repos, sans passions, sans affaire, sans divertissement, sans application.   Il sent alors son néant, son
abandon, son insuffisance, sa dépendance, son impuissance,
son vide.   Incontinent il sortira du fond de son âme l'en-
15 nui, la noirceur, la tristesse, le chagrin, le dépit, le désespoir.

60. Il faut se connaître soi-même[3] : quand cela ne servirait pas à trouver le vrai, cela au moins sert à régler sa
vie, et il n'y a rien de plus juste.

20   63. La théologie est une science, mais en même temps
combien est-ce de sciences !   Un homme est un suppôt[4] :
mais si on l'anatomise, sera-ce la tête, le cœur, l'estomac,
les veines, chaque veine, chaque portion de veine, le sang,
chaque humeur du sang?
25   Une ville, une campagne, de loin est une ville et une
campagne ; mais à mesure qu'on s'approche, ce sont des

maisons, des arbres, des tuiles, des feuilles, des herbes, des fourmis, des jambes de fourmi, à l'infini. Tout cela s'enveloppe sous le nom de campagne. . . .

———

65. La nature s'imite.[1] Une graine, jetée en bonne terre, produit. Un principe, jeté dans un bon esprit, produit. 5 Les nombres imitent l'espace,[2] qui sont de nature si différente. Tout est fait et conduit par un même maître : la racine, la branche, les fruits ; les principes, les conséquences.

MAXIMES

NOS VERTUS NE SONT LE PLUS SOUVENT QUE DES VICES DÉGUISÉS.

1. Ce que nous prenons pour des vertus n'est souvent qu'un assemblage de diverses actions et de divers intérêts que la fortune ou notre industrie savent arranger ; et ce n'est pas toujours par valeur et par chasteté que les hommes sont vaillants et que les femmes sont chastes.[1]

2. L'amour-propre est le plus grand de tous les flatteurs.[2]

6. La passion fait souvent un fou du plus habile homme et rend souvent les plus sots habiles.

8. Les passions sont les seuls orateurs qui persuadent toujours. Elles sont comme un art de la nature dont les règles sont infaillibles ; et l'homme le plus simple qui a de la passion persuade mieux que le plus éloquent qui n'en a point.

13. Notre amour-propre souffre plus impatiemment la condamnation de nos goûts que de nos opinions.[3]

16. Cette clémence, dont on fait une vertu, se pratique tantôt par vanité, quelquefois par paresse, souvent par crainte, et presque toujours par tous les trois[4] ensemble.

17. La modération des personnes heureuses vient du calme que la bonne fortune donne à leur humeur.

18. La modération est une crainte de tomber dans l'envie et dans le mépris que méritent ceux qui s'enivrent de leur bonheur ; c'est une vaine ostentation de la force de notre esprit ; et enfin la modération des hommes dans leur plus haute élévation est un désir de paraître plus grands que leur fortune.[5]

— 19. Nous avons tous assez de force pour supporter les maux d'autrui.

20. La constance des sages n'est que l'art de renfermer leur agitation dans le cœur.

25. Il faut de plus grandes vertus pour soutenir la bonne 5 fortune que la mauvaise.

29. Le mal que nous faisons ne nous attire pas tant de persécution et de haine que nos bonnes qualités.

— 31. Si nous n'avions point de défauts, nous ne prendrions pas tant de plaisir à en remarquer dans les autres.' 10

38. Nous promettons selon nos espérances, et nous tenons selon nos craintes.

39. L'intérêt parle toutes sortes de langues, et joue toutes sortes de personnages, même celui de désintéressé.

41. Ceux qui s'appliquent trop aux petites choses de- 15 viennent ordinairement incapables des grandes.

42. Nous n'avons pas assez de force pour suivre toute notre raison.

44. La force et la faiblesse de l'esprit sont mal nommées ; elles ne sont en effet que la bonne ou la mauvaise disposi- 20 tion des organes du corps.

48. La félicité est dans le goût, et non pas dans les choses ; et c'est par avoir ce qu'on aime qu'on est heureux, et non par avoir ce que les autres trouvent aimable.

49. On n'est jamais si heureux ni si malheureux qu'on 25 s'imagine.

50. Ceux qui croient avoir du mérite se font un honneur d'être malheureux, pour persuader aux autres et à eux-mêmes qu'ils sont dignes d'être en butte à la fortune.

52. Quelque différence qui paraisse entre les fortunes, il 30 y a néanmoins une certaine compensation de biens et de maux qui les rend égales.

53. Quelques grands avantages que la nature donne, ce n'est pas elle seule, mais la fortune avec elle, qui fait les héros.[1]

— 54. Le mépris des richesses était dans les philosophes un
5 désir caché de venger leur mérite de l'injustice de la fortune par le mépris des mêmes biens dont elle les privait; c'était un secret pour se garantir de l'avilissement de la pauvreté; c'était un chemin détourné pour aller à la considération qu'ils ne pouvaient avoir par les richesses.

10 56. Pour s'établir dans le monde, on fait tout ce que l'on peut pour y paraître établi.

61. Le bonheur et le malheur des hommes ne dépendent pas moins de leur humeur que de la fortune.[2]

62. La sincérité est une ouverture de cœur. On la trouve
15 en fort peu de gens; et celle que l'on voit d'ordinaire n'est qu'une fine dissimulation pour attirer la confiance des autres.

65. Il n'y a point d'éloges qu'on ne donne à la prudence: cependant elle ne saurait nous assurer du moindre événe-
20 ment.

67. La bonne grâce est au corps ce que le bon sens est à l'esprit.

69. S'il y a un amour pur et exempt du mélange de nos autres passions, c'est celui qui est caché au fond du cœur, et
25 que nous ignorons nous-mêmes.

71. Il n'y a guère de gens qui ne soient honteux de s'être aimés, quand ils ne s'aiment plus.

73. On peut trouver des femmes qui n'ont jamais eu de galanterie, mais il est rare d'en trouver qui n'en aient jamais
30 eu qu'une.

74. Il n'y a que d'une sorte d'amour, mais il y en a mille différentes copies.

77. L'amour prête son nom à un nombre infini de commerces qu'on lui attribue, et où il n'a non plus de part que le doge à ce qui se fait à Venise.

78. L'amour de la justice n'est, en la plupart des hommes, que la crainte de souffrir l'injustice. 5

79. Le silence est le parti le plus sûr de celui qui se défie de soi-même.

80. Ce qui nous rend si changeants dans nos amitiés, c'est qu'il est difficile de connaître les qualités de l'âme, et facile de connaître celles de l'esprit. 10

81. Nous ne pouvons rien aimer que par rapport à nous, et nous ne faisons que suivre notre goût et notre plaisir quand nous préférons nos amis à nous-mêmes ; c'est néanmoins par cette préférence seule que l'amitié peut être vraie et parfaite. 15

83. Ce que les hommes ont nommé amitié n'est qu'une société, qu'un ménagement réciproque d'intérêts, et qu'un échange de bons offices ; ce n'est enfin qu'un commerce où l'amour-propre se propose toujours quelque chose à gagner.

84. Il est plus honteux de se défier de ses amis que d'en 20 être trompé.[1]

85. Nous nous persuadons souvent d'aimer les gens plus puissants que nous, et néanmoins c'est l'intérêt seul qui produit notre amitié. Nous ne nous donnons pas à eux pour le bien que nous leur voulons faire, mais pour celui que nous 25 en voulons recevoir.

87. Les hommes ne vivraient pas longtemps en société, s'ils n'étaient les dupes les uns des autres.

89. Tout le monde se plaint de sa mémoire, et personne ne se plaint de son jugement. 30

90. Nous plaisons plus souvent dans le commerce de la vie par nos défauts que par nos bonnes qualités.

— 93. Les vieillards aiment à donner de bons préceptes, pour se consoler de n'être plus en état de donner de mauvais exemples.

94. Les grands noms abaissent au lieu d'élever ceux qui
5 ne les savent pas soutenir.

95. La marque d'un mérite extraordinaire est de voir que ceux qui l'envient le plus sont contraints de le louer.

98. Chacun dit du bien de son cœur, et personne n'en ose dire de son esprit.

10   99. La politesse de l'esprit consiste à penser des choses honnêtes et délicates.

— 102. L'esprit est toujours la dupe du cœur.[1]

104. Les hommes et les affaires ont leur point de perspective. Il y en a qu'il faut voir de près pour en bien juger, et
15 d'autres dont on ne juge jamais si bien que quand on en est éloigné.

110. On ne donne rien si libéralement que ses conseils.

112. Les défauts de l'esprit augmentent en vieillissant, comme ceux du visage.[2]

20   115. Il est aussi facile de se tromper soi-même sans s'en apercevoir, qu'il est difficile de tromper les autres sans qu'ils s'en aperçoivent.

116. Rien n'est moins sincère que la manière de demander et de donner des conseils. Celui qui en demande paraît avoir
25 une déférence respectueuse pour les sentiments de son ami, bien qu'il ne pense qu'à lui faire approuver les siens, et à le rendre garant de sa conduite ; et celui qui conseille paye la confiance qu'on lui témoigne d'un zèle ardent et désintéressé, quoiqu'il ne cherche le plus souvent, dans les conseils qu'il
30 donne, que son propre intérêt ou sa gloire.

119. Nous sommes si accoutumés à nous déguiser aux autres, qu'enfin nous nous déguisons à nous-mêmes.[3]

120. On fait plus souvent des trahisons par faiblesse que par un dessein formé de trahir.

121. On fait souvent du bien pour pouvoir impunément faire du mal.

122. Si nous résistons à nos passions, c'est plus par leur faiblesse que par notre force.

123. On n'aurait guère de plaisir si on ne se flattait jamais.

132. Il est plus aisé d'être sage pour les autres que de l'être pour soi-même.

134. On n'est jamais si ridicule par les qualités que l'on a que par celles que l'on affecte d'avoir.

135. On est quelquefois aussi différent de soi-même que des autres.

136. Il y a des gens qui n'auraient jamais été amoureux, s'ils n'avaient jamais entendu parler de l'amour.

138. On aime mieux dire du mal de soi-même que de n'en point parler.

139. Une des choses qui fait que l'on trouve si peu de gens qui paraissent raisonnables et agréables dans la conversation, c'est qu'il n'y a presque personne qui ne pense plutôt à ce qu'il veut dire qu'à répondre précisément à ce qu'on lui dit. Les plus habiles et les plus complaisants se contentent de montrer seulement une mine attentive, au même temps que l'on voit dans leurs yeux et dans leur esprit un égarement pour ce qu'on leur dit, et une précipitation pour retourner à ce qu'ils veulent dire, au lieu de considérer que c'est un mauvais moyen de plaire aux autres ou de les persuader, que de chercher si fort à se plaire à soi-même ; et que bien écouter et bien répondre est une des plus grandes perfections qu'on puisse avoir dans la conversation.

144. On n'aime point à louer, et on ne loue jamais personne sans intérêt. La louange est une flatterie habile,

cachée et délicate, qui satisfait différemment celui qui la
donne et celui qui la reçoit : l'un la prend comme une
récompense de son mérite ; l'autre la donne pour faire remarquer son équité et son discernement.[1]

5   146. On ne loue d'ordinaire que pour être loué.

147. Peu de gens sont assez sages pour préférer le blâme
qui leur est utile à la louange qui les trahit.

148. Il y a des reproches qui louent, et des louanges qui
médisent.

10   149. Le refus des louanges est un désir d'être loué deux
fois.

150. Le désir de mériter les louanges qu'on nous donne
fortifie notre vertu ; et celles que l'on donne à l'esprit, à la
valeur et à la beauté, contribuent à les augmenter.[2]

15   151. Il est plus difficile de s'empêcher d'être gouverné
que de gouverner les autres.

153. La nature fait le mérite, et la fortune le met en
œuvre.

158. La flatterie est une fausse monnaie, qui n'a de
20 cours que par notre vanité.

159. Ce n'est pas assez d'avoir de grandes qualités, il en
faut avoir l'économie.[3]

160. Quelque éclatante que soit une action, elle ne doit
pas passer pour grande lorsqu'elle n'est pas l'effet d'un grand
25 dessein.

162. L'art de savoir bien mettre en œuvre de médiocres
qualités dérobe l'estime, et donne souvent plus de réputation
que le véritable mérite.[4]

164. Il est plus facile de paraître digne des emplois qu'on
30 n'a pas que de ceux que l'on exerce.

165. Notre mérite nous attire l'estime des honnêtes gens,
et notre étoile celle du public.

166. Le monde récompense plus souvent les apparences du mérite que le mérite même.

168. L'espérance, toute trompeuse qu'elle est, sert au moins à nous mener à la fin de la vie par un chemin agréable.

169. Pendant que la paresse et la timidité nous retiennent dans notre devoir, notre vertu en a souvent tout l'honneur.

171. Les vertus se perdent dans l'intérêt, comme les fleuves se perdent dans la mer.

175. La constance en amour est une inconstance perpétuelle, qui fait que notre cœur s'attache successivement à toutes les qualités de la personne que nous aimons, donnant tantôt la préférence à l'une, tantôt à l'autre : de sorte que cette constance n'est qu'une inconstance arrêtée et renfermée dans un même sujet.[1]

178. Ce qui nous fait aimer les nouvelles connaissances n'est pas tant la lassitude que nous avons des vieilles, ou le plaisir de changer, que le dégoût de n'être pas assez admirés de ceux qui nous connaissent trop, et l'espérance de l'être davantage de ceux qui ne nous connaissent pas tant.

182. Les vices entrent dans la composition des vertus, comme les poisons entrent dans la composition des remèdes. La prudence les assemble et les tempère, et elle s'en sert utilement contre les maux de la vie.

184. Nous avouons nos défauts pour réparer par notre sincérité le tort qu'ils nous font dans l'esprit des autres.

191. On peut dire que les vices nous attendent dans le cours de la vie, comme des hôtes chez qui il faut successivement loger ; et je doute que l'expérience nous les fît éviter, s'il nous était permis de faire deux fois le même chemin.

195. Ce qui nous empêche souvent de nous abandonner à un seul vice est que nous en avons plusieurs.

196. Nous oublions aisément nos fautes lorsqu'elles ne sont sues que de nous.

200. La vertu n'irait pas si loin si la vanité ne lui tenait compagnie.

201. Celui qui croit pouvoir trouver en soi-même de quoi se passer de tout le monde se trompe fort ; mais celui qui croit qu'on ne peut se passer de lui se trompe encore davantage.

206. C'est être véritablement honnête homme que de vouloir être toujours exposé à la vue des honnêtes gens.

211. Il y a des gens qui ressemblent aux vaudevilles,[1] qu'on ne chante qu'un certain temps.

212. La plupart des gens ne jugent des hommes que par la vogue qu'ils ont, ou par leur fortune.

213. L'amour de la gloire, la crainte de la honte, le dessein de faire fortune, le désir de rendre notre vie commode et agréable, et l'envie d'abaisser les autres, sont souvent les causes de cette valeur si célèbre parmi les hommes.

216. La parfaite valeur est de faire sans témoins ce qu'on serait capable de faire devant tout le monde.

217. L'intrépidité est une force extraordinaire de l'âme qui l'élève au-dessus des troubles, des désordres et des émotions que la vue des grands périls pourrait exciter en elle ; et c'est par cette force que les héros se maintiennent en un état paisible, et conservent l'usage libre de leur raison dans les accidents les plus surprenants et les plus terribles.

218. L'hypocrisie est un hommage que le vice rend à la vertu.[2]

222. Il n'y a guère de personnes qui, dans le premier penchant[3] de l'âge, ne fassent connaître par où leur corps et leur esprit doivent défaillir.

223. Il est de la reconnaissance comme de la bonne foi des marchands : elle entretient le commerce, et nous ne payons pas parce qu'il est juste de nous acquitter, mais pour trouver plus facilement des gens qui nous prêtent.[1]

226. Le trop grand empressement qu'on a de s'acquitter d'une obligation est une espèce d'ingratitude.

227. Les gens heureux ne se corrigent guère, et ils croient toujours avoir raison, quand la fortune soutient leur mauvaise conduite.

228. L'orgueil ne veut pas devoir, et l'amour-propre ne veut pas payer.

230. Rien n'est si contagieux que l'exemple, et nous ne faisons jamais de grands biens ni de grands maux qui n'en produisent de semblables. Nous imitons les bonnes actions par émulation, et les mauvaises par la malignité de notre nature, que la honte retenait prisonnière, et que l'exemple met en liberté.

231. C'est une grande folie de vouloir être sage tout seul.

234. C'est plus souvent par orgueil que par défaut de lumières qu'on s'oppose avec tant d'opiniâtreté aux opinions les plus suivies : on trouve les premières places prises dans le bon parti, et on ne veut point des dernières.

235. Nous nous consolons aisément des disgrâces de nos amis, lorsqu'elles servent à signaler notre tendresse pour eux.[2]

237. Nul ne mérite d'être loué de bonté s'il n'a pas la force d'être méchant ; toute autre bonté n'est le plus souvent qu'une paresse ou une impuissance de la volonté.[3]

245. C'est une grande habileté que de savoir cacher son habileté.

249. Il n'y a pas moins d'éloquence dans le ton de la voix, dans les yeux et dans l'air de la personne, que dans le choix des paroles.

250. La véritable éloquence consiste à dire tout ce qu'il faut, et à ne dire que ce qu'il faut.

254. L'humilité n'est souvent qu'une feinte soumission dont on se sert pour soumettre les autres ; c'est un artifice
5 de l'orgueil qui s'abaisse pour s'élever; et bien qu'il se transforme en mille manières, il n'est jamais mieux déguisé et plus capable de tromper que lorsqu'il se cache sous la figure de l'humilité.[1]

255. Tous les sentiments ont chacun un ton de voix, des
10 gestes et des mines qui leur sont propres ; et ce rapport, bon ou mauvais, agréable ou désagréable, est ce qui fait que les personnes plaisent ou déplaisent.

256. Dans toutes les professions, chacun affecte une mine et un extérieur pour paraître ce qu'il veut qu'on le croie
15 Ainsi on peut dire que le monde n'est composé que de mines.[2]

257. La gravité est un mystère du corps, inventé pour cacher les défauts de l'esprit.

259. Le plaisir de l'amour est d'aimer, et l'on est plus
20 heureux par la passion que l'on a que par celle que l'on donne.[3]

263. Ce qu'on nomme libéralité n'est le plus souvent que la vanité de donner, que nous aimons mieux que ce que nous donnons.

25 264. La pitié est souvent un sentiment de nos propres maux dans les maux d'autrui ; c'est une habile prévoyance des malheurs où nous pouvons tomber.   Nous donnons du secours aux autres pour les engager à nous en donner en de semblables occasions ; et ces services que nous leur rendons
30 sont, à proprement parler, des biens que nous nous faisons à nous-mêmes par avance.

265. La petitesse de l'esprit fait l'opiniâtreté, et nous ne

croyons pas aisément ce qui est au delà de ce que nous
voyons.[1]

266. C'est se tromper que de croire qu'il n'y ait que les
violentes passions, comme l'ambition et l'amour, qui puissent triompher des autres. La paresse, toute languissante
qu'elle est, ne laisse pas d'en être souvent la maîtresse ; elle
usurpe sur tous les desseins et sur toutes les actions de la
vie ; elle y détruit et y consume insensiblement les passions
et les vertus.

267. La promptitude à croire le mal, sans l'avoir assez
examiné, est un effet de l'orgueil et de la paresse : on veut
trouver des coupables, et on ne veut pas se donner la peine
d'examiner les crimes.

271. La jeunesse est une ivresse continuelle : c'est la
fièvre de la raison.

274. La grâce de la nouveauté est à l'amour ce que la
fleur est sur les fruits ; elle y donne un lustre qui s'efface
aisément, et qui ne revient jamais.

275. Le bon naturel, qui se vante d'être si sensible, est
souvent étouffé par le moindre intérêt.

276. L'absence diminue les médiocres passions et aug-
mente les grandes, comme le vent éteint les bougies et
allume le feu.

279. Quand nous exagérons la tendresse que nos amis
ont pour nous, c'est souvent moins par reconnaissance que
par le désir de faire juger de notre mérite.

280. L'approbation que l'on donne à ceux qui entrent
dans le monde vient souvent de l'envie secrète que l'on
porte à ceux qui y sont établis.[2]

284. Il y a des méchants qui seraient moins dangereux
s'ils n'avaient aucune bonté.

293. La modération ne peut avoir le mérite de com-

battre l'ambition et de la soumettre : elles ne se trouvent
jamais ensemble. La modération est la langueur et la
paresse de l'âme, comme l'ambition en est l'activité et
l'ardeur.

298. La reconnaissance de la plupart des hommes n'est
qu'une secrète envie de recevoir de plus grands bienfaits.

303. Quelque bien qu'on nous dise de nous, on ne nous
apprend rien de nouveau.

304. Nous pardonnons souvent à ceux qui nous ennuient,
mais nous ne pouvons pardonner à ceux que nous ennuyons.

305. L'intérêt, que l'on accuse de tous nos crimes, mérite
souvent d'être loué de nos bonnes actions.[1]

306. On ne trouve guère d'ingrats tant qu'on est en état
de faire du bien.

312. Ce qui fait que les amants et les maîtresses ne s'ennuient point d'être ensemble, c'est qu'ils parlent toujours
d'eux-mêmes.

313. Pourquoi faut-il que nous ayons assez de mémoire
pour retenir jusqu'aux moindres particularités de ce qui
nous est arrivé, et que nous n'en ayons pas assez pour nous
souvenir combien de fois nous les avons contées à une même
personne ?

316. Les personnes faibles ne peuvent être sincères.

318. On trouve des moyens pour guérir de la folie, mais
on n'en trouve point pour redresser un esprit de travers.

319. On ne saurait conserver longtemps les sentiments
qu'on doit avoir pour ses amis et pour ses bienfaiteurs, si on
se laisse la liberté de parler souvent de leurs défauts.[2]

327. Nous n'avouons de petits défauts que pour persuader
que nous n'en avons pas de grands.

329. On croit quelquefois haïr la flatterie, mais on ne hait
que la manière de flatter.

330. On pardonne tant que l'on aime.

337. Il est de certaines bonnes qualités comme des sens ; ceux qui en sont entièrement privés ne les peuvent apercevoir ni les comprendre.

342. L'accent du pays où l'on est né demeure dans l'esprit et dans le cœur, comme dans le langage.[1]

343. Pour être un grand homme, il faut savoir profiter de toute sa fortune.

344. La plupart des hommes ont, comme les plantes, des propriétés cachées que le hasard fait découvrir.[2]

345. Les occasions nous font connaître aux autres, et encore plus à nous-mêmes.

347. Nous ne trouvons guère de gens de bon sens que ceux qui sont de notre avis.

356. Nous ne louons d'ordinaire de bon cœur que ceux qui nous admirent.

361. La jalousie naît toujours avec l'amour, mais elle ne meurt pas toujours avec lui.

372. La plupart des jeunes gens croient être naturels, lorsqu'ils ne sont que mal polis et grossiers.

378. On donne des conseils, mais on n'inspire point de conduite.

380. La fortune[3] fait paraître nos vertus et nos vices, comme la lumière fait paraître les objets.

392. Il faut gouverner la fortune comme la santé : en jouir quand elle est bonne, prendre patience quand elle est mauvaise, et ne faire jamais de grands remèdes sans un extrême besoin.

393. L'air bourgeois se perd quelquefois à l'armée, mais il ne se perd jamais à la cour.

394. On peut être plus fin qu'un autre, mais non pas plus fin que tous les autres.

397. Nous n'avons pas le courage de dire, en général, que nous n'avons point de défauts, et que nos ennemis n'ont point de bonnes qualités ; mais, en détail, nous ne sommes pas trop éloignés de le croire.

5   400. Il y a du mérite sans élévation, mais il n'y a point d'élévation sans quelque mérite.

404. Il semble que la nature ait caché dans le fond de notre esprit des talents et une habileté que nous ne connaissons pas ; les passions seules ont le droit de les mettre 10 au jour, et de nous donner quelquefois des vues plus certaines et plus achevées que l'art ne saurait faire.

— 409. Nous aurions souvent honte de nos plus belles actions, si le monde voyait tous les motifs qui les produisent.

410. Le plus grand effort de l'amitié n'est pas de montrer 15 nos défauts à un ami ; c'est de lui faire voir les siens.

413. On ne plaît pas longtemps quand on n'a qu'une sorte d'esprit.

417. En amour, celui qui est guéri le premier est toujours le mieux guéri.

20   419. Nous pouvons paraître grands dans un emploi audessous de notre mérite, mais nous paraissons souvent petits dans un emploi plus grand que nous.

424. Nous nous faisons honneur des défauts opposés à ceux que nous avons ; quand nous sommes faibles, nous 25 nous vantons d'être opiniâtres.

426. La grâce de la nouveauté et la longue habitude, quelques ¹ opposées qu'elles soient, nous empêchent également de sentir les défauts de nos amis.

428. Nous pardonnons aisément à nos amis les défauts 30 qui ne nous regardent pas.

431. Rien n'empêche tant d'être naturel que l'envie de le paraître.

433. La plus véritable marque d'être né avec de grandes qualités, c'est d'être né sans envie.

436. Il est plus aisé de connaître l'homme en général, que de connaître un homme en particulier.

438. Il y a une certaine reconnaissance vive, qui ne nous acquitte pas seulement des bienfaits que nous avons reçus, mais qui fait même que nos amis nous doivent, en leur payant ce que nous leur devons.[1]

442. Nous essayons de nous faire honneur des défauts que nous ne voulons pas corriger.

449. Lorsque la fortune nous surprend en nous donnant une grande place sans nous y avoir conduits par degrés, ou sans que nous nous y soyons élevés par nos espérances, il est presque impossible de s'y bien soutenir et de paraître digne de l'occuper.

453. Dans les grandes affaires, on doit moins s'appliquer à faire naître des occasions qu'à profiter de celles qui se présentent.

458. Nos ennemis approchent plus de la vérité dans les jugements qu'ils font de nous, que nous n'en approchons nous-mêmes.

459. Il y a plusieurs remèdes qui guérissent de l'amour, mais il n'y en a point d'infaillibles.

462. Le même orgueil qui nous fait blâmer les défauts dont nous nous croyons exempts, nous porte à mépriser les bonnes qualités que nous n'avons pas.

463. Il y a souvent plus d'orgueil que de bonté à plaindre les malheurs de nos ennemis ; c'est pour leur faire sentir que nous sommes au-dessus d'eux que nous leur donnons des marques de compassion.

473. Quelque rare que soit le véritable amour, il l'est encore moins que la véritable amitié.

475. L'envie d'être plaint ou d'être admiré fait souvent la plus grande partie de notre confiance.

479. Il n'y a que les personnes qui ont de la fermeté qui puissent avoir une véritable douceur ; celles qui paraissent douces n'ont d'ordinaire que de la faiblesse, qui se convertit aisément en aigreur.

484. Quand on a le cœur encore agité par les restes d'une passion, on est plus près d'en prendre une nouvelle que quand on est entièrement guéri.

488. Le calme ou l'agitation de notre humeur ne dépend pas tant de ce qui nous arrive de plus considérable dans la vie, que d'un arrangement commode ou désagréable de petites choses qui arrivent tous les jours.

489. Quelques méchants que soient les hommes, ils n'oseraient paraître ennemis de la vertu, et lorsqu'ils la veulent persécuter ils feignent de croire qu'elle est fausse, ou ils lui supposent des crimes.

490. On passe souvent de l'amour à l'ambition, mais on ne revient guère de l'ambition à l'amour.[1]

494. Ce qui fait voir que les hommes connaissent mieux leurs fautes qu'on ne pense, c'est qu'ils n'ont jamais tort quand on les entend parler de leur conduite : le même amour-propre qui les aveugle d'ordinaire les éclaire alors, et leur donne des vues si justes, qu'il leur fait supprimer ou déguiser les moindres choses qui peuvent être condamnées.

496. Les querelles ne dureraient pas longtemps si le tort n'était que d'un côté.

CHAPTER IV — BOSSUET

1. ORAISON FUNÈBRE

DE HENRIETTE-ANNE [1] D'ANGLETERRE, DUCHESSE D'ORLÉANS, PRO-
NONCÉE À SAINT-DENIS [2] LE 21 AOÛT 1670

*Vanitas [3] vanitatum, dixit Ecclesiastes : vanitas vanitatum, et omnia
vanitas.*

Vanité des vanités, a dit l'Ecclésiaste : vanité des vanités, et tout est
vanité. (*Eccles.*, I, 2.)

Monseigneur,[4]

J'étais donc encore destiné à rendre ce devoir funèbre à
très haute [5] et très puissante princesse HENRIETTE-ANNE
D'ANGLETERRE, DUCHESSE D'ORLÉANS. Elle, que j'avais vue
si attentive pendant que je rendais le même devoir à la 5
reine sa mère,[6] devait être sitôt après le sujet d'un discours
semblable ; et ma triste voix était réservée à ce déplorable
ministère. O vanité ! ô néant ! ô mortels ignorants de leurs
destinées ! L'eût-elle cru il y a dix mois[7]? Et vous, Messieurs,[8] eussiez-vous pensé, pendant qu'elle versait tant de 10
larmes en ce lieu,[9] qu'elle dût sitôt vous y rassembler pour
la pleurer elle-même ? Princesse, le digne objet de l'admiration de deux grands royaumes, n'était-ce pas assez que
l'Angleterre pleurât votre absence, sans être encore réduite
à pleurer votre mort ? Et la France, qui vous revit avec 15
tant de joie environnée d'un nouvel éclat, n'avait-elle plus
d'autres pompes et d'autres triomphes pour vous, au retour
de ce voyage fameux,[10] d'où vous aviez remporté tant de
gloire et de si belles espérances ? « Vanité des vanités,[11] et
tout est vanité. » C'est la seule parole qui me reste ; c'est 20
la seule réflexion que me permet,[12] dans un accident si

131

étrange, une si-juste et si sensible douleur.   Aussi n'ai-je
point parcouru les livres sacrés pour y trouver un texte que
je pusse appliquer à cette princesse.   J'ai pris sans étude
et sans choix les premières paroles que me présente l'Ecclé-
5 siaste, où, quoique la vanité ait été si souvent nommée, elle
ne l'est pas encore assez à mon gré pour le dessein que je
me propose.   Je veux[1] dans un seul malheur déplorer
toutes les calamités du genre humain, et dans une seule
mort faire voir la mort et le néant de toutes les grandeurs
10 humaines.   Ce texte, qui convient à tous les états et à tous
les événements de notre vie, par une raison particulière
devient propre à mon lamentable sujet, puisque jamais les
vanités de la terre n'ont été si clairement découvertes,[2] ni
si hautement confondues.   Non,[3] après ce que nous venons
15 de voir, la santé n'est qu'un nom,[4] la vie n'est qu'un songe,
la gloire n'est qu'une apparence, les grâces et les plaisirs ne
sont qu'un dangereux amusement : tout est vain en nous,
excepté le sincère aveu que nous faisons devant Dieu de
nos vanités et le jugement arrêté qui nous fait mépriser tout
20 ce que nous sommes.

Mais dis-je la vérité?   L'homme, que Dieu a fait à son
image, n'est-il qu'une ombre?   Ce que Jésus-Christ est
venu chercher du ciel en la terre, ce qu'il a cru pouvoir,
sans se ravilir, acheter de tout son sang, n'est-ce qu'un
25 rien?   Reconnaissons notre erreur.   Sans doute ce triste
spectacle des vanités humaines nous imposait ; et l'espérance publique, frustrée tout à coup par la mort de cette
princesse, nous poussait trop loin.   Il ne faut pas permettre
à l'homme de se mépriser tout entier, de peur que, croyant
30 avec les impies que notre vie n'est qu'un jeu où règne le
hasard, il ne marche sans règle et sans conduite au gré de
ses aveugles désirs.   C'est pour cela que l'Ecclésiaste, après

avoir commencé son divin ouvrage par les paroles que j'ai
récitées, après en avoir rempli toutes les pages du mépris
des choses humaines, veut enfin montrer à l'homme quelque
chose de plus solide, et conclut tout son discours en disant :
« Crains Dieu,[1] et garde ses commandements ; car c'est là 5
tout l'homme, et sache que le Seigneur examinera dans son
jugement tout ce que nous aurons fait de bien ou de mal. »
Ainsi tout est vain en l'homme, si nous regardons ce qu'il
donne au monde ; mais au contraire, tout est important, si
nous considérons ce qu'il doit à Dieu.   Encore une fois, 10
tout est vain en l'homme, si nous regardons le cours de sa
vie mortelle ; mais tout est précieux, tout est important, si
nous contemplons le terme où elle aboutit et le compte qu'il
en faut rendre.   Méditons donc aujourd'hui, à la vue de cet
autel et de ce tombeau, la première et la dernière parole de 15
l'Ecclésiaste ; l'une qui montre le néant de l'homme,[2] l'autre
qui établit sa grandeur.   Que ce tombeau nous convainque
de notre néant, pourvu que cet autel, où l'on offre tous les
jours pour nous une victime d'un si grand prix, nous apprenne en même temps notre dignité.   La princesse que 20
nous pleurons sera un témoin fidèle de l'un et de l'autre.
Voyons ce qu'une mort soudaine lui a ravi ; voyons ce
qu'une sainte mort lui a donné.   Ainsi nous apprendrons à
mépriser ce qu'elle a quitté sans peine, afin d'attacher toute
notre estime à ce qu'elle a embrassé avec tant d'ardeur, 25
lorsque son âme, épurée de tous les sentiments de la terre
et pleine du ciel où elle touchait, a vu la lumière toute
manifeste.   Voilà les vérités que j'ai à traiter, et que j'ai
cru dignes d'être proposées à un si grand prince et à la
plus illustre assemblée de l'univers.[3]   30

I

« Nous mourons tous, » [1] disait cette femme dont l'Écriture
a loué la prudence au second Livre des Rois, « et nous allons
sans cesse au tombeau, ainsi que des eaux qui se perdent
sans retour. »   En effet nous ressemblons tous à des eaux
5 courantes.   De quelque superbe distinction que se flattent
les hommes, ils ont tous une même origine ; et cette origine
est petite.   Leurs années [2] se poussent successivement comme
des flots : ils ne cessent de s'écouler, tant qu'enfin, après
avoir fait un peu plus de bruit, et traversé un peu plus de
10 pays les uns que les autres, ils vont tous ensemble se confondre dans un abîme où l'on ne reconnaît plus ni princes,
ni rois, ni toutes ces autres qualités superbes qui distinguent
les hommes ; de même que ces fleuves tant vantés demeurent sans nom et sans gloire, mêlés dans l'océan avec les
15 rivières les plus inconnues.

Et certainement, Messieurs, si quelque chose pouvait
élever les hommes au-dessus de leur infirmité [3] naturelle ; si
l'origine qui nous est commune souffrait quelque distinction
solide et durable entre ceux que Dieu a formés de la même
20 terre, qu'y aurait-il dans l'univers de plus distingué que la
princesse dont je parle ?   Tout ce que peuvent faire, non
seulement la naissance et la fortune, mais encore les grandes
qualités de l'esprit pour l'élévation d'une princesse, se trouve
rassemblé, et puis anéanti dans la nôtre.   De quelque côté
25 que je suive les traces de sa glorieuse origine, je ne découvre
que des rois, et partout je suis ébloui de l'éclat des plus
augustes couronnes.   Je vois la maison de France, [4] la plus
grande sans comparaison de tout l'univers ; et à qui les plus
grandes maisons peuvent bien céder sans envie, puisqu'elles
30 tâchent [5] de tirer leur gloire de cette source.   Je vois les

rois d'Écosse,[1] les rois d'Angleterre, qui ont régné depuis
tant de siècles sur une des plus belliqueuses nations de l'univers plus encore par leur courage que par l'autorité[2] de leur
sceptre. Mais cette princesse, née sur le trône, avait l'esprit et le cœur plus hauts que sa naissance. Les malheurs 5
de sa maison n'ont pu l'accabler dans sa première jeunesse,
et dès lors on voyait en elle une grandeur qui ne devait
rien à la fortune. Nous disions avec joie que le ciel l'avait
arrachée, comme par miracle, des mains des ennemis du
roi son père, pour la donner à la France[3] : don précieux, 10
inestimable présent, si seulement la possession en avait été
plus durable ! Mais pourquoi ce souvenir vient-il m'interrompre ? Hélas ! nous ne pouvons un moment arrêter les
yeux sur la gloire de la princesse sans que la mort s'y mêle
aussitôt pour tout offusquer de son ombre. O mort, éloigne- 15
toi de notre pensée ; et laisse-nous tromper pour un peu de
temps la violence de notre douleur par le souvenir de notre
joie. Souvenez-vous donc, Messieurs, de l'admiration que
la princesse d'Angleterre donnait à toute la cour. Votre
mémoire vous la peindra mieux avec tous ses traits et son 20
incomparable douceur[4] que ne pourront jamais faire toutes
mes paroles. Elle croissait au milieu des bénédictions de
tous les peuples ; et les années ne cessaient de lui apporter
de nouvelles grâces. Aussi la reine sa mère, dont elle a
toujours été la consolation, ne l'aimait pas plus tendrement 25
que faisait[5] Anne d'Espagne.[6] Anne, vous le savez, Messieurs, ne trouvait rien au-dessus de cette princesse. Après
nous avoir donné une reine,[7] seule capable par sa piété et
par ses autres vertus royales de soutenir la réputation d'une
tante si illustre, elle voulut, pour mettre dans sa famille ce 30
que l'univers avait de plus grand, que Philippe de France[8]
son second fils épousât la princesse Henriette ; et quoique

le roi d'Angleterre, dont le cœur égale la sagesse, sût que la
princesse sa sœur, recherchée de ¹ tant de rois, pouvait
honorer un trône, il lui vit remplir avec joie la seconde
place de France, que la dignité d'un si grand royaume peut
5 mettre en comparaison avec les premières du reste du
monde.

Que si son rang la distinguait, j'ai eu raison de vous dire
qu'elle était encore plus distinguée par son mérite. Je pourrais vous faire remarquer qu'elle connaissait si bien la beauté
10 des ouvrages de l'esprit, que l'on croyait avoir atteint la perfection, quand on avait su plaire à MADAME.² Je pourrais
encore ajouter que les plus sages et les plus expérimentés
admiraient cet esprit vif et perçant, qui embrassait sans
peine les plus grandes affaires, et pénétrait avec tant de fa-
15 cilité dans les plus secrets intérêts. Mais pourquoi m'étendre
sur une matière où je puis tout dire en un mot? Le roi,
dont le jugement³ est une règle toujours sûre, a estimé la
capacité de cette princesse, et l'a mise par son estime au-
dessus de tous nos éloges.

20 Cependant, ni cette estime, ni tous ces grands avantages
n'ont pu donner atteinte à sa modestie. Toute éclairée
qu'elle était, elle n'a point présumé de ses connaissances, et
jamais ses lumières ne l'ont éblouie. Rendez témoignage à
ce que je dis, vous que cette grande princesse a honorés de
25 sa confiance. Quel esprit avez-vous trouvé plus élevé, mais
quel esprit avez-vous trouvé plus docile? Plusieurs, dans la
crainte d'être trop faciles, se rendent inflexibles à la raison,
et s'affermissent contre elle. MADAME s'éloignait toujours
autant de la présomption que de la faiblesse : également
30 estimable, et de ce qu'elle savait trouver les sages conseils,
et de ce qu'elle était capable de les recevoir. On les sait
bien connaître, quand on fait sérieusement l'étude qui plai-

sait tant à cette princesse ; nouveau genre d'étude et presque
inconnu aux personnes de son âge et de son rang ; ajoutons,
si vous voulez, de son sexe.   Elle étudiait ses défauts ; elle
aimait qu'on lui en fît [1] des leçons sincères : marque assurée
d'une âme forte, que ses fautes ne dominent pas, et qui ne   5
craint point de les envisager de près, par une secrète confiance des ressources qu'elle sent pour les surmonter. C'était
le dessein d'avancer dans cette étude de sagesse qui la tenait
si attachée à la lecture de l'histoire, qu'on appelle avec raison la sage conseillère des princes.   C'est là que les plus   10
grands rois n'ont plus de rang que par leurs vertus, et que,
dégradés [2] à jamais par les mains de la mort, ils viennent
subir, sans cour et sans suite, le jugement de tous les peuples
et de tous les siècles.   C'est là qu'on découvre que le lustre
qui vient de la flatterie est superficiel ; et que les fausses   15
couleurs, quelque industrieusement qu'on les applique, ne
tiennent pas.   Là notre admirable princesse étudiait les
devoirs de ceux dont la vie compose l'histoire : elle y perdait insensiblement le goût des romans [3] et de leurs fades
héros ; et soigneuse de se former sur le vrai, elle méprisait   20
ces froides et dangereuses fictions.   Ainsi, sous un visage
riant, sous cet air de jeunesse, qui semblait ne promettre
que des jeux, elle cachait un sens et un sérieux dont ceux
qui traitaient avec elle étaient surpris.

Aussi pouvait-on sans crainte lui confier les plus grands   25
secrets.   Loin du commerce des affaires et de la société des
hommes, ces âmes sans force aussi bien que sans foi, qui ne
savent pas retenir leur langue indiscrète ! « Ils ressemblent, [4]
dit le Sage, à une ville sans murailles, qui est ouverte de
toutes parts,» et qui devient la proie du premier venu.   Que   30
MADAME était au-dessus de cette faiblesse ! Ni la surprise,
ni l'intérêt, ni la vanité, ni l'appât d'une flatterie délicate,

ou d'une douce conversation, qui souvent, épanchant le
cœur, en fait échapper le secret, n'était capable de lui faire
découvrir le sien, et la sûreté qu'on trouvait en cette princesse, que son esprit rendait si propre aux grandes affaires,
5 lui faisait confier les plus importantes.

Ne pensez pas que je veuille, en interprète téméraire des
secrets d'État, discourir sur le voyage d'Angleterre,[1] ni que
j'imite ces politiques spéculatifs qui arrangent suivant leurs
idées les conseils des rois, et composent sans instruction les
10 annales de leur siècle. Je ne parlerai de ce voyage glorieux
que pour dire que Madame y fut admirée plus que jamais.
On ne parlait qu'avec transport de la bonté de cette princesse, qui, malgré les divisions trop ordinaires dans les cours,
lui gagna d'abord tous les esprits. On ne pouvait assez louer
15 son incroyable dextérité à traiter les affaires les plus délicates,
à guérir ces défiances cachées qui souvent les tiennent en
suspens, et à terminer tous les différends d'une manière qui
conciliait les intérêts les plus opposés. Mais qui pourrait
penser sans verser des larmes aux marques d'estime et de
20 tendresse que lui donna le roi son frère? Ce grand roi,[2]
plus capable encore d'être touché par le mérite que par le
sang, ne se lassait point d'admirer les excellentes qualités
de Madame. O plaie irrémédiable ! ce qui fut en ce voyage
le sujet d'une si juste admiration est devenu pour ce prince
25 le sujet d'une douleur qui n'a point de bornes. Princesse,
le digne lien des deux plus grands rois du monde, pourquoi
leur avez-vous été sitôt ravie? Ces deux grands rois se connaissent ; c'est l'effet des soins de Madame : ainsi leurs nobles
inclinations concilieront leurs esprits, et la vertu sera entre
30 eux une immortelle médiatrice. Mais si leur union ne perd
rien de sa fermeté, nous déplorerons éternellement qu'elle
ait perdu son agrément le plus doux ; et qu'une princesse si

chérie de tout l'univers ait été précipitée dans le tombeau
pendant que la confiance de deux si grands rois l'élevait au
comble de la grandeur et de la gloire.

La grandeur et la gloire ! Pouvons-nous encore entendre
ces noms dans ce triomphe de la mort ? Non, Messieurs, je 5
ne puis plus soutenir ces grandes paroles, par lesquelles l'ar-
rogance humaine tâche de s'étourdir elle-même pour ne pas
apercevoir son néant.   Il est temps de faire voir que tout
ce qui est mortel, quoi qu'on ajoute par le dehors pour le
faire paraître grand, est par son fond incapable d'élévation. 10
Écoutez à ce propos le profond raisonnement, non d'un philosophe qui dispute dans une école, ou d'un religieux qui
médite dans un cloître : je veux confondre le monde par
ceux que le monde même révère le plus, par ceux qui le
connaissent le mieux, et ne lui veux donner pour le con- 15
vaincre que des docteurs assis sur le trône. « O Dieu, dit le
Roi Prophète,[1] vous avez fait mes jours mesurables, et ma
substance n'est rien devant vous. » Il est ainsi,[2] chrétiens :
tout ce qui se mesure finit ; et tout ce qui est né pour finir
n'est pas tout à fait sorti du néant où il est sitôt replongé. 20
Si notre être, si notre substance n'est rien, tout ce que nous
bâtissons dessus, que peut-il être ? Ni l'édifice n'est plus
solide[3] que le fondement, ni l'accident[4] attaché à l'être plus
réel que l'être même. Pendant que la nature nous tient si
bas, que peut faire la fortune pour nous élever ? Cherchez, 25
imaginez parmi les hommes les différences les plus remar-
quables ; vous n'en trouverez point de mieux marquée, ni
qui vous paraisse plus effective que celle qui relève le victorieux au-dessus des vaincus qu'il voit étendus à ses pieds.
Cependant ce vainqueur, enflé de ses titres, tombera lui- 30
même à son tour entre les mains de la mort. Alors ces
malheureux vaincus rappelleront à leur compagnie leur su-

perbe triomphateur ; et du creux de leur tombeau sortira
cette voix qui foudroie toutes les grandeurs : «Vous voilà
blessé ¹ comme nous ; vous êtes devenu semblable à nous.»
Que la fortune ne tente donc pas de nous tirer du néant, ni
5 de forcer la bassesse de notre nature.

Mais peut-être, au défaut de la fortune, les qualités de
l'esprit, les grands desseins, les vastes pensées pourront nous
distinguer du reste des hommes. Gardez-vous bien de le
croire, parce que toutes nos pensées qui n'ont pas Dieu pour
10 objet sont du domaine de la mort. «Ils mourront,² dit le
Roi Prophète, et en ce jour périront toutes leurs pensées ;»
— c'est-à-dire les pensées des conquérants, les pensées des
politiques, qui auront imaginé dans leurs cabinets des desseins où le monde entier sera compris. Ils se seront munis
15 de tous côtés par des précautions infinies ; enfin ils auront
tout prévu, excepté leur mort, qui emportera en un moment
toutes leurs pensées. C'est pour cela que l'Ecclésiaste, le
roi Salomon, fils du roi David (car je suis bien aise de vous
faire voir la succession de la même doctrine dans un même
20 trône) ; c'est, dis-je, pour cela que l'Ecclésiaste, faisant le
dénombrement des illusions qui travaillent les enfants des
hommes, y comprend la sagesse même. «Je me suis,³ dit-il,
appliqué à la sagesse, et j'ai vu que c'était encore une vanité,»
parce qu'il y a une fausse sagesse qui, se renfermant dans
25 l'enceinte des choses mortelles, s'ensevelit avec elles dans le
néant. Ainsi je n'ai rien fait pour MADAME, quand je vous
ai représenté tant de belles qualités qui la rendaient admirable au monde, et capable des plus hauts desseins où une
princesse puisse s'élever. Jusqu'à ce que je commence à
30 vous raconter ce qui l'unit à Dieu, une si illustre princesse
ne paraîtra dans ce discours que comme un exemple, le plus
grand qu'on se puisse proposer, et le plus capable de per-

suader aux ambitieux qu'ils n'ont aucun moyen de se distinguer, ni par leur naissance, ni par leur grandeur, ni par
leur esprit, puisque la mort, qui égale tout, les domine de
tous côtés avec tant d'empire, et que d'une main si prompte
et si souveraine elle renverse les têtes les plus respectées. 5

Considérez, Messieurs, ces grandes puissances que nous
regardons de si bas. Pendant que nous tremblons sous leur
main, Dieu les frappe pour nous avertir. Leur élévation en
est la cause ; et il les épargne si peu qu'il ne craint pas de
les sacrifier à l'instruction du reste des hommes. Chrétiens, 10
ne murmurez pas si MADAME a été choisie pour nous donner
une telle instruction. Il n'y a rien ici de rude pour elle,
puisque, comme vous le verrez dans la suite, Dieu la sauve
par le même coup qui nous instruit. Nous devrions être
assez convaincus de notre néant : mais s'il faut des coups de 15
surprise à nos cœurs enchantés de l'amour du monde, celui-
ci est assez grand et assez terrible. O nuit désastreuse [1] ! ô
nuit effroyable, où retentit tout à coup, comme un éclat
de tonnerre, cette étonnante nouvelle : MADAME se meurt,[2]
MADAME est morte ! Qui de nous ne se sentit frappé à ce 20
coup comme si quelque tragique accident avait désolé sa
famille ? Au premier bruit d'un mal si étrange, on accourut
à Saint-Cloud [3] de toutes parts ; on trouve tout consterné,
excepté le cœur de cette princesse. Partout on entend des
cris ; partout on voit la douleur [4] et le désespoir, et l'image 25
de la mort. Le roi, la reine, Monsieur,[5] toute la cour, tout
le peuple, tout est abattu, tout est désespéré ; et il me
semble que je vois l'accomplissement de cette parole du
Prophète : « Le roi pleurera,[6] le prince sera désolé, et les
mains tomberont au peuple de douleur et d'étonnement.» 30

Mais et les princes et les peuples gémissaient en vain.
En vain Monsieur, en vain le roi même [7] tenait MADAME

serrée par de si étroits embrassements.   Alors ils pouvaient
dire l'un et l'autre avec saint Ambroise [1] : *Stringebam brachia,
sed jam amiscram quam tenebam :* « Je serrais les bras, mais
j'avais déjà perdu ce que je tenais.»   La princesse leur
5 échappait parmi des embrassements si tendres, et la mort
plus puissante nous l'enlevait entre ces royales mains.   Quoi
donc ! elle devait périr sitôt ! Dans la plupart des hommes
les changements se font peu à peu, et la mort les prépare
ordinairement à son dernier coup.   MADAME cependant [2] a
10 passé du matin au soir, ainsi que l'herbe des champs.   Le
matin elle fleurissait ; avec quelles grâces, vous le savez : le
soir nous la vîmes séchée ; et ces fortes expressions par lesquelles l'Écriture sainte exagère [3] l'inconstance des choses
humaines, devaient être pour cette princesse si précises et si
15 littérales.   Hélas ! nous composions son histoire de tout ce
qu'on peut imaginer de plus glorieux ! Le passé et le présent nous garantissait [4] l'avenir, et on pouvait tout attendre
de tant d'excellentes qualités.   Elle allait s'acquérir deux
puissants royaumes [5] par des moyens agréables : toujours douce,
20 toujours paisible autant que généreuse et bienfaisante, son
crédit n'y aurait jamais été odieux : on ne l'eût point vue
s'attirer la gloire avec une ardeur inquiète et précipitée ; elle
l'eût attendue sans impatience, comme sûre de la posséder.
Cet attachement qu'elle a montré si fidèle pour le roi jusques
25 à la mort lui en donnait les moyens.   Et certes c'est le bonheur de nos jours, que l'estime se puisse joindre avec le
devoir, et qu'on puisse autant s'attacher au mérite et à la
personne du prince qu'on en révère la puissance et la majesté.   Les inclinations de MADAME ne l'attachaient pas
30 moins fortement à tous ses autres devoirs.   La passion
qu'elle ressentait pour la gloire de Monsieur n'avait point
de bornes.   Pendant que ce grand prince, marchant sur les

pas de son invincible frère, secondait avec tant de valeur et
de succès ses grands et héroïques desseins dans la campagne
de Flandre,[1] la joie de cette princesse était incroyable. C'est
ainsi que ses généreuses inclinations la menaient à la gloire
par les voies que le monde trouve les plus belles ; et si quel- 5
que chose[2] manquait encore à son bonheur, elle eût tout
gagné par sa douceur et par sa conduite.

Telle était l'agréable histoire que nous faisions pour
MADAME ; et pour achever ces nobles projets, il n'y avait
que la durée de sa vie, dont nous ne croyions pas[3] devoir 10
être en peine. Car qui eût pu seulement penser que les
années eussent dû manquer à une jeunesse qui semblait si
vive ? Toutefois c'est par cet endroit que tout se dissipe en
un moment. Au lieu de l'histoire d'une belle vie, nous
sommes réduits à faire l'histoire d'une admirable, mais triste 15
mort. A la vérité, Messieurs, rien n'a jamais égalé la fermeté de son âme, ni ce courage paisible qui, sans faire effort
pour s'élever, s'est trouvé par sa naturelle situation au-dessus
des accidents les plus redoutables. Oui, MADAME fut douce
envers la mort comme elle l'était envers tout le monde. Son 20
grand cœur ni ne s'aigrit, ni ne s'emporta contre elle. Elle
ne la brave non plus avec fierté, contente de l'envisager sans
émotion et de la recevoir sans trouble. Triste consolation,
puisque, malgré ce grand courage, nous l'avons perdue !
C'est la grande vanité des choses humaines. Après que par 25
le dernier effort de notre courage nous avons pour ainsi dire
surmonté la mort, elle éteint en nous jusqu'à ce courage par
lequel nous semblions la défier. La voilà, malgré ce grand
cœur, cette princesse si admirée et si chérie ! la voilà telle
que la mort nous l'a faite : encore ce reste tel quel va-t-il 30
disparaître : cette ombre de gloire va s'évanouir, et nous
l'allons voir dépouillée même de cette triste décoration.[4]

Elle va descendre à ces sombres lieux, à ces demeures
souterraines,[1] pour y dormir dans la poussière avec les
grands de la terre, comme parle Job[2] ; avec ces rois et ces
princes anéantis, parmi lesquels à peine peut-on la placer,
5 tant les rangs y sont pressés, tant la mort est prompte à
remplir ces places.   Mais ici notre imagination nous abuse
encore.   La mort ne nous laisse pas assez de corps pour
occuper quelque place, et on ne voit là que les tombeaux
qui fassent quelque figure.   Notre chair change bientôt de
10 nature : notre corps prend un autre nom ; même celui de
cadavre, dit Tertullien,[3] parce qu'il nous montre encore
quelque forme humaine, ne lui demeure pas longtemps : il
devient un je ne sais quoi, qui n'a plus de nom dans aucune
langue ; tant il est vrai que tout meurt en lui, jusqu'à ces
15 termes funèbres par lesquels on exprimait ses malheureux
restes.

C'est ainsi que la puissance divine, justement irritée
contre notre orgueil, le pousse jusqu'au néant ; et que,
pour égaler à jamais les conditions, elle ne fait de nous
20 tous qu'une même cendre.   Peut-on bâtir sur ces ruines?
Peut-on appuyer quelque grand dessein sur ce débris inévitable des choses humaines? Mais quoi! Messieurs, tout
est-il donc désespéré pour nous? Dieu qui foudroie toutes
nos grandeurs, jusqu'à les réduire en poudre, ne nous laisse-
25 t-il aucune espérance? Lui, aux yeux de qui rien ne se perd,
et qui suit toutes les parcelles de nos corps en quelque endroit écarté du monde que la corruption ou le hasard les
jette, verra-t-il périr sans ressource ce qu'il a fait capable de
le connaître et de l'aimer? Ici un nouvel ordre de choses se
30 présente à moi : les ombres de la mort se dissipent : «les
voies[4] me sont ouvertes à la véritable vie» : MADAME n'est
plus dans le tombeau ; la mort, qui semblait tout détruire, a

tout établi : voici le secret de l'Ecclésiaste, que je vous avais marqué dès le commencement de ce discours, et dont il faut maintenant découvrir le fond.

II

Il faut donc penser, chrétiens, qu'outre le rapport que nous avons du côté du corps avec la nature changeante et 5 mortelle, nous avons d'un autre côté un rapport intime et une secrète affinité avec Dieu, parce que Dieu même a mis quelque chose en nous qui peut confesser la vérité de son être, en adorer la perfection, en admirer la plénitude ; quelque chose qui peut se soumettre à sa souveraine puissance, 10 s'abandonner à sa haute et incompréhensible sagesse, se confier en sa bonté, craindre sa justice, espérer son éternité. De ce côté, Messieurs, si l'homme croit avoir en lui de l'élévation, il ne se trompera pas.   Car, comme il est nécessaire que chaque chose soit réunie à son principe, et que 15 c'est pour cette raison, dit l'Ecclésiaste, « que le corps ¹ retourne à la terre dont il a été tiré, » il faut par la suite du même raisonnement que ce qui porte en nous la marque divine, ce qui est capable de s'unir à Dieu, y soit aussi rappelé.   Or ce qui doit retourner à Dieu, qui est la grandeur 20 primitive et essentielle, n'est-il pas grand et élevé? C'est pourquoi, quand je vous ai dit que la grandeur et la gloire n'étaient parmi nous que des noms pompeux, vides de sens et de choses, je regardais le mauvais usage que nous faisons de ces termes.   25

Mais pour dire la vérité dans toute son étendue, ce n'est ni l'erreur, ni la vanité qui ont inventé ces noms magnifiques ; au contraire nous ne les aurions jamais trouvés, si nous n'en avions porté le fond en nous-mêmes.   Car où prendre ces nobles idées dans le néant? La faute que nous 30

faisons n'est donc pas de nous être servis de ces noms ; c'est
de les avoir appliqués à des objets trop indignes.   Saint
Chrysostome [1] a bien compris cette vérité, quand il a dit :
« Gloire, richesses, noblesse, puissance, pour les hommes du
5 monde ne sont que des noms ; pour nous, si nous servons
Dieu, ce seront des choses.   Au contraire la pauvreté, la
honte, la mort, sont des choses trop effectives et trop réelles
pour eux ; pour nous, ce sont seulement des noms,» parce
que celui qui s'attache à Dieu ne perd ni ses biens, ni son
10 honneur, ni sa vie.   Ne vous étonnez donc pas si l'Ecclésiaste dit si souvent : «Tout est vanité.»   Il s'explique :
« Tout est vanité sous le soleil,[2] » c'est-à-dire tout ce qui est
mesuré par les années, tout ce qui est emporté par la rapidité du temps.   Sortez du temps et du changement ; aspirez
15 à l'éternité : la vanité ne vous tiendra plus asservis.   Ne
vous étonnez pas [3] si le même Ecclésiaste méprise tout en
nous, jusqu'à la sagesse, et ne trouve rien de meilleur que
de goûter en repos le fruit de son travail.   La sagesse dont
il parle en ce lieu est cette sagesse insensée, ingénieuse à se
20 tourmenter, habile à se tromper elle-même, qui se corrompt
dans le présent, qui s'égare dans l'avenir, qui, par beaucoup
de raisonnements et de grands efforts, ne fait que se consumer inutilement en amassant des choses que le vent emporte.   « Hé ! s'écrie ce sage roi,[4] y a-t-il rien de si vain ?»
25 Et n'a-t-il pas raison de préférer la simplicité d'une vie
particulière, qui goûte doucement et innocemment ce peu
de biens que la nature nous donne, aux soucis et aux chagrins
des avares, aux songes inquiets des ambitieux ! « Mais cela
même,[5] dit-il, ce repos, cette douceur de la vie, est encore
30 une vanité,» parce que la mort trouble et emporte tout.
Laissons-lui donc mépriser tous les états de cette vie, puisqu'enfin, de quelque côté qu'on s'y tourne, on voit toujours

la mort en face, qui couvre de ténèbres tous nos plus beaux
jours. Laissons-lui égaler le fol et le sage ; et même, je ne
craindrai pas de le dire hautement en cette chaire, laissons-
lui confondre l'homme avec la bête : *Unus interitus est* [1]
hominis et jumentorum.   5

En effet, jusqu'à ce que nous ayons trouvé la véritable
sagesse, tant que nous regarderons l'homme par les yeux
du corps, sans y démêler par l'intelligence ce secret principe de toutes nos actions qui, étant capable de s'unir à
Dieu, doit nécessairement y retourner : que verrons-nous 10
autre chose dans notre vie que de folles inquiétudes? Et
que verrons-nous dans notre mort qu'une vapeur qui s'exhale,
que des esprits [2] qui s'épuisent, que des ressorts qui se
démontent et se déconcertent,[3] enfin qu'une machine [4] qui
se dissout et qui se met en pièces? Ennuyés [5] de ces 15
vanités, cherchons ce qu'il y a de grand et de solide en
nous. Le Sage nous l'a montré dans les dernières paroles
de l'Ecclésiaste ; et bientôt MADAME nous le fera paraître
dans les dernières actions de sa vie. « Crains Dieu, et observe ses commandements ; car c'est là tout l'homme » : 20
comme s'il disait : Ce n'est pas l'homme que j'ai méprisé,
ne le croyez pas ; ce sont les opinions, ce sont les erreurs
par lesquelles l'homme abusé se déshonore lui-même.
Voulez-vous savoir en un mot ce que c'est que l'homme?
Tout son devoir, tout son objet, toute sa nature, c'est de 25
craindre Dieu : tout le reste est vain, je le déclare ; mais
aussi tout le reste n'est pas l'homme. Voici ce qui est réel
et solide, et ce que la mort ne peut enlever : car, ajoute
l'Ecclésiaste, « Dieu examinera [6] dans son jugement tout
ce que nous aurons fait de bien et de mal. » Il est donc 30
maintenant aisé de concilier toutes choses. Le Psalmiste
dit [7] « qu'à la mort périront toutes nos pensées ; » oui, celles

que nous aurons laissé emporter au monde, dont la figure
passe [1] et s'évanouit. Car encore que notre esprit soit de
nature à vivre toujours, il abandonne à la mort tout ce qu'il
consacre aux choses mortelles ; de sorte que nos pensées,
5 qui devaient être incorruptibles du côté de leur principe,
deviennent périssables du côté de leur objet. Voulez-vous
sauver quelque chose de ce débris si universel, si inévitable?
Donnez à Dieu vos affections ; nulle force ne vous ravira ce
que vous aurez déposé en ces mains divines. Vous pourrez
10 hardiment mépriser la mort, à l'exemple de notre héroïne
chrétienne.   Mais afin de tirer d'un si bel exemple toute
l'instruction qu'il nous peut donner, entrons dans une
profonde considération des conduites de Dieu sur elle, et
adorons en cette princesse le mystère de la prédestination
15 et de la grâce.

Vous savez [2] que toute la vie chrétienne, que tout l'ouvrage
de notre salut est une suite continuelle de miséricordes.
Mais le fidèle interprète du mystère de la grâce, je veux dire
le grand Augustin, m'apprend cette véritable et solide
20 théologie, que c'est dans la première grâce et dans la
dernière que la grâce se montre grâce ; c'est-à-dire que c'est
dans la vocation qui nous prévient [3] et dans la persévérance
finale qui nous couronne, que la bonté qui nous sauve paraît
toute gratuite et toute pure.   En effet, comme nous
25 changeons deux fois d'état, en passant premièrement des
ténèbres à la lumière, et ensuite de la lumière imparfaite de
la foi à la lumière consommée de la gloire ; comme c'est la
vocation qui nous inspire la foi, et que c'est la persévérance
qui nous transmet à la gloire : il a plu à la divine bonté de
30 se marquer elle-même au commencement de ces deux
états par une impression [4] illustre et particulière, afin que
nous confessions que toute la vie du chrétien, et dans le

temps qu'il espère, et dans le temps qu'il jouit, est un miracle de grâce.

Que ces deux principaux moments de la grâce ont été bien marqués par les merveilles que Dieu a faites pour le salut éternel de HENRIETTE D'ANGLETERRE ! Pour 5 la donner à l'Église, il a fallu renverser[1] tout un grand royaume. La grandeur de la maison d'où elle est sortie n'était pour elle qu'un engagement plus étroit dans le schisme de ses ancêtres ; disons des derniers[2] de ses ancêtres, puisque tout ce qui les précède, à remonter 10 jusqu'aux premiers temps, est si pieux et si catholique. Mais si les lois de l'État s'opposent à son salut éternel, Dieu ébranlera tout l'État pour l'affranchir de ces lois. Il met les âmes à ce prix ; il remue le ciel et la terre pour enfanter ses élus ; et comme rien ne lui est cher que[3] ces 15 enfants de sa dilection éternelle, que ces membres inséparables de son Fils bien-aimé, rien ne lui coûte pourvu qu'il les sauve. Notre princesse est persécutée avant que de naître, délaissée aussitôt que mise au monde, arrachée en naissant à la piété d'une mère catholique,[4] captive dès le 20 berceau des ennemis implacables de sa maison ; et ce qui était plus déplorable, captive des ennemis de l'Église ; par conséquent destinée premièrement par sa glorieuse naissance, et ensuite par sa malheureuse captivité, à l'erreur et à l'hérésie. Mais le sceau de Dieu était sur elle. Elle 25 pouvait dire avec le Prophète : « Mon père et ma mère[5] m'ont abandonnée : mais le Seigneur m'a reçue en sa protection. » Délaissée de toute la terre dès ma naissance, « je fus comme jetée[6] entre les bras de sa providence paternelle, et dès le ventre de ma mère il se déclara mon Dieu. » Ce 30 fut à cette garde fidèle que la reine sa mère commit ce précieux dépôt. Elle ne fut point trompée dans sa con-

fiance. Deux ans après, un coup imprévu, et qui tenait du
miracle, délivra la princesse des mains des rebelles. Malgré
les tempêtes de l'océan et les agitations encore plus violentes
de la terre, Dieu, la prenant sur ses ailes, comme l'aigle
5 prend ses petits,[1] la porta lui-même dans ce royaume ; lui-
même la posa dans le sein de la reine sa mère ou plutôt
dans le sein de l'Église catholique. Là elle apprit les
maximes de la piété véritable, moins par les instructions
qu'elle y recevait que par les exemples vivants de cette
10 grande et religieuse reine. Elle a imité ses pieuses libé-
ralités. Ses aumônes toujours abondantes se sont répandues
principalement sur les catholiques d'Angleterre, dont elle a
été la fidèle protectrice. Digne fille de saint Édouard et de
saint Louis,[2] elle s'attacha du fond de son cœur à la foi de
15 ces deux grands rois. Qui pourrait assez exprimer le zèle
dont elle brûlait pour le rétablissement de cette foi dans le
royaume d'Angleterre, où l'on en conserve encore tant de
précieux monuments?[3] Nous savons qu'elle n'eût pas craint
d'exposer sa vie pour un si pieux dessein : et le ciel nous l'a
20 ravie ! O Dieu ! que prépare ici votre éternelle providence? Me permettrez-vous, ô Seigneur, d'envisager en
tremblant vos saints et redoutables conseils? Est-ce que les
temps de confusion ne sont pas encore accomplis? Est-ce
que le crime[4] qui fit céder vos vérités saintes à des passions
25 malheureuses est encore devant vos yeux, et que vous ne
l'avez pas assez puni par un aveuglement de plus d'un siècle?
Nous ravissez-vous Henriette par un effet du même jugement qui abrégea les jours de la reine Marie[5] et son règne si
favorable à l'Église? Ou bien voulez-vous triompher seul ;
30 et en nous ôtant les moyens dont nos désirs se flattaient,
réservez-vous dans les temps marqués par votre prédestination éternelle de secrets retours à l'État[6] et à la maison

d'Angleterre? Quoi qu'il en soit, ô grand Dieu, recevez-en
aujourd'hui les bienheureuses prémices en la personne de
cette princesse. Puisse toute sa maison et tout le royaume
suivre l'exemple de sa foi! Ce grand roi, qui remplit de
tant de vertus le trône de ses ancêtres, et fait louer tous les 5
jours la divine main qui l'y a rétabli comme par miracle,
n'improuvera pas notre zèle, si nous souhaitons devant Dieu
que lui et tous ses peuples soient comme nous. *Opto apud
Deum* [1] *. . . , non tantum te, sed etiam omnes fieri tales,
qualis et ego sum.* Ce souhait est fait pour les rois : et saint 10
Paul, étant dans les fers, le fit la première fois en faveur du
roi Agrippa ; mais saint Paul en exceptait ses liens, *exceptis
vinculis his :* et nous, nous souhaitons principalement que
l'Angleterre, trop libre dans sa croyance, trop licencieuse
dans ses sentiments, soit enchaînée comme nous de ces 15
bienheureux liens qui empêchent l'orgueil humain de s'égarer
dans ses pensées, en le captivant sous l'autorité du Saint-
Esprit et de l'Église.

Après vous avoir exposé le premier effet de la grâce de
Jésus-Christ en notre princesse, il me reste, Messieurs, de [2] 20
vous faire considérer le dernier, qui couronnera tous les
autres. C'est par cette dernière grâce que la mort change
de nature pour les chrétiens, puisqu'au lieu qu'elle semblait
être faite pour nous dépouiller de tout, elle commence, [3]
comme dit l'Apôtre, à nous revêtir et nous assurer éternelle- 25
ment la possession des biens véritables. Tant que nous
sommes détenus dans cette demeure mortelle, nous vivons
assujettis aux changements, parce que, si vous me permettez
de parler ainsi, c'est la loi du pays que nous habitons ; et
nous ne possédons aucun bien, même dans l'ordre de la 30
grâce, que nous ne puissions perdre un moment après par
la mutabilité naturelle de nos désirs. Mais aussitôt qu'on

cesse pour nous de compter les heures, et de mesurer notre
vie par les jours et par les années, sortis des figures qui
passent¹ et des ombres qui disparaissent, nous arrivons au
règne de la vérité, où nous sommes affranchis de la loi des
5 changements.   Ainsi notre âme n'est plus en péril ; nos
résolutions ne vacillent plus ; la mort, ou plutôt la grâce de
la persévérance finale a la force de les fixer : et de même
que le testament² de Jésus-Christ, par lequel il se donne à
nous, est confirmé à jamais, suivant le droit des testaments
10 et la doctrine de l'Apôtre, par la mort de ce divin testateur,
ainsi la mort du fidèle fait que ce bienheureux testament par
lequel de notre côté nous nous donnons au Sauveur devient
irrévocable.   Donc, Messieurs, si je vous fais voir encore
une fois MADAME aux prises avec la mort, n'appréhendez
15 rien pour elle : quelque cruelle que la mort vous paraisse,
elle ne doit servir à cette fois que pour accomplir l'œuvre
de la grâce, et sceller en cette princesse le conseil de son
éternelle prédestination.   Voyons donc ce dernier combat ;
mais encore un coup, affermissons-nous.   Ne mêlons point
20 de faiblesse à une si forte³ action, et ne déshonorons point
par nos larmes une si belle victoire.

Voulez-vous voir⁴ combien la grâce qui a fait triompher
MADAME a été puissante? Voyez combien la mort a été
terrible.   Premièrement, elle a plus de prise sur une prin-
25 cesse qui a tant à perdre.   Que d'années elle va ravir à
cette jeunesse ! Que de joie elle enlève à cette fortune ! Que
de gloire elle ôte à ce mérite ! D'ailleurs peut-elle venir ou
plus prompte ou plus cruelle? C'est ramasser toutes ses
forces, c'est unir tout ce qu'elle a de plus redoutable, que de
30 joindre, comme elle fait, aux plus vives douleurs l'attaque la
plus imprévue.   Mais quoique, sans menacer et sans avertir,
elle se fasse sentir toute entière dès le premier coup, elle

trouve la princesse prête. La grâce, plus active encore, l'a
déjà mise en défense. Ni la gloire, ni la jeunesse n'auront
un soupir. Un regret immense de ses péchés ne lui permet
pas de regretter autre chose. Elle demande le crucifix sur
lequel elle avait vu expirer la reine sa belle-mère,[1] comme 5
pour y recueillir les impressions de constance et de piété
que cette âme vraiment chrétienne y avait laissées avec les
derniers soupirs.

A la vue d'un si grand objet, n'attendez pas de cette
princesse des discours étudiés et magnifiques : une sainte 10
simplicité fait ici toute la grandeur. Elle s'écrie : « O mon
Dieu, pourquoi n'ai-je pas toujours mis en vous ma confiance ? » Elle s'afflige, elle se rassure, elle confesse humble
ment, et avec tous les sentiments d'une profonde douleur,
que de ce jour seulement elle commence à connaître Dieu, 15
n'appelant pas le connaître que de regarder encore tant
soit peu le monde. Qu'elle nous parut au-dessus de ces
lâches chrétiens qui s'imaginent avancer leur mort, quand
ils préparent leur confession, qui ne reçoivent les saints sacrements que par force, dignes certes de recevoir pour leur 20
jugement ce mystère de piété qu'ils ne reçoivent qu'avec
répugnance ! MADAME appelle les prêtres plutôt que les médecins. Elle demande d'elle-même les sacrements de
l'Église, la pénitence avec componction, l'eucharistie avec
crainte et puis avec confiance, la sainte onction des mourants 25
avec un pieux empressement. Bien loin d'en être effrayée,
elle veut la recevoir avec connaissance : elle écoute l'explication de ces saintes cérémonies, de ces prières aposto-
liques, qui par une espèce de charme divin suspendent les
douleurs les plus violentes, qui font oublier la mort (je l'ai 30
vu souvent) à qui les écoute avec foi ; elle les suit, elle s'y
conforme ; on lui voit paisiblement présenter son corps à

cette huile sacrée ; ou plutôt au sang de Jésus, qui coûle si abondamment avec cette précieuse liqueur.

Ne croyez pas que ces excessives et insupportables douleurs¹ aient tant soit peu troublé sa grande âme. Ah ! je
5 ne veux plus tant admirer les braves, ni les conquérants. MADAME m'a fait connaître la vérité de cette parole du Sage : « Le patient² vaut mieux que le fort ; et celui qui dompte son cœur vaut mieux que celui qui prend des villes. » Combien a-t-elle été maîtresse du sien ! Avec quelle tran-
10 quillité a-t-elle satisfait à tous ses devoirs ! Rappelez en votre pensée ce qu'elle dit à Monsieur.³ Quelle force ! quelle tendresse ! O paroles qu'on voyait sortir de l'abondance d'un cœur qui se sent au-dessus de tout ; paroles que la mort présente, et Dieu plus présent encore, ont con-
15 sacrées ; sincère production d'une âme qui, tenant au ciel, ne doit plus rien à la terre que la vérité, vous vivrez éternellement dans la mémoire des hommes, mais surtout vous vivrez éternellement dans le cœur de ce grand prince. MADAME ne peut plus résister aux larmes qu'elle lui voit ré-
20 pandre. Invincible par tout autre endroit, ici elle est contrainte de céder. Elle prie Monsieur de se retirer, parce qu'elle ne veut plus sentir de tendresse que pour ce Dieu crucifié qui lui tend les bras.

Alors qu'avons-nous vu ? Qu'avons-nous ouï ? Elle se
25 conformait aux ordres de Dieu ; elle lui offrait ses souffrances en expiation de ses fautes ; elle professait hautement la foi catholique, et la résurrection des morts, cette précieuse consolation des fidèles mourants. Elle excitait le zèle de ceux qu'elle avait appelés pour l'exciter elle-même,
30 et ne voulait point qu'ils cessassent un moment de l'entretenir des vérités chrétiennes. Elle souhaita mille fois d'être plongée au sang de l'Agneau ; c'était un nouveau langage

que la grâce lui apprenait. Nous ne voyions en elle, ni
cette ostentation par laquelle on veut tromper les autres, ni
ces émotions d'une âme alarmée par lesquelles on se trompe
soi-même. Tout était simple, tout était solide, tout était
tranquille ; tout partait d'une âme soumise et d'une source 5
sanctifiée par le Saint-Esprit.

En cet état, Messieurs, qu'avions-nous à demander à Dieu
pour cette princesse, sinon qu'il l'affermît dans le bien, et
qu'il conservât en elle les dons de sa grâce? Ce grand Dieu
nous exauçait, mais souvent, dit saint Augustin, en nous ex- 10
auçant il trompe heureusement notre prévoyance. La princesse est affermie dans le bien d'une manière plus haute que
celle que nous entendions. Comme Dieu ne voulait plus exposer aux illusions du monde les sentiments d'une piété si
sincère, il a fait ce que dit le Sage : « Il s'est hâté. » [1] En 15
effet, quelle diligence ! en neuf heures l'ouvrage est accompli. « Il s'est hâté de la tirer du milieu des iniquités. » Voilà,
dit le grand saint Ambroise, la merveille de la mort dans les
chrétiens. Elle ne finit pas leur vie ; elle ne finit que leurs
péchés et les périls où ils sont exposés. Nous nous sommes 20
plaints que la mort, ennemie des fruits que nous promettait
la princesse, les a ravagés dans la fleur ; qu'elle a effacé pour
ainsi dire sous le pinceau même un tableau qui s'avançait à
la perfection avec une incroyable diligence ; dont les premiers traits, dont le seul dessin [2] montrait déjà tant de gran- 25
deur. Changeons maintenant de langage ; ne disons plus [3]
que la mort a tout d'un coup arrêté le cours de la plus belle
vie du monde, et de l'histoire qui se commençait le plus
noblement, disons qu'elle a mis fin aux plus grands périls
dont une âme chrétienne peut être assaillie. 30

Et pour ne point parler ici des tentations infinies qui at-
taquent à chaque pas la faiblesse humaine, quel péril n'eût

point trouvé cette princesse dans sa propre gloire? La
gloire ! qu'y a-t-il pour le chrétien de plus pernicieux et de
plus mortel? Quel appât plus dangereux? Quelle fumée
plus capable de faire tourner les meilleures têtes? Con-
5 sidérez la princesse; représentez-vous cet esprit qui, répandu par tout son extérieur, en rendait les grâces si vives :
tout était esprit, tout était bonté. Affable à tous avec
dignité, elle savait estimer les uns sans fâcher les autres ;
et, quoique le mérite fût distingué, la faiblesse ne se sentait
10 pas dédaignée. Quand quelqu'un traitait avec elle, il semblait qu'elle eût oublié son rang pour ne se soutenir que par
sa raison. On ne s'apercevait presque pas qu'on parlât à
une personne si élevée; on sentait seulement au fond de
son cœur qu'on eût voulu lui rendre au centuple la grandeur
15 dont elle se dépouillait si obligeamment. Fidèle en ses
paroles, incapable de déguisement, sûre à ses amis, par la
lumière et la droiture de son esprit elle les mettait à couvert
des vains ombrages, et ne leur laissait à craindre que leurs
propres fautes. Très reconnaissante des services, elle aimait
20 à prévenir les injures par sa bonté ; vive à les sentir, facile
à les pardonner. Que dirai-je de sa libéralité? Elle donnait
non seulement avec joie, mais avec une hauteur d'âme qui
marquait tout ensemble, et le mépris du don, et l'estime de
la personne. Tantôt par des paroles touchantes, tantôt
25 même par son silence, elle relevait ses présents ; et cet art
de donner agréablement, qu'elle avait si bien pratiqué
durant sa vie, l'a suivie, je le sais,¹ jusqu'entre les bras de la
mort.

Avec tant de grandes et tant d'aimables qualités, qui eût
30 pu lui refuser son admiration? Mais avec son crédit, avec
sa puissance, qui n'eût voulu s'attacher à elle? N'allait-elle
pas gagner tous les cœurs, c'est-à-dire la seule chose qu'ont

à gagner ceux à qui la naissance et la fortune semblent tout donner ; et si cette haute élévation est un précipice affreux pour les chrétiens, ne puis-je pas dire, Messieurs, pour me servir des paroles fortes du plus grave des historiens, « qu'elle allait être précipitée dans la gloire ? » [1] Car quelle créature 5 fut jamais plus propre à être l'idole du monde ? Mais ces idoles que le monde adore, à combien de tentations délicates ne sont-elles pas exposées ? La gloire, il est vrai, les défend de quelques faiblesses ; mais la gloire les défend-elle de la gloire même ? Ne s'adorent-elles pas secrètement ? 10 Ne veulent-elles pas être adorées ? Que n'ont-elles pas à craindre de leur amour-propre ? Et que se peut refuser la faiblesse humaine, pendant que le monde lui accorde tout ? N'est-ce pas là qu'on apprend à faire servir à l'ambition, à la grandeur, à la politique, et la vertu, et la religion, et le 15 nom de Dieu ? La modération que le monde affecte n'étouffe pas les mouvements de la vanité : elle ne sert qu'à les cacher ; et plus elle ménage le dehors, plus elle livre le cœur aux sentiments les plus délicats et les plus dangereux de la fausse gloire. On ne compte plus que soi-même ; et on dit au 20 fond de son cœur : « Je suis, [2] et il n'y a que moi sur la terre. » En cet état, Messieurs, la vie n'est-elle pas un péril? La mort n'est-elle pas une grâce ? Que ne doit-on craindre de ses vices, si les bonnes qualités sont si dangereuses ? N'est-ce donc pas un bienfait de Dieu d'avoir abrégé les tentations 25 avec les jours de MADAME ; de l'avoir arrachée à sa propre gloire, avant que cette gloire, par son excès, eût mis en hasard sa modération ? Qu'importe que sa vie ait été si courte ? Jamais ce qui doit finir ne peut être long. Quand nous ne compterions point ses confessions plus exactes, ses 30 entretiens de dévotion plus fréquents, son application plus forte à la piété dans les derniers temps de sa vie, ce peu

d'heures saintement passées parmi les plus rudes épreuves et dans les sentiments les plus purs du christianisme tiennent lieu toutes seules d'un âge accompli. Le temps a été court, je l'avoue ; mais l'opération de la grâce a été forte ; mais la
5 fidélité de l'âme a été parfaite. C'est l'effet d'un art consommé de réduire en petit tout un grand ouvrage ; et la grâce, cette excellente ouvrière, se plait quelquefois à renfermer en un jour la perfection d'une longue vie. Je sais que Dieu ne veut pas qu'on s'attende à de tels miracles ;
10 mais si la témérité insensée des hommes abuse de ses bontés, son bras pour cela n'est pas raccourci et sa main n'est pas affaiblie. Je me confie pour MADAME en cette miséricorde qu'elle a si sincèrement et si humblement réclamée. Il semble que Dieu ne lui ait conservé le jugement
15 libre jusques au dernier soupir, qu'afin de faire durer les témoignages de sa foi. Elle a aimé en mourant le Sauveur Jésus ; les bras lui ont manqué plutôt que l'ardeur d'embrasser la croix ; j'ai vu sa main défaillante chercher encore en tombant de nouvelles forces pour appliquer sur ses lèvres ce bien-
20 heureux signe de notre rédemption : n'est-ce pas mourir entre les bras et dans le baiser du Seigneur? Ah ! nous pouvons achever¹ ce saint sacrifice pour le repos de MADAME avec une pieuse confiance. Ce Jésus en qui elle a espéré, dont elle a porté la croix en son corps par des douleurs si cruelles,
25 lui donnera encore son sang, dont elle est déjà toute teinte, toute pénétrée par la participation à ses sacrements, et par la communion avec ses souffrances.

Mais en priant pour son âme, chrétiens, songeons à nous-mêmes. Qu'attendons-nous pour nous convertir? Et quelle
30 dureté est semblable à la nôtre, si un accident si étrange, qui devrait nous pénétrer jusqu'au fond de l'âme, ne fait que nous étourdir pour quelques moments? Attendons-nous

que Dieu ¹ ressuscite des morts pour nous instruire? Il n'est
point nécessaire que les morts reviennent, ni que quelqu'un
sorte du tombeau ; ce qui entre aujourd'hui dans le tombeau
doit suffire pour nous convertir. Car si nous savons nous
connaître, nous confessons, chrétiens, que les vérités de ₅
l'éternité sont assez bien établies ; nous n'avons rien que de
faible à leur opposer ; c'est par passion, et non par raison,²
que nous osons les combattre. Si quelque chose les empêche de régner sur nous, ces saintes et salutaires vérités,
c'est que le monde nous occupe ; c'est que les sens nous ₁₀
enchantent ; c'est que le présent nous entraîne. Faut-il un
autre spectacle pour nous détromper et des sens, et du présent, et du monde? La Providence divine pouvait-elle nous
mettre en vue, ni de plus près, ni plus fortement,³ la vanité
des choses humaines? Et si nos cœurs s'endurcissent après ₁₅
un avertissement si sensible, que lui reste-t-il autre chose,
que de nous frapper nous-mêmes sans miséricorde? Préve-
nons un coup si funeste, et n'attendons pas toujours des
miracles de la grâce. Il n'est rien de plus odieux à la souveraine puissance que de la vouloir forcer ⁴ par des exemples, ₂₀
et de lui faire une loi de ses grâces et de ses faveurs. Qu'y
a-t-il donc, chrétiens, qui puisse nous empêcher de recevoir
sans différer ses inspirations? Quoi? le charme de sentir
est-il si fort que nous ne puissions rien prévoir? Les adora-
teurs des grandeurs humaines seront-ils satisfaits de leur for- ₂₅
tune, quand ils verront que dans un moment leur gloire
passera à leur nom, leurs titres à leurs tombeaux, leurs biens
à des ingrats, et leurs dignités peut-être à leurs envieux?
Que si nous sommes assurés qu'il viendra un dernier jour où
la mort nous forcera de confesser toutes nos erreurs, pour- ₃₀
quoi ne pas mépriser par raison ce qu'il faudra un jour mépriser par force? Et quel est notre aveuglement si, toujours

avançants vers notre fin, et plutôt mourants que vivants, nous
attendons les derniers soupirs pour prendre les sentiments que
la seule pensée de la mort nous devrait inspirer à tous les
moments de notre vie ? Commencez aujourd'hui à mépriser
5 les faveurs du monde : et toutes les fois que vous serez dans
ces lieux augustes, dans ces superbes palais à qui MADAME
donnait un éclat que vos yeux recherchent encore ; toutes
les fois que, regardant cette grande place qu'elle remplissait
si bien, vous sentirez qu'elle y manque, songez que cette
10 gloire que vous admiriez faisait son péril en cette vie, et que
dans l'autre elle est devenue le sujet d'un examen rigoureux,
où rien n'a été capable de la rassurer que cette sincère ré-
signation qu'elle a eue aux ordres de Dieu, et les saintes
humiliations de la pénitence.[1]

---

2. ORAISON FUNÈBRE

DE LOUIS DE BOURBON,[2] PRINCE DE CONDÉ, PRONONCÉE À NOTRE-DAME, LE 10 MARS 1687.

*Dominus tecum, virorum fortissime. . . . Vade in hâc fortitudine
tuâ. . . . Ego ero tecum.*
Le Seigneur est avec vous, ô le plus courageux de tous les hommes.
Allez avec ce courage dont vous êtes rempli.   Je serai avec vous.

(*Juges*, VI, 12, 14, 16.)

15   Monseigneur,[3]

Au moment que j'ouvre la bouche pour célébrer la gloire
immortelle de Louis de Bourbon, prince de Condé, je me
sens également confondu, et par la grandeur du sujet, et,
s'il m'est permis de l'avouer, par l'inutilité du travail. Quelle
20 partie du monde habitable n'a pas ouï les victoires du prince
de Condé et les merveilles de sa vie ? On les raconte par-

tout : le Français qui les vante n'apprend rien à l'étranger,
et quoi que je puisse aujourd'hui vous en rapporter, toujours
prévenu par vos pensées, j'aurai encore à répondre au secret
reproche que vous me ferez, d'être demeuré beaucoup au-
dessous.   Nous ne pouvons rien, faibles orateurs, pour la 5
gloire des âmes extraordinaires : le Sage a raison de dire que
« leurs seules actions les peuvent louer¹ : » toute autre louange languit auprès des grands noms ; et la seule simplicité
d'un récit fidèle pourrait soutenir la gloire du prince de
Condé.   Mais en attendant que l'histoire, qui doit ce récit 10
aux siècles futurs, le fasse paraître, il faut satisfaire, comme
nous pourrons, à la reconnaissance publique et aux ordres
du plus grand² de tous les rois.   Que ne doit point le royaume à un prince qui a honoré la maison de France,³ tout
le nom français, son siècle, et pour ainsi dire l'humanité 15
toute entière ?   Louis le Grand⁴ est entré lui-même dans
ces sentiments.   Après avoir pleuré ce grand homme, et lui
avoir donné par ses larmes, au milieu de toute sa cour, le
plus glorieux éloge qu'il pût recevoir, il assemble dans un
temple si célèbre ce que son royaume a de plus auguste 20
pour y rendre des devoirs publics à la mémoire de ce prince ;
et il veut que ma faible voix anime toutes ces tristes re-
présentations⁵ et tout cet appareil funèbre.   Faisons donc
cet effort sur notre douleur.

Ici un plus grand objet, et plus digne de cette chaire, se 25
présente à ma pensée.   C'est Dieu qui fait les guerriers et
les conquérants.   « C'est vous,⁶ lui disait David, qui avez instruit mes mains à combattre, et mes doigts à tenir l'épée. »
S'il inspire le courage, il ne donne pas moins les autres
grandes qualités naturelles et surnaturelles, et du cœur et de 30
l'esprit.   Tout part de sa puissante main : c'est lui qui envoie du ciel les généreux sentiments, les sages conseils et

toutes les bonnes pensées.   Mais il veut que nous sachions
distinguer entre les dons qu'il abandonne à ses ennemis, et
ceux qu'il réserve à ses serviteurs.   Ce qui distingue ses
amis d'avec tous les autres, c'est la piété : jusqu'à ce qu'on
5 ait reçu ce don du ciel, tous les autres non seulement ne
sont rien, mais encore tournent en ruine à ceux qui en sont
ornés.   Sans ce don inestimable de la piété, que serait-ce
que le prince de Condé avec tout ce grand cœur et ce grand
génie?   Non, mes Frères, si la piété n'avait comme con-
10 sacré ses autres vertus, ni ces princes[1] ne trouveraient
aucun adoucissement à leur douleur, ni ce religieux pontife[2]
aucune confiance dans ses prières, ni moi-même aucun sou-
tien aux louanges que je dois à un si grand homme.   Pous-
sons donc à bout la gloire humaine par cet exemple : dé-
15 truisons l'idole des ambitieux ; qu'elle tombe anéantie devant
ces autels.   Mettons ensemble aujourd'hui, car nous le
pouvons dans un si noble sujet, toutes les plus belles qualités d'une excellente[3] nature ; et à la gloire de la vérité,
montrons dans un prince admiré de tout l'univers que ce
20 qui fait les héros, ce qui porte la gloire du monde jusqu'au
comble : valeur, magnanimité, bonté naturelle, voilà pour le
cœur : vivacité, pénétration, grandeur et sublimité de génie,
voilà pour l'esprit, ne seraient qu'une illusion, si la piété ne
s'y était jointe : et enfin, que la piété est le tout de l'homme.
25 C'est, Messieurs, ce que vous verrez dans la vie éternellement mémorable de très haut et très puissant prince LOUIS
DE BOURBON, PRINCE DE CONDÉ, PREMIER PRINCE DU SANG.[4]

I

Dieu nous a révélé que lui seul il fait les conquérants, et
que seul il les fait servir à ses desseins.   Quel autre a fait
30 un Cyrus,[5] si ce n'est Dieu, qui l'avait nommé deux cents

ans avant sa naissance dans les oracles d'Isaïe ? « Tu n'es
pas encore,[1] lui disait-il, mais je te vois, et je t'ai nommé
par ton nom : tu t'appelleras Cyrus : je marcherai devant
toi dans les combats : à ton approché je mettrai les rois en
fuite : je briserai les portes d'airain : c'est moi qui étends 5
les cieux, qui soutiens la terre, qui nomme ce qui n'est pas
comme ce qui est : » c'est-à-dire c'est moi qui fais tout, et
moi qui vois dès l'éternité tout ce que je fais.   Quel autre
a pu former un Alexandre, si ce n'est ce même Dieu, qui
en a fait voir de si loin et par des figures si vives l'ardeur 10
indomptable à son prophète Daniel ?   « Le voyez-vous,[2] dit-
il, ce conquérant ; avec quelle rapidité il s'élève de l'occi-
dent comme par bonds, et ne touche pas à terre ? »   Semblable dans ses sauts hardis et dans sa légère démarche à
ces animaux vigoureux et bondissants, il ne s'avance que 15
par vives et impétueuses saillies, et n'est arrêté ni par montagnes ni par précipices.   Déjà le roi de Perse est entre ses
mains : « A sa vue il s'est animé[3] : *efferatus est in eum*, » dit
le prophète ; « il l'abat, il le foule aux pieds : nul ne le peut
défendre des coups qu'il lui porte, ni lui arracher sa proie. » 20
A n'entendre que ces paroles de Daniel, qui croiriez-vous
voir, Messieurs, sous cette figure, Alexandre ou le prince de
Condé ?

Dieu donc lui avait donné cette indomptable valeur pour
le salut de la France durant la minorité d'un roi de quatre 25
ans.[4]   Laissez-le croître, ce roi chéri du ciel ; tout cédera à
ses exploits : supérieur aux siens comme aux ennemis, il
saura tantôt se servir, tantôt se passer de ses plus fameux
capitaines ; et seul, sous la main de Dieu, qui sera[5] continuellement à son secours, on le verra l'assuré rempart de ses 30
états.   Mais Dieu avait choisi le duc d'Enghien[6] pour le
défendre dans son enfance.   Aussi, vers les premiers jours

de son règne, à l'âge de vingt-deux ans, le duc conçut un
dessein où les vieillards expérimentés[1] ne purent atteindre :
mais la victoire le justifia devant Rocroy.[2] L'armée ennemie
est plus forte, il est vrai : elle est composée de ces vieilles
5 bandes wallonnes, italiennes et espagnoles, qu'on n'avait pu
rompre jusqu'alors.   Mais pour combien fallait-il compter
le courage qu'inspirait à nos troupes le besoin pressant de
l'État, les avantages passés, et un jeune prince du sang qui
portait la victoire dans ses yeux?   Don Francisco de Mellos[3]
10 l'attend de pied ferme ; et, sans pouvoir reculer, les deux
généraux et les deux armées semblent avoir voulu se renfermer dans des bois et dans des marais pour décider leur
querelle, comme deux braves, en champ clos.   Alors que
ne vit-on pas?   Le jeune prince parut un autre homme.
15 Touchée d'un si digne objet, sa grande âme se déclara toute
entière : son courage croissait avec les périls et ses lumières
avec son ardeur.   A la nuit qu'il fallut passer en présence
des ennemis, comme un vigilant capitaine, il reposa le dernier : mais jamais il ne reposa plus paisiblement.   A la veille
20 d'un si grand jour, et dès la première bataille, il est tranquille, tant il se trouve dans son naturel : et on sait que le
lendemain, à l'heure marquée, il fallut réveiller d'un profond
sommeil cet autre Alexandre.[4]   Le voyez-vous comme il
vole, ou à la victoire, ou à la mort?   Aussitôt qu'il eut
25 porté de rang en rang l'ardeur dont il était animé, on le vit
presque en même temps pousser l'aile droite des ennemis,
soutenir la nôtre ébranlée, rallier le Français à demi vaincu,
mettre en fuite l'Espagnol victorieux, porter partout la terreur, et étonner[5] de ses regards étincelants ceux qui échap-
30 paient à ses coups.

   Restait cette redoutable infanterie[6] de l'armée d'Espagne, dont les gros bataillons serrés, semblables à autant de

tours, mais à des tours qui sauraient réparer leurs brèches,
demeuraient inébranlables au milieu de tout le reste en
déroute, et lançaient des feux de toutes parts. Trois fois le
jeune vainqueur s'efforça de rompre ces intrépides combat-
tants : trois fois il fut repoussé par le valeureux comte de 5
Fontaines,[1] qu'on voyait porté dans sa chaise, et, malgré ses
infirmités, montrer qu'une âme guerrière est maîtresse du
corps qu'elle anime. Mais enfin il faut céder. C'est en
vain qu'à travers des bois, avec sa cavalerie toute fraîche,
Bek[2] précipite sa marche pour tomber sur nos soldats 10
épuisés : le prince l'a prévenu : les bataillons enfoncés demandent quartier : mais la victoire va devenir plus terrible
pour le duc d'Enghien que le combat. Pendant qu'avec
un air assuré il s'avance pour recevoir la parole de ces
braves gens, ceux-ci toujours en garde craignent la surprise 15
de quelque nouvelle attaque : leur effroyable décharge met
les nôtres en furie : on ne voit plus que carnage : le sang
enivre le soldat, jusqu'à ce que le grand prince, qui ne put
voir égorger ces lions comme de timides brebis, calma les
courages[3] émus, et joignit au plaisir de vaincre celui de 20
pardonner. Quel fut alors l'étonnement de ces vieilles
troupes et de leurs braves officiers, lorsqu'ils virent qu'il
n'y avait plus de salut pour eux qu'entre les bras du vainqueur ? De quels yeux regardèrent-ils le jeune prince, dont
la victoire avait relevé la haute contenance, à qui la clé- 25
mence ajoutait de nouvelles grâces ? Qu'il eût encore volontiers sauvé la vie au brave comte de Fontaines ! Mais il se
trouva par terre, parmi ces milliers de morts dont l'Espagne
sent encore la perte. Elle ne savait pas que le prince qui
lui fit perdre tant de ses vieux régiments à la journée de 30
Rocroy, en devait achever les restes dans les plaines de
Lens.[4] Ainsi la première victoire fut le gage de beaucoup

d'autres.   Le prince fléchit le genou, et, dans le champ de
bataille, rend au Dieu des armées la gloire qu'il lui envoyait.
Là on célébra Rocroy délivré, les menaces d'un redoutable
ennemi tournées à sa honte, la régence affermie, la France
5 en repos ; et un règne qui devait être si beau, commencé
par un si heureux présage.   L'armée commença l'action de
grâces ; toute la France suivit ; on y élevait jusqu'au ciel le
coup d'essai du duc d'Enghien : c'en serait assez pour illus-
trer une autre vie que la sienne, mais pour lui, c'est le
10 premier pas de sa course.

Dès cette première campagne, après la prise de Thionville,¹ digne prix de la victoire de Rocroy, il passa pour un
capitaine également redoutable dans les sièges et dans les
batailles.   Mais voici dans un jeune prince victorieux quel-
15 que chose qui n'est pas moins beau que la victoire.   La
couf,² qui lui préparait à son arrivée les applaudissements
qu'il méritait, fut surprise de la manière dont il les reçut.
La reine régente lui a témoigné que le roi était content de
ses services.   C'est dans la bouche du souverain la digne
20 récompense de ses travaux.   Si les autres osaient le louer,
il repoussait leurs louanges comme des offenses ; et indocile
à la flatterie, il en craignait jusqu'à l'apparence.   Telle était
la délicatesse, ou plutôt telle était la solidité de ce prince.
Aussi avait-il pour maxime — écoutez, c'est la maxime qui
25 fait les grands hommes — que dans les grandes actions il
faut uniquement songer à bien faire, et laisser venir la gloire
après la vertu.   C'est ce qu'il inspirait aux autres, c'est ce
qu'il suivait lui-même.   Ainsi la fausse gloire ne le tentait
pas : tout tendait au vrai et au grand.   De là vient qu'il
30 mettait sa gloire dans le service du roi et dans le bonheur
de l'État : c'était là le fond de son cœur ; c'étaient ses
premières et ses plus chères inclinations.

La cour ne le retint guère, quoiqu'il en fût la merveille.
Il fallait montrer partout, et à l'Allemagne comme à la
Flandre, le défenseur intrépide que Dieu nous donnait.
Arrêtez ici vos regards. Il se prépare contre le prince
quelque chose de plus formidable qu'à Rocroy; et pour 5
éprouver sa vertu, la guerre va épuiser toutes ses inventions
et tous ses efforts. Quel objet se présente à mes yeux? Ce
n'est pas[1] seulement des hommes à combattre : c'est des
montagnes inaccessibles; c'est des ravines et des précipices
d'un côté; c'est de l'autre un bois impénétrable, dont le 10
fond est un marais; et derrière des ruisseaux, de prodigieux
retranchements : c'est partout des forts élevés, et des forêts
abattues que traversent des chemins affreux : et au dedans,
c'est Merci[2] avec ses braves Bavarois, enflés de tant de
succès et de la prise de Fribourg[3]; Merci qu'on ne vit 15
jamais reculer dans les combats; Merci que le prince de
Condé et le vigilant Turenne[4] n'ont jamais surpris dans un
mouvement irrégulier, et à qui ils ont rendu ce grand témoignage, que jamais il n'avait perdu un seul moment favorable, ni manqué de prévenir leurs desseins, comme s'il eût 20
assisté à leurs conseils. Ici donc, durant huit jours et à
quatre attaques différentes, on vit tout ce qu'on peut soutenir
et entreprendre à la guerre. Nos troupes semblent rebutées,
autant par la résistance des ennemis que par l'effroyable
disposition des lieux; et le prince se vit quelque temps 25
comme abandonné. Mais comme un autre Machabée,[5] «son
bras ne l'abandonna pas, et son courage irrité par tant de
périls vint à son secours.» On ne l'eut pas plutôt vu pied à
terre forcer le premier ces inaccessibles hauteurs, que son
ardeur entraîna tout après elle. Merci voit sa perte as- 30
surée; ses meilleurs régiments sont défaits; la nuit sauve
les restes de son armée. Mais que des pluies excessives s'y

joignent encore, afin que nous ayons à la fois, avec tout le
courage et tout l'art, toute la nature à combattre. Quelque
avantage que prenne un ennemi habile autant que hardi, et
dans quelque affreuse montagne qu'il se retranche de nou-
5 veau, poussé de tous côtés, il faut qu'il laisse en proie au
duc d'Enghien, non seulement son canon et son bagage,
mais encore tous les environs du Rhin.   Voyez comme tout
s'ébranle.   Philisbourg [1] est aux abois en dix jours, malgré
l'hiver qui approche : Philisbourg qui tint si longtemps le
10 Rhin captif sous nos lois, et dont le plus grand des rois a si
glorieusement réparé la perte.   Worms, Spire, Mayence,
Landau,[2] vingt autres places de nom ouvrent leurs portes.
Merci ne les peut défendre, et ne parait plus devant son
vainqueur.   Ce n'est pas assez ; il faut qu'il tombe à ses
15 pieds, digne victime de sa valeur.   Nordlingue [3] en verra la
chute : il y sera décidé qu'on ne tient non plus devant les
Français en Allemagne qu'en Flandre, et on devra tous ces
avantages au même prince.   Dieu, protecteur de la France
et d'un roi qu'il a destiné à ses grands ouvrages, l'ordonne
20 ainsi.

Par ces ordres, tout paraissait sûr sous la conduite du duc
d'Enghien : et sans vouloir ici achever le jour à vous marquer seulement ses autres exploits, vous savez, parmi tant de
fortes places attaquées, qu'il n'y en eut qu'une seule [4] qui
25 put échapper ses mains ; encore releva-t-elle la gloire du
prince.   L'Europe, qui admirait la divine ardeur dont il
était animé dans les combats, s'étonna qu'il en fût le maître,
et dès l'âge de vingt-six ans, aussi capable de ménager ses
troupes que de les pousser dans les hasards, et de céder à
30 la fortune que de la faire servir à ses desseins.   Nous le
vîmes partout ailleurs comme un de ces hommes extraordinaires qui forcent tous les obstacles.   La promptitude de

son action ne donnait pas le loisir de la traverser. C'est là
le caractère des conquérants. Lorsque David, un si grand
guerrier, déplora la mort de deux fameux capitaines qu'on
venait de perdre, il leur donna cet éloge : « Plus vites[1] que
les aigles, plus courageux que les lions.» C'est l'image du 5
prince que nous regrettons. Il paraît en un moment comme
un éclair dans les pays les plus éloignés. On le voit en
même temps à toutes les attaques, à tous les quartiers.[2]
Lorsqu'occupé d'un côté, il envoie reconnaître l'autre, le
diligent officier qui porte ses ordres s'étonne d'être prévenu, 10
et trouve déjà tout ranimé par la présence du prince : il
semble qu'il se multiplie dans une action : ni le fer ni le feu
ne l'arrêtent. Il n'a pas besoin d'armer cette tête[3] qu'il
expose à tant de périls ; Dieu lui est une armure plus assurée : les coups semblent perdre leur force en l'approchant, 15
et laisser seulement sur lui des marques de son courage et
de la protection du ciel. Ne lui dites pas que la vie d'un
premier prince du sang, si nécessaire à l'État, doit être
épargnée : il répond qu'un prince du sang, plus intéressé
par sa naissance à la gloire du roi et de la couronne, doit, 20
dans le besoin de l'État, être dévoué plus que tous les autres
pour en relever l'éclat.

Après avoir fait sentir aux ennemis, durant tant d'années,
l'invincible puissance du roi, s'il fallut agir au dedans pour
la soutenir, je dirai tout en un mot, il fit respecter la ré- 25
gente ; et puisqu'il faut une fois parler de ces choses dont
je voudrais pouvoir me taire éternellement, jusqu'à cette
fatale prison,[4] il n'avait pas seulement songé qu'on pût rien
attenter contre l'État ; et dans son plus grand crédit, s'il
souhaitait d'obtenir des grâces, il souhaitait encore plus de 30
les mériter. C'est ce qui lui faisait dire ; — je puis bien ici
répéter devant ces autels les paroles que j'ai recueillies de

sa bouche, puisqu'elles marquent si bien le fond de son
cœur — il disait donc, en parlant de cette prison malheureuse, qu'il y était entré le plus innocent de tous les hommes,
et qu'il en était sorti le plus coupable. « Hélas ! poursuivait-
5 il, je ne respirais que le service du roi et la grandeur de
l'État ! » On ressentait dans ses paroles un regret sincère
d'avoir été poussé si loin par ses malheurs. Mais sans vouloir
excuser[1] ce qu'il a si hautement condamné lui-même, disons,
pour n'en parler jamais, que comme dans la gloire éternelle
10 les fautes des saints pénitents, couvertes de ce qu'ils ont
fait pour les réparer et de l'éclat infini de la divine miséricorde, ne paraissent plus, ainsi, dans des fautes si sincèrement reconnues, et dans la suite si glorieusement réparées
par de fidèles services, il ne faut plus regarder que l'humble
15 reconnaissance du prince qui s'en repentit, et la clémence
du grand roi qui les oublia.

Que s'il est enfin entraîné dans ces guerres infortunées, il
y aura du moins cette gloire, de n'avoir pas laissé avilir la
grandeur de sa maison chez les étrangers. Malgré la majesté
20 de l'Empire,[2] malgré la fierté de l'Autriche et les couronnes
héréditaires attachées à cette maison, même dans la branche
qui domine en Allemagne, réfugié à Namur,[3] soutenu de son
seul courage et de sa seule réputation, il porta si loin les
avantages d'un prince de France et de la première maison
25 de l'univers, que tout ce qu'on put obtenir de lui, fut qu'il
consentît de traiter d'égal avec l'archiduc,[4] quoique frère de
l'empereur et fils de tant d'empereurs, à condition qu'en
lieu tiers[5] ce prince ferait les honneurs des Pays-Bas. Le
même traitement fut assuré au duc d'Enghien,[6] et la maison
30 de France garda son rang sur celle d'Autriche jusque dans
Bruxelles. Mais voyez ce que fait faire un vrai courage.
Pendant que le prince se soutenait si hautement avec

l'archiduc qui dominait,¹ il rendait au roi d'Angleterre² et
au duc d'Yorck,³ maintenant un roi si fameux, malheureux
alors, tous les honneurs qui leur étaient dus ; et il apprit⁴
enfin à l'Espagne trop dédaigneuse quelle était cette majesté
que la mauvaise fortune ne pouvait ravir à de si grands 5
princes. Le reste de sa conduite ne fut pas moins grand.
Parmi les difficultés que ses intérêts apportaient au traité
des Pyrénées,⁵ écoutez quels furent ses ordres ; et voyez si
jamais un particulier traita si noblement ses intérêts. Il
mande à ses agents dans la conférence qu'il n'est pas juste 10
que la paix de la chrétienté soit retardée davantage à sa
considération : qu'on ait soin de ses amis ; et pour lui, qu'on
lui laisse suivre sa fortune. Ah ! quelle grande victime se
sacrifie au bien public ! Mais quand les choses changèrent,
et que l'Espagne lui voulut donner ou Cambrai⁶ et ses en- 15
virons, ou le Luxembourg en pleine souveraineté, il déclara
qu'il préférait à ces avantages et à tout ce qu'on pouvait
jamais lui accorder de plus grand — quoi ? — son devoir et
les bonnes grâces du roi. C'est ce qu'il avait toujours dans
le cœur ; c'est ce qu'il répétait sans cesse au duc d'Enghien. 20
Le voilà dans son naturel : la France le vit alors accompli
par ces derniers traits, et avec ce je ne sais quoi d'achevé
que les malheurs ajoutent aux grandes vertus : elle le revit
dévoué plus que jamais à l'État et à son roi.

Mais dans ses premières guerres il n'avait qu'une seule 25
vie à lui offrir : maintenant il en a une autre qui lui est plus
chère que la sienne. Après avoir à son exemple glorieusement achevé le cours de ses études, le duc d'Enghien est
prêt à le suivre dans les combats. Non content de lui enseigner la guerre comme il a fait jusqu'à la fin par ses dis- 30
cours, le prince le mène aux leçons vivantes et à la pratique.
Laissons le passage du Rhin,⁷ le prodige de notre siècle et

de la vie de Louis le Grand. A la journée de Senef,[1] le
jeune duc, quoiqu'il commandât, comme il avait déjà fait
en d'autres campagnes, vient dans les plus rudes épreuves
apprendre la guerre aux côtés du prince son père. Au
5 milieu de tant de périls, il voit ce grand prince renversé
dans un fossé, sous un cheval tout en sang. Pendant qu'il
lui offre le sien et s'occupe à relever le prince abattu, il est
blessé entre les bras d'un père si tendre, sans interrompre
ses soins, ravi de satisfaire à la fois à la piété et à la gloire.
10 Que pouvait penser le prince, si ce n'est que, pour accomplir
les plus grandes choses, rien ne manquerait[2] à ce digne fils
que les occasions? Et ses tendresses se redoublaient[3] avec
son estime.

Ce n'était pas seulement pour un fils, ni pour sa famille,
15 qu'il avait des sentiments si tendres. Je l'ai vu, — et ne
croyez pas que j'use ici d'exagération : — je l'ai vu vivement
ému des périls de ses amis : je l'ai vu, simple et naturel,
changer de visage au récit de leurs infortunes, entrer avec
eux dans les moindres choses comme dans les plus impor-
20 tantes ; dans les accommodements, calmer les esprits aigris
avec une patience et une douceur qu'on n'aurait jamais attendue[4] d'une humeur si vive ni d'une si haute élévation.
Loin de nous les héros sans humanité ! Ils pourront bien
forcer les respects et ravir l'admiration, comme font tous les
25 objets extraordinaires ; mais ils n'auront pas les cœurs.
Lorsque Dieu forma le cœur et les entrailles de l'homme,
il y mit premièrement la bonté comme le propre caractère[5]
de la nature divine, et comme pour être la marque de cette
main bienfaisante dont nous sortons. La bonté devait donc
30 faire comme le fond de notre cœur, et devait être en même
temps le premier attrait que nous aurions en nous-mêmes
pour gagner les autres hommes. La grandeur qui vient par-

dessus, loin d'affaiblir la bonté, n'est faite que pour l'aider à se communiquer davantage, comme une fontaine publique qu'on élève pour la répandre. Les cœurs sont à ce prix : et les grands[1] dont la bonté n'est pas le partage, par une juste punition de leur dédaigneuse insensibilité, demeureront 5 privés éternellement du plus grand bien de la vie humaine, c'est-à-dire des douceurs de la société.

Jamais homme ne les goûta mieux que le prince dont nous parlons : jamais homme ne craignit moins que la familiarité blessât le respect. Est-ce là celui qui forçait les villes, 10 et qui gagnait les batailles? Quoi ! il semble avoir oublié ce haut rang qu'on lui a vu si bien défendre ! Reconnaissez[2] le héros, qui toujours égal à lui-même, sans se hausser pour paraître grand, sans s'abaisser pour être civil et obligeant, se trouve naturellement tout ce qu'il doit être envers tous les 15 hommes : comme un fleuve majestueux et bienfaisant, qui porte paisiblement dans les villes l'abondance qu'il a répandue dans les campagnes en les arrosant ; qui se donne à tout le monde, et ne s'élève et ne s'enfle que lorsqu'avec violence on s'oppose à la douce pente qui le porte à continuer son 20 tranquille cours. Telle a été la douceur, et telle a été la force du prince de Condé. Avez-vous un secret important? Versez-le hardiment dans ce noble cœur : votre affaire devient la sienne par la confiance. Il n'y a rien de plus inviolable pour ce prince que les droits sacrés de l'amitié. Lors- 25 qu'on lui demande une grâce, c'est lui qui paraît l'obligé ; et jamais on ne vit de joie ni si vive ni si naturelle que celle qu'il ressentait à faire plaisir. Le premier argent[3] qu'il reçut d'Espagne avec la permission du roi, malgré les nécessités de sa maison épuisée, fut donné à ses amis, encore 30 qu'après la paix il n'eût rien à espérer de leur secours ; et quatre cent mille écus[4] distribués par ses ordres firent voir,

chose rare dans la vie humaine, la reconnaissance aussi vive
dans le prince de Condé que l'espérance d'engager les
hommes l'est dans les autres. Avec lui la vertu eut toujours
son prix. Il la louait jusque dans ses ennemis. Toutes les
5 fois qu'il avait à parler de ses actions,[1] et même dans les relations qu'il en envoyait à la cour, il vantait les conseils de
l'un, la hardiesse de l'autre, chacun avait son rang dans ses
discours ; et parmi ce qu'il donnait à tout le monde, on ne
savait où placer ce qu'il avait fait lui-même. Sans envie,
10 sans fard, sans ostentation, toujours grand dans l'action et
dans le repos, il parut à Chantilly[2] comme à la tête des
troupes. Qu'il embellît cette magnifique et délicieuse maison, ou bien qu'il munît un camp au milieu du pays ennemi,
et qu'il fortifiât une place ; qu'il marchât avec une armée
15 parmi les périls, ou qu'il conduisît ses amis dans ces superbes
allées au bruit de tant de jets d'eau qui ne se taisaient ni jour
ni nuit, c'était toujours le même homme, et sa gloire le suivait partout. Qu'il est beau, après les combats et le tumulte
des armes, de savoir encore goûter ces vertus paisibles et
20 cette gloire tranquille qu'on n'a point à partager avec le
soldat non plus qu'avec la fortune : où tout charme, et rien
n'éblouit : qu'on regarde sans être étourdi ni par le son des
trompettes, ni par le bruit des canons, ni par les cris des
blessés : où l'homme paraît tout seul aussi grand, aussi re-
25 specté que lorsqu'il donne des ordres et que tout marche à
sa parole !

II

Venons maintenant aux qualités de l'esprit ; et puisque,
pour notre malheur, ce qu'il y a de plus fatal à la vie
humaine, c'est-à-dire l'art militaire, est en même temps ce
30 qu'elle a de plus ingénieux et de plus habile, considérons

d'abord par cet endroit le grand génie de notre prince. Et premièrement, quel général porta jamais plus loin sa prévoyance ? C'était une de ses maximes, qu'il fallait craindre les ennemis de loin, pour ne les plus craindre de près et se réjouir à leur approche. Le voyez-vous comme il considère 5 tous les avantages qu'il peut ou donner ou prendre ? avec quelle vivacité il se met dans l'esprit en un moment les temps, les lieux, les personnes, et non seulement leurs intérêts et leurs talents, mais encore leurs humeurs et leurs caprices ? Le voyez-vous comme il compte la cavalerie et 10 l'infanterie des ennemis, par le naturel des pays ou des princes confédérés ? Rien n'échappe à sa prévoyance. Avec cette prodigieuse compréhension de tout le détail et du plan universel de la guerre, on le voit toujours attentif à ce qui survient : il tire d'un déserteur, d'un transfuge, d'un 15 prisonnier, d'un passant, ce qu'il veut dire, ce qu'il veut taire, ce qu'il sait, et pour ainsi dire ce qu'il ne sait pas ; tant il est sûr dans ses conséquences. Ses partis¹ lui rapportent jusqu'aux moindres choses : on l'éveille à chaque moment ; car il tenait encore pour maxime qu'un habile 20 capitaine peut bien être vaincu, mais qu'il ne lui est pas permis d'être surpris. Aussi lui devons-nous cette louange, qu'il ne l'a jamais été. A quelque heure et de quelque côté que viennent les ennemis, ils le trouvent toujours sur ses gardes, toujours prêt à fondre sur eux et à prendre ses avan- 25 tages : comme une aigle² qu'on voit toujours, soit qu'elle vole au milieu des airs, soit qu'elle se pose sur le haut de quelque rocher, porter de tous côtés des regards perçants, et tomber si sûrement sur sa proie, qu'on ne peut éviter ses ongles non plus que ses yeux. Aussi vifs étaient les regards, 30 aussi vite et impétueuse était l'attaque, aussi fortes et inévitables étaient les mains du prince de Condé. En son camp

on ne connaît point les vaines terreurs, qui fatiguent et re-
butent plus que les véritables.   Toutes les forces demeurent
entières pour les vrais périls : tout est prêt au premier
signal ; et, comme dit le prophète, «toutes les flèches[1] sont
5 aiguisées, et tous les arcs sont tendus.»   En attendant, on
repose d'un sommeil tranquille, comme on ferait sous son
toit et dans son enclos.   Que dis-je qu'on repose?   A Piéton,[2] près de ce corps redoubtable que trois puissances[3]
réunies avaient assemblé, c'était dans nos troupes de con-
10 tinuels divertissements, toute l'armée était en joie, et jamais
elle ne sentit qu'elle fût plus faible que celle des ennemis.
Le prince, par son campement, avait mis en sûreté, non-
seulement toute notre frontière et toutes nos places, mais
encore tous nos soldats : il veille, c'est assez.   Enfin l'en-
15 nemi décampe ; c'est ce que le prince attendait.   Il part à
ce premier mouvement : déjà l'armée hollandaise, avec ses
superbes étendards,[4] ne lui échappera pas : tout nage dans
le sang, tout est en proie : mais Dieu sait donner des bornes
aux plus beaux desseins.   Cependant les ennemis sont pous-
20 sés partout.   Oudenarde[5] est délivrée de leurs mains : pour
les tirer eux-mêmes de celles du prince, le ciel les couvre
d'un brouillard épais : la terreur et la désertion se met dans
leurs troupes ; on ne sait plus ce qu'est devenue cette formidable armée.   Ce fut alors que Louis, qui, après avoir
25 achevé le rude siège de Besançon,[6] et avoir encore une fois
réduit la Franche-Comté[7] avec une rapidité inouïe, était
revenu tout brillant de gloire pour profiter de l'action de ses
armées de Flandre et d'Allemagne, commanda ce détache-
ment qui fit en Alsace[8] les merveilles que vous savez, et
30 parut le plus grand de tous les hommes, tant par les prodiges qu'il avait faits en personne que par ceux qu'il fit faire
à ses généraux.

Quoiqu'une heureuse naissance¹ eût apporté de si grands
dons à notre prince, il ne cessait de l'enrichir par ses réflexions. Les campements de César firent son étude. Je
me souviens qu'il nous ravissait, en nous racontant comme²
en Catalogne,³ dans les lieux où ce fameux capitaine, par 5
l'avantage des postes,⁴ contraignit cinq légions romaines et
deux chefs expérimentés à poser les armes sans combat, lui-
même il avait été reconnaître les rivières et les montagnes
qui servirent à ce grand dessein : et jamais un si digne
maître n'avait expliqué par de si doctes leçons les *Commen-* 10
taires de César. Les capitaines des siècles futurs lui ren-
dront un honneur semblable. On viendra étudier sur les
lieux ce que l'histoire racontera du campement de Piéton,
et des merveilles dont il fut suivi. On remarquera dans
celui de Châtenoy⁵ l'éminence qu'occupa ce grand capi- 15
taine, et le ruisseau dont il se couvrit sous le canon du re-
tranchement de Selestad.⁶ Là on lui verra⁷ mépriser l'Allemagne conjurée, suivre à son tour les ennemis, quoique plus
forts, rendre leurs projets inutiles, et leur faire lever le siège
de Saverne,⁸ comme il avait fait un peu auparavant celui de 20
Haguenau.⁹ C'est par de semblables coups, dont sa vie est
pleine, qu'il a porté si haut sa réputation, que ce sera dans
nos jours s'être fait un nom parmi les hommes et s'être acquis un mérite dans les troupes, d'avoir servi sous le prince
de Condé ; et comme un titre pour commander, de l'avoir 25
vu faire.

Mais si jamais il parut un homme extraordinaire, s'il parut
être éclairé,¹⁰ et voir tranquillement toutes choses, c'est dans
ces rapides moments d'où dépendent les victoires, et dans
l'ardeur du combat. Partout ailleurs, il délibère ; docile, il 30
prête l'oreille à tous les conseils : ici, tout se présente à la
fois ; la multitude des objets ne le confond pas ; à l'instant

le parti est pris ; il commande et il agit tout ensemble, et
tout marche en concours et en sûreté. Le dirai-je ? mais
pourquoi craindre que la gloire d'un si grand homme puisse
être diminuée par cet aveu ? Ce n'est plus ces promptes
5 saillies[1] qu'il savait si vite et si agréablement réparer, mais
enfin qu'on lui voyait quelquefois dans les occasions ordinaires : vous diriez qu'il y a en lui un autre homme, à qui
sa grande âme abandonne de moindres ouvrages où elle ne
daigne se mêler. Dans le feu, dans le choc, dans l'ébranle-
10 ment, on voit naître tout à coup je ne sais quoi de si net,
de si posé, de si vif, de si ardent, de si doux, de si agréable
pour les siens, de si hautain et de si menaçant pour les
ennemis, qu'on ne sait d'où lui peut venir ce mélange de
qualités si contraires. Dans cette terrible journée[2] où aux
15 portes de la ville et à la vue de ses citoyens, le Ciel sembla
vouloir décider du sort de ce prince ; où avec l'élite des
troupes il avait en tête[3] un général si pressant ; où il se vit
plus que jamais exposé au caprice de la fortune : pendant
que les coups venaient de tous côtés, ceux qui combattaient
20 auprès de lui nous ont dit souvent que si l'on avait à traiter
quelque grande affaire avec ce prince, on eût pu choisir de
ces moments où tout était en feu autour de lui : tant son
esprit s'élevait alors, tant son âme leur paraissait éclairée
comme d'en haut en ces terribles rencontres : semblable à
25 ces hautes montagnes dont la cime au-dessus des nues et
des tempêtes trouve la sérénité dans sa hauteur, et ne perd
aucun rayon de la lumière qui l'environne. Ainsi dans les
plaines de Lens, nom agréable à la France, l'archiduc,[4]
contre son dessein tiré d'un poste invincible par l'appât
30 d'un succès trompeur, par un soudain mouvement du prince,
qui lui oppose des troupes fraîches à la place des troupes
fatiguées, est contraint à prendre la fuite. Ses vieilles

troupes périssent ; son canon, où il avait mis sa confiance,
est entre nos mains ; et Bek, qui l'avait flatté d'une victoire
assurée, pris et blessé dans le combat, vient rendre en mourant un triste hommage à son vainqueur par son désespoir.
S'agit-il ou de secourir ou de forcer une ville, le prince 5
saura profiter de tous les moments. Ainsi, au premier avis
que le hasard lui porta d'un siège important,[1] il traverse
trop[2] promptement tout un grand pays ; et d'une première
vue il découvre un passage assuré pour le secours, aux endroits qu'un ennemi vigilant n'a pu encore assez munir. 10
Assiège-t-il quelque place ? il invente tous les jours de nouveaux moyens d'en avancer la conquête. On croit qu'il
expose les troupes : il les ménage en abrégeant le temps
des périls par la vigueur des attaques. Parmi tant de coups
surprenants, les gouverneurs les plus courageux ne tiennent 15
pas les promesses qu'ils ont faites à leurs généraux : Dunkerque[3] est pris en treize jours au milieu des pluies de l'automne ; et ses barques, si redoutées de nos alliés,[4] paraissent tout à coup dans tout l'océan avec nos étendards.

Mais ce qu'un sage général doit le mieux connaître, c'est 20
ses soldats et ses chefs. Car de là vient ce parfait concert
qui fait agir les armées comme un seul corps, ou pour parler
avec l'Écriture, «comme un seul homme :» *Egressus est
Israel*[5] *tanquam vir unus.* Pourquoi comme un seul homme ?
Parce que sous un même chef, qui connaît et les soldats 25
et les chefs comme ses bras et ses mains, tout est également
vif et mesuré. C'est ce qui donne la victoire ; et j'ai ouï
dire à notre grand prince qu'à la journée de Nordlingue, ce
qui l'assurait du succès, c'est qu'il connaissait M. de Turenne, dont l'habileté consommée n'avait besoin d'aucun 30
ordre pour faire tout ce qu'il fallait. Celui-ci publiait de
son côté qu'il agissait sans inquiétude, parce qu'il connais-

sait le prince et ses ordres toujours sûrs. C'est ainsi qu'ils
se donnaient mutuellement un repos qui les appliquait chacun tout entier à son action : ainsi finit heureusement la
bataille la plus hasardeuse et la plus disputée qui fût
5 jamais.[1]

Ç'a été dans notre siècle[2] un grand spectacle, de voir
dans le même temps et dans les mêmes campagnes ces
deux hommes, que la voix commune de toute l'Europe
égalait aux plus grands capitaines des siècles passés : tantôt
10 à la tête de corps séparés ; tantôt unis plus encore par le
concours des mêmes pensées que par les ordres que l'inférieur recevait de l'autre ; tantôt opposés[3] front à front, et
redoublant l'un dans l'autre l'activité et la vigilance : comme
si Dieu, dont souvent, selon l'Écriture, la sagesse se joue
15 dans l'univers,[4] eût voulu nous les montrer en toutes les
formes, et nous montrer ensemble tout ce qu'il peut faire
des hommes. Que de campements, que de belles marches,
que de hardiesses, que de précautions, que de périls, que de
ressources ! Vit-on jamais en deux hommes les mêmes vertus
20 avec des caractères si divers, pour ne pas dire si contraires?
L'un[5] paraît agir par des réflexions profondes, et l'autre par
des soudaines illuminations : celui-ci par conséquent plus vif,
mais sans que son feu eût rien de précipité ; celui-là d'un
air plus froid sans jamais rien avoir de lent, plus hardi à
25 faire qu'à parler, résolu et déterminé au dedans, lors même
qu'il paraissait embarrassé au dehors. L'un, dès qu'il parut
dans les armées, donne une haute idée de sa valeur, et fait
attendre quelque chose d'extraordinaire ; mais toutefois
s'avance par ordre, et vient comme par degrés aux pro-
30 diges[6] qui ont fini le cours de sa vie : l'autre, comme un
homme inspiré, dès sa première bataille s'égale aux maîtres
les plus consommés. L'un, par de vifs et continuels efforts,

emporte l'admiration du genre humain, et fait taire l'envie ;
l'autre jette d'abord une si vive lumière, qu'elle n'osait l'at-
taquer. L'un enfin, par la profondeur de son génie et les
incroyables ressources de son courage, s'élève au-dessus des
plus grands périls, et sait même profiter de toutes les infidé-   5
lités de la fortune : l'autre, et par l'avantage d'une si haute
naissance, et par ces grandes pensées que le Ciel envoie, et
par une espèce d'instinct admirable dont les hommes ne
connaissent pas le secret, semble né pour entraîner la fortune dans ses desseins et forcer les destinées. Et afin que 10
l'on vît toujours dans ces deux hommes de grands caractères,
mais divers, l'un, emporté d'un coup soudain, meurt pour
son pays comme un Judas le Machabée ; [1] l'armée le pleure
comme son père, et la cour et tout le peuple gémit ; sa piété
est louée comme son courage, et sa mémoire ne se flétrit 15
point [2] par le temps : l'autre, élevé par les armes au comble
de la gloire comme un David, comme lui meurt dans son lit
en publiant les louanges de Dieu et instruisant sa famille, et
laisse tous les cœurs remplis tant de l'éclat de sa vie que de
la douceur de sa mort. Quel spectacle de voir et d'étudier 20
ces deux hommes, et d'apprendre de chacun d'eux toute
l'estime que méritait l'autre ! C'est ce qu'a vu notre siècle :
et ce qui est encore plus grand, il a vu un roi se servir de
ces deux grands chefs, et profiter du secours du·Ciel ; et
après qu'il en est privé par la mort de l'un et les maladies 25
de l'autre,[3] concevoir de plus grands desseins, exécuter de
plus grandes choses, s'élever au-dessus de lui-même, surpasser et l'espérance des siens et l'attente de l'univers : tant
est haut son courage, tant est vaste son intelligence, tant ses
destinées sont glorieuses.[4]   30
   Voilà, Messieurs, les spectacles que Dieu donne à l'univers ; et. les hommes qu'il y envoie quand il y veut faire

éclater, tantôt dans une nation, tantôt dans une autre, selon
ses conseils éternels, sa puissance ou sa sagesse.   Car ces
divins attributs paraissent-ils mieux dans les cieux qu'il a
formés de ses doigts,[1] que dans ces rares talents qu'il dis-
5 tribue comme il lui plaît aux hommes extraordinaires?
Quel astre brille davantage dans le firmament, que le prince
de Condé n'a fait dans l'Europe?   Ce n'était pas seulement
la guerre qui lui donnait de l'éclat : son grand génie embrassait tout ; l'antique[2] comme le moderne, l'histoire, la philo-
10 sophie, la théologie la plus sublime, et les arts avec la science.
Il n'y avait livre qu'il ne lût, il n'y avait homme excellent, ou
dans quelque spéculation,[3] ou dans quelque ouvrage, qu'il
n'entretînt : tous sortaient plus éclairés d'avec lui, et recti-
fiaient leurs pensées, ou par ses pénétrantes questions, ou par
15 ses réflexions judicieuses.   Aussi sa conversation était un
charme, parce qu'il savait parler à chacun selon ses talents ;
et non seulement aux gens de guerre, de leurs entreprises,
aux courtisans, de leurs intérêts, aux politiques, de leurs né-
gociations ; mais encore aux voyageurs curieux, de ce qu'ils
20 avaient découvert ou dans la nature, ou dans le gouvernement, ou dans le commerce ; à l'artisan, de ses inventions,
et enfin aux savants de toutes les sortes, de ce qu'ils avaient
trouvé de plus merveilleux.

C'est de Dieu que viennent ces dons : qui en doute?
25 Ces dons sont admirables : qui ne le voit pas?   Mais pour
confondre[4] l'esprit humain qui s'enorgueillit de tels dons,
Dieu ne craint point d'en faire part à ses ennemis.   Saint
Augustin considère parmi les païens tant de sages, tant de
conquérants, tant de graves législateurs, tant d'excellents
30 citoyens, un Socrate, un Marc-Aurèle,[5] un Scipion,[6] un
César, un Alexandre, tous privés de la connaissance de
Dieu, et exclus de son royaume éternel.   N'est-ce donc

pas Dieu qui les a faits? Mais quel autre les pouvait faire,
si ce n'est celui qui fait tout dans le ciel et dans la terre?
Mais pourquoi les a-t-il faits? et quels étaient les desseins
particuliers de cette sagesse profonde qui jamais ne fait rien
en vain? Écoutez la réponse de saint Augustin : « Il les a 5
faits, nous dit-il, pour orner le siècle présent : » *Ut ordinem*
sæculi præsentis ornaret. Il a fait dans les grands hommes
ces rares qualités, comme il a fait le soleil.

Qui n'admire ce bel astre? qui n'est ravi de l'éclat de
son midi, et de la superbe parure de son lever et de son 10
coucher? Mais puisque Dieu [1] le fait luire sur les bons et sur
les mauvais, ce n'est pas un si bel objet qui nous rend heureux : Dieu l'a fait pour embellir et pour éclairer ce grand
théâtre du monde.[2] De même, quand il a fait dans ses ennemis aussi bien que dans ses serviteurs ces belles lumières 15
d'esprit, ces rayons de son intelligence, ces images de sa
bonté : ce n'est pas pour les rendre heureux qu'il leur a fait
ces riches présents ; c'est une décoration de l'univers, c'est
un ornement du siècle présent. Et voyez la malheureuse
destinée de ces hommes qu'il a choisis pour être les orne- 20
ments de leur siècle. Qu'ont-ils voulu, ces hommes rares,
sinon des louanges et la gloire que les hommes donnent?
Peut-être que, pour les confondre, Dieu refusera cette gloire
à leurs vains désirs? — Non : il les confond mieux en la leur
donnant, et même au delà de leur attente. Cet Alexandre, 25
qui ne voulait que faire du bruit dans le monde, y en fait
plus qu'il n'aurait osé espérer. Il faut encore qu'il se trouve
dans tous nos panégyriques ; et il semble, par une espèce
de fatalité glorieuse à ce conquérant, qu'aucun prince ne
puisse recevoir de louanges qu'il ne les partage. S'il a fallu 30
quelque récompense à ces grandes actions des Romains,
Dieu leur en a su trouver une convenable à leurs mérites

comme à leurs désirs.   Il leur donne pour récompense l'empire du monde, comme un présent de nul prix : O rois, confondez-vous dans votre grandeur : conquérants, ne vantez pas vos victoires.   Il leur donne pour récompense la gloire
5 des hommes : récompense qui ne vient pas jusqu'à eux ; qui s'efforce de s'attacher, à quoi? peut-être à leurs médailles, ou à leurs statues déterrées, restes des ans et des barbares ; aux ruines de leurs monuments et de leurs ouvrages qui disputent avec le temps ; ou plutôt à leur idée,[1] à leur ombre,
10 à ce qu'on appelle leur nom.   Voilà le digne prix de tant de travaux, et dans le comble de leurs vœux la conviction de leur erreur.   Venez, rassasiez-vous, grands de la terre : saisissez-vous, si vous pouvez, de ce fantôme de gloire, à l'exemple de ces grands hommes que vous admirez.   Dieu,
15 qui punit leur orgueil dans les enfers, ne leur a pas envié, dit saint Augustin, cette gloire tant désirée ; et « vains, ils ont reçu une récompense aussi vaine que leurs désirs : » *Receperunt mercedem suam, vani vanam.*

III

Il n'en sera pas ainsi de notre grand prince : l'heure de
20 Dieu est venue, heure attendue, heure désirée, heure de miséricorde et de grâce.   Sans être averti par la maladie, sans être pressé[2] par le temps, il exécute ce qu'il méditait. Un sage religieux,[3] qu'il appelle exprès, règle les affaires de sa conscience : il obéit, humble chrétien, à sa décision ; et
25 nul n'a jamais douté de sa bonne foi.   Dès lors aussi on le vit toujours sérieusement occupé du soin de se vaincre soi-même, de rendre vaines toutes les attaques de ses insupportables douleurs, d'en faire par sa soumission un continuel sacrifice.   Dieu, qu'il invoquait avec foi, lui donna le goût
30 de son Écriture, et dans ce livre divin la solide nourriture

de la piété. Ses conseils[1] se réglaient plus que jamais par
la justice : on y soulageait la veuve et l'orphelin ; et le
pauvre en approchait avec confiance. Sérieux autant qu'agréable père de famille, dans les douceurs qu'il goûtait avec ses
enfants, il ne cessait de leur inspirer les sentiments de la [5]
véritable vertu ; et ce jeune prince son petit-fils[2] se sentira
éternellement d'avoir été cultivé par de telles mains. Toute
sa maison profitait de son exemple. Plusieurs de ses domestiques[3] avaient été malheureusement nourris dans l'erreur[4] que la France tolérait alors : combien de fois l'a-t-on [10]
vu inquiété de leur salut, affligé de leur résistance, consolé
par leur conversion ! Avec quelle incomparable netteté d'esprit leur faisait-il voir l'antiquité et la vérité de la religion
catholique ! Ce n'était plus cet ardent vainqueur, qui semblait vouloir tout emporter : c'était une douceur, une pa- [15]
tience, une charité qui songeait à gagner les cœurs, et à guérir
les esprits malades. Ce sont, Messieurs, ces choses simples,
gouverner sa famille, édifier ses domestiques, faire justice et
miséricorde, accomplir le bien que Dieu veut et souffrir les
maux qu'il envoie ; ce sont ces communes pratiques de la [20]
vie chrétienne, que Jésus-Christ louera au dernier jour devant
ses saints anges et devant son père céleste. Les histoires
seront abolies avec les empires, et il ne se parlera plus de
tous ces faits éclatants dont elles sont pleines.

Pendant qu'il passait sa vie dans ces occupations, et qu'il [25]
portait au-dessus de ses actions les plus renommées la gloire
d'une si belle et si pieuse retraite, la nouvelle de la maladie
de la duchesse de Bourbon[5] vint à Chantilly comme un
coup de foudre. Qui ne fut frappé de la crainte de voir
éteindre cette lumière naissante? On appréhenda qu'elle [30]
n'eût le sort des choses avancées.[6] Quels furent les sentiments du prince de Condé, lorsqu'il se vit menacé de perdre

ce nouveau lien de sa famille avec la personne du roi?
C'est donc dans cette occasion que devait mourir ce héros !
Celui que tant de sièges et tant de batailles n'ont pu emporter, va périr par sa tendresse ! Pénétré de toutes les
5 inquiétudes que donne un mal affreux, son cœur, qui le
soutient seul depuis si longtemps, achève à ce coup de
l'accabler : les forces qu'il lui fait trouver l'épuisent. S'il
oublie toute sa faiblesse [1] à la vue du roi qui approche de la
princesse malade ; si, transporté de son zèle et sans avoir
10 besoin de secours à cette fois, il accourt pour l'avertir de
tous les périls que ce grand roi ne craignait pas, et qu'il
l'empêche enfin d'avancer, il va tomber évanoui à quatre
pas ; et on admire cette nouvelle manière de s'exposer pour
son roi.   Quoique la duchesse d'Enghien,[2] princesse dont
15 la vertu ne craignit jamais que de manquer à sa famille et à
ses devoirs, eût obtenu de demeurer auprès de lui pour le
soulager, la vigilance de cette princesse ne calme pas les
soins qui le travaillent ; et après que la jeune princesse est
hors de péril, la maladie du roi [3] va bien causer d'autres
20 troubles à notre prince.

Puis-je ne m'arrêter pas en cet endroit? A voir la sérénité
qui reluisait sur ce front auguste, eût-on soupçonné que ce
grand roi, en retournant à Versailles, allât s'exposer à ces
cruelles douleurs où l'univers a connu sa piété, sa constance,
25 et tout l'amour de ses peuples? De quels yeux le regardions-
nous, lorsqu'aux dépens d'une santé qui nous est si chère, il
voulait bien adoucir nos cruelles inquiétudes par la consolation de le voir ; et que, maître de sa douleur comme de
tout le reste des choses, nous le voyions tous les jours non
30 seulement régler ses affaires selon sa coutume, mais encore
entretenir sa cour attendrie avec la même tranquillité qu'il
lui fait paraître dans ses jardins enchantés?[4] Béni soit-il de

Dieu et des hommes, d'unir ainsi toujours la bonté à toutes les autres qualités que nous admirons! Parmi toutes ces douleurs, il s'informait avec soin de l'état du prince de Condé ; et il marquait pour la santé de ce prince une inquiétude qu'il n'avait pas pour la sienne. 5

Il s'affaiblissait, ce grand prince, mais la mort cachait ses approches. Lorsqu'on le crut en meilleur état, et que le duc d'Enghien, toujours partagé entre les devoirs de fils et de sujet, était retourné par son ordre auprès du roi, tout change en un moment, et on déclare au prince sa mort 10 prochaine. Chrétiens, soyez attentifs, et venez apprendre à mourir ; ou plutôt venez apprendre à n'attendre pas la dernière heure pour commencer à bien vivre. Quoi! attendre à commencer une vie nouvelle, lorsqu'entre les mains de la mort, glacés sous ses froides mains, vous ne saurez si 15 vous êtes avec les morts ou encore avec les vivants! Ah! prévenez par la pénitence cette heure de troubles et de ténèbres. Par là, sans être étonné de cette dernière sentence qu'on lui prononça, le prince demeure un moment dans le silence ; et tout à coup : «O mon Dieu! dit-il, vous 20 le voulez, votre volonté soit faite : je me jette entre vos bras ; donnez-moi la grâce de bien mourir.» Que désirez-vous davantage? Dans cette courte prière, vous voyez la soumission aux ordres de Dieu, l'abandon à sa providence, la confiance en sa grâce, et toute la piété. Dès lors aussi, 25 tel qu'on l'avait vu dans tous ses combats, résolu, paisible, occupé sans inquiétude de ce qu'il fallait faire pour les soutenir, tel fut-il à ce dernier choc ; et la mort ne lui parut pas plus affreuse, pâle et languissante, que lorsqu'elle se présente au milieu du feu sous l'éclat de la victoire qu'elle 30 montre seule. Pendant que les sanglots éclataient de toutes parts, comme si un autre que lui en eût été le sujet, il con-

tinuait à donner ses ordres ; et s'il défendait les pleurs, ce n'était pas comme un objet dont il fût troublé, mais comme un empêchement qui le retardait.   A ce moment il étend ses soins jusqu'aux moindres de ses domestiques.   Avec une
5 libéralité digne de sa naissance et de leurs services, il les laisse comblés de ses dons, mais encore plus honorés des marques de son souvenir.   Comme il donnait des ordres particuliers et de la plus haute importance, puisqu'il y allait de sa conscience et de son salut éternel, averti qu'il fallait
10 écrire et ordonner dans les formes : — quand je devrais, Monseigneur, renouveler vos douleurs et rouvrir toutes les plaies de votre cœur, je ne tairai pas ces paroles qu'il répéta si souvent : qu'il vous connaissait ; qu'il n'y avait sans formalité¹ qu'à vous dire ses intentions ; que vous iriez
15 encore au delà et suppléeriez de vous-même à tout ce qu'il pourrait avoir oublié.   Qu'un père vous ait aimé, je ne m'en étonne pas ; c'est un sentiment que la nature inspire : mais qu'un père si éclairé vous ait témoigné cette confiance jusqu'au dernier soupir ; qu'il se soit reposé sur vous de choses
20 si importantes, et qu'il meure tranquillement sur cette assurance, c'est le plus beau témoignage que votre vertu pouvait remporter ; et, malgré tout votre mérite, votre Altesse n'aura de moi aujourd'hui que cette louange.²

Ce que le prince commença ensuite pour s'acquitter des
25 devoirs de la religion mériterait d'être raconté à toute la terre : non à cause qu'il³ est remarquable, mais à cause pour ainsi dire qu'il ne l'est pas, et qu'un prince si exposé à tout l'univers ne donne rien aux spectateurs.   N'attendez donc pas, Messieurs, de ces magnifiques paroles qui ne ser-
30 vent qu'à faire connaître, sinon un orgueil caché, du moins les efforts d'une âme agitée qui combat ou qui dissimule son trouble secret.   Le prince de Condé ne sait ce que c'est de

prononcer de ces pompeuses sentences; et dans la mort
comme dans la vie, la vérité fit toujours toute sa grandeur.
Sa confession fut humble, pleine de componction et de
confiance.   Il ne lui fallut pas longtemps pour la préparer :
la meilleure préparation pour celle des derniers temps, c'est   5
de ne les attendre pas.

   Mais, Messieurs, prêtez l'oreille à ce qui va suivre.   A la
vue du saint viatique qu'il avait tant désiré, voyez comme il
s'arrête sur ce doux objet.   Alors il se souvint des irrévé-
rences, dont, hélas ! on déshonore ce divin mystère.   Les 10
chrétiens ne connaissent plus la sainte frayeur dont on était
saisi autrefois à la vue du sacrifice.   On dirait qu'il eût
cessé d'être terrible, comme l'appelaient les saints Pères, et
que le sang de notre victime n'y coule pas encore ¹ aussi
véritablement que sur le Calvaire.   Loin de trembler devant 15
les autels, on y méprise Jésus-Christ présent ; et dans un
temps où tout un royaume se remue pour la conversion des
hérétiques,² on ne craint point d'en autoriser les blasphèmes.
Gens du monde, vous ne pensez pas à ces horribles profana-
tions : à la mort vous y penserez avec confusion et saisisse- 20
ment.   Le prince se ressouvint de toutes les fautes qu'il
avait commises ; et trop faible pour expliquer avec force ce
qu'il en sentait, il emprunta la voix de son confesseur pour
en demander pardon au monde, à ses domestiques et à ses
amis.   On lui répondit par des sanglots : ah ! répondez-lui 25
maintenant en profitant de cet exemple.

   Les autres devoirs de la religion furent accomplis avec la
même piété et la même présence d'esprit.   Avec quelle foi,
et combien de fois pria-t-il le Sauveur des âmes, en baisant
sa croix, que son sang répandu pour lui ne le fût pas inutile- 30
ment !   C'est ce qui justifie le pécheur, c'est ce qui soutient
le juste, c'est ce qui rassure le chrétien.   Que dirai-je des

saintes prières des agonisants,[1] où dans les efforts que fait
l'Église, on entend ses vœux les plus empressés, et comme
les derniers cris par où cette sainte mère achève de nous
enfanter à la vie céleste? Il se les fit répéter trois fois, et
5 il y trouva toujours de nouvelles consolations. En remer-
ciant ses médecins : «Voilà, dit-il, maintenant mes vrais médecins.» Il montrait les ecclésiastiques dont il écoutait les
avis, dont il continuait les prières, les psaumes toujours
à la bouche, la confiance toujours dans le cœur. S'il se
10 plaignit, c'était seulement d'avoir si peu à souffrir pour ex-
pier ses péchés. Sensible jusqu'à la fin à la tendresse des
siens, il ne s'y laissa jamais vaincre[2] ; et au contraire il
craignait toujours de trop donner à la nature. Que dirai-je
de ses derniers entretiens avec le duc d'Enghien? Quelles
15 couleurs assez vives pourraient vous représenter et la constance du père, et les extrêmes douleurs du fils? D'abord
le visage en pleurs, avec plus de sanglots que de paroles,
tantôt la bouche collée sur ces mains victorieuses et maintenant défaillantes, tantôt se jetant entre ces bras et dans ce
20 sein paternel, il semble par tant d'efforts vouloir retenir ce
cher objet de ses respects et de ses tendresses. Les forces
lui manquent : il tombe à ses pieds. Le prince, sans s'émouvoir, lui laisse reprendre ses esprits : puis appelant la duchesse sa belle-fille, qu'il voyait aussi sans parole et presque
25 sans vie, avec une tendresse qui n'eut rien de faible il leur
donne ses derniers ordres, où tout respirait la piété. Il les
finit en les bénissant avec cette foi et avec ces vœux que
Dieu exauce ; et en bénissant avec eux, ainsi qu'un autre
Jacob,[3] chacun de leurs enfants en particulier : et on vit de
30 part et d'autre tout ce qu'on affaiblit en le répétant.

Je ne vous oublierai pas, ô prince,[4] son cher neveu, et
comme son second fils, ni le glorieux témoignage qu'il a

rendu constamment à votre mérite, ni ses tendres empres-
sements et la lettre qu'il écrivit en mourant pour vous ré-
tablir dans les bonnes grâces du roi, le plus cher de vos
vœux ; ni tant de belles qualités qui vous ont fait juger
digne d'avoir si vivement occupé les dernières heures d'une 5
si belle vie.   Je n'oublierai pas non plus les bontés du roi,
qui prévinrent les désirs du prince mourant ; ni les généreux
soins du duc d'Enghien, qui ménagea cette grâce ; ni le gré
que lui sut le prince d'avoir été si soigneux, en lui donnant
cette joie, d'obliger un si cher parent.   Pendant que son 10
cœur s'épanche, et que sa voix se ranime en louant le roi,
le prince de Conti arrive pénétré de reconnaissance et de
douleur.   Les tendresses se renouvellent : les deux princes
ouïrent ensemble ce qui ne sortira jamais de leur cœur : et
le prince conclut, en leur confirmant qu'ils ne seraient ja- 15
mais ni grands hommes, ni grands princes, ni honnêtes gens,
qu'autant qu'ils seraient gens de bien, fidèles à Dieu et au
roi.   C'est la dernière parole qu'il laissa gravée dans leur
mémoire ; c'est avec la dernière marque de sa tendresse,
l'abrégé de leurs devoirs.   Tout retentissait de cris, tout 20
fondait en larmes : le prince seul n'était pas ému, et le
trouble n'arrivait pas dans l'asile où il s'était mis.   O Dieu,
vous étiez sa force, son inébranlable refuge, et comme
disait David, ce ferme rocher [1] où s'appuyait sa constance !

Puis-je taire durant ce temps ce qui se faisait à la cour 25
et en la présence du roi ?   Lorsqu'il y fit lire la dernière
lettre[2] que lui écrivit ce grand homme, et qu'on y vit, dans
les trois temps que marquait le prince, ses services qu'il y
passait si légèrement au commencement et à la fin de sa
vie, et dans le milieu ses fautes dont il faisait une si sincère 30
reconnaissance, il n'y eut cœur qui ne s'attendrît à l'entendre
parler de lui-même avec tant de modestie ; et cette lecture,

suivie des larmes du roi, fit voir ce que les héros sentent les
uns pour les autres.   Mais lorsqu'on vint à l'endroit du re-
mercîment, où le prince marquait qu'il mourait content, et
trop heureux d'avoir encore assez de vie pour témoigner au
5 roi sa reconnaissance, son dévouement, et s'il l'osait dire, sa
tendresse, tout le monde rendit témoignage à la vérité de
ses sentiments : et ceux qui l'avaient ouï parler si souvent
de ce grand roi dans ses entretiens familiers pouvaient assurer que jamais ils n'avaient rien entendu ni de plus res-
10 pectueux et de plus tendre pour sa personne sacrée, ni de
plus fort pour célébrer ses vertus royales, sa piété, son courage, son grand génie, principalement à la guerre, que ce
qu'en disait ce grand prince avec aussi peu d'exagération
que de flatterie.

15   Pendant qu'on lui rendait ce beau témoignage, ce grand
homme n'était plus.   Tranquille entre les bras de son Dieu
où il s'était une fois jeté, il attendait sa miséricorde et im-
plorait son secours, jusqu'à ce qu'il cessa enfin de respirer
et de vivre.   C'est ici qu'il faudrait laisser éclater ses justes
20 douleurs à la perte d'un si grand homme : mais pour l'amour
de la vérité, et à la honte de ceux qui la méconnaissent,
écoutez encore ce beau témoignage qu'il lui rendit en mourant.   Averti par son confesseur que si notre cœur n'était
pas encore entièrement selon Dieu, il fallait, en s'adressant
25 à Dieu même, obtenir qu'il nous fît un cœur comme il le
voulait, et lui dire avec David ces tendres paroles : « O Dieu,
créez[1] en moi un cœur pur : » à ces mots le prince s'arrête
comme occupé de quelque grande pensée ; puis appelant le
saint religieux qui lui avait inspiré ce beau sentiment : « Je
30 n'ai jamais douté,[2] dit-il, des mystères de la religion, quoi
qu'on ait dit. »   Chrétiens, vous l'en devez croire ; et dans
l'état où il est, il ne doit plus rien au monde que la vérité.

«Mais, poursuit-il, j'en doute moins que jamais. Que ces
vérités, continuait-il avec une douceur ravissante, se démê-
lent et s'éclaircissent dans mon esprit! Oui, dit-il, nous
verrons Dieu comme il est, face à face.» Il répétait en
latin, avec un goût merveilleux, ces grands mots : *Sicuti est,*[1] 5
facie ad faciem : et on ne se lassait point de le voir dans ce
doux transport. Que se faisait-il dans cette âme? Quelle
nouvelle lumière lui apparaissait? quel soudain rayon perçait
la nue, et faisait comme évanouir en ce moment, avec toutes
les ignorances des sens, les ténèbres mêmes, si je l'ose dire, 10
et les saintes obscurités de la foi? Que devinrent alors ces
beaux titres dont notre orgueil est flatté? Dans l'approche
d'un si beau jour, et dès la première atteinte d'une si vive
lumière, combien promptement disparaissent tous les fantômes du monde! que l'éclat de la plus belle victoire paraît 15
sombre! qu'on en méprise la gloire, et qu'on veut de mal à
ces faibles yeux qui s'y sont laissé éblouir!

Venez, peuples, venez maintenant ; mais venez plutôt,[2]
princes et seigneurs ; et vous qui jugez la terre, et vous qui
ouvrez aux hommes les portes du ciel ; et vous plus que tous 20
les autres, princes et princesses, nobles rejetons de tant de
rois, lumières de la France, mais aujourd'hui obscurcies et
couvertes de votre douleur comme d'un nuage : venez voir
le peu[3] qui nous reste d'une si auguste naissance, de tant
de grandeur, de tant de gloire. Jetez les yeux de toutes 25
parts : voilà tout ce qu'a pu faire la magnificence et la piété
pour honorer un héros : des titres, des inscriptions, vaines
marques de ce qui n'est plus ; des figures qui semblent
pleurer autour d'un tombeau, et des fragiles images[4] d'une
douleur que le temps emporte avec tout le reste ; des co- 30
lonnes qui semblent vouloir porter jusqu'au ciel le magnifique témoignage de notre néant : et rien enfin ne manque

dans tous ces honneurs, que celui à qui on les rend.   Pleurez donc sur ces faibles restes de la vie humaine, pleurez
sur cette triste immortalité que nous donnons aux héros.

Mais approchez en particulier, ô vous qui courez avec
5 tant d'ardeur dans la carrière de la gloire, âmes guerrières
et intrépides.   Quel autre fut plus digne de vous commander? mais dans quel autre avez-vous trouvé le comman-
dement plus honnête?   Pleurez donc ce grand capitaine, et
dites en gémissant : Voilà celui qui nous menait dans les
10 hasards ; sous lui se sont formés tant de renommés capitaines, que ses exemples ont élevés aux premiers honneurs
de la guerre : son ombre eût pu encore gagner des batailles ;
et voilà que dans son silence son nom même nous anime,
et ensemble il nous avertit que pour trouver à la mort
15 quelque reste de nos travaux, et n'arriver pas sans ressource
à notre éternelle demeure, avec le roi de la terre il faut
encore servir le roi du ciel.   Servez donc ce roi immortel
et si plein de miséricorde, qui vous comptera un soupir et
un verre d'eau [1] donnés en son nom, plus que tous les autres
20 ne feront jamais tout votre sang répandu ; et commencez à
compter le temps de vos utiles services du jour que vous
vous serez donnés à un maître si bienfaisant.

Et vous, ne viendrez-vous pas à ce triste monument, vous,
dis-je, qu'il a bien voulu mettre au rang de ses amis?   Tous
25 ensemble, en quelque degré de sa confiance qu'il vous ait
reçus, environnez ce tombeau ; versez des larmes avec des
prières, et admirant dans un si grand prince une amitié si
commode et un commerce si doux, conservez le souvenir
d'un héros dont la bonté avait égalé le courage.   Ainsi
30 puisse-t-il toujours vous être un cher entretien ; ainsi puis-
siez-vous profiter de ses vertus : et que sa mort, que vous
déplorez, vous serve à la fois de consolation et d'exemple !

Pour moi, s'il m'est permis, après tous les autres, de venir
rendre les derniers devoirs à ce tombeau, ô prince, le digne
sujet de nos louanges et de nos regrets, vous vivrez éternellement dans ma mémoire : votre image y sera tracée, non
point avec cette audace qui promettait la victoire, — non, 5
je ne veux rien voir en vous de ce que la mort y efface. —
Vous aurez dans cette image des traits immortels : je vous y
verrai tel que vous étiez à ce dernier jour, sous la main de
Dieu, lorsque sa gloire sembla commencer à vous apparaître.
C'est là que je vous verrai plus triomphant qu'à Fribourg et 10
à Rocroy ; et ravi d'un si beau triomphe, je dirai en actions
de grâces ces belles paroles du bien-aimé disciple : *Et hæc
est[1] victoria quæ vincit mundum, fides nostra :* « La véritable
victoire, celle qui met sous nos pieds le monde entier, c'est
notre foi. »   Jouissez, prince, de cette victoire, jouissez-en 15
éternellement par l'immortelle vertu de ce sacrifice.[2] Agréez
ces derniers efforts d'une voix qui vous fut connue.   Vous
mettrez fin[3] à tous ces discours.   Au lieu de déplorer la
mort des autres, grand prince, dorénavant je veux apprendre de vous à rendre la mienne sainte : heureux si, 20
averti par ces cheveux blancs du compte que je dois rendre
de mon administration, je réserve au troupeau que je dois
nourrir de la parole de vie les restes d'une voix qui tombe
et d'une ardeur qui s'éteint.

CHAPTER V. LA BRUYÈRE

LES CARACTÈRES OU LES MŒURS DE CE SIÈCLE

Admonere voluimus, non mordere ; prodesse, non laedere ; consulere moribus hominum, non officere. — ÉRASME.[1]

Je rends au public ce qu'il m'a prêté ; j'ai emprunté de lui[2] la matière de cet ouvrage : il est juste que l'ayant achevé avec toute l'attention pour la vérité dont je suis capable, et qu'il mérite de moi, je lui en fasse la restitution.

5 Il peut regarder avec loisir ce portrait que j'ai fait de lui d'après nature, et s'il se connaît quelques-uns des défauts que je touche, s'en corriger.[3] . . . Ce ne sont point des maximes que j'aie voulu écrire ; elles sont comme des lois dans la morale, et j'avoue que je n'ai ni assez d'autorité ni

10 assez de génie pour faire le législateur ; je sais même que j'aurais péché contre l'usage des maximes,[4] qui veut qu'à la manière des oracles elles soient courtes et concises. Quelques-unes de ces remarques le sont, quelques autres sont plus étendues : on pense les choses d'une manière différente,

15 et on les explique par un tour aussi tout différent, par une sentence, par un raisonnement, par une métaphore ou quelque autre figure, par un parallèle, par une simple comparaison, par un fait[5] tout entier, par un seul trait, par une description, par une peinture : de là procède la longueur ou la

20 brièveté de mes réflexions. Ceux enfin qui font des maximes veulent être crus : je consens, au contraire, que l'on dise de moi que je n'ai pas quelquefois bien remarqué, pourvu que l'on remarque mieux.

DES OUVRAGES DE L'ESPRIT.

1. Tout est dit, et l'on vient trop tard depuis plus de sept mille ans[1] qu'il y a des hommes, et qui[2] pensent. Sur ce qui concerne les mœurs, le plus beau et le meilleur est enlevé ; l'on ne fait que glaner après les anciens et les habiles d'entre les modernes.   5

2. Il faut chercher seulement à penser et à parler juste, sans vouloir amener les autres à notre goût et à nos sentiments ; c'est une trop grande entreprise.

3. C'est un métier que de faire un livre, comme de faire une pendule ; il faut plus que de l'esprit pour être auteur. 10 Un magistrat allait par son mérite à la première dignité, il était homme délié et pratique[3] dans les affaires : il a fait imprimer un ouvrage moral, qui est rare par le ridicule.

4. Il n'est pas si aisé de se faire un nom par un ouvrage parfait, que d'en faire valoir un médiocre par le nom qu'on 15 s'est déjà acquis.

10. Il y a dans l'art un point de perfection, comme de bonté ou de maturité dans la nature. Celui qui le sent et qui l'aime a le goût parfait ; celui qui ne le sent pas, et qui aime en deçà ou au delà, a le goût défectueux. Il y a donc 20 un bon et un mauvais goût, et l'on dispute des goûts avec fondement.

14. Tout l'esprit d'un auteur consiste à bien définir et à bien peindre. Moïse, Homère, Platon, Virgile, Horace, ne sont au-dessus des autres écrivains que par leurs expres- 25 sions et par leurs images : il faut exprimer le vrai pour écrire naturellement, fortement, délicatement.

15. On a dû faire du style ce qu'on a fait de l'architecture. On a entièrement abandonné l'ordre gothique,[4] que la barbarie avait introduit pour les palais et pour les temples ; 30

on a rappelé le dorique, l'ionique et le corinthien ; ce qu'on
ne voyait plus que dans les ruines de l'ancienne Rome et de
la vieille Grèce, devenu moderne, éclate dans nos portiques
et dans nos péristyles.   De même on ne saurait en écrivant
5 rencontrer le parfait et, s'il se peut, surpasser les anciens
que par leur imitation.

Combien de siècles se sont écoulés avant que les hommes,
dans les sciences et dans les arts, aient pu revenir au goût
des anciens et reprendre enfin le simple et le naturel ! [1]

10   On se nourrit des anciens et des habiles modernes ; on
les presse, on en tire le plus que l'on peut, on en renfle ses
ouvrages : et quand enfin l'on est auteur, et que l'on croit
marcher tout seul, on s'élève contre eux, on les maltraite,
semblable à ces enfants drus et forts d'un bon lait qu'ils ont
15 sucé, qui battent leur nourrice.

Un auteur moderne [2] prouve ordinairement que les anciens
nous sont inférieurs en deux manières, par raison et par exemple : il tire la raison de son goût particulier, et l'exemple
de ses ouvrages.

20   Il avoue que les anciens, quelque inégaux et peu corrects
qu'ils soient, ont de beaux traits ; il les cite, et ils sont si
beaux qu'ils font lire sa critique.

Quelques habiles [3] prononcent en faveur des anciens contre
les modernes ; mais ils sont suspects et semblent juger en
25 leur propre cause, tant leurs ouvrages sont faits sur le goût
de l'antiquité : on les récuse.

17. Entre toutes les différentes expressions qui peuvent
rendre une seule de nos pensées, il n'y en a qu'une qui soit
la bonne.   On ne la rencontre pas toujours en parlant ou
30 en écrivant ; il est vrai néanmoins qu'elle existe, que tout
ce qui ne l'est point est faible et ne satisfait point un homme
d'esprit qui veut se faire entendre.

Un bon auteur, et qui écrit avec soin, éprouve souvent que l'expression qu'il cherchait depuis longtemps sans la connaître, et qu'il a enfin trouvée, est celle qui était la plus simple, la plus naturelle, qui semblait devoir se présenter d'abord et sans effort. 5

Ceux qui écrivent par humeur [1] sont sujets à retoucher à leurs ouvrages : comme elle n'est pas toujours fixe, et qu'elle varie en eux selon les occasions, ils se refroidissent bientôt pour les expressions et les termes qu'ils ont le plus aimés.

20. Le plaisir de la critique nous ôte celui d'être vivement 10 touchés de très belles choses.

26. Il n'y a point d'ouvrage si accompli qui ne fondît tout entier au milieu de la critique, si son auteur voulait en croire tous les censeurs qui ôtent chacun l'endroit qui leur plaît le moins. 15

30. Quelle prodigieuse distance entre un bel ouvrage et un ouvrage parfait ou régulier ! [2] Je ne sais s'il s'en est encore trouvé de ce dernier genre. Il est peut-être moins difficile aux rares génies de rencontrer le grand et le sublime, que d'éviter toute sorte de fautes. Le *Cid* n'a eu qu'une 20 voix pour lui à sa naissance, qui a été celle de l'admiration ; il s'est vu plus fort que l'autorité et la politique [3] qui ont tenté vainement de le détruire ; il a réuni en sa faveur des esprits toujours partagés d'opinions et de sentiments, les grands et le peuple ; ils s'accordent tous à le savoir de mé- 25 moire, et à prévenir au théâtre les acteurs qui le récitent. Le *Cid* enfin est l'un des plus beaux poèmes que l'on puisse faire ; et l'une des meilleures critiques [4] qui ait été faite sur aucun sujet est celle du *Cid*.

31. Quand une lecture vous élève l'esprit, et qu'elle vous 30 inspire des sentiments nobles et courageux, ne cherchez pas une autre règle pour juger de l'ouvrage ; il est bon, et fait de main d'ouvrier. [5]

37. Je ne sais si l'on pourra jamais mettre dans des lettres
plus d'esprit, plus de tour, plus d'agrément et plus de style
que l'on en voit dans celles de BALZAC[1] et de VOITURE[2] ; elles
sont vides de sentiments qui n'ont régné que depuis leur
5 temps, et qui doivent aux femmes leur naissance. Ce sexe[3]
va plus loin que le nôtre dans ce genre d'écrire. Elles
trouvent sous leur plume des tours et des expressions qui
souvent en nous ne sont l'effet que d'un long travail et d'une
pénible recherche ; elles sont heureuses dans le choix des
10 termes, qu'elles placent si juste que, tout connus qu'ils sont,
ils ont le charme de la nouveauté, et semblent être faits
seulement pour l'usage où elles les mettent ; il n'appartient
qu'à elles de faire lire dans un seul mot tout un sentiment,
et de rendre délicatement une pensée qui est délicate ; elles
15 ont un enchaînement de discours inimitable, qui se suit
naturellement, et qui n'est lié que par le sens. Si les femmes
étaient toujours correctes, j'oserais dire que les lettres de
quelques-unes d'entre elles seraient peut-être ce que nous
avons dans notre langue de mieux écrit.

20   38. Il n'a manqué à TÉRENCE[4] que d'être moins froid :
quelle pureté, quelle exactitude, quelle politesse, quelle
élégance, quels caractères ! Il n'a manqué à MOLIÈRE que
d'éviter le jargon et le barbarisme,[5] et d'écrire purement :
quel feu, quelle naïveté, quelle source de la bonne plai-
25 santerie, quelle imitation des mœurs, quelles images, et quel
fléau de ridicule ! Mais quel homme on aurait pu faire de
ces deux comiques !

    52. Ce n'est point assez[6] que les mœurs du théâtre ne
soient point mauvaises ; il faut encore qu'elles soient dé-
30 centes et instructives. Il peut y avoir un ridicule si bas et
si grossier, ou même si fade et si indifférent, qu'il n'est ni
permis au poète d'y faire attention, ni possible aux specta-

teurs de s'en divertir. Le paysan ou l'ivrogne fournit quelques scènes à un farceur ; il n'entre qu'à peine dans le vrai
comique : comment pourrait-il faire le fond ou l'action
principale de la comédie? «Ces caractères, dit-on, sont
naturels.» Ainsi, par cette règle, on occupera bientôt tout 5
l'amphithéâtre d'un laquais qui siffle, d'un malade dans sa
garde-robe, d'un homme ivre qui dort ou qui vomit : y a-t-il
rien de plus naturel? C'est le propre d'un efféminé de se
lever tard, de passer une partie du jour à sa toilette, de se
voir au miroir, de se parfumer, de se mettre des mouches, 10
de recevoir des billets et d'y faire réponse. Mettez ce rôle
sur la scène. Plus longtemps vous le ferez durer, un acte,
deux actes, plus il sera naturel et conforme à son original ;
mais plus aussi il sera froid et insipide.

56. Tout écrivain, pour écrire nettement, doit se mettre 15
à la place de ses lecteurs, examiner son propre ouvrage
comme quelque chose qui lui est nouveau, qu'il lit pour la
première fois, où il n'a nulle part, et que l'auteur aurait
soumis à sa critique, et se persuader ensuite qu'on n'est pas
entendu seulement à cause que l'on s'entend soi-même, mais 20
parce qu'on est en effet intelligible.

60. L'on écrit régulièrement ¹ depuis vingt années ; l'on
est esclave de la construction ; l'on a enrichi la langue de
nouveaux mots, secoué le joug du latinisme, et réduit le
style à la phrase purement française ; l'on a presque retrouvé 25
le nombre que MALHERBE ² et BALZAC avaient les premiers
rencontré, et que tant d'auteurs depuis eux ont laissé perdre ;
l'on a mis enfin dans le discours tout l'ordre et toute la
netteté dont il est capable : cela conduit insensiblement à
y mettre de l'esprit. 30

67. Celui qui n'a égard en écrivant qu'au goût de son
siècle songe plus à sa personne qu'à ses écrits. Il faut

toujours tendre à la perfection ; et alors cette justice qui
nous est quelquefois refusée par nos contemporains, la postérité sait nous la rendre.

DU MÉRITE PERSONNEL.

1. Qui peut, avec les plus rares talents et le plus excellent mérite, n'être pas convaincu de son inutilité, quand il
considère qu'il laisse en mourant un monde qui ne se sent
pas de sa perte et où tant de gens se trouvent pour le
remplacer ?

2. De bien des gens il n'y a que le nom qui vale[1] quelque chose.   Quand vous les voyez de fort près, c'est moins
que rien ; de loin ils imposent.

9. Il n'y a point au monde un si pénible métier que celui
de se faire un grand nom : la vie s'achève que l'on a à peine
ébauché son ouvrage.

21. S'il est heureux d'avoir de la naissance, il ne l'est pas
moins d'être tel qu'on ne s'informe plus si vous en avez.

22. Il apparaît de temps en temps sur la surface de la
terre des hommes rares, exquis, qui brillent par leur vertu,
et dont les qualités éminentes jettent un éclat prodigieux.
Semblables à ces étoiles extraordinaires dont on ignore les
causes, et dont on sait encore moins ce qu'elles deviennent
après avoir disparu, ils n'ont ni aïeuls[2] ni descendants ; ils
composent seuls toute leur race.

24. Quand on excelle dans son art, et qu'on lui donne
toute la perfection dont il est capable, l'on en sort en quelque manière, et l'on s'égale à ce qu'il y a de plus noble et
de plus relevé.   V * * est un peintre,[3] C * * un musicien,[4]
et l'auteur de *Pyrame*[5] est un poète ; mais MIGNARD[6] est
MIGNARD, LULLI[7] est LULLI, et CORNEILLE est CORNEILLE.

27. L'or éclate, dites-vous, sur les habits de *Philémon*. —

Il éclate de même chez les marchands. — Il est habillé des plus belles étoffes. — Le sont-elles moins toutes déployées dans les boutiques et à la pièce ? — Mais la broderie et les ornements y ajoutent encore la magnificence. — Je loue donc le travail de l'ouvrier. — Si on lui demande quelle 5 heure il est, il tire une montre qui est un chef-d'œuvre ; la garde de son épée est un onyx ; il a au doigt un gros diamant qu'il fait briller aux yeux, et qui est parfait ; il ne lui manque aucune de ces curieuses bagatelles que l'on porte sur soi autant pour la vanité que pour l'usage, et il ne se 10 plaint non plus toute sorte de parure qu'un jeune homme qui a épousé une riche vieille. — Vous m'inspirez enfin de la curiosité ; il faut voir du moins des choses si précieuses : envoyez-moi cet habit et ces bijoux de Philémon, je vous quitte de la personne. 15

Tu te trompes, Philémon, si avec ce carrosse brillant, ce grand nombre de coquins qui te suivent, et ces six bêtes qui te traînent, tu penses que l'on t'en estime davantage : l'on écarte tout cet attirail, qui t'est étranger, pour pénétrer jusques à toi, qui n'es qu'un fat. 20

Ce n'est pas qu'il faut quelquefois pardonner à celui qui, avec un grand cortège, un habit riche et un magnifique équipage, s'en croit plus de naissance et plus d'esprit : il lit cela dans la contenance et dans les yeux de ceux qui lui parlent. 25

32. *Æmile*[2] était né ce que les plus grands hommes ne deviennent qu'à force de règles, de méditation et d'exercice. Il n'a eu dans ses premières années qu'à remplir des talents qui étaient naturels et qu'à se livrer à son génie. Il a fait, il a agi, avant que de savoir, ou plutôt il a su ce qu'il 30 n'avait jamais appris. Dirai-je que les jeux de son enfance ont été plusieurs victoires ? Une vie accompagnée d'un ex-

trême bonheur joint à une longue expérience serait illustre
par les seules actions qu'il avait achevées dès sa jeunesse
Toutes les occasions de vaincre qui se sont depuis offertes,
il les a embrassées ; et celles qui n'étaient pas, sa vertu et
5 son étoile les ont fait naître : admirable même et par les
choses qu'il a faites, et par celles qu'il aurait pu faire.   On
l'a regardé comme un homme incapable de céder à l'ennemi,
de plier sous le nombre ou sous les obstacles ; comme une
âme du premier ordre, pleine de ressources et de lumières,
10 et qui voyait encore où personne ne voyait plus ; comme
celui qui, à la tête des légions, était pour elles un présage
de la victoire, et qui valait seul plusieurs légions ; qui était
grand dans la prospérité, plus grand quand la fortune lui a
été contraire (la levée d'un siège, une retraite, l'ont plus
15 ennobli [1] que ses triomphes ; l'on ne met qu'après les
batailles gagnées et les villes prises) ; qui était rempli de
gloire et de modestie : on lui a entendu dire : *Je fuyais*,
avec la même grâce qu'il disait : *Nous les battîmes ;* un
homme dévoué à l'État, à sa famille, au chef de sa famille [2] ;
20 sincère pour Dieu et pour les hommes ; autant admirateur
du mérite que s'il lui eût été moins propre et moins familier ;
un homme vrai, simple, magnanime, à qui il n'a manqué
que les moindres vertus.

37. Il n'y a rien de si délié, de si simple et de si imper-
25 ceptible, où il n'entre des manières qui nous décèlent.   Un
sot ni n'entre, ni ne sort, ni ne s'assied, ni ne se lève, ni ne
se tait, ni n'est sur ses jambes, comme un homme d'esprit.

38. Je connais *Mopse* [3] d'une visite qu'il m'a rendue sans
me connaître.   Il prie des gens qu'il ne connaît point de le
30 mener chez d'autres dont il n'est pas connu ; il écrit à des
femmes qu'il connaît de vue ; il s'insinue dans un cercle de
personnes respectables, et qui ne savent quel il est, et là,

sans attendre qu'on l'interroge, ni sans sentir qu'il interrompt, il parle, et souvent, et ridiculement. Il entre une
autre fois dans une assemblée, se place où il se trouve, sans
nulle attention aux autres ni à soi-même ; on l'ôte d'une
place destinée à un ministre, il s'assied à celle du duc et   5
pair ; il est là précisément celui dont la multitude rit, et qui
seul est grave et ne rit point. Chassez un chien du fauteuil
du roi, il grimpe à la chaire du prédicateur ; il regarde le
monde indifféremment, sans embarras, sans pudeur ; il n'a
pas, non plus que le sot, de quoi rougir.   10

42. La fausse grandeur ' est farouche et inaccessible :
comme elle sent son faible, elle se cache, ou du moins ne
se montre pas de front, et ne se fait voir qu'autant qu'il faut
pour imposer et ne paraître point ce qu'elle est, je veux dire
une vraie petitesse. La véritable grandeur est libre, douce,   15
familière, populaire ; elle se laisse toucher et manier, elle ne
perd rien à être vue de près ; plus on la connaît, plus on
l'admire. Elle se courbe par bonté vers ses inférieurs, et
revient sans effort dans son naturel ; elle s'abandonne quelquefois, se néglige, se relâche de ses avantages, toujours en   20
pouvoir de les reprendre et de les faire valoir ; elle rit, joue
et badine, mais avec dignité ; on l'approche tout ensemble
avec liberté et avec retenue. Son caractère est noble et
facile, inspire le respect et la confiance, et fait que les
princes nous paraissent grands et très grands, sans nous   25
faire sentir que nous sommes petits.

DES FEMMES.

1. Les hommes et les femmes conviennent rarement sur
le mérite d'une femme ; leurs intérêts sont trop différents.
Les femmes ne se plaisent point les unes aux autres par les
mêmes agréments qu'elles plaisent aux hommes ; mille ma-   30

nières, qui allument dans ceux-ci les grandes passions, forment entre elles l'aversion et l'antipathie.

10. Un beau visage est le plus beau de tous les spectacles ; et l'harmonie la plus douce est le son de voix de celle que l'on aime.

16. Les femmes s'attachent aux hommes par les faveurs qu'elles leur accordent : les hommes guérissent par ces mêmes faveurs.

53. Les femmes sont extrêmes : elles sont meilleures ou pires que les hommes.

58. Un homme est plus fidèle au secret d'autrui qu'au sien propre ; une femme au contraire garde mieux son secret que celui d'autrui.

DU CŒUR.

1. Il y a un goût dans la pure amitié où ne peuvent atteindre ceux qui sont nés médiocres.

23. Être avec les gens qu'on aime, cela suffit ; rêver, leur parler, ne leur parler point, penser à eux, penser à des choses plus indifférentes, mais auprès d'eux, tout est égal.

33. Le commencement et le déclin de l'amour se font sentir par l'embarras où l'on est de se trouver seuls.

34. Cesser d'aimer, preuve sensible que l'homme est borné, et que le cœur a ses limites.

C'est faiblesse que d'aimer ; c'est souvent une autre faiblesse que de guérir.

On guérit comme on se console ; on n'a pas dans le cœur de quoi toujours pleurer et toujours aimer.

35. Il devrait y avoir dans le cœur des sources inépuisables de douleur pour de certaines pertes. Ce n'est guère par vertu ou par force d'esprit que l'on sort d'une grande affliction : l'on pleure amèrement, et l'on est sensiblement

touché ; mais l'on est ensuite si faible ou si léger que l'on se console.

39. L'on veut faire tout le bonheur, ou si cela ne se peut ainsi, tout le malheur de ce qu'on aime.

45. Il y a du plaisir à rencontrer les yeux de celui à qui l'on vient de donner.

47. La libéralité consiste moins à donner beaucoup qu'à donner à propos.

63. Il faut rire avant que d'être heureux, de peur de mourir sans avoir ri.

64. La vie est courte, si elle ne mérite ce nom que lorsqu'elle est agréable, puisque, si l'on cousait ensemble toutes les heures que l'on passe avec ce qui plaît, l'on ferait à peine d'un grand nombre d'années une vie de quelques mois.

68. Comme nous nous affectionnons de plus en plus aux personnes à qui nous faisons du bien, de même nous haïssons violemment ceux que nous avons beaucoup offensés.

75. Le cas n'arrive guère où l'on puisse dire : « J'étais ambitieux ; » ou on ne l'est point, ou on l'est toujours ; mais le temps vient où l'on avoue que l'on a aimé.

82. Il y a des lieux que l'on admire : il y en a d'autres qui touchent, et où l'on aimerait à vivre.

Il me semble que l'on dépend des lieux pour l'esprit, l'humeur, la passion, le goût et les sentiments.

85. Il y a quelquefois dans le cours de la vie de si chers plaisirs et de si tendres engagements que l'on nous défend, qu'il est naturel de désirer du moins qu'ils fussent permis : de si grands charmes ne peuvent être surpassés que par celui de savoir y renoncer par vertu.

DE LA SOCIÉTÉ ET DE LA CONVERSATION.

2. C'est le rôle d'un sot d'être importun : un homme
habile sent s'il convient ou s'il ennuie ; il sait disparaître le
moment qui précède celui où il serait de trop quelque
part.

5   3. L'on marche sur les mauvais plaisants, et il pleut par
tout pays de cette sorte d'insectes. Un bon plaisant est une
pièce rare ; à un homme qui est né tel, il est encore fort
délicat ¹ d'en soutenir longtemps le personnage : il n'est pas
ordinaire que celui qui fait rire se fasse estimer.

10   7. Que dites-vous? Comment? Je n'y suis pas : vous plai-
rait-il de recommencer? J'y suis encore moins. Je devine
enfin : vous voulez, *Acis*, me dire qu'il fait froid ; que ne
disiez-vous : « Il fait froid »? Vous voulez m'apprendre qu'il
pleut ou qu'il neige ; dites : « Il pleut, il neige. » Vous me
15 trouvez bon visage et vous désirez de m'en féliciter ; dites :
« Je vous trouve bon visage. » — Mais, répondez-vous, cela
est bien uni et bien clair ; et d'ailleurs, qui ne pourrait pas
en dire autant? — Qu'importe, Acis? Est-ce un si grand
mal d'être entendu quand on parle et de parler comme tout
20 le monde? Une chose vous manque, Acis, à vous et à vos
semblables, les diseurs de *phébus* ; vous ne vous en défiez
point, et je vais vous jeter dans l'étonnement : une chose
vous manque, c'est l'esprit. Ce n'est pas tout : il y a en
vous une chose de trop, qui est l'opinion d'en avoir plus
25 que les autres ; voilà la source de votre pompeux galimatias,
de vos phrases embrouillées, et de vos grands mots qui ne
signifient rien. Vous abordez cet homme, ou vous entrez
dans cette chambre ; je vous tire par votre habit, et vous dis
à l'oreille : « Ne songez point à avoir de l'esprit, n'en ayez
30 point, c'est votre rôle ; ayez, si vous pouvez, un langage

simple, et tel que l'ont ceux en qui vous ne trouvez aucun esprit ; peut-être alors croira-t-on que vous en avez. »

9. *Arrias* a tout lu, a tout vu, il veut le persuader ainsi ; c'est un homme universel, et il se donne pour tel ; il aime mieux mentir que de se taire ou de paraître ignorer quelque 5 chose. On parle à la table d'un grand d'une cour du Nord : il prend la parole, et l'ôte à ceux qui allaient dire ce qu'ils en savent ; il s'oriente dans cette région lointaine comme s'il en était originaire ; il discourt des mœurs de cette cour, des femmes du pays, de ses lois et de ses coutumes ; il ré- 10 cite [1] des historiettes qui y sont arrivées ; il les trouve plaisantes, et il en rit le premier jusqu'à éclater. Quelqu'un se hasarde de [2] le contredire, et lui prouve nettement qu'il dit des choses qui ne sont pas vraies. Arrias ne se trouble point, prend feu au contraire contre l'interrupteur : « Je 15 n'avance, lui dit-il, je ne raconte rien que je ne sache d'original ; je l'ai appris de *Sethon*, ambassadeur de France dans cette cour, revenu à Paris depuis quelques jours, que je connais familièrement, que j'ai fort interrogé, et qui ne m'a caché aucune circonstance. » Il reprenait le fil de sa narra- 20 tion avec plus de confiance qu'il ne l'avait commencée, lorsque l'un des conviés lui dit : « C'est Sethon à qui vous parlez, lui-même, et qui arrive de son ambassade. »

11. Être infatué de soi, et s'être fortement persuadé qu'on a beaucoup d'esprit, est un accident qui n'arrive guère qu'à 25 celui qui n'en a point, ou qui en a peu. Malheur pour lors à qui est exposé à l'entretien d'un tel personnage ! combien de jolies phrases lui faudra-t-il essuyer ! combien de ces mots aventuriers [3] qui paraissent subitement, durent un temps, et que bientôt on ne revoit plus ! S'il conte une 30 nouvelle, c'est moins pour l'apprendre à ceux qui l'écoutent que pour avoir le mérite de la dire, et de la dire bien ; elle

devient un roman entre ses mains : il fait penser les gens à
sa manière, leur met en la bouche ses petites façons de
parler, et les fait toujours parler longtemps ; il tombe ensuite en des parenthèses qui peuvent passer pour épisodes,
5 mais qui font oublier le gros de l'histoire, et à lui qui vous
parle, et à vous qui le supportez.   Que serait-ce de vous et
de lui, si quelqu'un ne survenait heureusement pour déranger
le cercle et faire oublier la narration ?

    1 2. J'entends *Théodecte*[1] de l'antichambre ; il grossit sa
10 voix à mesure qu'il s'approche.   Le voilà entré : il rit, il
crie, il éclate ; on bouche ses oreilles, c'est un tonnerre.   Il
n'est pas moins redoutable par les choses qu'il dit que par
le ton dont il parle.   Il ne s'apaise, et il ne revient de ce
grand fracas que pour bredouiller des vanités et des sottises.
15 Il a si peu d'égard au temps, aux personnes, aux bienséances, que chacun a son fait sans qu'il ait eu intention de
le lui donner ; il n'est pas encore assis qu'il a, à son insu, dés-
obligé toute l'assemblée.   A-t-on servi, il se met le premier
à table, et dans la première place ; les femmes sont à sa
20 droite et à sa gauche.   Il mange, il boit, il conte, il plaisante, il interrompt tout à la fois.   Il n'a nul discernement
des personnes, ni du maître, ni des conviés ; il abuse de la
folle déférence qu'on a pour lui.   Est-ce lui, est-ce *Euti-*
dème qui donne le repas ?   Il rappelle à soi toute l'autorité
25 de la table, et il y a un moindre inconvénient à la lui laisser
entière qu'à la lui disputer.   Le vin et les viandes n'ajoutent
rien à son caractère.   Si l'on joue, il gagne au jeu ; il veut
railler celui qui perd, et il l'offense ; les rieurs sont pour lui ;
il n'y a sorte de fatuités qu'on ne lui passe.   Je cède enfin
30 et je disparais, incapable de souffrir plus longtemps Théodecte et ceux qui le souffrent.

    14. Il faut laisser parler[2] cet inconnu que le hasard a

placé auprès de vous dans une voiture publique, à une fête
ou à un spectacle ; et il ne vous coûtera bientôt pour le
connaître que de l'avoir écouté : vous saurez son nom, sa
demeure, son pays, l'état de son bien, son emploi, celui de
son père, la famille dont est sa mère, sa parenté, ses al- 5
liances, les armes de sa maison ; vous comprendrez qu'il est
noble, qu'il a un château, de beaux meubles, des valets et
un carrosse.

15. Il y a des gens qui parlent un moment avant que
d'avoir pensé. Il y en a d'autres qui ont une fade attention 10
à ce qu'ils disent, et avec qui l'on souffre dans la conversation de tout le travail de leur esprit ; ils sont comme pétris
de phrases et de petits tours d'expression, concertés dans
leur geste et dans tout leur maintien ; ils sont *puristes*, et ne
hasardent pas le moindre mot, quand il devrait faire le plus 15
bel effet du monde ; rien d'heureux ne leur échappe, rien ne
coule de source et avec liberté : ils parlent proprement et
ennuyeusement.

16. L'esprit de la conversation consiste bien moins à en
montrer beaucoup qu'à en faire trouver aux autres : celui qui 20
sort de votre entretien content de soi et de son esprit l'est
de vous parfaitement. Les hommes n'aiment point à vous
admirer, ils veulent plaire ; ils cherchent moins à être instruits, et même réjouis, qu'à être goûtés et applaudis ; et
le plaisir le plus délicat est de faire celui d'autrui. 25

21. Celui qui dit incessamment qu'il a de l'honneur et de
la probité, qu'il ne nuit à personne, qu'il consent que le
mal qu'il fait aux autres lui arrive, et qui jure pour le faire
croire, ne sait pas même contrefaire l'homme de bien.

Un homme de bien ne saurait empêcher, par toute sa 30
modestie, qu'on ne dise de lui ce qu'un malhonnête homme
sait dire de soi.

28. Il y a des gens d'une certaine étoffe ou d'un certain
caractère avec qui il ne faut jamais se commettre, de qui
l'on ne doit se plaindre que le moins qu'il est possible, et
contre qui il n'est pas même permis d'avoir raison.

5   31. Avec de la vertu, de la capacité et une bonne conduite, l'on peut être insupportable. Les manières, que l'on
néglige comme de petites choses, sont souvent ce qui fait
que les hommes décident de vous en bien ou en mal : une
légère attention à les avoir douces et polies prévient leurs
10 mauvais jugements. Il ne faut presque rien pour être cru
fier, incivil, méprisant, désobligeant ; il faut encore moins
pour être estimé tout le contraire.

32. La politesse ¹ n'inspire pas toujours la bonté, l'équité,
la complaisance, la gratitude ; elle en donne du moins les
15 apparences, et fait paraître l'homme au dehors comme il
devrait être intérieurement.

L'on peut définir l'esprit de politesse, l'on ne peut en
fixer la pratique : elle suit l'usage et les coutumes reçues ;
elle est attachée aux temps, aux lieux, aux personnes, et
20 n'est point la même dans les deux sexes ni dans les différentes conditions : l'esprit tout seul ne la fait pas deviner ;
il fait qu'on la suit par imitation, et que l'on s'y perfec-
tionne. Il y a des tempéraments qui ne sont susceptibles
que de la politesse, et il y en a d'autres qui ne servent
25 qu'aux grands talents ou à une vertu solide. Il est vrai que
les manières polies donnent cours au mérite et le rendent
agréable, et qu'il faut avoir de bien éminentes qualités pour
se soutenir sans la politesse.

Il me semble que l'esprit de politesse est une certaine
30 attention à faire que, par nos paroles et par nos manières,
les autres soient contents de nous et d'eux-mêmes.

39. L'on sait des gens qui avaient coulé leurs jours dans

une union étroite : leurs biens étaient en commun ; ils n'avaient qu'une même demeure ; ils ne se perdaient pas de vue. Ils se sont aperçus à plus de quatre-vingts ans qu'ils devaient se quitter l'un l'autre et finir leur société ; ils n'avaient plus qu'un jour à vivre, et ils n'ont osé entreprendre 5 de le passer ensemble ; ils se sont dépêchés de rompre avant que de mourir ; ils n'avaient de fonds pour la complaisance que jusque-là. Ils ont trop vécu pour le bon exemple ; un moment plus tôt, ils mouraient sociables et laissaient après eux un rare modèle de la persévérance dans l'amitié. 10

40. L'intérieur des familles est souvent troublé par les défiances, par les jalousies et par l'antipathie, pendant que des dehors contents, paisibles et enjoués nous trompent, et nous y font supposer une paix qui n'y est point : il y en a peu qui gagnent à être approfondies. Cette visite que vous 15 rendez vient de suspendre une querelle domestique, qui n'attend que votre retraite pour recommencer.

41. Dans la société, c'est la raison qui plie la première. Les plus sages sont souvent menés par le plus fou et le plus bizarre : l'on étudie son faible, son humeur, ses caprices ; 20 l'on s'y accommode ; l'on évite de le heurter ; tout le monde lui cède. La moindre sérénité qui paraît sur son visage lui attire des éloges ; on lui tient compte de n'être pas toujours insupportable. Il est craint, ménagé, obéi, quelquefois aimé. 25

47. G** et H** sont voisins de campagne, et leurs terres sont contiguës ; ils habitent une contrée déserte et solitaire. Éloignés des villes et de tout commerce, il semblait que la fuite [1] d'une entière solitude, ou l'amour de la société eût dû les assujettir à une liaison réciproque ; il est cependant 30 difficile d'exprimer la bagatelle qui les a fait rompre, qui les rend implacables l'un pour l'autre, et qui perpétuera

leurs haines dans leurs descendants. Jamais des parents, et même des frères, ne se sont brouillés pour une moindre chose.

Je suppose qu'il n'y ait que deux hommes sur la terre, qui la possèdent seuls et qui la partagent toute entre eux deux : je suis persuadé qu'il leur naîtra bientôt quelque sujet de rupture, quand ce ne serait que pour les limites.

49. J'approche d'une petite ville,[1] et je suis déjà sur une hauteur d'où je la découvre. Elle est située à mi-côte ; une rivière baigne ses murs et coule ensuite dans une belle prairie ; elle a une forêt épaisse qui la couvre des vents froids et de l'aquilon. Je la vois dans un jour si favorable, que je compte ses tours et ses clochers ; elle me paraît peinte sur le penchant de la colline. Je me récrie et je dis : «Quel plaisir de vivre sous un si beau ciel et dans ce séjour si délicieux !» Je descends dans la ville, où je n'ai pas couché deux nuits, que je ressemble à ceux qui l'habitent : j'en veux sortir.

50. Il y a une chose que l'on n'a point vue sous le ciel, et que selon toutes les apparences on ne verra jamais : c'est une petite ville qui n'est divisée en aucuns partis ; où les familles sont unies, et où les cousins se voient avec confiance ; où un mariage n'engendre point une guerre civile ; où la querelle des rangs ne se réveille pas à tous moments par l'offrande, l'encens et le pain bénit, par les processions et par les obsèques ; d'où l'on a banni les *caquets*, le mensonge et la médisance ; où l'on voit parler ensemble le bailli et le président, les élus et les assesseurs[2] ; où le doyen vit bien avec ses chanoines, où les chanoines ne dédaignent pas les chapelains, et où ceux-ci souffrent les chantres.

51. Les provinciaux et les sots sont toujours prêts à se fâcher, et à croire qu'on se moque d'eux ou qu'on les mé-

prise : il ne faut jamais hasarder la plaisanterie, même la plus douce et la plus permise, qu'avec des gens polis, ou qui ont de l'esprit.

54. Celui qui est d'une éminence au-dessus des autres qui le met à couvert de la repartie, ne doit jamais faire une raillerie piquante.

55. Il y a de petits défauts que l'on abandonne volontiers à la censure, et dont nous ne haïssons pas à être raillés : ce sont de pareils défauts que nous devons choisir pour railler les autres.

57. La moquerie est souvent indigence d'esprit.

61. Le plaisir de la société entre les amis se cultive par une ressemblance de goût sur ce qui regarde les mœurs, et par quelque différence d'opinions sur les sciences : par là, ou l'on s'affermit dans ses sentiments, ou l'on s'exerce et l'on s'instruit par la dispute.¹

62. L'on ne peut aller loin dans l'amitié, si l'on n'est pas disposé à se pardonner les uns aux autres les petits défauts.

64. Le conseil, si nécessaire pour les affaires, est quelquefois, dans la société, nuisible à qui le donne, et inutile à celui à qui il est donné. Sur les mœurs, vous faites remarquer des défauts ou que l'on n'avoue pas, ou que l'on estime des vertus ; sur les ouvrages, vous rayez les endroits qui paraissent admirables à leur auteur, où il se complaît davantage, où il croit s'être surpassé lui-même. Vous perdez ainsi la confiance de vos amis, sans les avoir rendus ni meilleurs ni plus habiles.

65. L'on a vu,² il n'y a pas longtemps, un cercle de personnes des deux sexes, liées ensemble par la conversation et par un commerce d'esprit. Ils laissaient au vulgaire l'art de parler d'une manière intelligible ; une chose dite entre eux peu clairement en entraînait une autre encore plus obscure, .

sur laquelle on enchérissait par de vraies énigmes, toujours
suivies de longs applaudissements : par tout ce qu'ils appelaient délicatesse, sentiments, tour et finesse d'expression,
ils étaient enfin parvenus à n'être plus entendus et à ne
5 s'entendre pas eux-mêmes.   Il ne fallait, pour fournir à ces
entretiens, ni bon sens, ni jugement, ni mémoire, ni la
moindre capacité ; il fallait de l'esprit, non pas du meilleur,
mais de celui qui est faux, et où l'imagination [1] a trop de
part.

10   68. Il a régné pendant quelque temps une sorte de conversation fade et puérile, qui roulait toute sur des questions
frivoles qui avaient relation [2] au cœur et à ce qu'on appelle
passion ou tendresse.   La lecture de quelques romans les
avait introduites parmi les plus honnêtes gens [3] de la ville et
15 de la cour ; ils s'en sont défaits, et la bourgeoisie les a reçues
avec les pointes et les équivoques.

    71. L'on dit par belle humeur, et dans la liberté de la
conversation, de ces choses froides, qu'à la vérité l'on donne
pour telles, et que l'on ne trouve bonnes que parce qu'elles
20 sont extrêmement mauvaises.   Cette manière basse de plaisanter [4] a passé du peuple, à qui elle appartient, jusque dans
une grande partie de la jeunesse de la cour, qu'elle a déjà
infectée.   Il est vrai qu'il y entre trop de fadeur et de grossièreté pour devoir craindre qu'elle s'étende plus loin, et
25 qu'elle fasse de plus grands progrès dans un pays qui est le
centre du bon goût et de la politesse.   L'on doit cependant
en inspirer le dégoût à ceux qui la pratiquent ; car bien que
ce ne soit jamais sérieusement, elle ne laisse pas de tenir la
place, dans leur esprit et dans le commerce ordinaire, de
30 quelque chose de meilleur.

    73. *« Lucain [5] a dit une jolie chose. . . Il y a un beau mot
de Claudien [6]. . . Il y a cet endroit de Sénèque [7] :»* et là-

dessus une longue suite de latin que l'on cite souvent devant
des gens qui ne l'entendent pas, et qui feignent de l'entendre.   Le secret serait d'avoir un grand sens et bien de
l'esprit ; car ou l'on se passerait des anciens, ou, après les
avoir lus avec soin, l'on saurait encore choisir les meilleurs   5
et les citer à propos.

74. *Hermagoras* ne sait pas qui est roi de Hongrie [1] ; il
s'étonne de n'entendre faire aucune mention du roi de
Bohême [2] ; ne lui parlez pas des guerres de Flandre et de
Hollande [3] ; dispensez-le du moins de vous répondre : il   10
confond les temps, il ignore quand elles ont commencé,
quand elles ont fini ; combats, sièges, tout lui est nouveau.
Mais il est instruit de la guerre des Géants,[4] il en raconte le
progrès et les moindres détails, rien ne lui est échappé ; il
débrouille de même l'horrible chaos des deux empires, le   15
Babylonien et l'Assyrien ; il connaît à fond les Égyptiens et
leurs dynasties.   Il n'a jamais vu Versailles, il ne le verra
point : il a presque vu la tour de Babel ; il en compte les
degrés ; il sait combien d'architectes ont présidé à cet
ouvrage ; il sait le nom des architectes.   Dirai-je qu'il croit   20
Henri IV fils de Henri III [5] ? Il néglige du moins de rien
connaître aux maisons de France, d'Autriche et de Bavière :
« Quelles minuties ! » dit-il, pendant qu'il récite de mémoire
toute une liste des rois des Mèdes ou de Babylone, et que
les noms d'*Apronal*,[6] d'*Hérigebal*, de *Noesnemordach*, de   25
Mardokempad, lui sont aussi familiers qu'à nous ceux de
Valois [7] et de Bourbon.[8]   Il demande si l'Empereur [9] a
jamais été marié ; mais personne ne lui apprendra que
Ninus [10] a eu deux femmes.   On lui dit que le Roi jouit
d'une santé parfaite, et il se souvient que Thetmosis,[11] un roi   30
d'Égypte, était valétudinaire, et qu'il tenait cette complexion
de son aïeul Alipharmutosis.   Que ne sait-il point ? Quelle

chose lui est cachée de la vénérable antiquité? Il vous dira
que Sémiramis,[1] ou selon quelques-uns, Sérimaris, parlait
comme son fils Ninyas,[2] qu'on ne les distinguait pas à la
parole : si c'était parce que la mère avait une voix mâle
5 comme son fils, ou le fils une voix efféminée comme sa
mère, qu'il n'ose pas le décider.   Il vous révélera que
Nembrot[3] était gaucher, et Sésostris[4] ambidextre ; que c'est
une erreur de s'imaginer qu'un Artaxerxe[5] ait été appelé
Longuemain parce que les bras lui tombaient jusqu'aux
10 genoux, et non à cause qu'il avait une main plus longue
que l'autre ; et il ajoute qu'il y a des auteurs graves qui
affirment que c'était la droite, qu'il croit néanmoins être
bien fondé à soutenir que c'est la gauche.

75. Ascagne est statuaire, Hégion fondeur, Aeschine
15 foulon, et *Cydias* bel esprit,[6] c'est sa profession.   Il a une
enseigne, un atelier, des ouvrages de commande, et des
compagnons qui travaillent sous lui.   Il ne vous saurait
rendre de plus d'un mois les stances qu'il vous a promises,
s'il ne manque de parole à *Dosithée*, qui l'a engagé à faire
20 une élégie ; une idylle est sur le métier, c'est pour *Crantor*,
qui le presse, et qui lui laisse espérer un riche salaire.   Prose,
vers, que voulez-vous? Il réussit également en l'un et en
l'autre.   Demandez-lui des lettres de consolation, ou sur une
absence, il les entreprendra ; prenez-les toutes faites et
25 entrez dans son magasin, il y a à choisir.   Il a un ami qui
n'a point d'autre fonction sur la terre que de le promettre
longtemps à un certain monde, et de le présenter enfin dans
les maisons comme homme rare et d'une exquise conversation ; et là, ainsi que le musicien chante et que le joueur de
30 luth touche son luth devant les personnes à qui il a été
promis, Cydias, après avoir toussé, relevé sa manchette,
étendu la main et ouvert les doigts, débite gravement ses

pensées quintessenciées et ses raisonnements sophistiqués.
Différent de ceux qui, convenant de principes et connaissant
la raison ou la vérité qui est une, s'arrachent la parole l'un à
l'autre pour s'accorder sur leurs sentiments, il n'ouvre la
bouche que pour contredire : « *Il me semble*, dit-il gracieuse-   5
ment, *que c'est tout le contraire de ce que vous dites ;* » ou :
« *Je ne saurais être de votre opinion ;* » ou bien : « *Ç'a été
autrefois mon entêtement comme il est le vôtre ; mais. . . . Il
y a trois choses*, ajoute-t-il, *à considérer . . .* », et il en ajoute
une quatrième : fade discoureur, qui n'a pas mis plus tôt le   10
pied dans une assemblée qu'il cherche quelques femmes
auprès de qui il puisse s'insinuer, se parer de son bel esprit
ou de sa philosophie, et mettre en œuvre ses rares conceptions : car, soit qu'il parle ou qu'il écrive, il ne doit pas être
soupçonné d'avoir en vue ni le vrai ni le faux, ni le raison-   15
nable ni le ridicule ; il évite uniquement de donner dans le
sens des autres et d'être de l'avis de quelqu'un : aussi at-
tend-il dans un cercle que chacun se soit expliqué sur le
sujet qui s'est offert, ou souvent qu'il a amené lui-même,
pour dire dogmatiquement des choses toutes nouvelles, mais   20
à son gré décisives et sans réplique. Cydias s'égale à Lucien [1]
et à Sénèque,[2] se met au-dessus de Platon,[3] de Virgile et de
Théocrite[4] ; et son flatteur a soin de le confirmer tous les
matins dans cette opinion.   Uni de goût et d'intérêt avec
les contempteurs d'Homère,[5] il attend paisiblement que les   25
hommes détrompés lui préfèrent les poètes modernes : il se
met en ce cas à la tête de ces derniers, et il sait à qui il
adjuge la seconde place.   C'est en un mot un composé du
pédant et du précieux, fait pour être admiré de la bourgeoisie et de la province, en qui néanmoins on n'aperçoit   30
rien de grand que l'opinion qu'il a de lui-même.

77. Les plus grandes choses n'ont besoin que d'être dites

simplement: elles se gâtent par l'emphase. Il faut dire noblement les plus petites: elles ne se soutiennent que par l'expression, le ton et la manière.

78. Il me semble que l'on dit les choses encore plus finement qu'on ne peut les écrire.

80. Toute confiance est dangereuse si elle n'est entière; il y a peu de conjonctures où il ne faille tout dire ou tout cacher. On a déjà trop dit de son secret à celui à qui l'on croit devoir en dérober une circonstance.

81. Des gens vous promettent le secret, et ils le révèlent eux-mêmes et à leur insu; ils ne remuent pas les lèvres, et on les entend; on lit sur leur front et dans leurs yeux; on voit au travers de leur poitrine; ils sont transparents. D'autres ne disent pas précisément une chose qui leur a été confiée, mais ils parlent et agissent de manière qu'on la découvre de soi-même. Enfin quelques-uns méprisent votre secret, de quelque conséquence qu'il puisse être: « *C'est un mystère, un tel m'en a fait part et m'a défendu de le dire;* » et ils le disent.

Toute révélation d'un secret est la faute de celui qui l'a confié.

DES BIENS DE FORTUNE.

7. Si le financier manque son coup, les courtisans disent de lui: « C'est un bourgeois, un homme de rien, un malotru; » s'il réussit, ils lui demandent sa fille.

9. Un homme est laid, de petite taille, et a peu d'esprit. L'on me dit à l'oreille: « Il a cinquante mille livres de rente.» Cela le concerne tout seul, et il ne m'en fera jamais ni pis ni mieux. Si je commence à le regarder avec d'autres yeux, et si je ne suis pas maître de faire autrement, quelle sottise !

15. *Sosie*[1] de la livrée a passé par une petite recette[2] à une sous-ferme[3] ; et par les concussions, la violence, et l'abus qu'il a fait de ses *pouvoirs*,[4] il s'est enfin, sur les ruines de plusieurs familles, élevé à quelque grade. Devenu noble par une charge, il ne lui manquait que d'être homme de bien : une place de marguillier a fait ce prodige.

16. *Arfure* cheminait seule et à pied vers le grand portique de Saint * *, entendait de loin le sermon d'un carme ou d'un docteur qu'elle ne voyait qu'obliquement, et dont elle perdait bien des paroles. Sa vertu était obscure, et sa dévotion connue comme sa personne. Son mari est entré dans le *huitième denier*[5] ; quelle monstrueuse fortune en moins de six années ! Elle n'arrive à l'église que dans un char ; on lui porte une lourde queue ; l'orateur s'interrompt pendant qu'elle se place ; elle le voit de front, n'en perd pas une seule parole ni le moindre geste ; il y a une brigue entre les prêtres pour la confesser ; tous veulent l'absoudre, et le curé l'emporte.

17. L'on porte *Crésus* au cimetière ; de toutes ses immenses richesses, que le vol et la concussion lui avaient acquises, et qu'il a épuisées par le luxe et par la bonne chère, il ne lui est pas demeuré de quoi se faire enterrer ; il est mort insolvable, sans biens, et ainsi privé de tous les secours. L'on n'a vu chez lui ni julep, ni cordiaux, ni médecins, ni le moindre docteur qui l'ait assuré de son salut.

18. *Champagne*, au sortir d'un long dîner qui lui enfle l'estomac, et dans les douces fumées d'un vin d'Avenay ou de Sillery,[6] signe un ordre qu'on lui présente, qui ôterait le pain à toute une province, si l'on n'y remédiait. Il est excusable : quel moyen de comprendre, dans la première heure de la digestion, qu'on puisse quelque part mourir de faim ?

19. *Sylvain*, de ses deniers, a acquis de la naissance et un autre nom ; il est seigneur de la paroisse où ses aïeuls payaient la taille [1] : il n'aurait pu autrefois entrer page chez *Cléobule*, et il est son gendre.

5   21. On ne peut mieux user de sa fortune que fait *Périandre :* elle lui donne du rang, du crédit, de l'autorité ; déjà on ne le prie plus d'accorder son amitié, on implore sa protection. Il a commencé par dire de soi-même : *un homme de ma sorte ;* il passe à dire [2] : *un homme de ma qualité.* Il se donne 10 pour tel ; et il n'y a personne de ceux à qui il prête de l'argent, ou qu'il reçoit à sa table, qui est délicate, qui veuille s'y opposer. Sa demeure est superbe ; un dorique règne [3] dans tous ses dehors ; ce n'est pas une porte, c'est un portique. Est-ce la maison d'un particulier, est-ce un temple ? 15 le peuple s'y trompe. Il est le seigneur dominant de tout le quartier. C'est lui que l'on envie, et dont on voudrait voir la chute ; c'est lui dont la femme, par son collier de perles, s'est fait des ennemies de toutes les dames du voisinage. Tout se soutient dans cet homme ; rien encore ne se dément 20 dans cette grandeur qu'il a acquise, dont il ne doit rien, qu'il a payée. Que son père, si vieux et si caduc, n'est-il mort il y a vingt ans et avant qu'il se fît dans le monde aucune mention de Périandre ! Comment pourra-t-il soutenir ces odieuses pancartes [4] qui déchiffrent les conditions, et 25 qui souvent font rougir la veuve et les héritiers? Les supprimera-t-il aux yeux de toute une ville jalouse, maligne, clairvoyante, et aux dépens de mille gens qui veulent absolument aller tenir leur rang à des obsèques? Veut-on d'ailleurs qu'il fasse de son père un *Noble homme,*[5] et peut-être 30 un *Honorable homme*, lui qui est *Messire ?*[6]

   22. Combien d'hommes ressemblent à ces arbres déjà forts et avancés que l'on transplante dans les jardins, où ils sur-

prennent les yeux de ceux qui les voient placés dans de beaux endroits, où ils ne les ont point vu croître, et qui ne connaissent ni leurs commencements ni leurs progrès !

26. Ce garçon si frais, si fleuri, et d'une si belle santé, est seigneur d'une abbaye et de dix autres bénéfices [1] : tous ensemble lui rapportent six vingt mille livres de revenu, dont il n'est payé qu'en médailles d'or.[2] Il y a ailleurs six vingts familles indigentes qui ne se chauffent point pendant l'hiver, qui n'ont point d'habits pour se couvrir, et qui souvent manquent de pain ; leur pauvreté est extrême et honteuse. Quel partage ! Et cela ne prouve-t-il pas clairement un avenir ?

27. *Chrysippe*, homme nouveau, et le premier noble de sa race, aspirait, il y a trente années, à se voir un jour deux mille livres de rente pour tout bien : c'était là le comble de ses souhaits et sa plus haute ambition ; il l'a dit ainsi, et on s'en souvient. Il arrive, je ne sais par quels chemins, jusques à donner en revenu à l'une de ses filles, pour sa dot, ce qu'il désirait lui-même d'avoir en fonds pour toute fortune pendant sa vie. Une pareille somme est comptée dans ses coffres pour chacun de ses autres enfants qu'il doit pourvoir, et il a un grand nombre d'enfants : ce n'est qu'en avancement d'hoirie ; il y a d'autres biens à espérer après sa mort. Il vit encore, quoique assez avancé en âge, et il use le reste de ses jours à travailler pour s'enrichir.

33. Cet homme qui a fait la fortune de plusieurs, qui a fait la vôtre, n'a pu soutenir la sienne, ni assurer avant sa mort celle de sa femme et de ses enfants : ils vivent cachés et malheureux. Quelque bien instruit que vous soyez de la misère de leur condition, vous ne pensez pas à l'adoucir ; vous ne le pouvez pas en effet, vous tenez table, vous bâtissez : mais vous conservez par reconnaissance le portrait

de votre bienfacteur¹ qui a passé, à la vérité, du cabinet
à l'antichambre. Quels égards! il pouvait aller au garde-
meuble.

34. Il y a une dureté de complexion; il y a une autre de
5 condition et d'état. L'on tire de celle-ci, comme de la
première, de quoi s'endurcir sur la misère des autres, dirai-je même de quoi ne pas plaindre les malheurs de sa famille? Un bon financier ne pleure ni ses amis, ni sa femme,
ni ses enfants.

10   36. Faire fortune est une si belle phrase, et qui dit une si
bonne chose, qu'elle est d'un usage universel: on la reconnaît dans toutes les langues; elle plaît aux étrangers et aux
barbares; elle règne à la cour et à la ville; elle a percé les
cloîtres et franchi les murs des abbayes de l'un et de l'autre
15 sexe: il n'y a point de lieux sacrés où elle n'ait pénétré,
point de désert ni de solitude où elle soit inconnue.

37. A force de faire de nouveaux contrats, ou de sentir son
argent grossir dans ses coffres, on se croit enfin une bonne
tête, et presque capable de gouverner.

20   39. Quand on est jeune, souvent on est pauvre: ou l'on
n'a pas encore fait d'acquisitions, ou les successions ne sont
pas échues. L'on devient riche et vieux en même temps,
tant il est rare que les hommes puissent réunir tous leurs
avantages! et si cela arrive à quelques-uns, il n'y a pas de
25 quoi leur porter envie: ils ont assez à perdre par la mort
pour mériter d'être plaints.

40. Il faut avoir trente ans pour songer à sa fortune; elle
n'est pas faite à cinquante: l'on bâtit dans sa vieillesse, et
l'on meurt quand on en est aux peintres et aux vitriers.

30   45. De tous les moyens de faire sa fortune, le plus court et
le meilleur est de mettre les gens à voir clairement leurs
intérêts à vous faire du bien.

55. Quand je vois de certaines gens, qui me prévenaient autrefois par leurs civilités, attendre au contraire que je les salue, et en être avec moi sur le plus ou sur le moins,[1] je dis en moi-même : « Fort bien, j'en suis ravi, tant mieux pour eux ; vous verrez que cet homme-ci est mieux logé, 5 mieux meublé et mieux nourri qu'à l'ordinaire ; qu'il sera entré depuis quelques mois dans quelque affaire, où il aura déjà fait un gain raisonnable. Dieu veuille qu'il en vienne dans peu de temps jusqu'à me mépriser ! »

56. Si les pensées, les livres et leurs auteurs dépendaient 10 des riches et de ceux qui ont fait une belle fortune, quelle proscription ! Il n'y aurait plus de rappel.[2] Quel ton, quel ascendant ne prennent-ils pas sur les savants ! Quelle majesté n'observent-ils pas à l'égard de ces hommes *chétifs* que leur mérite n'a ni placés ni enrichis, et qui en sont en- 15 core à penser et à écrire judicieusement ! Il faut l'avouer, le présent est pour les riches, et l'avenir pour les vertueux et les habiles. HOMÈRE est encore et sera toujours ; les receveurs de droits, les publicains ne sont plus ; ont-ils été ? leur patrie, leurs noms sont-ils connus ? y a-t-il eu dans la 20 Grèce des partisans [3] ? Que sont devenus ces importants personnages qui méprisaient Homère, qui ne songeaient dans la place qu'à l'éviter, qui ne lui rendaient pas le salut, ou qui le saluaient par son nom,[4] qui ne daignaient pas l'associer à leur table, qui le regardaient comme un homme qui 25 n'était pas riche et qui faisait un livre ? Que deviendront les *Fauconnets ?*[5] iront-ils aussi loin dans la postérité que DESCARTES, né Français et *mort en Suède*.

64. Jeune, on conserve pour sa vieillesse ; vieux, on épargne pour la mort. L'héritier prodigue paye de superbes 30 funérailles, et dévore le reste.

68. Triste condition de l'homme, et qui dégoûte de la vie !

Il faut suer, veiller, fléchir, dépendre, pour avoir un peu
de fortune, ou la devoir à l'agonie de nos proches. Celui
qui s'empêche de souhaiter que son père y passe bientôt est
homme de bien.

5   76. Il n'y a qu'une affliction qui dure, qui est celle qui
vient de la perte de biens : le temps, qui adoucit toutes les
autres, aigrit celle-ci. Nous sentons à tous moments, pendant le cours de notre vie, où le bien que nous avons perdu
nous manque.

10   78. Ni les troubles, *Zénobie*,[1] qui agitent votre empire, ni
la guerre que vous soutenez virilement contre une nation
puissante depuis la mort du roi votre époux, ne diminuent
rien de votre magnificence. Vous avez préféré à toute autre
contrée les rives de l'Euphrate pour y élever un superbe
15 édifice : l'air y est sain et tempéré, la situation en est riante ;
un bois sacré l'ombrage du côté du couchant. Les dieux de
Syrie, qui habitent quelquefois la terre, n'y auraient pu
choisir une plus belle demeure. La campagne autour est
couverte d'hommes qui taillent et qui coupent, qui vont et
20 qui viennent, qui roulent ou qui charrient le bois du Liban,[2]
l'airain et le porphyre ; les grues et les machines gémissent
dans l'air, et font espérer à ceux qui voyagent vers l'Arabie
de revoir à leur retour en leurs foyers ce palais achevé,
et dans cette splendeur où vous désirez de le porter avant
25 de l'habiter, vous et les princes vos enfants. N'y épargnez
rien, grande reine ; employez-y l'or et tout l'art des plus
excellents ouvriers ; que les Phidias et les Zeuxis[3] de votre
siècle déploient toute leur science sur vos plafonds et sur
vos lambris ; tracez-y de vastes et délicieux jardins, dont
30 l'enchantement soit tel qu'ils ne paraissent pas faits de la
main des hommes ; épuisez vos trésors et votre industrie
sur cet ouvrage incomparable ; et après que vous y aurez

mis, Zénobie, la dernière main, quelqu'un de ces pâtres qui
habitent les sables voisins de Palmyre, devenu riche par les
péages de vos rivières, achètera un jour à deniers comptants
cette royale maison, pour l'embellir et la rendre plus digne
de lui et de sa fortune.   5

81. La cause la plus immédiate de la ruine et de la déroute des personnes des deux conditions, de la robe et de
l'épée, est que l'état ¹ seul, et non le bien, règle la dépense.

DE LA VILLE.

1. L'on se donne à Paris, sans se parler, comme un ren-
dez-vous public, mais fort exact, tous les soirs au Cours ² ou   10
aux Tuileries,³ pour se regarder au visage et se désapprouver
les uns les autres.

L'on ne peut se passer de ce même monde que l'on n'aime
point, et dont l'on se moque.

L'on s'attend au passage réciproquement dans une pro-   15
menade publique ⁴ ; l'on y passe en revue l'un devant l'autre :
carrosse, chevaux, livrées, armoiries, rien n'échappe aux yeux,
tout est curieusement ou malignement observé ; et, selon le
plus ou le moins de l'équipage,⁵ ou l'on respecte les personnes, ou on les dédaigne.   20

12. *Narcisse* se lève le matin pour se coucher le soir ; il
a ses heures de toilette comme une femme ; il va tous les
jours fort régulièrement à la belle messe aux Feuillants ⁶ ou
aux Minimes ; il est homme d'un bon commerce, et l'on
compte sur lui au quartier de * * * pour un tiers ou pour 25
un cinquième à l'hombre ou au reversi.⁷ Là il tient le fauteuil
quatre heures de suite chez *Aricie*, où il risque chaque soir
cinq pistoles d'or.⁸ Il lit exactement la *Gazette de Hollande*⁹
et le *Mercure galant*¹⁰ ; il a lu Bergerac,¹¹ Des Marets,¹²
Lesclache,¹³ les Historiettes de Barbin,¹⁴ et quelques recueils 30

de poésies.   Il se promène avec des femmes à la Plaine [1]
ou au Cours, et il est d'une ponctualité religieuse sur les
visites.   Il fera demain ce qu'il fait aujourd'hui et ce qu'il
fit hier, et il meurt ainsi après avoir vécu.

5   22. Les empereurs n'ont jamais triomphé à Rome si mol-
lement, si commodément, ni si sûrement même, contre le
vent, la pluie, la poudre et le soleil, que le bourgeois sait à
Paris se faire mener par toute la ville : quelle distance de
cet usage à la mule de leurs ancêtres ! Ils ne savaient point
10 encore se priver du nécessaire pour avoir le superflu, ni préférer le faste aux choses utiles.   On ne les voyait point
s'éclairer avec des bougies [2] et se chauffer à un petit feu :
la cire était pour l'autel et pour le Louvre.[3] Ils ne sortaient
point d'un mauvais dîner pour monter dans leur carrosse ;
15 ils se persuadaient que l'homme avait des jambes pour
marcher et ils marchaient.   Ils se conservaient propres
quand il faisait sec, et dans un temps humide ils gâtaient
leur chaussure, aussi peu embarrassés de franchir les rues et
les carrefours que le chasseur de traverser un guéret, ou le
20 soldat de se mouiller dans une tranchée.   On n'avait pas
encore imaginé d'atteler deux hommes à une litière,[4] il y
avait même plusieurs magistrats qui allaient à pied à la
chambre ou aux enquêtes,[5] d'aussi bonne grâce qu'Auguste
autrefois allait de son pied [6] au Capitole.   L'étain, dans ce
25 temps, brillait sur les tables et sur les buffets, comme le fer
et le cuivre dans les foyers ; l'argent et l'or étaient dans les
coffres.   Les femmes se faisaient servir par des femmes ; on
mettait celles-ci jusqu'à la cuisine.   Les beaux noms de
gouverneurs et de gouvernantes n'étaient pas inconnus à
30 nos pères : ils savaient à qui l'on confiait les enfants des
rois et des plus grands princes ; mais ils partageaient [7] le service de leurs domestiques avec leurs enfants, contents de

veiller eux-mêmes immédiatement à leur éducation. Ils
comptaient en toutes choses avec eux-mêmes : leur dépense
était proportionnée à leur recette ; leurs livrées, leurs équipages, leurs meubles, leur table, leur maison de la ville et
de la campagne, tout était mesuré sur leurs rentes et sur 5
leur condition. Il y avait entre eux des distinctions extérieures qui empêchaient qu'on ne prît la femme du praticien
pour celle du magistrat, et le roturier ou le simple valet
pour le gentilhomme. Moins appliqués à dissiper ou à
grossir leur patrimoine qu'à le maintenir, ils le laissaient 10
entier à leurs héritiers, et passaient ainsi d'une vie modérée
à une mort tranquille. Ils ne disaient point : *Le siècle est
dur, la misère est grande, l'argent est rare ;* ils en avaient
moins que nous, et en avaient assez, plus riches par leur
économie et par leur modestie [1] que de leurs revenus et de 15
leurs domaines. Enfin l'on était alors pénétré de cette
maxime, que ce qui est dans les grands splendeur, somptuo-
sité, magnificence, est dissipation, folie, ineptie, dans le
particulier.

DE LA COUR.

10. La cour est comme un édifice bâti de marbre : je veux 20
dire qu'elle est composée d'hommes fort durs, mais fort polis.

14. L'air de cour est contagieux : il se prend à V [2] * * *,
comme l'accent normand à Rouen ou à Falaise [3] ; on l'entre-
voit en des fourriers, [4] en de petits contrôleurs, [5] en des chefs
de fruiterie [6] ; l'on peut, avec une portée d'esprit fort mé- 25
diocre, y faire de grands progrès. Un homme d'un génie
élevé et d'un mérite solide ne fait pas assez de cas de cette
espèce de talent pour faire son capital de l'étudier et se le
rendre propre ; il l'acquiert sans réflexion, et il ne pense
point à s'en défaire. 30

17. Vous voyez des gens qui entrent sans saluer que
légèrement, qui marchent des épaules, et qui se rengorgent
comme une femme : ils vous interrogent sans vous regarder ;
ils parlent d'un ton élevé, et qui marque qu'ils se sentent
5 au-dessus de ceux qui se trouvent présents ; ils s'arrêtent,
et on les entoure ; ils ont la parole, président au cercle,¹ et
persistent dans cette hauteur ridicule et contrefaite, jusqu'à
ce qu'il survienne un grand, qui, la faisant tomber tout d'un
coup par sa présence, les réduise à leur naturel, qui est moins
10 mauvais.

25. C'est beaucoup tirer de notre ami, si ayant monté à
une grande faveur, il est encore un homme de notre connaissance.

30. Combien de gens vous étouffent de caresses dans le
15 particulier, vous aiment et vous estiment, qui sont embarrassés de vous dans le public, et qui, au lever ou à la messe,
évitent vos yeux et votre rencontre ! Il n'y a qu'un petit
nombre de courtisans qui, par grandeur ou par une confiance qu'ils ont d'eux-mêmes, osent honorer devant le
20 monde le mérite qui est seul et dénué de grands établisse-
ments.

33. Je crois pouvoir dire d'un poste éminent et délicat
qu'on y monte plus aisément qu'on ne s'y conserve.

36. L'on dit à la cour du bien de quelqu'un pour deux
25 raisons : la première, afin qu'il apprenne que nous disons du
bien de lui ; la seconde, afin qu'il en dise de nous.

55. Jeunesse du prince, source des belles fortunes.

63. Il y a un pays où les joies sont visibles, mais fausses,
et les chagrins cachés, mais réels. Qui croirait que l'em-
30 pressement pour les spectacles, que les éclats et les applaudissements aux théâtres de Molière et d'Arlequin,² les repas,
la chasse, les ballets, les carrousels, couvrissent tant d'inquié-

tudes, de soins et de divers intérêts, tant de craintes et d'espérances, des passions si vives et des affaires si sérieuses?.

64. La vie de la cour est un jeu sérieux, mélancolique,
qui applique. Il faut arranger ses pièces et ses batteries,
avoir un dessein, le suivre, parer celui de son adversaire, 5
hasarder quelquefois, et jouer de caprice ; et après toutes
ses rêveries et toutes ses mesures, on est échec, quelquefois
mat. Souvent, avec des pions qu'on ménage bien, on va à
dame, et l'on gagne la partie : le plus habile l'emporte, ou
le plus heureux. 10

65. Les roues, les ressorts, les mouvements sont cachés ;
rien ne paraît d'une montre que son aiguille, qui insensiblement s'avance et achève son tour : image du courtisan, d'autant plus parfaite, qu'après avoir fait assez de chemin, il
revient souvent au même point d'où il est parti. 15

70. L'esclave n'a qu'un maître ; l'ambitieux en a autant
qu'il y a de gens utiles à sa fortune.

74. L'on parle d'une région où les vieillards sont galants,
polis et civils ; les jeunes gens, au contraire, durs, féroces,
sans mœurs ni politesse ; ils se trouvent affranchis de la 20
passion des femmes dans un âge où l'on commence ailleurs
à la sentir ; ils leur préfèrent des repas, des viandes et des
amours ridicules. Celui-là, chez eux, est sobre et modéré,
qui ne s'enivre que de vin : l'usage trop fréquent qu'ils en
ont fait le leur a rendu insipide. Ils cherchent à réveiller 25
leur goût déjà éteint par des eaux-de-vie et par toutes les
liqueurs les plus violentes ; il ne manque à leur débauche
que de boire de l'eau-forte. Les femmes du pays préci-
pitent le déclin de leur beauté par des artifices qu'elles
croient servir à les rendre belles : leur coutume est de pein- 30
dre leurs lèvres, leurs joues, leurs sourcils et leurs épaules,
qu'elles étalent avec leur gorge, leurs bras et leurs oreilles,

comme si elles craignaient de cacher l'endroit par où elles
pourraient plaire, ou de ne pas se montrer assez. Ceux qui
habitent cette contrée ont une physionomie qui n'est pas
nette, mais confuse, embarrassée dans une épaisseur[1] de
5 cheveux étrangers qu'ils préfèrent aux naturels, et dont ils
font un long tissu pour couvrir leur tête : il descend à la
moitié du corps, change les traits et empêche qu'on ne con-
naisse les hommes à leur visage. Ces peuples d'ailleurs ont
leur dieu et leur roi. Les grands de la nation s'assemblent
10 tous les jours, à une certaine heure, dans un temple qu'ils
nomment église. Il y a au fond de ce temple un autel consacré à leur dieu, où un prêtre célèbre des mystères qu'ils
appellent saints, sacrés et redoutables. Les grands forment
un vaste cercle au pied de cet autel, et paraissent debout, le
15 dos tourné directement au prêtre et aux saints mystères, et
les faces élevées vers leur roi, que l'on voit à genoux sur une
tribune, et à qui ils semblent avoir tout l'esprit et tout le
cœur appliqué. On ne laisse pas de voir dans cet usage
une espèce de subordination, car ce peuple paraît adorer le
20 prince, et le prince adorer Dieu. Les gens du pays le
nomment * * * ; il est à quelques quarante-huit degrés d'élévation du pôle, et à plus d'onze cents lieues de mer des
Iroquois et des Hurons.

80. « Diseurs de bons mots,[2] mauvais caractère » : je le
25 dirais, s'il n'avait été dit. Ceux qui nuisent à la réputation
ou à la fortune des autres, plutôt que de perdre un bon
mot, méritent une peine infamante. Cela n'a pas été dit,
et je l'ose dire.

81. Il y a un certain nombre de phrases toutes faites que
30 l'on prend comme dans un magasin, et dont l'on se sert
pour se féliciter les uns les autres sur les événements. Bien
qu'elles se disent souvent sans affection, et qu'elles soient

reçues sans reconnaissance, il n'est pas permis avec cela de
les omettre, parce que du moins elles sont l'image de ce
qu'il y a au monde de meilleur, qui est l'amitié, et que les
hommes, ne pouvant guère compter les uns sur les autres
pour la réalité, semblent être convenus entre eux de se con- 5
tenter des apparences.

82. Avec cinq ou six termes de l'art, et rien de plus, l'on
se donne pour connaisseur en musique, en tableaux, en
bâtiments et en bonne chère : l'on croit avoir plus de plaisir
qu'un autre à entendre, à voir et à manger ; l'on impose à 10
ses semblables et l'on se trompe soi-même.

90. Êtes-vous en faveur, tout manège est bon, vous ne
faites point de fautes, tous les chemins vous mènent au
terme ; autrement, tout est faute, rien n'est utile, il n'y a
point de sentier qui ne vous égare. 15

96. *Straton* [1] est né sous deux étoiles : malheureux, heureux dans le même degré. Sa vie est un roman ; non, il lui
manque le vraisemblable. Il n'a point eu d'aventures ; il a
eu de beaux songes, il en a eu de mauvais. Que dis-je ? on
ne rêve point comme il a vécu. Personne n'a tiré d'une 20
destinée plus qu'il a fait ; l'extrême et le médiocre lui sont
connus : il a brillé, il a souffert, il a mené une vie commune : rien ne lui est échappé. Il s'est fait valoir par des
vertus qu'il assurait fort sérieusement qui étaient en lui ; il
a dit de soi : *J'ai de l'esprit, j'ai du courage ;* et tous ont dit 25
après lui : *Il a de l'esprit, il a du courage.* Il a exercé dans
l'une et l'autre fortune le génie du courtisan, qui a dit de lui
plus de bien peut-être et plus de mal qu'il n'y en avait. Le
joli, l'aimable, le rare, le merveilleux, l'héroïque, ont été
employés à son éloge ; et tout le contraire a servi depuis 30
pour le ravaler : caractère équivoque, mêlé, enveloppé ; une
énigme, une question presque indécise.

99. Dans cent ans, le monde subsistera encore en son entier ; ce sera le même théâtre et les mêmes décorations ; ce ne seront plus les mêmes acteurs. Tout ce qui se réjouit sur une grâce reçue, ou ce qui s'attriste et se désespère sur 5 un refus, tous auront disparu de dessus la scène. Il s'avance déjà sur le théâtre d'autres hommes qui vont jouer dans une même pièce les mêmes rôles ; ils s'évanouiront à leur tour ; et ceux qui ne sont pas encore, un jour ne seront plus ; de nouveaux acteurs ont pris leur place. Quel fond à faire sur 10 un personnage de comédie !

DES GRANDS.

1. La prévention[1] du peuple en faveur des grands est si aveugle, et l'entêtement pour leur geste, leur visage, leur ton de voix et leurs manières si général que, s'ils s'avisaient d'être bons, cela irait à l'idolâtrie.

15 3. L'avantage des grands sur les autres hommes est immense par un endroit. Je leur cède leur bonne chère, leurs riches ameublements, leurs chiens, leurs chevaux, leurs singes, leurs nains, leurs fous[2] et leurs flatteurs ; mais je leur envie le bonheur d'avoir à leur service des gens qui les égalent 20 par le cœur et par l'esprit, et qui les passent quelquefois.

23. C'est déjà trop d'avoir avec le peuple une même religion et un même Dieu : quel moyen encore de s'appeler *Pierre, Jean, Jacques*, comme le marchand ou le laboureur ? Évitons d'avoir rien de commun avec la multitude ; affectons 25 au contraire toutes les distinctions qui nous en séparent. Qu'elle s'approprie les douze apôtres, leurs disciples, les premiers martyrs (telles gens, tels patrons) ; qu'elle voie avec plaisir revenir toutes les années ce jour particulier que chacun célèbre comme sa fête. Pour nous autres grands, 30 ayons recours aux noms profanes ; faisons-nous baptiser sous

ceux d'*Annibal*, de *César* et de *Pompée*, c'étaient de grands hommes ; sous celui de *Lucrèce*, c'était une illustre Romaine ; sous ceux de *Renaud*, de *Roger*, d'*Olivier* et de *Tancrède*,[1] c'étaient des paladins, et le roman n'a point de héros plus merveilleux ; sous ceux d'*Hector*, d'*Achille*, d'*Hercule*, tous 5 demi-dieux ; sous ceux même de *Phébus* et de *Diane*. Et qui nous empêchera de nous faire nommer *Jupiter*, ou *Mercure*, ou *Vénus*, ou *Adonis ?*

25. Si je compare ensemble les deux conditions des hommes les plus opposées, je veux dire les grands avec le 10 peuple, ce dernier me paraît content du nécessaire, et les autres sont inquiets et pauvres avec le superflu. Un homme du peuple ne saurait faire aucun mal ; un grand ne veut faire aucun bien et est capable de grands maux. L'un ne se forme et ne s'exerce que dans les choses qui sont utiles ; 15 l'autre y joint les pernicieuses. Là se montrent ingénument la grossièreté et la franchise ; ici se cache une sève maligne et corrompue sous l'écorce de la politesse. Le peuple n'a guère d'esprit, et les grands n'ont point d'âme : celui-là a un bon fond et n'a point de dehors ; ceux-ci n'ont que des 20 dehors et qu'une simple superficie. Faut-il opter ? Je ne balance pas : je veux être peuple.

41. S'il est vrai qu'un grand donne plus à la fortune lorsqu'il hasarde une vie destinée à couler dans les ris, le plaisir et l'abondance, qu'un particulier qui ne risque que des jours 25 qui sont misérables, il faut avouer aussi qu'il a un tout autre dédommagement, qui est la gloire et la haute réputation. Le soldat ne sent pas qu'il soit connu ; il meurt obscur et dans la foule : il vivait de même, à la vérité, mais il vivait ; et c'est l'une des sources du défaut de courage dans les con- 30 ditions basses et serviles. Ceux, au contraire, que la naissance démêle d'avec le peuple, et expose aux yeux des

hommes, à leur censure et à leurs éloges, sont même capables de sortir par effort de leur tempérament, s'il ne les
portait pas à la vertu ; et cette disposition de cœur et
d'esprit, qui passe des aïeuls par les pères dans leurs des-
5 cendants, est cette bravoure si familière aux personnes
nobles, et peut-être la noblesse même.

Jetez-moi dans les troupes comme un simple soldat, je
suis Thersite [1] ; mettez-moi à la tête d'une armée dont j'aie
à répondre à toute l'Europe, je suis ACHILLE.

10   42. Les princes, sans autre science ni autre règle, ont un
goût de comparaison : ils sont nés et élevés au milieu et
comme dans le centre des meilleures choses, à quoi ils rapportent ce qu'ils lisent, ce qu'ils voient et ce qu'ils entendent.   Tout ce qui s'éloigne trop de LULLI, de RACINE et de
15 LE BRUN,[2] est condamné.

47. Les grands ne doivent point aimer les premiers temps ;
ils ne leur sont point favorables : il est triste pour eux d'y
voir que nous sortions tous du frère et de la sœur.   Les
hommes composent ensemble une même famille ; il n'y a
20 que le plus ou le moins dans le degré de parenté.

DU SOUVERAIN OU DE LA RÉPUBLIQUE.

1. Quand l'on parcourt, sans la prévention de son pays,
toutes les formes de gouvernement, l'on ne sait à laquelle se
tenir ; il y a dans toutes le moins bon et le moins mauvais.
Ce qu'il y a de plus raisonnable[3] et de plus sûr, c'est d'es-
25 timer celle où l'on est né la meilleure de toutes, et de s'y
soumettre.

9. La guerre a pour elle l'antiquité ; elle a été dans tous
les siècles : on l'a toujours vue remplir le monde de veuves
et d'orphelins, épuiser les familles d'héritiers, et faire périr
30 les frères à une même bataille.   Jeune SOYECOUR,[4] je regrette

ta vertu, ta pudeur, ton esprit déjà mûr, pénétrant, élevé,
sociable ; je plains cette mort prématurée qui te joint à ton
intrépide frère, et t'enlève à une cour où tu n'as fait que
te montrer : malheur déplorable, mais ordinaire ! De tout
temps les hommes, pour quelque morceau de terre de plus 5
ou de moins, sont convenus entre eux de se dépouiller, se
brûler, se tuer, s'égorger les uns les autres : et, pour le faire
plus ingénieusement et avec plus de sureté, ils ont inventé
de belles règles qu'on appelle l'art militaire ; ils ont attaché
à la pratique de ces règles la gloire ou la plus solide réputa- 10
tion ; et ils ont depuis enchéri de siècle en siècle sur la
manière de se détruire réciproquement. De l'injustice des
premiers hommes, comme de son unique source, est venue
la guerre, ainsi que la nécessité où ils se sont trouvés de se
donner des maîtres qui fixassent leurs droits et leurs préten- 15
tions. Si, content du sien, on eût pu s'abstenir du bien de
ses voisins, on avait pour toujours la paix et la liberté.

13. Le caractère des Français demande du sérieux dans
le souverain.

14. L'un des malheurs du prince est d'être souvent trop 20
plein de son secret, par le péril qu'il y a à le répandre : son
bonheur est de rencontrer une personne sûre qui l'en décharge.

15. Il ne manque rien à un roi que les douceurs d'une vie
privée ; il ne peut être consolé d'une si grande perte que par 25
le charme de l'amitié, et par la fidélité de ses amis.

16. Le plaisir d'un roi qui mérite de l'être est de l'être
moins quelquefois, de sortir du théâtre, de quitter le bas de
saye [1] et les brodequins,[2] et de jouer avec une personne de
confiance un rôle plus familier. 30

29. Quand vous voyez quelquefois un nombreux troupeau
qui, répandu sur une colline vers le déclin d'un beau jour,

paît tranquillement le thym et le serpolet, ou qui broute
dans une prairie une herbe menue et tendre qui a échappé
à la faux du moissonneur, le berger, soigneux et attentif, est
debout auprès de ses brebis ; il ne les perd pas de vue, il
5 les suit, il les conduit, il les change de pâturage ; si elles se
dispersent, il les rassemble ; si un loup avide paraît, il lâche
son chien, qui le met en fuite ; il les nourrit, il les défend ;
l'aurore le trouve déjà en pleine campagne, d'où il ne se
retire qu'avec le soleil : quels soins ! quelle vigilance !
10 quelle servitude ! Quelle condition vous paraît la plus délicieuse et la plus libre, ou du berger ou des brebis ? Le
troupeau est-il fait pour le berger, ou le berger pour le troupeau ? Image naïve des peuples et du prince qui les gouverne, s'il est bon prince.

15 Le faste et le luxe dans un souverain, c'est le berger habillé
d'or et de pierreries, la houlette d'or en ses mains ; son chien
a un collier d'or, il est attaché avec une laisse d'or et de soie.
Que sert tant d'or à son troupeau ou contre les loups ?

30. Quelle heureuse place que celle qui fournit dans tous
20 les instants l'occasion à un homme de faire du bien à tant
de milliers d'hommes ! Quel dangereux poste que celui qui
expose à tous moments un homme à nuire à un million
d'hommes !

DE L'HOMME.

1. Ne nous emportons point contre les hommes en voyant
25 leur dureté, leur ingratitude, leur injustice, leur fierté, l'amour
d'eux-mêmes, et l'oubli des autres ; ils sont ainsi faits, c'est
leur nature : c'est ne pouvoir supporter que la pierre tombe
ou que le feu s'élève.

2. Les hommes, en un sens, ne sont point légers, ou ne le
30 sont que dans les petites choses. Ils changent leurs habits,

leur langage, les dehors, les bienséances : ils changent de goût quelquefois ; ils gardent leurs mœurs toujours mauvaises ; fermes et constants dans le mal, ou dans l'indifférence pour la vertu.

8. L'incivilité n'est pas un vice de l'âme, elle est l'effet de plusieurs vices : de la sotte vanité, de l'ignorance de ses devoirs, de la paresse, de la stupidité, de la distraction, du mépris des autres, de la jalousie. Pour ne se répandre que sur les dehors, elle n'en est que plus haïssable, parce que c'est toujours un défaut visible et manifeste. Il est vrai cependant qu'il offense plus ou moins, selon la cause qui le produit.

16. L'on demande pourquoi tous les hommes ensemble ne composent pas comme une seule nation et n'ont point voulu parler une même langue, vivre sous les mêmes lois, convenir entre eux des mêmes usages et d'un même culte ; et moi, pensant à la contrariété des esprits, des goûts et des sentiments, je suis étonné de voir jusques à sept ou huit personnes se rassembler sous un même toit, dans une même enceinte, et composer une seule famille.

19. La vie est courte ' et ennuyeuse ; elle se passe toute à désirer. L'on remet à l'avenir son repos et ses joies, à cet âge souvent où les meilleurs biens ont déjà disparu, la santé et la jeunesse. Ce temps arrive, qui nous surprend encore dans les désirs : on en est là, quand la fièvre nous saisit et nous éteint ; si l'on eût guéri, ce n'était que pour désirer plus longtemps.

31. Il ne faut quelquefois qu'une jolie maison dont on hérite, qu'un beau cheval ou un joli chien dont on se trouve le maître, qu'une tapisserie, qu'une pendule, pour adoucir une grande douleur, et pour faire moins sentir une grande perte.

39. Pensons que, comme nous soupirons présentement pour la florissante jeunesse qui n'est plus et ne reviendra point, la caducité suivra, qui nous fera regretter l'âge viril où nous sommes encore, et que nous n'estimons pas assez.

50. Les enfants sont hautains, dédaigneux, colères, envieux, curieux, intéressés, paresseux, volages, timides, intempérants, menteurs, dissimulés ; ils rient et pleurent facilement : ils ont des joies immodérées et des afflictions amères sur de très petits sujets ; ils ne veulent point souffrir de mal, et aiment à en faire : ils sont déjà des hommes.

51. Les enfants n'ont ni passé ni avenir, et, ce qui ne nous arrive guère, ils jouissent du présent.

57. Les enfants commencent entre eux par l'état populaire : chacun y est le maître ; et ce qui est bien naturel, ils ne s'en accommodent pas longtemps, et passent au monarchique. Quelqu'un se distingue, ou par une plus grande vivacité, ou par une meilleure disposition du corps, ou par une connaissance plus exacte des jeux différents et des petites lois qui les composent ; les autres lui défèrent, et il se forme alors un gouvernement absolu qui ne roule que sur le plaisir.

63. L'esprit de parti abaisse les plus grands hommes jusques aux petitesses du peuple.

64. Nous faisons¹ par vanité ou par bienséance les mêmes choses et avec les mêmes dehors que nous les ferions par inclination ou par devoir. Tel vient de mourir à Paris de la fièvre qu'il a gagnée à veiller sa femme, qu'il n'aimait point.

74. D'où vient qu'*Alcippe* me salue aujourd'hui, me sourit, et se jette hors d'une portière, de peur de me manquer? Je ne suis pas riche, et je suis à pied : il doit, dans les règles, ne me pas voir. N'est-ce point pour être vu lui-même dans un même fond² avec un grand?

76. Nous cherchons notre bonheur ¹ hors de nous-mêmes, et dans l'opinion des hommes, que nous connaissons flatteurs, peu sincères, sans équité, pleins d'envie, de caprices et de préventions.   Quelle bizarrerie !

82. Il y a une espèce de honte d'être heureux à la vue 5 de certaines misères.

83. On est prompt à connaître ses plus petits avantages, et lent à pénétrer ses défauts.   On n'ignore point qu'on a de beaux sourcils, les ongles bien faits ; on sait à peine que l'on est borgne ; on ne sait point du tout que l'on manque 10 d'esprit.

Argyre tire son gant pour montrer une belle main, et elle ne néglige pas de découvrir un petit soulier qui suppose qu'elle a le pied petit : elle rit des choses plaisantes ou sérieuses, pour faire voir de belles dents ; si elle montre son 15 oreille, c'est qu'elle l'a bien faite ; et si elle ne danse jamais, c'est qu'elle est peu contente de sa taille, qu'elle a épaisse. Elle entend tous ses intérêts, à l'exception d'un seul : elle parle toujours, et n'a point d'esprit.

86. L'on voit peu d'esprits entièrement lourds et stupides ; 20 l'on en voit encore moins qui soient sublimes et transcendants.   Le commun des hommes nage entre ces deux extrémités.   L'intervalle est rempli par un grand nombre de talents ordinaires, mais qui sont d'un grand usage, servent à la république, et renferment en soi l'utile et l'agréable : 25 comme le commerce, les finances, le détail des armées, la navigation, les arts, les métiers, l'heureuse mémoire, l'esprit du jeu,² celui de la société et de la conversation.

92. L'esprit s'use comme toutes choses ; les sciences sont ses aliments, elles le nourrissent et le consument.   30

101. L'ennui est entré dans le monde par la paresse ; elle a beaucoup de part dans la recherche que font les

hommes des plaisirs, du jeu, de la société. Celui qui aime
le travail a assez de soi-même.

115. Le souvenir de la jeunesse est tendre dans les vieillards : ils aiment les lieux où ils l'ont passée ; les personnes
qu'ils ont commencé de connaître dans ce temps leur sont
chères ; ils affectent quelques mots du premier langage qu'ils
ont parlé ; ils tiennent pour l'ancienne manière de chanter,
et pour la vieille danse ; ils vantent les modes qui régnaient
alors dans les habits, les meubles et les équipages. Ils ne
peuvent encore désapprouver des choses qui servaient à
leurs passions, qui étaient si utiles à leurs plaisirs, et qui en
rappellent la mémoire. Comment pourraient-ils leur préférer de nouveaux usages et des modes toutes récentes, où
ils n'ont nulle part, dont ils n'espèrent rien, que les jeunes
gens ont faites, et dont ils tirent à leur tour de si grands
avantages contre la vieillesse ?

122. *Cliton* n'a jamais eu en toute sa vie que deux affaires, qui est de dîner le matin et de souper le soir : il ne
semble né que pour la digestion. Il n'a de même qu'un
entretien : il dit les entrées qui ont été servies au dernier
repas où il s'est trouvé ; il dit combien il y a eu de potages,
et quels potages ; il place ensuite le rôt et les entremets ;
il se souvient exactement de quels plats on a relevé[1] le premier service ; il n'oublie pas les *hors d'œuvre*, le fruit et les
assiettes[2] ; il nomme tous les vins et toutes les liqueurs dont
il a bu : il possède le langage des cuisines autant qu'il peut
s'étendre, et il me fait envie de manger à une bonne table
où il ne soit point. Il a surtout un palais sûr, qui ne prend
point le change, et il ne s'est jamais vu exposé à l'horrible
inconvénient de manger un mauvais ragoût ou de boire d'un
vin médiocre. C'est un personnage illustre dans son genre,
et qui a porté le talent de se bien nourrir jusques où il pou-

vait aller. On ne reverra plus un homme qui mange tant et qui mange si bien ; aussi est-il l'arbitre des bons morceaux, et il n'est guère permis d'avoir du goût pour ce qu'il désapprouve. Mais il n'est plus : il s'est fait du moins porter à table jusqu'au dernier soupir. Il donnait à manger le jour 5 qu'il est mort. Quelque part où il soit, il mange ; et s'il revient au monde, c'est pour manger.

123. *Ruffin* commence à grisonner ; mais il est sain, il a un visage frais et un œil vif qui lui promettent encore vingt années de vie ; il est gai, *jovial*, familier, indifférent ; il rit 10 de tout son cœur, et il rit tout seul et sans sujet, il est content de soi, des siens, de sa petite fortune ; il dit qu'il est heureux. Il perd son fils unique, jeune homme de grande espérance, et qui pouvait un jour être l'honneur de sa famille ; il remet sur d'autres le soin de le pleurer ; il dit : 15 « Mon fils est mort, cela fera mourir sa mère ; » et il est consolé. Il n'a point de passions, il n'a ni amis ni ennemis, personne ne l'embarrasse, tout le monde lui convient, tout lui est propre ; il parle à celui qu'il voit une première fois avec la même liberté et la même confiance qu'à ceux qu'il 20 appelle de vieux amis, et il lui fait part bientôt de ses *quolibets* et de ses historiettes. On l'aborde, on le quitte sans qu'il y fasse attention, et le même conte qu'il a commencé de faire à quelqu'un, il l'achève à celui qui prend sa place.

127. Il faut des saisies de terre et des enlèvements de 25 meubles, des prisons et des supplices, je l'avoue ; mais justice, lois et besoins à part, ce m'est une chose toujours nouvelle de contempler avec quelle férocité les hommes traitent d'autres hommes.

128. L'on voit certains animaux farouches,¹ des mâles et 30 des femelles, répandus par la campagne, noirs, livides et tout brûlés du soleil, attachés à la terre qu'ils fouillent et qu'ils

remuent avec une opiniâtreté invincible ; ils ont comme
une voix articulée, et quand ils se lèvent sur leurs pieds, ils
montrent une face humaine ; et en effet ils sont des hommes.
Ils se retirent la nuit dans des tanières, où ils vivent de pain
5 noir, d'eau et de racines ; ils épargnent aux autres hommes
la peine de semer, de labourer et de recueillir pour vivre, et
méritent ainsi de ne pas manquer de ce pain qu'ils ont semé.

136. Il n'y a pour l'homme qu'un vrai malheur, qui est de
se trouver en faute, et d'avoir quelque chose à se reprocher.

10   137. La plupart des hommes, pour arriver à leurs fins, sont
plus capables d'un grand effort que d'une longue persévérance : leur paresse ou leur inconstance leur fait perdre le
fruit des meilleurs commencements ; ils se laissent souvent
devancer par d'autres qui sont partis après eux, et qui
15 marchent lentement, mais constamment.

146. L'affectation dans le geste, dans le parler et dans
les manières, est souvent une suite de l'oisiveté ou de l'indifférence ; et il semble qu'un grand attachement ou de sérieuses affaires jettent l'homme dans son naturel.

20   149. L'on se repent rarement de parler peu, très souvent
de trop parler : maxime usée et triviale que tout le monde
sait, et que tout le monde ne pratique pas.

150. C'est se venger contre soi-même, et donner un trop
grand avantage à ses ennemis, que de leur imputer des choses
25 qui ne sont pas vraies, et de mentir pour les décrier.

154. Il faut aux enfants les verges et la férule : il faut
aux hommes faits [1] une couronne, un sceptre, un mortier,[2]
des fourrures,[3] des faisceaux, des timbales, des hoquetons.[4]
La raison et la justice dénuées de tous leurs ornements ni ne
30 persuadent ni n'intimident. L'homme, qui est esprit, se
mène par les yeux et les oreilles.

DES JUGEMENTS.

4. Deux choses[1] toutes contraires nous préviennent également, l'habitude et la nouveauté.

17. Rien ne découvre mieux dans quelle disposition sont les hommes à l'égard des sciences et des belles-lettres, et de quelle utilité ils les croient dans la république, que le prix 5 qu'ils y ont mis, et l'idée qu'ils se forment de ceux qui ont pris le parti de les cultiver. Il n'y a point d'art si mécanique ni de si vile condition où les avantages ne soient plus sûrs, plus prompts et plus solides. Le comédien, couché dans son carrosse, jette de la boue au visage de CORNEILLE, 10 qui est à pied. Chez plusieurs, savant et pédant sont synonymes.

Souvent, où le riche parle et parle de doctrine,[2] c'est aux doctes à se taire, à écouter, à applaudir, s'ils veulent du moins ne passer que pour doctes. 15

22. Si les ambassadeurs des princes étrangers étaient des singes instruits à marcher sur leurs pieds de derrière, et à se faire entendre par interprète, nous ne pourrions pas marquer un plus grand étonnement que celui que nous donne la justesse de leurs réponses, et le bon sens qui 20 paraît quelquefois dans leurs discours. La prévention du pays, jointe à l'orgueil de la nation, nous fait oublier que la raison est de tous les climats, et que l'on pense juste partout où il y a des hommes. Nous n'aimerions pas à être traités ainsi de ceux que nous appelons barbares ; et s'il y 25 a en nous quelque barbarie, elle consiste à être épouvantés de voir d'autres peuples raisonner comme nous. . . .

27. Il ne faut pas juger des hommes comme d'un tableau ou d'une figure, sur une seule et première vue ; il y a un intérieur et un cœur qu'il faut approfondir. Le voile de la 30

modestie couvre le mérite, et le masque de l'hypocrisie
cache la malignité. Il n'y a qu'un très petit nombre de con-
naisseurs qui discerne, et qui soit en droit de prononcer.
Ce n'est que peu à peu, et forcés même par le temps et les
5 occasions, que la vertu parfaite et le vice consommé viennent enfin à se déclarer.

34. Combien d'art pour rentrer dans la nature ! combien de
temps, de règles, d'attention et de travail, pour danser avec
la même liberté et la même grâce que l'on sait marcher ;
10 pour chanter comme on parle, parler et s'exprimer comme
l'on pense, jeter autant de force, de vivacité, de passion et
de persuasion dans un discours étudié et que l'on prononce
dans le public, qu'on en a quelquefois naturellement et sans
préparation dans les entretiens les plus familiers !

15 42. La règle de DESCARTES,[1] qui ne veut pas qu'on décide
sur les moindres vérités avant qu'elles soient connues
clairement et distinctement, est assez belle et assez juste
pour devoir s'étendre au jugement que l'on fait des personnes.

20 56. . . . Il y a dans le monde[2] quelque chose, s'il se peut,
de plus incompréhensible. Un homme paraît grossier, lourd,
stupide ; il ne sait pas parler, ni raconter ce qu'il vient de
voir : s'il se met à écrire, c'est le modèle des bons contes ;
il fait parler les animaux, les arbres, les pierres, tout ce qui
25 ne parle point : ce n'est que légèreté, qu'élégance, que beau
naturel, et que délicatesse dans ses ouvrages.

Un autre est simple,[3] timide, d'une ennuyeuse conversation ; il prend un mot pour un autre, et il ne juge de la
bonté de sa pièce que par l'argent qui lui en revient ; il ne
30 sait pas la réciter, ni lire son écriture. Laissez-le s'élever
par la composition : il n'est pas au-dessous d'AUGUSTE, de
POMPÉE, de NICOMÈDE, d'HÉRACLIUS ; il est roi, et un grand

roi ; il est politique, il est philosophe ; il entreprend de faire
parler des héros, de les faire agir ; il peint les Romains : ils
sont plus grands et plus Romains dans ses vers que dans
leur histoire. . . .

58. Tel, connu dans le monde par de grands talents, ho- 5
noré et chéri partout où il se trouve, est petit dans son
domestique et aux yeux de ses proches, qu'il n'a pu réduire
à l'estimer : tel autre au contraire, prophète dans son pays,
jouit d'une vogue qu'il a parmi les siens et qui est resser-
rée dans l'enceinte de sa maison, s'applaudit d'un mérite 10
rare et singulier qui lui est accordé par sa famille, dont il
est l'idole, mais qu'il laisse chez soi toutes les fois qu'il sort,
et qu'il ne porte nulle part.

62. Il est ordinaire et comme naturel de juger du travail
d'autrui seulement par rapport à celui qui nous occupe. 15
Ainsi le poète, rempli de grandes et sublimes idées, estime
peu le discours de l'orateur, qui ne s'exerce souvent que sur
de simples faits ; et celui qui écrit l'histoire de son pays ne
peut comprendre qu'un esprit raisonnable emploie sa vie à
imaginer des fictions et à trouver une rime ; de même le 20
bachelier [1] plongé dans les quatre premiers siècles, traite
toute autre doctrine de science triste, vaine et inutile, pendant qu'il est peut-être méprisé du géomètre.

83. L'honnêteté, les égards et la politesse des personnes
avancées en âge, de l'un et de l'autre sexe, me donnent 25
bonne opinion de ce qu'on appelle le vieux temps.

84. C'est un excès de confiance dans les parents d'espérer
tout de la bonne éducation de leurs enfants, et une grande
erreur de n'en attendre rien et de la négliger.

85. Quand il serait vrai, ce que plusieurs disent, que l'édu- 30
cation ne donne point à l'homme un autre cœur ni une
autre complexion, qu'elle ne change rien dans son fond et

ne touche qu'aux superficies, je ne laisserais pas de dire
qu'elle ne lui est pas inutile.

104. « A quoi vous divertissez-vous? à quoi passez-vous le
temps? » vous demandent les sots et les gens d'esprit. Si
5 je réplique que c'est à ouvrir les yeux et à voir, à prêter
l'oreille et à entendre, à avoir la santé, le repos, la liberté,
ce n'est rien dire. Les solides biens, les grands biens, les
seuls biens ne sont pas comptés, ne se font pas sentir.
« Jouez-vous? masquez-vous? [1] » il faut répondre. . .

10   107. Si le monde [2] dure seulement cent millions d'années,
il est encore dans toute sa fraîcheur, et ne fait presque que
commencer ; nous-mêmes nous touchons aux premiers
hommes et aux patriarches : et qui pourra ne nous pas confondre avec eux dans des siècles si reculés? Mais si l'on
15 juge par le passé de l'avenir, quelles choses nouvelles nous
sont inconnues dans les arts, dans les sciences, dans la nature, et j'ose dire dans l'histoire ! Quelles découvertes ne
fera-t-on point ! Quelles différentes révolutions ne doivent
pas arriver sur toute la face de la terre, dans les États et
20 dans les empires ! Quelle ignorance est la nôtre ! et quelle
légère expérience que celle de six ou sept mille ans ! [3]

108. Il n'y a point de chemin trop long à qui marche
lentement et sans se presser : il n'y a point d'avantages trop
éloignés à qui s'y prépare par la patience.

25   113. Les hommes, sur la conduite des grands [4] et des
petits indifféremment, sont prévenus, charmés, enlevés par
la réussite ; il s'en faut peu que le crime heureux ne soit
loué comme la vertu même, et que le bonheur ne tienne
lieu de toutes les vertus.   C'est un noir attentat, c'est une
30 sale et odieuse entreprise que celle que le succès ne saurait
justifier.

DE LA MODE.

1. Une chose folle et qui découvre bien notre petitesse, c'est l'assujettissement aux modes, quand on l'étend à ce qui concerne le goût, le vivre,[1] la santé et la conscience. La viande noire[2] est hors de mode, et par cette raison insipide ; ce serait pécher contre la mode que de guérir de la fièvre par la saignée.[3] De même l'on ne mourait plus depuis longtemps par *Théotime ;* ses tendres exhortations ne sauvaient plus que le peuple, et Théotime a vu son successeur.

2. ... Le fleuriste[4] a un jardin dans un faubourg ; il y court au lever du soleil, et il en revient à son coucher. Vous le voyez planté, et qui a pris racine au milieu de ses tulipes et devant la *Solitaire*[5] *:* il ouvre de grands yeux, il frotte ses mains, il se baisse, il la voit de plus près, il ne l'a jamais vue si belle, il a le cœur épanoui de joie : il la quitte pour l'*Orientale ;* de là, il va à la *Veuve ;* il passe au *Drap d'or ;* de celle-ci à l'*Agathe*, d'où il revient enfin à la *Solitaire*, où il se fixe, où il se lasse, où il s'assit,[6] où il oublie de dîner : aussi est-elle nuancée, bordée, huilée,[7] à pièces emportées[8] ; elle a un beau vase ou un beau calice ; il la contemple, il l'admire. Dieu et la nature sont en tout cela ce qu'il n'admire point : il ne va pas plus loin que l'oignon de sa tulipe, qu'il ne livrerait pas pour mille écus, et qu'il donnera pour rien quand les tulipes seront négligées et que les œillets auront prévalu. Cet homme raisonnable qui a une âme, qui a un culte et une religion, revient chez soi fatigué, affamé, mais fort content de sa journée : il a vu des tulipes.

Parlez à cet autre de la richesse des moissons, d'une ample récolte, d'une bonne vendange : il est curieux de fruits ; vous n'articulez pas, vous ne vous faites pas entendre. Parlez-lui de figues et de melons, dites que les poiriers

rompent de fruit cette année, que les pêchers ont donné
avec abondance : c'est pour lui un idiome inconnu ; il s'attache aux seuls pruniers : il ne vous répond pas.   Ne l'en-
tretenez pas même de vos pruniers : il n'a de l'amour que
5 pour une certaine espèce, toute autre que vous lui nommez
le fait sourire et se moquer.   Il vous mène à l'arbre, cueille
artistement cette prune exquise ; il l'ouvre, vous en donne
une moitié et prend l'autre : «Quelle chair ! dit-il ; goûtez-
vous cela? cela est-il divin? voilà ce que vous ne trouverez
10 pas ailleurs !» Et là-dessus ses narines s'enflent, il cache
avec peine sa joie et sa vanité par quelques dehors de modestie.   O l'homme divin, en effet ! homme qu'on ne peut
jamais assez louer et admirer ! homme dont il sera parlé
dans plusieurs siècles ! que je voie sa taille et son visage
15 pendant qu'il vit ; que j'observe les traits et la contenance
d'un homme qui seul entre les mortels possède une telle
prune !

Un troisième, que vous allez voir, vous parle des curieux,
ses confrères, et surtout de *Diognète :* «Je l'admire, dit-il, et
20 je le comprends moins que jamais. Pensez-vous qu'il cherche
à s'instruire par les médailles, et qu'il les regarde comme
des preuves parlantes de certains faits, et des monuments
fixes et indubitables de l'ancienne histoire? rien moins !
Vous croyez peut-être que toute la peine qu'il se donne
25 pour recouvrer une *tête* vient du plaisir qu'il se fait de ne
voir pas une suite d'empereurs interrompue? c'est encore
moins.   Diognète sait d'une médaille le *fruste*, le *flou* et la
fleur de coin[1] ; il a une tablette dont toutes les places sont
garnies, à l'exception d'une seule : ce vide lui blesse la vue,
30 et c'est précisément et à la lettre pour le remplir qu'il emploie son bien et sa vie.

«Vous voulez, ajoute *Démocède*, voir mes estampes?» et

bientôt il les étale et vous les montre. Vous en rencontrez
une qui n'est ni noire, ni nette, ni dessinée et d'ailleurs
moins propre à être gardée dans un cabinet qu'à tapisser, un
jour de fête, le Petit-Pont[1] ou la rue Neuve[2] : il convient
qu'elle est mal gravée, plus mal dessinée ; mais il assure 5
qu'elle est d'un Italien qui a travaillé peu, qu'elle n'a presque pas été tirée, que c'est la seule qui soit en France de ce
dessin, qu'il l'a achetée très cher, et qu'il ne la changerait
pas pour ce qu'il a de meilleur. « J'ai, continue-t-il, une
sensible affliction, et qui m'obligera à renoncer aux estampes 10
pour le reste de mes jours : j'ai tout *Callot*,[3] hormis une
seule, qui n'est pas, à la vérité, de ses bons ouvrages ; au contraire, c'est un des moindres, mais qui m'achèverait Callot ;
je travaille depuis vingt ans à recouvrer cette estampe, et
je désespère enfin d'y réussir ; cela est bien rude ! » 15

Tel autre fait la satire de ces gens qui s'engagent par
inquiétude ou par curiosité dans de longs voyages ; qui ne
font ni mémoires ni relations ; qui ne portent point de
tablettes ; qui vont pour voir, et qui ne voient pas, ou qui
oublient ce qu'ils ont vu ; qui désirent seulement de con- 20
naître de nouvelles tours ou de nouveaux clochers, et de
passer des rivières qu'on n'appelle ni la Seine ni la Loire ;
qui sortent de leur patrie pour y retourner, qui aiment à être
absents, qui veulent un jour être revenus de loin : et ce
satirique parle juste, et se fait écouter. 25

Mais quand il ajoute que les livres en apprennent plus
que les voyages, et qu'il m'a fait comprendre par ses discours qu'il a une bibliothèque, je souhaite de la voir ; je vais
trouver cet homme, qui me reçoit dans une maison où dès
l'escalier je tombe en faiblesse d'une odeur de maroquin 30
noir dont ses livres sont tous couverts. Il a beau me crier
aux oreilles, pour me ranimer, qu'ils sont dorés sur tranche,

ornés de filets d'or, et de la bonne édition, me nommer les
meilleurs l'un après l'autre, dire que sa galerie est remplie, à
quelques endroits près, qui sont peints de manière qu'on les
prend pour de vrais livres arrangés sur des tablettes et que
5 l'œil s'y trompe, ajouter qu'il ne lit jamais, qu'il ne met pas
le pied dans cette galerie, qu'il y viendra pour me faire
plaisir ; je le remercie de sa complaisance, et ne veux, non
plus que lui, voir sa tannerie, qu'il appelle bibliothèque. . . .

Un bourgeois aime les bâtiments ; il se fait bâtir un hôtel
10 si beau, si riche et si orné, qu'il est inhabitable.   Le maître,
honteux de s'y loger, ne pouvant peut-être se résoudre à le
louer à un prince ou à un homme d'affaires, se retire au gale-
tas, où il achève sa vie, pendant que l'enfilade [1] et les
planchers de rapport [2] sont en proie aux Anglais et aux Alle-
15 mands qui voyagent, et qui viennent là du Palais-Royal,[3] du
palais L. . . . G [4]. . . et du Luxembourg.[5]   On heurte sans
fin à cette belle porte ; tous demandent à voir la maison, et
personne à voir Monsieur.

On en sait d'autres qui ont des filles devant leurs yeux, à
20 qui ils ne peuvent pas donner une dot ; que dis-je ? elles ne
sont pas vêtues, à peine nourries ; qui se refusent un tour
de lit [6] et du linge blanc ; qui sont pauvres ; et la source de
leur misère n'est pas fort loin : c'est un garde-meuble chargé
et embarrassé de bustes rares, déjà poudreux et couverts
25 d'ordures, dont la vente les mettrait au large, mais qu'ils ne
peuvent se résoudre à mettre en vente.

Diphile commence par un oiseau et finit par mille : sa
maison n'en est pas égayée, mais empestée.   La cour, la
salle, l'escalier, le vestibule, les chambres, le cabinet, tout
30 est volière.   Ce n'est plus un ramage, c'est un vacarme ;
les vents d'automne et les eaux dans leurs plus grandes
crues ne font pas un bruit si perçant et si aigu ; on ne

s'entend non plus parler les uns les autres que dans ces
chambres où il faut attendre, pour faire le compliment
d'entrée, que les petits chiens aient aboyé. Ce n'est plus
pour Diphile un agréable amusement, c'est une affaire labo-
rieuse, et à laquelle à peine il peut suffire. Il passe les 5
jours, ces jours qui échappent et qui ne reviennent plus, à
verser du grain et à nettoyer des ordures. Il donne pension
à un homme qui n'a point d'autre ministère que de siffler
des serins au flageolet et de faire couver des *Canaries*. Il
est vrai que ce qu'il dépense d'un côté, il épargne de l'autre, 10
car ses enfants sont sans maîtres et sans éducation. Il se
renferme le soir, fatigué de son propre plaisir, sans pouvoir
jouir du moindre repos que ses oiseaux ne reposent, et que
ce petit peuple, qu'il n'aime que parce qu'il chante, ne cesse
de chanter. Il retrouve ses oiseaux dans son sommeil : lui- 15
même il est oiseau, il est huppé, il gazouille, il perche ; il
rêve la nuit qu'il mue ou qu'il couve.

Qui pourrait épuiser tous les différents genres de curieux?
Devineriez-vous, à entendre parler celui-ci de son *Léopard*,
de sa *Plume*, de sa *Musique*, les vanter comme ce qu'il y a 20
sur la terre de plus singulier et de plus merveilleux, qu'il
veut vendre ses coquilles? Pourquoi non, s'il les achète au
poids de l'or?

Cet autre aime les insectes ; il en fait tous les jours de
nouvelles emplettes ; c'est surtout le premier homme de 25
l'Europe pour les papillons : il en a de toutes les tailles et
de toutes les couleurs. Quel temps prenez-vous pour lui
rendre visite? il est plongé dans une amère douleur ; il a
l'humeur noire, chagrine, et dont toute sa famille souffre :
aussi a-t-il fait une perte irréparable. Approchez, regardez 30
ce qu'il vous montre sur son doigt, qui n'a plus de vie et qui
vient d'expirer : c'est une chenille, et quelle chenille !

3. Le duel est le triomphe de la mode, et l'endroit où elle a exercé sa tyrannie avec plus d'éclat.[1] Cet usage n'a pas laissé au poltron la liberté de vivre : il l'a mené se faire tuer par un plus brave que soi, et l'a confondu avec un

5 homme de cœur ; il a attaché de l'honneur et de la gloire à une action folle et extravagante ; il a été approuvé par la présence des rois ; il y a eu quelquefois une espèce de religion à le pratiquer ; il a décidé de l'innocence[2] des hommes, des accusations fausses ou véritables sur des crimes capitaux ;

10 il s'était enfin si profondément enraciné dans l'opinion des peuples, et s'était si fort saisi de leur cœur et de leur esprit, qu'un des plus beaux endroits de la vie d'un très grand roi[3] a été de les guérir de cette folie.

7. Il n'y a rien qui mette plus subitement un homme à la

15 mode et qui le soulève[4] davantage que le grand jeu : cela va du pair avec la crapule. Je voudrais bien voir un homme poli, enjoué, spirituel, fût-il un CATULLE[5] ou son disciple, faire quelque comparaison avec celui qui vient de perdre huit cents pistoles en une séance.

20 10. VOITURE et SARRASIN[6] étaient nés pour leur siècle, et ils ont paru dans un temps où il semble qu'ils étaient attendus. S'ils s'étaient moins pressés de venir, ils arrivaient trop tard ; et j'ose douter qu'ils fussent tels aujourd'hui qu'ils ont été alors. Les conversations légères, les cercles,

25 la fine plaisanterie, les lettres enjouées et familières, les petites parties[7] où l'on était admis seulement avec de l'esprit, tout a disparu. Et qu'on ne dise point qu'ils les feraient revivre : ce que je puis faire en faveur de leur esprit est de convenir que peut-être ils excelleraient dans un

30 autre genre ; mais les femmes sont, de nos jours, ou dévotes, ou coquettes, ou joueuses ou ambitieuses, quelques-unes même tout cela à la fois : le goût de la faveur, le jeu,

les galants, les directeurs,[1] ont pris la place, et la défendent contre les gens d'esprit.

16. Le courtisan autrefois avait ses cheveux, était en chausses et en pourpoint, portait de larges canons, et il était libertin. Cela ne sied plus ; il porte une perruque, l'habit 5 serré, le bas uni, et il est dévot. tout se règle par la mode.

19. Les couleurs sont préparées, et la toile est toute prête : mais comment le fixer, cet homme inquiet, léger, inconstant, qui change de mille et mille figures ? Je le peins dévot, et je crois l'avoir attrapé ; mais il m'échappe, 10 et déjà il est libertin. Qu'il demeure du moins dans cette mauvaise situation, et je saurai le prendre dans un point de dérèglement de cœur et d'esprit où il sera reconnaissable ; mais la mode presse, il est dévot.

31. Chaque heure, en soi comme à notre égard, est 15 unique : est-elle écoulée une fois, elle a péri entièrement : les millions de siècles ne la ramèneront pas. Les jours, les mois, les années s'enfoncent et se perdent sans retour dans l'abîme des temps. Le temps même sera détruit : ce n'est qu'un point dans les espaces immenses de l'éternité, et il 20 sera effacé. Il y a des légères et frivoles circonstances du temps qui ne sont point stables, qui passent, et que j'appelle des modes, la grandeur, la faveur, les richesses, la puissance, l'autorité, l'indépendance, le plaisir, les joies, la superfluité. Que deviendront ces modes quand le temps même aura dis- 25 paru ? La vertu seule, si peu à la mode, va au delà des temps.

DE QUELQUES USAGES.

2. Tel abandonne son père qui est connu, et dont l'on cite le greffe ou la boutique, pour se retrancher sur son aïeul, qui, mort depuis longtemps, est inconnu et hors de 30

prise. Il montre ensuite un gros revenu, une grande charge,
de belles alliances ; et, pour être noble, il ne lui manque
que des titres.

6. Il suffit de n'être point né dans une ville, mais sous
5 une chaumière répandue dans la campagne, ou sous une
ruine qui trempe dans un marécage et qu'on appelle château, pour être cru noble sur sa parole.

10. Le besoin d'argent a réconcilié la noblesse avec la
roture, et a fait évanouir la preuve des quatre quartiers.[1]

10 42. L'on applaudit à la coutume qui s'est introduite dans
les tribunaux d'interrompre les avocats au milieu de leur
action,[2] de les empêcher d'être éloquents et d'avoir de
l'esprit, de les ramener au fait et aux preuves toutes sèches
qui établissent leurs causes et le droit de leurs parties ; et
15 cette pratique si sévère, qui laisse aux orateurs le regret de
n'avoir pas prononcé les plus beaux traits de leurs discours,
qui bannit l'éloquence du seul endroit où elle est en sa
place, et va faire du Parlement une muette juridiction, on
l'autorise par une raison solide et sans réplique, qui est
20 celle de l'expédition : il est seulement à désirer qu'elle fût
moins oubliée en toute autre rencontre ; qu'elle réglât au contraire les bureaux comme les audiences, et qu'on cherchât
une fin aux écritures,[3] comme on a fait aux plaidoyers.

43. Le devoir des juges est de rendre la justice ; leur
25 métier, de la différer. Quelques-uns savent leur devoir, et
font leur métier.

49. La principale partie de l'orateur, c'est la probité :
sans elle, il dégénère en déclamateur, il déguise ou il exagère
les faits, il cite faux, il calomnie, il épouse la passion et les
30 haines de ceux pour qui il parle ; et il est de la classe de
ces avocats dont le proverbe dit qu'ils sont payés pour dire
des injures.

58. S'il n'y avait point de testaments pour régler le droit des héritiers, je ne sais si l'on aurait besoin de tribunaux pour régler les différends des hommes ; les juges seraient presque réduits à la triste fonction d'envoyer au gibet les voleurs et les incendiaires. Qui voit-on dans les lanternes [1] 5 des chambres, au parquet, à la porte ou dans la salle du magistrat ? des héritiers *ab intestat ?* [2] Non, les lois ont pourvu à leurs partages. On y voit les testamentaires qui plaident en explication d'une clause ou d'un article ; les personnes exhérédées ; ceux qui se plaignent d'un testament 10 fait avec loisir, avec maturité, par un homme grave, habile, consciencieux, et qui a été aidé d'un bon conseil ; d'un acte où le praticien n'a rien *obmis* [3] de son jargon et de ses finesses ordinaires ; il est signé du testateur et des témoins publics, il est parafé ; et c'est en cet état qu'il est cassé et 15 déclaré nul.

65. Il y a déjà longtemps que l'on improuve les médecins et que l'on s'en sert ; le théâtre et la satire ne touchent point à leurs pensions ; ils dotent leurs filles, placent leurs fils aux parlements [4] et dans la prélature, et les railleurs 20 eux-mêmes fournissent l'argent. Ceux qui se portent bien deviennent malades ; il leur faut des gens dont le métier soit de les assurer qu'ils ne mourront point. Tant que les hommes pourront mourir, et qu'ils aimeront à vivre, le médecin sera raillé et bien payé. 25

71. L'on ne peut guère [5] charger l'enfance de la connaissance de trop de langues, et il me semble que l'on devrait mettre toute son application à l'en instruire ; elles sont utiles à toutes les conditions des hommes, et elles leur ouvrent également l'entrée ou à une profonde ou à une 30 facile et agréable érudition. Si l'on remet cette étude si pénible à un âge un peu plus avancé, et qu'on appelle la

jeunesse, ou l'on n'a pas la force de l'embrasser par choix,
ou l'on n'a pas celle d'y persévérer ; et si l'on y persévère,
c'est consumer à la recherche des langues le même temps
qui est consacré à l'usage que l'on en doit faire ; c'est bor-
5 ner à la science des mots un âge qui veut déjà aller plus
loin, et qui demande des choses ; c'est au moins avoir
perdu les premières et les plus belles années de sa vie. Un
si grand fonds ne se peut bien faire que lorsque tout
s'imprime dans l'âme naturellement et profondément ; que
10 la mémoire est neuve, prompte et fidèle ; que l'esprit et le
cœur sont encore vides de passions, de soins et de désirs,
et que l'on est déterminé à de longs travaux par ceux de
qui l'on dépend. Je suis persuadé que le petit nombre
d'habiles, ou le grand nombre de gens superficiels, vient de
15 l'oubli de cette pratique.

72. L'étude des textes ne peut jamais être assez recom-
mandée ; c'est le chemin le plus court, le plus sûr et le plus
agréable pour tout genre d'érudition. Ayez les choses de la
première main ; puisez à la source ; maniez, remaniez le
20 texte, apprenez-le de mémoire, citez-le dans les occasions ;
songez surtout à en pénétrer le sens dans toute son étendue
et dans ses circonstances ; conciliez un auteur original,
ajustez ¹ ses principes, tirez vous-même les conclusions. Les
premiers commentateurs se sont trouvés dans le cas où je
25 désire que vous soyez : n'empruntez leurs lumières et ne
suivez leurs vues qu'où les vôtres seraient trop courtes ; leurs
explications ne sont pas à vous, et peuvent aisément vous
échapper : vos observations, au contraire, naissent de votre
esprit, et y demeurent ; vous les retrouvez plus ordinaire-
30 ment dans la conversation, dans la consultation et dans la
dispute. Ayez le plaisir de voir que vous n'êtes arrêté dans
la lecture que par les difficultés qui sont invincibles, où les

commentateurs et les scoliastes eux-mêmes demeurent
court, si fertiles d'ailleurs, si abondants et si chargés d'une
vaine et fastueuse érudition dans les endroits clairs, et qui
ne font de peine ni à eux ni aux autres. Achevez ainsi de
vous convaincre, par cette méthode d'étudier, que c'est la 5
paresse des hommes qui a encouragé le pédantisme à
grossir plutôt qu'à enrichir les bibliothèques, à faire périr le
texte sous le poids des commentaires ; et qu'elle a en cela
agi contre soi-même et contre ses plus chers intérêts, en
multipliant les lectures, les recherches et le travail, qu'elle 10
cherchait à éviter.

DE LA CHAIRE.

1. Le discours chrétien est devenu un spectacle. Cette
tristesse évangélique [1] qui en est l'âme ne s'y remarque plus :
elle est suppléée par les avantages de la mine, par les
inflexions de la voix, par la régularité du geste, par le choix 15
des mots, et par les longues énumérations. On n'écoute
plus sérieusement la parole sainte : c'est une sorte d'amusement entre mille autres, c'est un jeu où il y a de l'émulation et des parieurs.

3. Jusqu'à ce qu'il revienne un homme qui, avec un style 20
nourri des saintes Écritures, explique au peuple la parole
divine uniment [2] et familièrement, les orateurs et les décla-
mateurs seront suivis.

4. Les citations profanes, les froides allusions, le mauvais
pathétique, les antithèses, les figures outrées, ont fini : les 25
portraits finiront, et feront place à une simple explication de
l'Évangile, jointe aux mouvements qui inspirent la conversion.

20. Devrait-il suffire d'avoir été grand et puissant dans le
monde pour être louable ou non, et devant le saint autel
et dans la chaire de la vérité, loué et célébré à ses funé- 30

railles? N'y a-t-il point d'autre grandeur que celle qui vient
de l'autorité et de la naissance? Pourquoi n'est-il pas établi
de faire publiquement le panégyrique d'un homme qui a
excellé pendant sa vie dans la bonté, dans l'équité, dans la
5 douceur, dans la fidélité, dans la piété? Ce qu'on appelle
une oraison funèbre n'est aujourd'hui bien reçue [1] du plus
grand nombre des auditeurs qu'à mesure qu'elle s'éloigne
davantage du discours chrétien, ou si vous l'aimez mieux
ainsi, qu'elle approche de plus près d'un éloge profane.

DES ESPRITS FORTS.

10   10. J'exigerais de ceux qui vont contre le train commun
et les grandes règles, qu'ils sussent plus que les autres,
qu'ils eussent des raisons claires, et de ces arguments qui
emportent conviction.

19. Les hommes sont-ils assez bons, assez fidèles, assez
15 équitables, pour mériter toute notre confiance, et ne nous
pas faire désirer du moins que Dieu existât, à qui nous
pussions appeler de leurs jugements et avoir recours quand
nous en sommes persécutés ou trahis?

35. La religion est vraie, ou elle est fausse : si elle n'est
20 qu'une vaine fiction, voilà, si l'on veut, soixante années
perdues pour l'homme de bien, pour le chartreux ou le
solitaire ; ils ne courent pas un autre risque. Mais si elle
est fondée sur la vérité même, c'est alors un épouvantable
malheur pour l'homme vicieux ; l'idée seule des maux qu'il
25 se prépare me trouble l'imagination ; la pensée est trop
faible pour les concevoir, et les paroles trop vaines pour les
exprimer. Certes, en supposant même dans le monde
moins de certitude qu'il ne s'en trouve en effet sur la
vérité de la religion, il n'y a point pour l'homme un meilleur
30 parti que la vertu.

NOTES

DESCARTES.

DISCOURS DE LA MÉTHODE.

Page 1. — 1. Descartes explains the title of this work in a letter to his life-long friend, Father Marin Mersenne (1588–1648), a distinguished theologian and mathematician: "car je ne mets pas, Traité de la méthode, mais Discours de la méthode, ce qui est le même que Préface ou Avis touchant la méthode, pour montrer que je n'ai pas dessein de l'enseigner, mais seulement d'en parler; car, comme on peut voir de ce que j'en dis, elle consiste plus en pratique qu'en théorie; et je nomme les traités suivants des essais de cette méthode, pource que je prétends que les choses qu'ils contiennent n'ont pu être trouvées sans elle, et qu'on peut connaître par eux ce qu'elle vaut. Comme aussi, j'ai inséré quelque chose de métaphysique, de physique et de médecine dans le premier discours, pour montrer qu'elle s'étend à toutes sortes de matières."— (Cousin's edition, vol. vi, pages 138-139.) In a previous letter (of March, 1636) to the same friend, he speaks of his work in manuscript, and adds: "le titre en général sera: *Le projet d'une science universelle qui puisse élever notre nature à son plus haut degré de perfection; plus, la dioptrique, les météores et la géométrie, où les plus curieuses matières que l'auteur ait pu choisir, pour rendre preuve de la science universelle qu'il propose, sont expliquées en telle sorte que ceux mêmes qui n'ont point étudié les peuvent entendre*" (*op. cit.* vol. vi, pages 276-277).

The *Discours* and essays were finally printed at Leyden, June 8, 1637. — The essays are now published separately, and may be found in volume V of Cousin's edition.

2. **en une fois** = *de suite.* Notice, also, the use of *en,* line 2 (*en la première,* etc.), where it stands for *dans.* The employment of the different prepositions was not so strictly regulated in the seventeenth century as it is to-day.

3. **distinguer** = *diviser.* Notice also the construction, *le pourra distinguer,* which was formerly quite common, and is not unknown to-day with certain writers.

Première Partie.

Cousin's edition gives no sub-titles to the various parts.

4. Le bon sens = *Le sens commun.* Innate reason, natural good judgment.

5. en être. The constant recurrence of the pronoun *en*, in order to gain conciseness, militates against Descartes' style.

Page 2. — 1. **n'ont point coutume,** etc. = *n'en désirent point ordinairement.* Also *avoir de coutume* in other authors of the time.

2. plus qu'ils en ont. The omission of *ne*, which usually follows *plus* or *moins*, is due to the fact that the principal clause here is negative. On page 1, line 15, the principal clause is affirmative, as well as the subordinate.

This opening sentence would have been suggested, according to Brunetière (cf. *Études Critiques, Quatrième Série,* p. 117), by a work of the Jesuit, François Garasse (1585–1630), which was published in 1623 under the title of *La Doctrine curieuse des beaux esprits de ce temps,* etc. The wording in the two writers is almost the same.

3. et distinguer. Notice the omission of *de*. Also in line 9 the omission of *que nous*, etc.

4. en tous les hommes = *chez tous les hommes.*

5. davantage = *plus.*

6. accidents, *attributes,* not essential to the substance to which they belong.

7. formes. The principles which impart their essence to things and give them their characteristics common to the species.

These are terms of the scholastic philosophy.

8. heur = *bonheur.* The noun *heur* continued in use (apart from *mal* and *bon*) far into the century.

9. en = *de.*

Page 3. — 1. **encore qu'** = *bien qu'.*

2. purement hommes, *as human beings,* not as souls to be saved. Descartes, warned by the fate of Galileo, was always on his guard in reference to church doctrines.

3. il se peut faire = *il se peut.* — This whole paragraph, and the following as well, was evidently written with the object of allaying religious susceptibilities. See also page 7, lines 15 etc., page 13, note 3, and pages 20–21.

Page 4. — 1. **J'ai été nourri aux lettres.** Descartes entered the Jesuit college of La Flèche (département of Sarthe) in 1604, just after its foundation by Henry IV. He was but eight years old. He staid there eight years. — **aux** = *dans les.*

2. **pource** = *parce.*

3. **plus célèbres écoles.** La Flèche had professors of law, medicine and surgery, besides the regular academic faculty.

Page 5. — 1. **fables,** *narratives, stories* in the ancient authors.

2. **les plus fausses.** Evidently alchemy, astrology and magic, to which Descartes returns on page 8, lines 13–19.

Page 6. — 1. **que nous** = *afin que nous.* Montaigne also considers that travel is an essential part of education. Cf. his *Essays*, Book I, c. 25.

2. **on demeure,** etc. Descartes is a realist as compared with the romantic writers of his day, such as Corneille and the novelists. Cf. La Bruyère, "De la Société et de la Conversation," No. 74, page 217.

3. **les plus basses et moins illustres circonstances.** Philosophical history was still in its infancy, at this time, and social history was unknown.

4. **d'où vient.** The omission of the pronoun subject, especially when it was impersonal, was of common occurrence in the older language. Cf. page 14, line 2.

5. **paladins de nos romans.** A reference to the popular prose versions of the old epic poems on Charlemagne and his knights, and possibly also to the adventures in *Amadis of Gaul.*

6. **l'éloquence.** From what follows, Descartes' idea of *éloquence* is clearness, logical reasoning.

7. **amoureux de la poésie.** Descartes wrote Latin poetry in his leisure moments.

8. **bas-breton.** The Gaelic dialect which is still the mother-tongue of a large number of the peasants of Brittany.

9. **l'art poétique.** The very year that this indifference to the rules of poetic art was printed, the quarrel over Corneille's *Cid* was bringing home the question of dramatic construction and literary expression to every educated Parisian.

Page 7. — 1. **et souvent ce qu'ils appellent,** etc. Possible allusions to definite instances in the history of Rome, as Brutus ordering the execution of his sons, and Cato committing suicide.

2. **comme chose.** Note the omission of the article, quite common at the time.

Page 8. — 1. **de condition.** Descartes inherited his mother's dowry when he came of age. She had died shortly after his birth.

2. **le grand livre du monde.** A frequently quoted phrase.

3. **j'employai le reste de ma jeunesse à voyager.** After leaving La Flèche in 1612, Descartes studied law at Poitiers, where he took his degree, November 10, 1614. The next two years of his life have left no record, but in 1617 he enlisted under Maurice of Nassau, and passed four years in camp. Near the end of 1621 he resigned his commission and spent the next four years in European travel. See Introduction, note for page v.

4. **diverses expériences.** Some of these were problems in physics suggested by Alpine phenomena. Cf. Part Six of the *Discours* for Descartes' system and methods.

Page 9. — 1. **lumière naturelle.** Evidently the *bon sens* of page 1, line 17.

Deuxième Partie.

Cousin has "Seconde Partie," and omits the sub-title.

Page 10. — 1. **en Allemagne.** As soldier in the service of the Duke of Bavaria (from 1619).

2. **des guerres.** The Thirty Years' War (1618–1648).

3. **du couronnement de l'empereur.** The emperor was Ferdinand II (1619–1637), chosen at Frankfort, August 28, 1619.

4. **en un quartier.** At Neuburg in Bavaria.

5. **un poêle.** The room which held the stove.

6. **usants de raison** = *se servant de la raison.* Notice that the participle varies in the earlier syntax. See page 160, line 1.

Page 11. — 1. **Ainsi je m'imaginai,** etc. This comparison shows how much more importance Descartes attached to theory than to the results of experience. It breaks down entirely when he proceeds to illustrate his point by citing religion, since Christianity is now seen to be the outgrowth of Judaism.

2. **Sparte.** Sparta was a military state purely. The laws under which it developed were given by Lycurgus ("un seul," line 18) in prehistoric times. They were entirely devoted to furthering military supremacy.

3. ce = *cela*.

4. au moins celles, etc.   The non-mathematical sciences.

5. avant que d'être.   In the seventeenth century *avant de* was used only by second-rate writers.   The sixteenth century shows many instances of *avant* alone.   Later *avant de* was preferred, but Vaugelas in his *Remarques sur la langue française* (1647) decides in favor of *avant que de*.   See *avant de* on page 20, line 1.

6. le meilleur.   Neuter absolute, in imitation of a Latin construction.

7. ni for *ou*.   Malherbe also uses *ni* after *impossible*.

Page 12. — 1. **Il est vrai,** etc.   This statement was true until the eighteenth century, when Paris set the example of street demolition and reconstruction.

2. par après = *après, ensuite*.   *Par* in combination has fallen out of use, save in a few set expressions, as *par-dessus*, etc.   Vaugelas declared *par après* already antiquated.

The method presented here by Descartes is that of producing a mental *tabula rasa*, voluntary with the individual.

3. la seule diversité = *la diversité seule*.

Page 13. — 1. **quantité.**   Still to be found without an article and having the sense of *beaucoup*.

2. ne serait.   Now usually *ne le serait*.   In this omission Descartes again agrees with certain instances in Malherbe.   Cf. line 31, *ne sont;* but *ne le soit*, page 17, line 9.

3. et si je pensais, etc.   Descartes was but a timid reformer, at least in the application of his principles.   He is always on the watch not to offend authority.   Notice the reservations of this whole paragraph.

4. marri = *fâché*.   Antiquated to-day.

5. Que si, *But if*.   Quite frequent at this time.   Also in Bossuet; see page 136, line 7.

6. il refers to *exemple*.

Page 14. — 1. **qu'on ne saurait rien,** etc.   A paraphrase of Cicero's often quoted: "Sed, nescio quomodo, nihil tam absurde dici potest, quod non dicatur ab aliquo philosophorum" (*De Divinatione*, lib. ii, cap. 58).   Cf. for lines 18–21, La Bruyère, "Des Jugements," No. 22, page 245.

2. et ayant considéré, etc. Notice this statement of the modern doctrine of the influence of environment on character. Descartes may have inherited the idea from Montaigne, who goes further than our author and makes even morality relative. Cf. La Bruyère, " Du Cœur," No. 82, page 207.

3. entre = *parmi*, which is found in a like phrase, page 20, line 23.

Page 15. — 1. que = *à moins que*.

2. étudié seems to have often been neuter at the beginning of the seventeenth century. Cf. examples in Malherbe, and *y étudient*, page 33, line 26.

3. la logique. The scholastic logic, or the science of deduction.

4. Lulle. Raymond Lully (1235-1315), of Majorica, had invented a system of logic to be used in the conversion of the Moors. He had also devised a schedule of knowledge, called " universal art," from which he expected to mechanically deduce all known ideas, and even to discover truths.

5. parmi = *parmi eux*. The preposition *avec* is still colloquially used without an object.

6. l'analyse des anciens. The geometrician Euclid (about 300 B. C.) defined analysis to be the granting of the thing sought for, and the deduction therefrom of consequences which lead to some conceded truth (Elements, Book xiii, Prop. i, Scholium).

7. l'algèbre des modernes. This method is to find the value of an unknown quantity by a proportion made between it and known quantities.

Page 16. — 1. Le premier était, etc. Here Descartes rejects all authority save that of his own reason, a contrast to his politic reservations of a few pages back. This phrase marks the beginning of a revolution in thought and in society. Cf. *Mais ce qui me contentait*, etc., on page 19, line 4, etc.

Page 17. — 1. beaucoup en peine. *Être en peine* is frequent in Malherbe, and is still used.

Page 18. — 1. de les pouvoir. Notice how far *les* is removed from the verb which governs it, *appliquer*, in obedience to the usage instanced in page 1, note 3.

2. j'emprunterais tout le meilleur. Descartes would make use of his own studies in analytical geometry (dating perhaps from 1619).

3. n'y ayant = *vu qu'il n'y a.*

4. en l'arithmétique. The article is omitted nowadays, though *en* is retained before names of studies.

Page 19. — **1. pour être**, for *qui devaient être*, the subject referring to *expériences*.

Troisième Partie.

It would be difficult to tell how these rules of conduct are deduced from the four precepts laid down by Descartes. They are rather apologies and explanations which he offers in order to assure his personal safety. He indicates in the opening paragraph that they are only expedients and temporary. See line 11.

Page 20. — **1. pourrais**. Other authors of the day, as the poet Voiture, failed to employ the subjunctive after a superlative. Descartes, however, uses it at times. See line 17.

2. pouvoir mieux. Supply *faire*. Cf. page 24, line 4.

Page 21. — **1. Et entre plusieurs opinions,** etc. The sentences in the remainder of this paragraph are quite complicated. Descartes inclines to the multiplication of connectives rather than to short and straightforward phrases.

2. pour mon particulier = *quant à moi.*

Page 22. — **1. Ma troisième maxime** is the Stoïc's rule of life. Utter indifference to the world's needs; at bottom pure selfishness.

Page 23. — **1. de ce biais,** *in this way.*

2. ces philosophes. The Stoïcs.

Page 24. — **1. une revue sur les** = *une revue des*

2. Outre que, *Furthermore.*

3. de celle. Supply *être assuré*. The antecedent of *celle* is *acquisition.*

Page 25. — **1. content.** Descartes' own indifference to external things is defended in this paragraph. He is entirely engrossed in the acquisition of knowledge, and this will bring him all good things. But the ethics here advanced would seem rather worldly and temporal. For in the next paragraph he frankly states that he deposits his maxims of conduct with his faith, and thus having anticipated all possible attacks on his person, he feels free to allow his mind to deny and reject all received opinions which did not pertain to morals or religious creed.

2. plutôt qu'acteur en toutes les comédies. One is reminded of Shakspere's " All the world's a stage, and all the men and women merely players " (*As You Like It*, Act II, Sc. 7). The idea, however, was common property. See Pascal: *Pensées*, Art. XXIV, pensée 58, page 111.

3. les sceptiques. Perhaps Montaigne is especially in mind here. Descartes could not stop with destructive criticism. He must go on to constructive.

Page 26. — 1. **qui sont expliquées,** etc. In the *Essais* which followed the *Discours* in the original edition. See title on page 1.

2. poursuivre en, *continue in.* Now used with a direct object.

3. en = *de.*

4. en ayant. *En* is the pronoun, limiting *dessein.*

5. courre = *courir.* Now antiquated except in hunting terms.

Page 27. — 1. **sur quoi ils fondaient cette opinion.** Probably on his conversation and correspondence, and also on the experiments he had made during his travels and the few Latin treatises he had written. Descartes seems to think that it was on his treatises.

2. il y a justement huit ans. Descartes had his *Discours* ready for the press in 1636, as we see from his letter to Mersenne already cited. See page 1, note 1. He therefore may refer here to the year 1628.

3. parmi la foule, of Amsterdam, one of the chief commercial towns of Europe.

Quatrième Partie.

With this part begins the exposition of Cartesian philosophy. It has universal doubt as a destructive side and clear intuition as a constructive one. The opening argument here is expanded in Descartes' first *Méditation*, which was composed (in Latin) about 1629, but was not published until 1641.

Page 28. — 1. **paralogismes,** *paralogisms.* Reasonings contrary to the rules of logic.

2. étant éveillés = *lors que nous veillons.* Descartes makes free use of the participial construction, possibly under the influence of Latin syntax. Cf. *étant endormis*, etc., page 34, line 20, etc.

3. n'étaient non plus = *n'étaient pas plus.* Also in Malherbe.

4. je pense, donc je suis. In the Latin translation of the *Discours :* "Cogito, ergo sum." Answering his critics who urged that *donc* implied a deduction from a principle, Descartes stated that he intended no such thing, but that the mind by simple introspection immediately sees the connection between thinking and being and affirms both simultaneously. See Cousin's ed., vol. vii, pp. 390 ff. Cf. page 29, lines 21-23.

Page 29. — 1. **je connus de là,** etc. A bold affirmation of dualism. Pascal has the same thought, probably suggested by Descartes (*Pensées*, Art. I, pénsee 2, page 82).

2. **lairrait** = *laisserait.* A contraction censured by Vaugelas and all his commentators.

3. **les choses que nous concevons,** etc. With this statement Descartes places himself in line with Malherbe, who argued for simplicity and directness of thought in literary composition. See Introduction, page vii.

4. **Ensuite de quoi** = *Après quoi.*

Page 30. — 1. **le même** = *la même chose.*

2. **en soi** = *en elle* to-day. The reflexive has lost ground since the seventeenth century.

3. **des mots de l'école.** The technical terms of philosophical argument.

4. **que je connaissais me manquer** = *qui me manquait, à ma connaissance.* Such direct constructions were usual in the older language. See *remarquer être*, page 31, lines 2-3.

5. **ainsi être** = *ainsi j'eusse été ;* as *avoir* (page 31, line 2) stands for *j'eusse eu.*

Page 32. — 1. **mues** = *déplacées.*

2. **en toutes sortes,** *in all directions,* manners.

3. **je trouvais que l'existence,** etc. This geometrical proof of the existence of God, called in the schools St. Anselm's (1033-1109), argues from the idea to the being, or from what might be called the finite to the infinite.

4. **qu'en l'imaginant,** *in giving it a sensible form.* The Latin meaning is found in the verb here, as it is in *imaginable*, line 27.

5. **qu'il n'y a rien,** etc. The school Latin which Descartes translates is: " Nihil est in intellectu quod non prius fuerit in sensu."

6. **les idées de Dieu et de l'âme.** By removing the conception of God and the soul from the domain of imaginable things, that is, of things which have a "sensible form " (cf. *imaginant* above), Descartes

makes them inherent in the mind, his famous "innate ideas." See the
final remarks on the reason, imagination and sense, page 35.

Page 33. — 1. **assurance morale.** In his *Principia* (1644) Descartes explains this "moral certainty" as sufficiently great to regulate
our conduct, though we may perhaps think it is false from an absolute
standpoint.

Page 34. — 1. **en tant que telle,** *in so far as it is such* falsity, etc.

2. **Mais, si nous ne savions point,** etc. Descartes' reasoning
seems to be in a circle, and was so judged by his critics. But he would
defend his doctrine with somewhat the same pleas that he used in regard
to *je pense, donc je suis.* See page 28, note 4.

3. **pour claires** = *quelque claires.* A use of *pour* also found in
Malherbe and Corneille.

— The conclusion therefore is that man, being allowed some liberty by
God, is not to hold Him responsible for the errors which arise from
confused thinking. But clear ideas all proceed from God. Hence all
apprehension of absolute truth depends on God's existence, including
even the great intuition of reason, *je pense, donc je suis.*

In the remaining parts of the *Discours*, the fifth and sixth, Descartes
summarizes his *Traité du monde,* already written but posthumously
published, which deals with physical phenomena, and especially with
the circulation of the blood in man, and suggests the verification of his
method by practical applications or experiments.

PASCAL.

Les Provinciales.

The title reproduced here is that of the 1657 Cologne (really Amsterdam) edition. The edition of 1659 (also supposedly from Cologne),
which was the last one published during Pascal's life, omits "provincial."
This latter edition also suppresses the phrase which follows "Jésuites,"
and substitutes for it the title of some new matter added to the Letters,
on the subject of the ethics of that order. See Faugère's edition, vol.
i, page cii.

Page 36. — 1. **Louis de Montalte.** A pseudonym which first appeared with the complete edition of the Letters. It may be of Latin
derivation and have been suggested by Pascal's experiments on atmos-

pheric pressure which he carried on in the mountains of Auvergne. The first letter in its separate form was anonymous, having merely the heading: "Lettre écrite à un Provincial par un de ses amis sur le sujet des disputes présentes de la Sorbonne." Pascal's authorship was not suspected until the time of the composition of the eighth Letter. See Faugère, *op. cit.* vol. i, page 221, note.

2. provincial. An inhabitant of France residing outside of Paris, in the "province."

Première Lettre.

3. 23ᵉ janvier. Notice the ordinal where to-day only the numeral is used.

4. Sorbonne. A school for higher education, founded towards 1250 by Robert de Sorbon, chaplain of Louis IX. At the time of this letter its Faculty, together with the theologians of several other institutions, was sitting in judgment on a doctrinal letter of Antoine Arnauld, the great Jansenist leader of Port-Royal. See what follows, and Sainte-Beuve's *Port-Royal*, vol. iii, pages 31–40.

5. la Faculté de Théologie de Paris. Specifically, the Sorbonne Faculty.

6. Arnauld, Antoine (1612–1694). See note 4, above. Cf. his biography in the *Encyclopedia Britannica.*

7. sa seconde lettre. Arnauld had written two letters on the refusal of absolution by the confessor of Saint-Sulpice parish to the Duc de Liancourt, because the latter favored Port-Royal. His second letter, dated July 10, 1655, was addressed to the Duc de Luynes, and was made the subject of investigation by the Sorbonne Faculty, in sessions which lasted from December 1, 1655, to January 31, 1656.

8. Jansénius. Cornelius Jansen (1585–1638), bishop of Ypres, and author of the posthumous *Augustinus* (1640), a long treatise on St. Augustine's doctrines. See note 9.

9. le feu pape. Innocent X (1644–1655), who had condemned the *Augustinus* in 1653. He claimed that Jansenius' exposition of Augustine's doctrine of grace was heretical, but it is believed that Jesuit influence prompted this decree. See the following note.

Page 37. — 1. MM. les évêques. In 1650 a majority of the bishops of France had united in a letter to Pope Innocent asking him to condemn the five heretical propositions they had derived from the *Augustinus.*

2. Voilà comment, etc. This decision was ratified by vote on January 14, 1656.

3. si gros. Pascal is partial. The *Augustinus* was published in three folio volumes, each of which would be equal to at least five average octavos.

Page 38. — 1. **toute opposée.** In the seventeenth century the adjective spelling of the adverb *tout* was quite general.

2. Pour la question de droit. This question was still nominally in abeyance at the date of the letter (January 23, 1656); but it was so clearly to be decided against Arnauld that his friends withdrew from the council on this very day.

3. M. N. . . More often used to designate a person whose name is forgotten (*nomen*).

4. docteur de Navarre. Doctor in Theology. The college of Navarre was founded in 1304 by Jeanne de Navarre, wife of Philip the Fair. It comprised both a theological and a philosophical faculty. It was suppressed in 1790. Its buildings are now occupied by the Polytechnic School.

Page 39. — 1. **saint Augustin.** Augustine (354-430), bishop of Hippo, in Africa, and author of various treatises on grace and free will; also of the *De civitate Dei.*

2. Thomistes. The followers of Thomas Aquinas (1225?-1274), the chief exponent of scholastic philosophy.

3. Sorbonique. A thesis sustained in the Sorbonne by a candidate for the doctor's degree. The arguments lasted twelve hours, and were attended by disputations.

4. je fus = *j'allai*, a quite frequent use of *être.*

Page 40. — 1. **Moliniste.** A follower of Louis Molina (1535-1601), a Spanish Jesuit, who had written a treatise, *De Concordia* (1588), on grace and free will. He was opposed by the Thomists.

Page 41. — 1. **en terme de** = *en état de.*

2. et où je n'ai point d'intérêt. This is not a fact, and Pascal's words smack somewhat of the casuistry with which he charges his enemies. But of course the Letters were understood as the pleas of an interested party.

Page 42. — 1. **Le Moine,** Alphonse (†1659), professor in the theological faculty of the Sorbonne, and author of treatises against Jansenism. His doctrine of grace was severely criticised by Arnauld.

2. Nicolai, Jean (1594?-1673), Dominican monk, author of a treatise on grace (1656).

3. vas. Preferred to *vais* by many early writers of the century. But see page 48, line 13.

4. Dominicains. The Dominican order of preachers was founded by St. Dominic in 1215. They are often called Jacobins in France. See page 43, note 1.

5. nouveaux Thomistes. Followers of Diego Alvarez (1550?-1633?), who in 1610 wrote a treatise on grace in reply to Molina.

Page 43. — 1. **aux Jacobins.** The Dominicans, whose monastery in Paris was in the Rue St. Honoré. This building was occupied by a political club during the French Revolution, whence the partisan name.

2. Oui-dea = *Oui-da*.

Page 44. — 1. **Mais M. Le Moine,** etc. The edition of 1659 reads: "Mais nous sommes d'accord avec M. Le Moine, en ce que nous appelons *prochain* aussi bien que lui le pouvoir que les justes ont de prier, ce que ne font pas les Jansénistes."

2. Distinguo. Term of the scholastic argumentation. Cf. Molière's *Malade imaginaire*, Act II, Sc. 6, — *Thomas Diafoirus*.

Page 45. — 1. **des Pères.** The Fathers of the Church, the apologists of Christianity in its earlier period.

Page 46. — 1. **Cordeliers.** Monks of the order founded by St. Francis of Assisi about 1210. So called from the cord they wear as girdle. The allusion here is a satirical one. It refers to the unlawful introduction of Franciscans into the council in order to obtain a majority against Arnauld.

2. Que la grâce, etc. In these four divisions Pascal states the first and the fourth of the condemned propositions of Jansenius.

3. l'Académie. The French Academy, chartered by Richelieu in 1635 with the object of establishing an authority in language and literature.

4. ce mot barbare de Sorbonne. As though the Sorbonne had coined the expression "pouvoir prochain." But the edition of 1659 reads: "ne bannissent de la Sorbonne ce mot barbare."

Quatrième Lettre.

The second and third Letters discussed the same matter as the first: Arnauld's trial. But in the fourth Pascal drops this particular reason for his satire and turns to the real cause of the trial, the jealousy of the Jesuits for Port-Royal. He now begins to attack their system of ethics.

Page 47. — 1. **qui vint avec moi.** See the first Letter, page 43, line 9. Pascal does not say there that this Jansenist went with him.

2. **défini,** *thing defined.*

Page 48. — 1. **Faites état,** *Be assured.*

2. **pour des casuistes et des nouveaux scolastiques.** These were, for the most part, Jesuit disciples of Molina.

3. **Bauny,** Étienne (1565-1649), a French Jesuit whose *Somme des Péchés* was published by 1632. The fifth edition was printed in 1639. Pascal does not quote (lines 30, etc.) from Bauny directly, but from Arnauld's citation of Bauny in his *Théologie morale des Jésuites* (1643). Bauny's book had been condemned by the Sorbonne in 1641.

Page 49. — 1. **franchir le saut.** Add *de loup.* A figurative expression, arising from the custom of surrounding a park by a ditch ("saut de loup") instead of a hedge.

2. **Hallier,** François (1595-1659), of the Sorbonne Faculty, was first a Jansenist and afterwards a Molinist. He was one of the three delegates sent to Rome in 1652 to urge the condemnation of the *Augustinus.*

3. **Ecce qui tollit peccata mundi.** The Vulgate has *peccatum.* See *John* i, 29.

4. **Annat,** François (1590-1670), Jesuit, and confessor to the king, after 1654. Pascal is alluding to his *Réponse à quelques demandes touchant la première lettre de M. Arnauld* (1655).

Page 50. — 1. **furieusement.** An adverb much affected at this time. Cf. Molière's *Précieuses ridicules* (1659).

Page 51. — 1. **qu'on aurait cru.** Notice that the participle is invariable, on account of the predicate adjective. See Vaugelas' *Remarques,* Chassang's ed., vol. i, pages 291-292.

2. **de n'y plus penser** = *de ne plus penser à lui* to-day.

Page 52. — 1. **qui peut en savoir plus de nouvelles ?** *Who can know more about them ?*

2. **dans ces libertins** = *chez ces libertins*. The term *libertins* was given to the free-thinkers of the day. See La Bruyère, page 255, lines 5, 11.

3. **véritables**, etc. By using the plural of the predicate adjectives Pascal adroitly attacks the whole class in its representative with whom he is arguing.

Page 53. — 1. **mon second.** The Jansenist who accompanied the writer, his "second" in the duel of words.

Page 54. — 1. **que Dieu n'a pas révélé**, etc. Probably a paraphrase of *Ephesians* iv, 17-18.

2. **avoir été abandonnés.** See *Luke* i, 79.

3. **saint Paul se dit**, etc. I *Timothy* i, 13, 15.

4. **de voir par l'Évangile**, etc. *Luke* xxiii, 34.

5. **qu'ils ne l'eussent jamais faite**, etc. I *Corinthians* ii, 8.

6. **qu' il y aura des persécuteurs**, etc. *John* xvi, 2.

Page 55. — 1. **qui est le plus grand de tous.** Perhaps an allusion to the same passage as in note 3 of page 54.

2. **qu'il y a de deux sortes.** The *de* seems to be used on account of the two classes mentioned. The reference may be to *Luke* xii, 48.

3. **guères.** Old spelling. *Guères* seems to have been used with a negative in place of *beaucoup*.

4. **Confessions.** St. Augustine's autobiography of his early years, written about 397, soon after he became bishop.

Page 56. — 1. **que les plus saints doivent**, etc. *Philippians* ii, 12, perhaps.

Page 57. — 1. **Necesse est**, etc. A citation from saint Augustine's *Contra Julianum Pelagianum*, lib. i, 106.

2. **au regard** = *à l'égard*. The former expression went out of use towards the end of the century. See page 22, line 30.

3. **Aristote**, etc. Aristotle was the great master of the Middle Ages, and the source of its scholasticism. The citations are taken from the first chapter of the third book of his *Ethics.* See page 59, lines 5, 6.

Page 59. — 1. **Mérope.** Wife of Cresphontes, king of Messenia in Greece. Polyphontes having killed her husband and older sons, was about to force her to marry him, when he was killed by a younger son, whom the mother, on his arrival from a long exile, had supposed

to be the assassin of her family. This tradition was a favorite subject
of tragedy from Euripides to Voltaire. It will be noticed that the real
story differs somewhat from the statement in Pascal, who summarizes
Aristotle rather than translates him.

Page 60. — 1. Rétract. Augustine's *Retractationes*.

2. Mme la maréchale, etc. Possibly a hit at the favor with which
the Jesuits were regarded by the nobility, on account of their indulgence
in the matter of moral conduct.

Treizième Lettre.

The attacks made by Pascal on the system of morals taught by the
Jesuits led to many replies from that order, so that in self-defense he
dropped his assumed correspondent of the provinces with his eleventh
Letter, and directly addressed the Jesuits themselves.

The seventh Letter had discussed the question of homicide, which is
taken up again here.

Page 61. — 1. votre dernier écrit. A defense of the Jesuits published in sections in 1656 by three members of the order, and entitled:
Réponses aux Lettres Provinciales, etc. Pascal cites from the separate pamphlets.

2. Impostures. A section of their book was devoted to such statements of the Letters (beginning with the fifth) as they considered false.
These statements they termed " Impostures."

3. première partie. That section of the Jesuit defense (the third
pamphlet in the series) which contained the first part of the so-called
" Impostures." This part dealt with the fifth to the tenth Letters inclu-
sive.

4. puisque la quatrième, etc. The first three " Impostures " had
been considered by Pascal in his twelfth Letter, where he had promised·
to discuss the fourth " Imposture " on the earliest occasion.

Page 62. — 1. les canons de l'Église are the rules and decrees
made by the Church councils.

2. Lessius, Leonard (1554–1623), a Flemish Jesuit and professor
at the University of Louvain. Pascal had cited his *De Justitia et Jure*
(1605) in the seventh Letter, and here continues the citations.

3. Victoria, Francisco (†1550). A Spanish theologian and author.

4. Navarre.   Martin Azpilcueta (1490 ? – 1586), called Navarrese or Navarre.   A Spanish writer on canon law.

5. Henriquez, Crisostomo (1594–1632).   A Spanish Cistercian monk, author of lives of saints and religious treatises.

Page 63. — 1. **Plusieurs personnes,** etc.   Pascal's quotation is not quite literal, omitting or changing a word or two.

Page 64. — 1. **la créance . . . en.**   Notice that Pascal has changed from *créance . . . à* to *créance . . . en,* which may add a shade of meaning to his phrase.

2. **votre doctrine des équivoques.**   Discussed in the ninth Letter.

Page 66. — 1. **c'est celui du soufflet de Compiègne.**   At about the time of this letter it was reported in Paris, that one of the court stewards named Guille ("officiers de la maison du roi," line 12), who had been sent to the Jesuit College at Compiègne to prepare a dinner offered by the fathers to Queen Christina of Sweden, had had a dispute with one of their order and had been cuffed by him.

— The curate who had counselled forgiveness to the steward (line 23) was evidently a Jansenist.

2. **Escobar y Mendoza,** Antonio (1589–1669).   A Spanish Jesuit and a renowned casuist.   His *Liber Theologiae moralis* (1646), a compilation of the ethical writings of twenty-four Jesuit fathers, had by 1651 already gone through forty-one editions.   Pascal had begun his attacks on Escobar in his fifth Letter.

3. **Pratique de l'homicide.**   This was a division in the first part of Escobar's treatise.

Page 67. — 1. **Caen.**   In Normandy, seat of a university.

2. **l'université** of Paris.

3. **Parlement.**   The so-called Parliaments were courts of justice sitting in the chief towns of France.   They were abolished in 1790. The one mentioned here is that of Paris, which exercised extensive jurisdiction.

4. **Quand vous avez entrepris,** etc.   See the fourth Letter.

Page 68. — 1. **Filiutius.**   Vincenzo Filiucci (Latin *Filiutius,* 1566–1622), professor in the Jesuit College at Rome and author of *Quaestionum moralium,* etc. (1634).   One of the twenty-four authorities of Escobar.

2. Tr., *Tractatus*, or division of the subject-matter of a book.

3. Reginaldus. Valère Regnauld, or Réginald (1543-1623), French theologian, author of *Praxis fori poenitentialis*, etc. (1616), on cases of conscience.

Page 69. — 1. **Théologie morale.** His *Universae Theologiae Moralis Problemata* (1652), in seven volumes, not six. See page 66, note 2.

2. in Praeloquio. The Introduction to the treatise.

Page 70. — 1. **vous ne faites plus difficulté.** Notice the omission of *de*.

Page 71. — 1. **Héreau**, or *Ayrault*, René (1567-1644), French Jesuit and writer, whose *Moralia* had been condemned by the University in 1644. Cited by Pascal from the seventh Letter on.

2. Lami. Francesco *Amico* (1578-1651), Italian Jesuit, chancellor of the University of Gratz, and author of the *Cursus Theologiae* (1640). Pascal had quoted him from the seventh Letter on.

3. Louvain. City of Belgium, the seat of a great university. The book censured was Lami's *Cursus*.

4. des Bois. I have found no other reference to this priest nor to the affair.

5. Officialité. The ecclesiastical court presided over by a bishop, archbishop or primate.

Page 73. — 1. **véritable** = *vrai*.

2. et ne témoignez craindre. Note the omission of the pronoun subject and of *de* after the verb.

Page 74. — 1. **que faites-vous autre chose?** *what else do you do?* Notice the construction below (page 75, lines 18-19). The first edition had *qu'est-ce faire autre chose* here also.

2. sinon montrer = *sinon de montrer*. See below, page 75, line 19.

Page 75. — 1. **que j'ai souvent expliquée.** Particularly in the fifth and sixth Letters.

Page 76. — 1. **Vasquez**, Gabriel (1551-1604). Spanish Jesuit, theologian and casuist. Pascal had cited his *De Eleemosina* already in his sixth Letter. He was one of Escobar's twenty-four.

2. Suarez, Francisco (1548-1617). Spanish Jesuit, writer of polemics and one of Escobar's twenty-four; professor of theology at Coïmbra. See previous Letters.

Page 77. — 1. **saint Ignace.** Ignatius Loyola (1491-1556), the founder of the Jesuit order, which was sanctioned by Paul III in 1540.

2. **vous ne pouvez pas tirer aucun avantage.** Notice the use of *pas* with *aucun*.

3. **selon l'Évangile.** *Matthew* v, 39.

4. **vous avez mieux aimé les ténèbres.** Cf. *John* iii, 19.

Page 78. — 1. **s'élèveront en jugement,** etc. Cf. *Luke* xi, 31-32.

2. **Vae duplici corde,** etc. From the apochryphal book of *Ecclesiasticus* ii, 14. Pascal quotes the beginning and end of the verse.

PENSÉES.

The order of *Pensées* adopted here is the one established by Havet, the last of Pascal's editors, though that order does not seem to give the sequence of Pascal's thought. The plan Pascal may have had in mind is indicated in Article XXII, Pensée I, or Article XXIV, Pensée 26, of Havet, which are therefore printed here before the others. They contradict each other, to be sure, and thus reveal the confusion in the author's own thought, a confusion which renders the task of his editors so ungrateful. Should Art. XXIV, Pen. 26, be considered the final plan, then Article IX of Havet on the sceptics (extracts from which are to be found on pages 103-105) should precede Article I. It is to be remembered that the *Pensées* are simply a collection of notes, found in Pascal's papers. They were first edited in 1670.

Page 78. — 3. **par la nature même.** Read *prouvé par la nature même.* Supply *prouvé* also before *Par l'Écriture,* line 29.

Page 79. — 1. **Les hommes,** etc. Louis Racine (1692-1763) says that this pensée gave the outline for his poem *De la Religion* (1742).

ART. I. This Article is on man in his relation to nature, to the universe. The beginning was struck out by Pascal. It was an exhortation to man to judge himself relatively to nature's greatness.

2. **la nature entière,** etc. Montaigne is ever present in Pascal's mind, and this phrase seems to have been prompted by "cette grande image de nostre mere nature en son entiere maiesté" of the *Essais* (Book I, c. 25; vol. i, page 216, of Louandre's edition), and by the eloquent passage in the *Essais,* Book II, c. 12 (Louandre's ed. vol. ii, pages 274-275). The same reference holds true for "une pointe très délicate," in line 15.

3. au prix du vaste tour, etc. Pascal, in spite of his work in physics, still held to the old idea of a motionless earth around which the stars and sun moved. Yet Copernicus had been dead for more than a century (1543). Galileo had been condemned for holding the new belief in 1633, and possibly Pascal may have considered it contrary to Church doctrine.

4. embrassent. Separated from its subject and ending the sentence for emphasis. Several of the expressions found in this paragraph were rewritten by Pascal with a view to a clear and more forceful expression.

5. n'en approche. The preceding sentence had undergone two corrections: *dans l'ample sein* was first *dans l'immensité*, then *dans l'amplitude*. *En* evidently was forgotten. It cannot refer to *sein*, but may refer to *immensité*.

6. conceptions . . . imaginables. A contradiction in terms?

7. C'est une sphère, etc. A fine period containing a thought which the mediæval authors attributed to the philosopher Empedocles († a. 430 B. C.).

8. de = *d'après.* With this meaning in Corneille also.

9. j'entends l'univers. Pascal's view of creation was a space filled with an infinite number of planetary systems, each independent of the other, so that our universe or system is but a dungeon, a "canton détourné de la nature," in comparison with the boundless expanse.

Page 80. — 1–3. **humeurs . . . gouttes . . . vapeurs.** These are terms used in the old school medicine. Pascal seems to make each a subdivision of its predecessor, but technically blood was a *humeur*. *Vapeurs* was also a term for hysteria.

4. de ce raccourci d'atome. Not to be taken scientifically, for Pascal does not suppose the atom to be indivisible. Notice that he would find in it the same infinity of systems and so on down to the mites which he finds in creation (line 20). In other words, he believes in the infinitely small as well as the infinitely great.

5. néant. The infinitely small. Page 81, line 14, the infinitely small elements.

6. la masse, *the body.*

Page 81. — 1. **avec elle.** From this point Pascal goes on to set man over against infinity and thus demonstrate his weakness. About a page and a half is omitted here.

2. **Ce que nous avons d'être,** *What being we have.* Cf. *le peu que nous avons d'être* in line 23.

Page 82. — 1. **reste zéro** = *il reste zéro.* Mathematically, however, — 4. It is difficult to see what Pascal meant here. Perhaps it is a slip of the pen.

2. **trop d'évidence.** That is, our human imperfection cannot endure too absolute proofs. Cf. *trop de vérité* in line 1.

3. **Beneficia,** etc. This passage is from Tacitus' *Annals,* l. iv, c. 18, and had been cited by Montaigne in his *Essais* (Book III, c. 8; vol. iv, p. 43 of Louandre's edition).

4. **trop et trop peu d'instruction.** Supply *empêchent l'esprit.*

5. **une tour.** Like the tower of Babel. Pascal reaches the highest eloquence here.

The remainder of the first pensée, some two and a half pages, considers man's powerlessness to know the infinite, especially in his twofold function of mind and body.

6. **Je puis,** etc. See Descartes, page 29. Cf. pensée 11, page 83.

Page 83. — 1. **L'homme n'est qu'un roseau.** One of the finest passages in French literature. Cf. Havet's ed: Art. XVII, pensée 1, next to the last paragraph.

ART. II. The burden of this Article is the vanity of man. See La Rochefoucauld's *Maximes* and La Bruyère's *Caractères:* "De l'Homme."

2. **nous.** Havet does not doubt that this pensée was written by Pascal himself, though the autograph manuscript is now lost.

Page 84. — 1. **contre** = *contre cela.* See Descartes, page 15, note 5.

2. **touchent.** In the literal sense: "so close as to touch us."

Page 85. — 1. **vains,** *frivolous,* thoughtless. In the Latin sense of the word.

2. **amuse,** *occupies.*

3. **L'homme,** etc. Not strictly a pensée, but a separate treatise on self-love. What is printed here is only the conclusion. For like ideas, see La Rochefoucauld's *Maximes.*

4. **une racine naturelle.** Our "original sin."

ART. III. This Article is on man's weakness and human imperfections.

5. **si on n'y songe pas assez,** then one does not understand.

PENSÉE 3. The pensée from which these paragraphs are taken, is on the strength of the imagination and its power to deceive. Montaigne's influence is seen in it.

Page 86. — 1. le refers to *cause*, and may be considered as neuter.

2 **ses effets.** *Ses* refers to *imagination*, discussed at the beginning of the pensée.

3. **témérairement,** *inconsiderately.*

4. **en chats fourrés.** An allusion to Rabelais' *Pantagruel*, where the author is satirizing criminal justice which is in the hands of "Grippe-minaud, Archiduc des Chats-fourrez" (Book V, c. 11).

5. **les fleurs de lis.** The royal insignia displayed in the court-room.

6. **mules.** A covering for the foot resembling the modern slipper.

7. **les docteurs.** All the doctors of the University, but here more particularly the graduates in theology, the "docteurs en Sorbonne" of the *Provincial Letters.*

8. **de quatre parties,** *by four-fifths.*

9. **authentique,** *typical* of their capacity.

10. **essentielle,** *in accordance with reality.*

11. **par grimace,** *by the representation* of what is real, as by masks. See La Rochefoucauld, maxime 256, page 124.

Page 87. — 1. **appuient,** *bear down.* La Bruyère has the same thought. Cf. " De Quelques Usages," No. 45; vol. ii, page 185, of the Servois edition.

2. **La chose,** etc. Notice the abrupt, striking style. Pascal means that men generally follow the trade they hear praised as children, whether it is the slater's or the soldier's.

Page 88. — 1. **le seul.** Now *au seul. Échapper* was frequently transitive in the seventeenth century.

2. **il.** Man. Much of this pensée was suggested by Montaigne. Cf. pensée 13, page 89.

3. **Allemands.** Montaigne had not referred to the Germans, and it seems strange that Pascal should cite them in this connection. (See *Essais :* Book II, c. 12; vol. ii, p. 504 in Louandre). Cf. Descartes, page 14, lines 22–25.

Page 89. — 1. **L'entrée de Saturne au Lion,** etc. A thing be-gins to be a crime, which was not before, when Saturn enters the constellation of the Lion. The same notion, but in regard to war, is found further on in this pensée, and in Art. VI, pensée 3, page 94.

2. L'esprit, etc. Much of this pensée is in Montaigne.

3. dieu. "Lord of Creation."

Page 91. — 1. **et cette même piperie,** etc. Some of the expressions in the sentence are Montaigne's.

ART. IV. On amusements and diversions of man, as billiards, gambling, hunting, office-holding and so on. Man is wretched by nature and seeks to turn his mind away from his wretched condition. See Art. XXIV, pensée 64, and Art. XXV, pensée 26 (printed on pages 111, 112).

2. Un homme, etc. Is Pascal thinking of Descartes, whose experience and words (see the *Discours*, pages 8–9) might be instanced here?

Page 92. — 1. **en** refers to *cause*, not to *malheurs*.

2. songer à nous = *songer à nous-mêmes*.

3. qui nous fait perdre = *qui nous fait nous perdre*.

ARTICLES V–VI. These Articles are made up of pensées on different subjects.

Page 93. — 1. **Le plus,** etc. A defense of hereditary rule, the alternative being civil war. Yet in pensée 9 Pascal says: "On ne choisit pas pour gouverner un vaisseau celui des voyageurs qui est de meilleure maison."

2. la pluralité, *the majority*.

3. nous ôtent la . . . *racine* in most editions.

4. Épictète. Epictetus, a Stoic philosopher of the reign of Nero and Domitian. He was a slave in Rome. His disciple Arrian compiled his doctrines, and these with Montaigne's *Essays* were Pascal's favorite reading before his conversion. See Introduction, page ix.

Page 94. — 1. **en fauteuil.** Armchairs were luxuries in the seventeenth century, and were therefore connected with rank or wealth.

2. en passe, *in a good position*. A phrase peculiar to games such as the old style billiards, the *passe* being a narrow wicket through which the ball must go.

3. mérité. Used absolutely, without object.

4. tuez-vous? In Art. III, pensée 8, we read: "Se peut-il rien de plus plaisant, qu'un homme ait droit de me tuer parce qu'il demeure au delà de l'eau, et que son prince a querelle contre le mien, quoique je n'en aie aucune avec lui? "

Page 95. — 1. **m'y mette.** *Y* refers to *médiocrité*.

2. **longtemps** = *beaucoup de temps*.

3. **communication** = *matière d'entretien*.

4. **mais n'est-ce pas,** etc. The only knowledge Pascal would value is the knowledge of salvation.

Page 96. — 1. **si** = *pourtant*.

2. **abstraits,** *removed*, in the literal sense of the word.

3. **Plaindre les malheureux.** See La Rochefoucauld, maxime 235, page 123.

4. **concupiscence.** Our evil nature.

Page 97. — 1. **Corneille.** Pascal probably refers to *Rodogune*, lines 359–362:

> Il est des nœuds secrets, il est des sympathies,
> Dont par le doux rapport les âmes assorties
> S'attachent l'une à l'autre et se laissent piquer
> Par ces je ne sais quoi qu'on ne peut expliquer.

2. **Le nez de Cléopâtre,** etc. A much quoted phrase.

3. **Lustravit lampade terras.** Cited from Cicero by Montaigne in a like connection (*Essais*, Book II, c. 12; vol. ii, page 479 in Louandre).

4. **mon humeur,** etc. Pascal was a great invalid, surmounting physical pain by sheer force of will. See pensée 48 for a reference to his condition.

5. **Ce chien,** etc. A frequently cited paragraph.

Art. VII. This division contains many pensées on mental qualities, criticism, style and the like.

Page 99. — 1. **naturel** is predicate, " to be natural."

2. **Plus poetice,** etc. From Petronius, the Latin satirist († a. 66). The quotation should be *saepius poetice*. See Bücheler's ed., p. 109, c. 90.

Art. VIII. Mainly taken up with the question of scepticism.

Page 100. — 1. **pyrrhoniens,** *sceptics*. From the Greek philosopher Pyrrho (384–288 B. C.). They were really agnostics, like Montaigne.

2. **principes.** Natural principles, so-called. Cf. page 89, pensée 13.

3. **que personne.** The *que* goes back to *sont* in line 10.

4. **s'il veille ou s'il dort.** See Art. III, pensée 14, page 90 and Descartes, page 33.

Page 101. — 1. **doutera-t-il s'il doute?** See Descartes, *Discours*, page 29.

2. **effectif,** *real,* practical.

3. **les dogmatiques.** Those who base their belief on the existence of natural principles. These considerations lead Pascal to the most emphatic rebukes and exhortations.

4. **Tous les hommes,** etc. See La Bruyère, "De l'Homme," No. 19, page 239.

Page 102. — 1. **la vérité,** etc. This pensée contains the essence of Pascal's creed. See Art. XXIV, pensée 5, page 110.

2. **Nous savons que nous ne rêvons point.** Pascal had just pronounced differently in pensée 1 of this Article.

Page 103. — 1. **pour vouloir,** *so as to be willing.*

ART. IX. On man's need of the Christian religion.

2. **Qu'ils.** The sceptics. The opening paragraph of this pensée was found by Silvio Pellico on the walls of his cell in Milan (see *Le Mie Prigioni*, c. 9).

3. **Deus absconditus.** *Isaiah* xiv, 15, the Vulgate version. This phrase recurs in Art. XI, pensée 5.

4. **une des choses.** That God is hidden.

5. **sans toucher à l'autre.** That the Christian religion is plain for those who seek it sincerely.

Page 104. — 1. **Il ne s'agit pas,** etc. This sentence and the following were also found by Pellico (*op cit.,* c. 9). For the thought, cf. La Bruyère, "Des Esprits Forts," No. 35, page 260.

2. **dernier objet,** *goal.*

ART. X. Mathematical deductions concerning God.

Page 106. — 1. **stultitiam.** 1 *Cor.* i, 18.

2. **croix ou pile,** *heads or tails.* So termed because one side of a coin was formerly marked with a cross, while the opposite side bearing the stamp was called *pile,* after the engraving tool.

ART. XI. On the characteristics of Christianity.

3. **l'impuissance.** The powerlessness of man to conquer his evil nature. See pensée 10 *bis*, page 107.

Page 107. — 1. **les gens habiles.** Pascal uses the expression *les habiles* quite frequently, meaning by it "intelligent," "educated people." Cf. page 91, line 4.

2. **Elle.** Christianity, which is analyzed in the preceding part of the pensée. See Art. XX, pensée 5 *bis*, page 110.

ART. XII. On the essence of a true religion.

ART. XIII. On reason and religion.

Page 108. — 1. **ce qu'ils ignorent.** Conversion.

ART. XIV. Nature being non-committal, Pascal seeks proofs of God in the Scriptures.

ART. XX. Proofs of Christianity and God's attitude toward man.

Page 110. — 1. **On n'entend,** etc. Here we find the positive affirmation of the doctrine of grace such as was held by the Jansenists. It is like the Protestant doctrine of the elect.

ART. XXIV. The heart against the reason.

2. **raisons.** See Art. VIII, pensée 6, page 102.

3. **Il est injuste,** etc. The pensée represents Pascal's view of his family ties. His sister, Mme Perier, in her life of Pascal, comments on this attitude, and adds that in order to keep this principle ever in mind he had written down this pensée on a piece of paper which he always carried about with him.

Page 111. — 1. **la comédie,** *the stage,* in its broadest sense.

ART. XXV includes the pensées which remained in manuscript until 1844. They were then published by Prosper Faugère.

Page 112. — 1. **Memoria hospitis,** etc. Quoted from the apochryphal *Book of Wisdom* v, 14.

2. **Rien n'est si insupportable,** etc. Pascal had said, in pensée 7 of this same Article: "Notre nature est dans le mouvement; le repos entier est la mort."

3. **Il faut se connaitre soi-même.** Pascal had ventured the opposite idea in Art. VI, pensée 23, page 95, lines 23-25.

4. **suppôt,** *subject;* a unity for the purposes of reasoning. A term of the schoolmen. Cf. Art. I, pensée 1, page 80.

Page 113. — 1. **La nature s'imite.** Nature is constantly repeating the same processes.

2. **Les nombres imitent l'espace,** in that they may be added or divided an infinite number of times, or that geometry can be expressed by numbers.

LA ROCHEFOUCAULD.

MAXIMES.

The Hachette edition, the fifth, and the last (1678) revised by La Rochefoucauld himself, is here followed. The title in full as given by him was "Réflexions ou Sentences et Maximes Morales." The subtitle, a maxim in itself, and expressing the thought of the collection, first appeared with the fourth edition (1675).

Compare the general idea of the *Maximes* with Pascal's *Pensées*, Art. II, pensée 8, page 85, and La Bruyère's *Caractères*, "De l'Homme," pages 238–244.

Page 114. — 1. **chastes.** Cf. ms. 169 and 213, pages 121, 122, and La Bruyère, "Des Grands," No. 41, page 235.

2. **flatteurs.** Cf. ms. 158 and 303, pages 120, 126.

3. **opinions.** In m. 390 we read: "On renonce plus aisément à son intérêt qu'à son goût."

4. **tous les trois.** Notice the masculine form after the feminine nouns.

5. **fortune.** Cf. m. 293, pages 125–126.

Page 115. — 1. **autres.** Cf. ms. 267 and 397, pages 125, 128.

Page 116. — 1. **héros.** Cf. ms. 153, 165 and 380, pages 120, 127.

2. **fortune.** Already expressed in ms. 45 and 47. M. 435 says: "La fortune et l'humeur gouvernent le monde."

Page 117. — 1. **trompé.** M. 86 says: "Notre défiance justifie la tromperie d'autrui."

Page 118. — 1. **cœur.** See Pascal: *Pensées*, Art. XXIV, pensée 5, page 110, and m. 108: "L'esprit ne saurait jouer longtemps le personnage du cœur."

2. **visage.** M. 210 says: "En vieillissant on devient plus fou et plus sage."

3. **nous-mêmes.** See Pascal: *Pensées*, Art. II, pensée 8, page 85.

Page 120. — 1. **discernement.** Cf. m. 146 and m. 356, page 127.

2. **augmenter.** Cf. m. 200, page 122.

3. **avoir l'économie,** *make good use.* Cf. ms. 343 and 453, pages 127, 129.

4. **mérite.** Cf. m. 166, page 121.

Page 121. — 1. **sujet.** Notice the play on words.

Page 122. — 1. **vaudevilles,** *songs* only, in the seventeenth century. M. 291 says: "Le mérite des hommes a sa saison aussi bien que les fruits."

2. **vertu.** Cf. m. 489, page 130.

3. **penchant,** *decline.*

Page 123. — 1. **prêtent.** Cf. m. 298, page 126.

2. **eux.** See Pascal: *Pensées,* Art. VI, pensée 34, page 96.

In his first edition (1665) La Rochefoucauld had said: "Dans l'adversité de nos meilleurs amis, nous trouvons toujours quelque chose qui ne nous déplaît pas."

3. **volonté.** Cf. m. 479, page 130.

Page 124. — 1. **humilité.** We find in Pascal: "Les discours d'humilité sont matière d'orgueil aux gens glorieux, et d'humilité aux humbles. ... Peu parlent de l'humilité humblement (*Pensées,* Art. VI, pensée 17).

2. **mines.** See Pascal: *Pensées,* Art. III, pensée 3, page 86, lines 18 etc.

3. **donne.** M. 262 reads: "Il n'y a point de passion où l'amour de soi-même règne si puissamment que dans l'amour, et on est toujours plus disposé à sacrifier le repos de ce qu'on aime qu'à perdre le sien." Cf. also m. 500.

Page 125. — 1. **voyons.** Cf. m. 337, page 127. M. 375 says: "Les esprits médiocres condamnent d'ordinaire tout ce qui passe leur portée."

2. **établis.** We find in m. 198: "Nous élevons la gloire des uns pour abaisser celle des autres, et quelquefois on louerait moins Monsieur le Prince [Condé] et M. de Turenne si on ne les voulait point blâmer tous deux."

Page 126. — 1. **actions.** M. 253 reads: "L'intérêt met en œuvre toutes sortes de vertus et de vices."

2. **défauts.** Cf. La Bruyère, "De la Société et de la Conversation," No. 62, page 215.

Page 127. — 1. **langage.** For a more recent application of this idea see Taine's Introduction to his *History of English Literature*.

2. **découvrir.** See m. 345, and m. 380.

3. **La fortune.** Used in the widest sense of worldly prosperity. Cf. m. 392.

Page 128. — 1. **quelques.** The adjective spelling of *quelque* used as an adverb was quite frequent in the seventeenth century. — Pascal had said: "Les impressions anciennes ne sont pas seules capables de nous abuser: les charmes de la nouveauté ont le même pouvoir" (*Pensées*, Art. III, pensée 3). Cf. La Bruyère, "Des Jugements," No. 4, page 245.

Page 129. — 1. **devons.** For a different opinion see ms. 223 and 298, pages 123, 126.

Page 130. — 1. **l'amour.** La Bruyère says: "Les passions tyrannisent l'homme; et l'ambition suspend en lui les autres passions" ("Des Biens de Fortune," No. 50; vol. i, page 262, of the Servois edition).

BOSSUET.

Oraison funèbre de Henriette-Anne d'Angleterre.

Much of the plan and some of the principal ideas of this oration can be traced back to Bossuet's "Sermon on Death," preached before the court at the Louvre, probably on March 22, 1662. Certain of the passages also in the two discourses show strong resemblances. Compare the Oration with the last part of Mme de La Fayette's *Histoire de Madame Henriette*.

Page 131. — 1. **Henriette-Anne** (1644–1670), youngest child of Charles I of England and Henrietta of France; married in 1661 to her cousin, the Duke of Orleans, called Monsieur, younger brother of Louis XIV. Her sudden death in 1670 was laid at her husband's door by some, though the physicians decided that it was due to natural causes. Bossuet had been hastily summoned the night of her illness, and was present during her last hours. She had been a great favorite with every one, and had exercised considerable influence over the literature of her day.

2. **Saint-Denis.** Town just outside the walls of Paris. Its cathedral contains the tombs of the kings of France.

3. **Vanitas,** etc. The Scripture quoted by Bossuet is always the Vulgate version of St. Jerome (346-420).

4. **Monseigneur.** Here, the Prince of Condé, the representative of the royal family, in his capacity as the first prince of the blood.

5. **à très haute,** etc. Notice the omission of the definite article before the titles, as though unnecessary. The enumeration of titles was obligatory in such eulogies, but it generally came at the end of the division. See the Funeral Oration of the Prince of Condé, page 162, lines 26–27.

6. **à la reine sa mère.** Henrietta of France (1609–1669), widow of Charles I. The oration referred to was prepared at the request of Henrietta of England, and was pronounced in the Chaillot convent at Paris on November 16, 1669. Notice this personal beginning.

7. **il y a dix mois?** At the funeral service of Henrietta of France.

8. **Messieurs.** Notice that the formal recognition applies only to the male portion of the audience, partly because it was more ceremonious.

9. **en ce lieu.** François Faure (1612–1687), bishop of Amiens, had also pronounced a funeral oration on the English queen, at St. Denis, on November 20 of the preceding year.

10. **voyage fameux.** In June, 1670, Henrietta had gone to England on a diplomatic mission, which resulted in a secret treaty between her brother, Charles II, and Louis XIV.

11. **Vanité des vanités,** etc. Notice how constantly Bossuet brings together in sharp contrast worldly pomp and earthly vanity.

12. **permet.** The indicative after a superlative to emphasize the positiveness of this conviction.

Page 132. — 1. **Je veux,** etc. Bossuet states clearly the plan of his discourse.

2. **découvertes,** *revealed,* uncovered.

3. **Non.** The negation is evidently suggested by the negative clauses which follow. We should expect *Oui.*

4. **la santé n'est qu'un nom,** etc. In this estimate of human life Bossuet and Pascal agree.

Page 133. — 1. **Crains Dieu,** etc. *Eccles.* xii, 13–14.

2. **le néant de l'homme . . . sa grandeur.** Cf. Pascal: *Pensées,* Art. I, pensée 1, page 81; pensée 3, page 83.

3. **la plus illustre assemblée de l'univers.** This boast was quite true. The French court of 1670 contained more talent and culture than any other of that day.

Page 134. — 1. **Nous mourons tous,** etc. 2 *Samuel* xiv, 14. The Vulgate counts the two books of Samuel as the first and second books of Kings. The passage cited is where David is persuaded to take back Absalom.

2. **Leurs années,** etc. A passage of great force and eloquence. Bossuet's first point is the "vanity" of man.

3. **infirmité** = *faiblesse.* The Latin sense of *infirmitas.*

4. **Je vois la maison de France.** Henrietta was granddaughter of Henry IV, and wife of the king's brother. She was next in rank, therefore, to the queen and the queen dowager (who had died in 1666).

5. **puisqu'elles tâchent,** etc. By intermarriages.

Page 135. — 1. **les rois d'Écosse.** James VI of Scotland, who was James I of England, was paternal grandfather to Henrietta.

2. **que par l'autorité,** etc. Possibly an allusion to the stormy career of English sovereigns, who ruled rather by the will of Parliament than by divine right.

3. **pour la donner à la France.** Henrietta, left in England by her mother, soon fell into the hands of Parliament. But shortly afterwards (July, 1646) her governess contrived to escape with her to France. See page 149, line 18 — page 150, line 6.

4. **son incomparable douceur.** The quality which contemporaries insist upon in their allusions to Henrietta.

5. **que faisait.** See page 2, note 2.

6. **Anne d'Espagne.** Anne of Austria (1601–1666), daughter of Philip III of Spain, married to Louis XIII in 1615.

7. **une reine.** Maria Theresa (1638–1683), daughter of Philip IV of Spain, married to Louis XIV in 1660.

8. **Philippe de France.** The Duke of Orleans.

Page 136. — 1. **de** = *par.*

2. **Madame.** The title of the wife of Monsieur. Molière dedicated his *École des Femmes* to Henrietta, Racine his *Andromaque.* Fontenelle in his *Vie de Corneille* says that she suggested to Corneille and Racine respectively the subject for *Tite et Bérénice* and *Bérénice.*

3. **Le roi, dont le jugement,** etc. Louis XIV did, in fact, show unusual good judgment in the earlier part of his reign. Part of the misunderstanding between Madame and Monsieur was occasioned by the admission of the former into secrets of state, about which the latter was never consulted. See pages 137–138.

Page 137. — 1. **en fit.** The *en* is not a subjective genitive here, but, in imitation of the Latin construction, objective. The French term would be *à leur sujet.*

2. **dégradés.** In its etymological sense, "reduced in rank."

3. **le goût des romans,** etc. Allusion to the society novels in vogue, especially Mlle de Scudéry's *Grand Cyrus* and *Clélie.* Cf. La Bruyère, "De la Société et de la Conversation," No. 65, page 215.

4. **Ils ressemblent.** *Ils* means "men." The reference is to *Proverbs* xxv, 28.

Page 138. — 1. **le voyage d'Angleterre.** See page 131, note 10.

2. **Ce grand roi,** etc. A radically different view of Charles II from the one now held. But Bossuet could have known of him only through the most partisan sources. Cf. page 151, lines 4–8.

Page 139. — 1. **O Dieu, dit le Roi Prophète,** etc. *Psalm* xxxix, 5. In his *Sermon sur la Mort* Bossuet had already used this reference and given a like commentary. The idea of calling on a king (David) for a witness is also to be found in the "division" of the Oration on Henrietta of France.

2. **Il est ainsi** = *Cela est ainsi.*

3. **Ni l'édifice n'est plus solide,** etc. This construction was a favorite one with Bossuet. The same argument is found in the *Sermon sur la Mort.*

4. **l'accident.** See page 2, note 6.

Page 140. — 1. **Vous voilà blessé,** etc. *Isaiah* xiv, 10. But the Vulgate and King James' versions differ again here.

2. **Ils mourront,** etc. *Psalm* cxlvi, 4.

3. **Je me suis,** etc. *Eccles.* ii, 12, 15.

Page 141. — 1. **O nuit désastreuse !** etc. This passage is celebrated in literature.

2. **Madame se meurt.** These are said to be the very words with which a laquais of Madame aroused Bossuet the night of her death.

3. **Saint-Cloud.** Town outside of Paris, on the Seine, where the Duke of Orleans had built a palace and laid out a park.

4. **la douleur,** etc. See Virgil's " Luctus ubique, pavor, et plurima mortis imago " (*Aeneid* II, 369).

5. **Monsieur.** All accounts go to show that the Duke was in no

way affected, and it would seem as though most of the attendants had
little notion of a fatal ending to the illness.

6. Le roi pleurera. *Ezekiel* vii, 27.

7. le roi même. Louis XIV and the queen were present for a
while, and withdrew in great sorrow.

Page 142. — 1. **Ambroise.** Ambrosius (340–397), bishop of
Milan and Christian author. The passage here quoted is from a funeral oration he pronounced over his brother, Satyrus.

2. Madame cependant. A paraphrase of *Psalm* ciii, 15–16, or
Isaiah xl, 6–8. Most beautiful in sentiment and expression, contrast-
ing with the oratorical language which precedes.

3. exagère = *agrandit.*

4. garantissait. The verb agrees with the nearest subject, the
usual construction in the seventeenth century.

5. deux puissants royaumes. France and England, by the treaty
of Dover.

Page 143. — 1. **la campagne de Flandre.** In the year 1667.

2. et si quelque chose, etc. Madame's conduct had aroused her
husband's jealousy and suspicions.

3. dont nous ne croyions pas, etc., *which we thought would give us
no concern.* Explained by the sentence following.

4. décoration. The cathedral of St. Denis had been hung with
black for the occasion, and a mausoleum had been erected in the choir,
" si superbe qu'il ne s'en estoit pas encor vu un pareil " (*Gazette de
France*, 23 août, 1670).

Page 144. — 1. **ces demeures souterraines.** The vaults under
the church, which hold the tombs of the kings.

2. comme parle Job. *Job* xxi, 26.

3. Tertullien. Tertullian (160–240), Church Father and writer
on apologetics. This passage from " Notre chair change " to " restes "
is almost an exact repetition of a passage in the *Sermon sur la Mort.*

4. les voies, etc. Perhaps a paraphrase of *Psalm* xvi, 11.

II.

Having shown the vanity of man, the preacher now proceeds to
point out what is great in him.

Page 145. — 1. **que le corps,** etc. *Eccles.* xii, 7.

Page 146. — 1. **Saint Chrysostome.** St. John Chrysostom (347-407), the eloquent bishop of Constantinople. The quotation is from a homily on Matthew.

2. **tout est vanité sous le soleil.** *Eccles.* i, 14.

3. **ne vous étonnez pas,** etc. See *Eccles.* ii, 18-24.

4. **Hé! s'écrie ce sage roi.** *Eccles.* ii, 19. The King James' version is not in the form of a question.

5. **Mais cela même.** *Eccles.* ii, 1.

Page 147. — 1. **Unus interitus est,** etc. *Eccles.* iii, 19.

2. **esprits.** In the philosophical language of the time the *esprits* were impalpable bodies which were the principle of animal life and feeling.

3. **se déconcertent,** *cease to work together,* to harmonize.

4. **une machine.** The Cartesian doctrine, so far as the body was concerned.

5. **Ennuyés,** *Much saddened.* This word has lost in force since the seventeenth century.

6. **Dieu examinera,** etc. *Eccles.* xii, 14.

7. **Le Psalmiste dit.** *Psalm* cxlvi, 4.

Page 148. — 1. **dont la figure passe.** 1 *Cor.* vii, 31.

2. **Vous savez,** etc. What immediately follows is based on St. Augustine's work on grace.

3. **nous prévient,** *anticipates us,* comes to us before we have desired it. The paragraph abounds in theological terms, as **persévérance finale,** *final perseverance,* continuance in Christian work.

4. **impression** = *empreinte,* the root-meaning. Cf. page 153, line 6.

Page 149. — 1. **il a fallu renverser,** etc. The revolt of Parliament against Charles I had resulted in Henrietta's flight to France, and her entrance into the Roman Catholic church.

2. **disons des derniers,** etc. It was Henry VIII who separated from the Church of Rome (1534-1539).

3. **cher que,** for *aussi cher que,* or *plus cher que.*

4. **mère catholique.** Henrietta of France, from whom the daughter was separated when scarcely two weeks old. But she was in the hands of Parliament for a few months only, and that nearly two years later. See page 150, line 1.

5. **Mon père et ma mère,** etc. *Psalm* xxvii, 10.

5. **je fus comme jetée,** etc. *Psalm* xxii, 10. In this and the preceding reference the King James' version differs again from the Vulgate.

Page 150. — 1. **comme l'aigle prend ses petits.** Cf. *Exodus* xix, 4.

2. **de saint Édouard et de saint Louis.** Edward the Confessor, king of England (1042–1066); Louis IX, king of France (1226–1270).

3. **monuments.** Cathedrals especially.

4. **Est-ce que le crime,** etc. Henry VIII drifted into Protestantism mainly through the opposition which he met with from the Pope in regard to his matrimonial affairs.

5. **reine Marie.** Mary Tudor (1516–1558), who during her short reign (1553–1558) tried to re-establish the old faith.

6. **à l'État.** Construe after *réservez-vous.* — **de secrets retours,** to Catholicism.

Page 151. — 1. **Opto apud Deum.** *Acts* xxvi, 29.

2. **il me reste . . . de.** The construction with *à* is preferable to-day. Both *de* and *à* were used in the seventeenth century.

3. **elle commence,** etc. 2 *Cor.* v, 1–4.

Page 152. — 1. **sortis des figures qui passent.** Cf. 1 *Cor.* vii, 31.

2. **le testament,** etc. St. Paul develops this idea in *Hebrews* ix, 15–28. Bossuet had already adopted it in the "division" of his *Sermon sur la Passion* (1662).

3. **forte.** Not strong, but in the Latin sense of *fortis.* Bossuet's language was particularly affected by Latin, because most of his reading was in that tongue.

4. **Voulez-vous voir,** etc. This second account of Madame's last hours is in hopeful contrast with the first. See pages 141–142.

Page 153. — 1. **sa belle-mère.** Anne of Austria. See page 135, note 6.

Page 154. — 1. **ces excessives et insupportables douleurs.** All accounts agree that Madame's sufferings were intense, though few appreciated their serious nature. Notice how detailed is Bossuet's description of the last scenes.

2. **Le patient,** etc. *Proverbs* xvi, 32. — **fort** here is the *fortis* of the Vulgate. Bossuet first translated it *brave* (in the first edition), which is the correct rendering.

3. **ce qu'elle a dit à Monsieur.** Mme de La Fayette, the intimate friend of Madame, reports these words as follows: "Hélas! Monsieur, vous ne m'aimez plus, il y a longtemps; mais cela est injuste, je ne vous ai jamais manqué."

Page 155. — 1. **Il s'est hâté**, etc. A quotation from the apocryphal *Book of Wisdom* (iv, 14), attributed to Solomon.

2. **dessin.** Bossuet spelled *dessein*, the prevailing orthography for both *dessein* and *dessin* in his time.

3. **ne disons plus,** etc. As in the first part of the Oration. See page 143, line 14.

Page 156. — 1. **je le sais.** Bossuet alludes to an emerald ring Madame had had made for him when he was appointed Bishop of Condom, and which in her last moments she requested one of her English maids to give him after her death. (See Mme de La Fayette's *Histoire de Madame.*)

Page 157. — 1. **qu'elle allait être précipitée dans la gloire.** From Tacitus: "Sic Agricola . . . in ipsam gloriam præceps agebatur" (*Agricola*, c. 41).

2. **Je suis,** etc. *Isaiah* xlvii, 10.

Page 158. — 1. **nous pouvons achever,** etc. Remember that this Oration was a part of the regular church service, a sermon in the mass. See Introduction, page xiii.

Page 159. — 1. **Attendons-nous que Dieu,** etc. Suggested perhaps by *Luke* xvi, 31.

2. **c'est par passion, et non par raison,** etc. For Pascal's view, see *Pensées*, Art. VIII, pensée 6, page 102, and Art. XXIV, pensée 5, page 110.

3. **ni de plus près, ni plus fortement.** Notice the use of *ni . . . ni* in interrogation, where the declarative phrase would be negative. It was not unusual in the seventeenth century.

4. **que de la vouloir forcer,** would now be changed to *que de se voir forcée*, since the modern construction of the phrase rejects the introduction of a new subject into a dependent clause in the infinitive.

Page 160. — 1. **pénitence.** Notice how this Oration maintains to the end the idea of·the vanity of earth. Nothing lasts but faith and repentance.

Oraison funèbre de Louis de Bourbon.

This is the last of Bossuet's Funeral Orations.   See the closing sentence of the Oration itself.   Compare for thought with the *Sermon sur
l'Honneur du Monde* which Condé had heard Bossuet preach on March
21, 1660.

2. Louis de Bourbon (1621–1686), Prince of Condé, the most famous
of his family, was together with Turenne the great general of the seventeenth century.   In his quality as governor of Burgundy he had known
and befriended Bossuet for many years. Probably for that reason Louis
XIV desired that Bossuet should eulogize him.   The ceremony took
place at Notre Dame of Paris, magnificently decorated for the occasion
with arms, escutcheons, portraits, triumphal arches and a mausoleum,
and hung with the flags Condé and Turenne had won from the enemy.
See page 193, lines 25–32.

3. Monseigneur. Henri-Jules de Bourbon (1643–1709), eldest son
of Condé, and succeeding to his title.

Page 161. — 1. **leurs seules actions**, etc.   Perhaps a paraphrase
of "let her own works praise her in the gates" (*Proverbs* xxxi, 31).

2. du plus grand, etc.   Louis XIV, called below Louis le Grand.

3. qui a honoré la maison de France. Condé was the first prince
of the blood, being the great grandson of the Huguenot leader Condé,
of the sixteenth century, who was uncle to Henry IV of France.

4. Louis le Grand. This title was conferred on Louis XIV by the
city of Paris in 1680.

5. représentations. Probably an allusion to the catafalque and its
covering.

6. C'est vous, etc. *Psalm* cxliv, 1.

Page 162. — 1. **ces princes.** The new Prince of Condé, his son,
the Duke of Bourbon, and his cousin, the Prince of Conti, who represented the family at the ceremony.

2. ce religieux pontife. The Archbishop of Paris, François de
Harlay (1625–1695), who officiated at the mass.

3. excellente = *supérieure.* The Latin *excellens.* In this Oration
even more perhaps than in the one on Madame, the meanings of **Latin**
words encroach on their French derivatives.

4. Premier Prince du Sang. Bossuet has united the exordium

and the division of his Oration. They were separated in the Oration
on Madame.

5. un Cyrus. The Cyrus who founded the Persian empire (†a.
529 B.C.). In Mlle de Scudéry's novel of *Artamène ou le Grand
Cyrus* (1649–1653) the hero, Cyrus, was Condé himself. Cf. page
137, note 3.

Page 163. — 1. **Tu n'es pas encore,** etc. A paraphrase of *Isaiah*
xlv, 1–7.

2. **Le voyez-vous,** etc. *Daniel* viii, 5.

3. **A sa vue,** etc. *Daniel* viii, 6–7.

4. **durant la minorité d'un roi de quatre ans.** Louis XIV was
born in 1638. Louis XIII died in 1643. The government from this
date to the majority of Louis XIV (1651) was in the hands of Anne of
Austria and Mazarin.

5. **sera** = *viendra*.

6. **le duc d'Enghien.** The title of the eldest son in the Condé
family.

Page 164. — 1. **les vieillards expérimentés.** Reference to the
generals who advised against attacking the enemy before Rocroy.

2. **Rocroy,** *Rocroi.* Town in the Ardennes department, where
Condé won a victory over the Spaniards in 1643. Notice the remark-
able description which follows. Mlle de Scudéry had also described
Rocroi in *le Grand Cyrus.*

3. **Don Francisco de Mellos** (1611–1665). Governor of the Spanish Netherlands and commanding a division at Rocroi.

4. **cet autre Alexandre.** Alexander is said to have slept soundly
the night before Arbela (331 B.C.), where he defeated Darius.

5. **étonner,** *strike like a thunderbolt.* The older, root meaning.

6. **Restait cette redoutable infanterie.** Here begins one of the
finest oratorical passages in literature.

Page 165. — 1. **Fontaines.** Pedro, count de Fuentès (1560–
1643), Spanish general of French origin.

2. **Bek.** Johann, baron von Beck (1588–1648), a distinguished
general in the Spanish service and governor of Luxemburg. See page
179, lines 2–4.

3. **courages** = *cœurs,* as often in the seventeenth century.

4. **Lens.** Town in the department of Pas-de-Calais. Victory won
there by Condé in 1648. See page 178, line 27—page 179, line 4.

Page 166. — 1. **Thionville.** Town of Lorraine, ceded to Germany in 1871. Condé took it three months after Rocroi.

2. **La cour,** etc. Condé's demeanor on his return to Paris was somewhat more exacting than Bossuet admits. He refused to return to the army until the queen regent had promised to restore to him the Chantilly estate of his family.

Page 167. — 1. **Ce n'est pas,** etc. The seventeenth century often wrote *c'est* even with plural predicates. See, however, *c'étaient*, page 166, line 31. The passage is an allusion to the German campaign of 1644–1645, in and near the Black Forest.

2. **Merci.** Francis, count Mercy (1598–1645), a distinguished Austrian general of the Thirty Years' War.

3. **Fribourg.** Freiburg in Breisgau (Baden), taken by Mercy, July 28, 1644, and attacked a week later by Condé and Turenne.

4. **Turenne.** Henri, viscount Turenne (1611–1675). Marshal of France, and with Condé the greatest general of the time. Bossuet had converted him from Protestantism.

5. **Machabée.** Allusion to the martial Jewish family of the Maccabees who flourished in the second century before Christ. The quotation which follows is from *Isaiah* lxiii, 5. Cf. page 181, line 13.

Page 168. — 1. **Philisbourg,** *Philipsburg*, in Baden, taken September 9, 1644. It was held by France until its capture by the Austrian army in 1676. It was restored to France by the peace of 1678.

2. **Worms, Spire, Mayence, Landau.** Towns in the Rhine valley, north of Strasburg.

3. **Nordlingue,** *Nördlingen*, in Bavaria. Hard-won victory of Condé and Turenne over Mercy, August 3, 1645. See page 180, note 1.

4. **qu'une seule.** Lerida in Spain, vainly besieged by Condé in 1647.

Page 169. — 1. **Plus vites,** etc. 2 *Samuel* i, 23.

2. **quartiers,** *camps*.

3. **d'armer cette tête.** Condé had a cuirass, but not a helmet. He wore in battle a hat with white plumes.

4. **jusqu'à cette fatale prison.** Bossuet has now come to Condé's career during the civil wars of the Fronde (1648–1653). At first Condé was loyal to the queen regent, but hostile to Mazarin's influence. He was imprisoned at Vincennes during 1650 for his arrogant bearing.

Page 170. — 1. **Mais sans vouloir excuser,** etc. Set at liberty in February, 1651, Condé proceeded to raise a revolt in the south of France and summoned the Spaniards to his aid. See line 17.

2. **de l'Empire.** The Holy Roman or German Empire.

3. **Namur.** Town of Belgium.

4. **l'archiduc.** Leopold William of Austria, brother of the emperor, Ferdinand III.

5. **lieu tiers,** *neutral ground.* What is meant is that Condé would not meet the Archduke either in the latter's quarters or his own, but in a third place which belonged to neither.

6. **duc d'Enghien.** Condé's eldest son, born in 1643. Condé had succeeded to his title of Prince of Condé through the death of his own father in 1646. See page 163, note 6.

Page 171. — 1. **dominait,** *was the ruler,* had authority.

2. **au roi d'Angleterre.** Charles II.

3. **au duc d'Yorck.** James II of England, Charles's younger brother, who succeeded him in 1685 and was deposed in 1688.

4. **et il apprit,** etc. Saint-Simon relates in his *Mémoires* that Condé rebuked Don Juan, bastard of Spain and governor of the Netherlands, for his disrespectful treatment of the exiled Charles by inviting him and Charles to dinner and having the table laid for Charles alone, Condé serving.

5. **traité des Pyrénées.** Between France and Spain, in 1659. Spain threatened, if Condé was not pardoned by Louis, to present him with territory in Flanders. See page 173, note 3.

6. **Cambrai.** Town in the department of the Nord.

7. **le passage du Rhin.** In the campaign of 1672 against the Dutch, the French troops led by Louis XIV in person forded a branch of the Rhine near Aerdt, with very slight resistance on the part of the enemy. But this insignificant affair was for various reasons regarded as a wonder by the French, and was immortalized in poetry, sculpture and painting.

Page 172. — 1. **Senef.** Seneffe in southern Belgium. Drawn battle between Condé and William of Orange in 1674. See page 176, lines 7-20.

2. **rien ne manquerait,** etc. The young duke, as a matter of fact, showed no aptitude for military art.

3. **se redoublaient** = *redoublaient.* No longer reflexive.

4. **attendue** agrees with *douceur* alone. Cf. page 142, note 4.

5. **caractère**, *sign*. The etymological meaning of the word, and explained by *marque* in the line following.

Page 173. — 1. **et les grands,** etc. Cf. La Bruyère, "Du Souverain ou de la République," No. 16, page 237.

2. **Reconnaissez ... cours.** One of the finest periods in the Oration. Bossuet could speak from the results of his own experience with Condé.

3. **Le premier argent,** etc. To indemnify him for the loss of the territory of Condé, surrendered to France by the Treaty of the Pyrenees, Spain paid over to the prince some three million francs.

4. **écus.** The *écu* was reckoned at three francs.

Page 174. — 1. **actions.** Military operations are meant.

2. **Chantilly.** The old Montmorency estate, which passed to the female line (Condé's mother) in 1632. It is some thirty miles north of Paris. By the deed of its last owner, the Duc d'Aumale, the estate and castle together with its manuscripts and art collections have become the property of the Institute of France.

Page 175. — 1. **partis.** Scouting parties.

2. **aigle,** which is now masculine, except in the sense of "standard," was formerly feminine by derivation, from the Latin *aquilam*.

Page 176. 1. **toutes les flèches,** etc. *Isaiah* v, 28.

2. **Piéton.** A stream near Seneffe, where Condé encamped.

3. **trois puissances.** Austria, Holland and Spain, allied by the Treaty of The Hague (1673).

4. **superbes étendards.** They bore "Pro honore et patria."

5. **Oudenarde.** Town of eastern Flanders, besieged by William of Orange after Seneffe, but relieved by Condé.

6. **Besançon.** Former capital of Franche-Comté, now in the department of the Doubs. After a siege of three weeks, the town surrendered, May 15, 1674.

7. **la Franche-Comté.** Province of eastern France lying along the Jura mountains. It formerly belonged to Burgundy and went over to the rule of Spain with that duchy through Charles the Fifth. It had already been overrun by the French in the war which ended with the Treaty of Aix-la-Chapelle (1668). This time the conquest occupied six weeks.

8. en Alsace. Reference to the campaign of 1674-1675, conducted by Turenne against greatly superior forces. Louis was with the army from May to July, 1675.

Page 177. — 1. **Quoiqu'une heureuse naissance,** etc. See La Bruyère, " Du Mérite Personnel," No. 32, page 203.

2. **comme** = *comment.*

3. **Catalogne.** Catalonia, the northeastern province of Spain.

4. **postes,** *positions.* Cesar relates these incidents in his *De Bello Civili* I, c. 38 to end. The two leaders were Petreius and Afranius, Pompey's generals.

5. **Châtenoy.** Town of Alsace, southwest of Strasburg (German *Kestenholz*).

6. **Selestad,** *Schlettstadt,* in Alsace, close to Châtenoy. Condé commanded the French here in August and September, 1675, after Turenne's death.

7. **on lui verra** = *on le verra ;* quite frequent in the seventeenth century.

8. **Saverne,** *Zabern,* in Alsace, northwest of Strasburg.

9. **Haguenau.** Hagenau, in Alsace, north of Strasburg. The events related here took place the first ten days of September, 1675. Monte-cuculli (1608-1681) was the opposing Austrian general.

10. **éclairé,** with light from on high. See page 178, lines 23-24.

Page 178. — 1. **saillies.** Of anger. Notice that the preceding verb is in the singular. See page 167, note 1.

2. **cette terrible journée,** etc. July 2, 1652, at Paris, when Condé, at the head of the Fronde troops, defeated by Turenne outside the walls at the St. Antoine gate, retired into the city under the protection of the cannon of the Bastille.

3. **en tête,** *opposed to himself.*

4 **l'archiduc.** See page 170, note 4. For Lens, see page 165 note 4.

Page 179. — 1. **d'un siège important.** Of Cambrai, in 1657.

2. **trop** = *très.* The root sense of the word.

3. **Dunkerque,** *Dunkirk,* on the Straits of Dover, captured in October, 1646. — **ses barques.** It was a famous port for privateers.

4. **nos alliés.** The Dutch, at this time.

5. **Egressus est Israel,** etc. 1 *Samuel* xi, 7.

Page 180. — 1. **la bataille la plus hasardeuse,** etc. At Nörd-
lingen, the village of Allerheim was repeatedly assaulted by the French.
They were repulsed until Mercy's wound gave them the advantage.
Still their right wing was routed.

2. **Ç'a été dans notre siècle,** etc. This comparison of Condé and
Turenne greatly injured Bossuet's Oration in the eyes of his contemporaries, or at least of the higher classes. They could not endure the
praise of a simple nobleman to encroach on the eulogy of a prince of
the blood.

3. **tantôt opposés,** etc. From 1651 to 1659, while Condé was in
the Fronde or was commander of the Spanish army.

4. **la sagesse se joue dans l'univers.** Possible allusion to 1 *Cor.*
i and iii.

5. **L'un.** Turenne.

6. **aux prodiges,** etc. The Alsatian campaign of 1674-1675, in
which Turenne was killed by a cannon-ball (July 27, 1675, at Salzbach).

Page 181. — 1. **Judas le Machabée.** Judas Maccabeus, who freed
Jerusalem from the Syrians in 163 B.C. Cf. page 167, note 5. Esprit
Fléchier (1632-1710) had compared Turenne to Judas Maccabeus in
his Funeral Oration on the former (January 10, 1676). He had taken
his text from the book of the Maccabees (1 *Mac.* xi, 20-21).

2. **ne se flétrit point.** The reflexive for the passive.

3. **les maladies de l'autre.** After finishing the campaign of 1675,
Condé retired to Chantilly on account of his bodily infirmities. Still the
French armies continued to be successful for another decade.

4. **glorieuses.** Bossuet really felt what he says of Louis XIV. Cf.
the Oration on Madame, page 136, lines 16-17, and below, pages
186-187.

Page 182. — 1. **de ses doigts.** *Psalm* viii, 3.

2. **l'antique,** *antiquity.* Condé had been thoroughly educated and
was especially interested in theology.

3. **spéculation,** *theoretical knowledge.* Cf. page 65, line 1.

4. **Mais pour confondre,** etc.· This idea is a favorite one with
Bossuet and had been often expressed in his sermons and orations.

5. **Marc-Aurèle.** Marcus Aurelius, emperor of Rome from 161 to
180. He left a collection of meditations, published under the title
of "Thoughts of Marcus Aurelius."

6. **Scipion.** Probably Scipio Africanus (234-183 B.C.).

Page 183. — 1. **Mais puisque Dieu,** etc. Suggested by *Matthew* v, 45.

2. **ce grand théâtre du monde.** See Descartes, page 25, lines 16-17, and La Bruyère, "De la Cour," No. 99, page 234.

Page 184. — 1. **à leur idée.** Our idea of them.

2. **sans être pressé.** Condé's conversion took place not more than three years before his death. Cf. page 192, lines 29–32.

3. **Un sage religieux.** The Jesuit, Étienne-Agard Deschampr (1613–1701).

Page 185. — 1. **Ses conseils,** in regard to his private matters and the management of his household, to which *y* must refer in line 2.

2. **son petit-fils.** Louis, duke of Bourbon (1668–1710), La Bruyère's pupil, present at the ceremony. See page 162, note 1.

3. **domestiques.** Applied at this time to all who were attached to a great family.

4. **nourris dans l'erreur,** etc. Bossuet refers to Protestantism, which was "tolerated" in France previous to the revocation of the Edict of Nantes in 1685.

5. **la maladie de la duchesse de Bourbon.** This young princess, the daughter of Louis XIV and Madame de Montespan, was married to Condé's grandson in 1685. Her illness was small-pox.

6. **avancées,** *ripe,* mature already and on the point of decay.

Page 186. — 1. **S'il oublie toute sa faiblesse,** etc. Louis wished to enter the sick-room, but Condé, who could scarcely move without assistance, ran to prevent him.

2. **la duchesse d'Enghien.** Condé's daughter-in-law since 1663. Her mother was Anne of Gonzague, on whom Bossuet had pronounced a funeral oration in 1685.

3. **la maladie du roi.** Allusion to a painful operation undergone by Louis, November 18, 1686. See lines 21–29.

4. **ses jardins enchantés.** The park at Versailles, which had been laid out by Le Nôtre. The works lasted twenty years and are said to have cost more than a milliard of francs. Bossuet is here relating facts regarding the courage of the king, who appeared in public but a few hours after the operation.

Page 188. — 1. **sans formalité** refers to *formes* in line 10; legal forms.

2. **cette louange.** To compliment the chief mourner was a conventional thing in funeral orations. Bossuet has introduced his compliment most skillfully and naturally, though it can hardly be said that it was deserved by the recipient.

3. **qu'il** = *que cela* referring to *Ce que*. Cf. page 139, note 2.

Page 189. — 1. **pas encore** = *plus*.

2. **pour la conversion des hérétiques,** etc. It would seem as though the revocation of the Edict of Nantes and the forced conversion of the Protestants marked the turning-point of real piety among the more influential courtiers.

Page 190. — 1. **prières des agonisants.** The prayers in the office of the Visitation of the Sick which are said for the dying.

2. **il ne s'y laissa jamais vaincre.** The *y* refers to *tendresse* and is to be translated "by it." In the seventeenth century *se laisser* was followed by *à* in those constructions where *par* is required to-day.

3. **Jacob.** See *Gen.* xlix, 1-27.

4. **ô prince.** François-Louis de Bourbon, prince of Conti (1664–1709). He was Condé's orphaned nephew, a most excellent soldier and scholar, but had incurred the ill-will of the king (cf. page 191, line 3), by sundry witticisms and by enlisting without royal permission in a war against the Turks.

Page 191. — 1. **ce ferme rocher.** 2 *Samuel* xxii, 2-3.

2. **la dernière lettre,** etc. Mme de Sévigné speaks of the noble tone of this letter, and of the king's emotion on hearing it read. (Cf. her *Letter* of December 13, 1686).

Page 192. — 1. **O Dieu, créez,** etc. *Psalm* li, 10.

2. **Je n'ai jamais douté,** etc. Condé had been looked upon by some as a free-thinker.

Page 193. — 1. **Sicuti est,** etc. 1 *John* iii, 2, and 1 *Cor.* xiii, 12.

2. **mais venez plutôt,** etc. This address cites each class which was represented at the service: the nobles, the magistrates, the clergy and the princes of the blood.

3. **venez voir le peu,** etc. Bossuet returns to the idea developed in the Oration on Madame.

4. **des fragiles images** = *de fragiles images* to-day. Both constructions are found in the seventeenth century.

Page 194. — 1. un verre d'eau, etc. *Matthew* x, 42.

Page 195. — 1. Et hæc est, etc. 1 *John* v, 4.

2. ce sacrifice. Symbolized by the mass, of which this Oration was the sermon. See page 158, note 1.

3. Vous mettrez fin, etc. This was in fact Bossuet's last Oration. In 1690 he delivered an address at the Val-de-Grâce convent on the Dauphiness, whose heart had been brought there (April 26). It was not age which led him to renounce formal panegyrics. He had never favored such discourses, thinking them essentially worldly and unworthy the effort of a priest.

LA BRUYÈRE.

LES CARACTÈRES.

The portions selected from the preface comprise the original preface of the first three editions. The quotation from Erasmus appeared at the head of the fourth edition. Consult for the complete preface the Hachette edition, which is the ninth (1696), the last reviewed by the author.

Page 196. —1. Érasme. Erasmus (1467–1536), the most celebrated of German humanists. The passage quoted is from one of his letters.

2. de lui = *à lui* to-day.

3. s'en corriger. Depends on *peut*, line 5. The complete preface now proceeds to insist on the necessity of a moral purpose in literature, and disclaims any personal allusions in *les Caractères*.

4. l'usage des maximes. Cf. La Rochefoucauld's.

5. fait = *récit.*

Des Ouvrages de l'Esprit.

Page 197. — 1. plus de sept mille ans. The age of man as reckoned by Suidas, a Greek lexicographer, who flourished about 970.

2. et qui, for *qui*. An emphatic use of *et* favored by La Bruyère. Cf. Descartes, page 5, line 18, etc.

3. pratique, *skilled.* This magistrate is said to have been a certain Poncet de la Rivière, and the book which ruined his future, the *Considérations sur les avantages de la vieillesse dans la vie chrétienne, politique, civile, économique et solitaire* (1677, under the pseudonym of Baron de Prelle).

4. **l'ordre gothique,** etc.   The Renaissance brought back the architecture of Greece and Rome, as it did their literature.   The Middle Ages with its indigenous art and literature were then regarded as barbarous, and this opinion prevailed down to the time of Chateaubriand (cf. his *Génie du Christianisme*).   Cf. page 222, line 12.

Page 198. — 1. **le simple et le naturel.**   The watchword of French literature from Malherbe to Rousseau.   Yet La Bruyère was the first noteworthy transgressor of the " simple and natural " style.

2. **Un auteur moderne,** etc.   Allusion to the dispute over the comparative merits of ancient and modern writers, which lasted from 1670 to 1715.   A direct hit at Fontenelle may be seen here, who published his *Poésies pastorales* in 1688.   These were accompanied by an attack on the ancients, and a citation of his own poems as models of pastoral composition.   This paragraph first appeared in 1689.   See the portrait of Fontenelle (*Cydias*) : " De la Société et de la Conversation," No. 75, pages 218-219.

3. **Quelques habiles.**   Cf. page 107, note 1.   *Habiles* is here " competent " judges.

Page 199. — 1. **Ceux qui écrivent par humeur.**   Near the end of this chapter this same phrase occurs, and is explained as those who draw on themselves for their material.   But here it would seem to be in the sense of writing on the spur of the moment.

2. **un ouvrage parfait ou régulier !**   A work made in accordance with the rules of the art.   What relates particularly to *le Cid* seems to be a paraphrase of Boileau's well-known lines :

" En vain contre le Cid un ministre se ligue :
Tout Paris pour Chimène a les yeux de Rodrigue," etc.
Satire IX, 231 ff.

3. **l'autorité et la politique.**   The Academy and Richelieu.

4. **et l'une des meilleures critiques.**   The Academy's *Sentiments* (1638).

5. **fait de main d'ouvrier** = *fait de main de maître.*

Page 200. — 1. **Balzac,** Jean-Louis Guez de (1597-1655).   Letter-writer and the most influential critic of his day.

2. **Voiture,** Vincent (1598-1648).   A follower of Balzac in the art of letter-writing and the favorite poet of the Hôtel de Rambouillet.

3. **Ce sexe,** etc.   Mme de Sévigné had begun her incomparable

correspondence twenty years before this *Caractère*. Mme de Maintenon, Mme de La Fayette and many others had also shown great
talent in the same line.

4. **Térence** (194–158 B.C.). Author of Latin comedies.

5. **le jargon et le barbarisme, et d'écrire purement.** Molière's
language is not so uniformly correct as the language of the other great
writers of the age. *Jargon* and *barbarisme* probably have reference to
the expressions of his soubrettes and the dialect of his peasants.

6. **Ce n'est point assez,** etc. The keys of the day would have this·
paragraph refer to the comedies of the actor Baron (Michel Boyron,
1653–1729), and the last few lines to his *Homme à bonnes fortunes*
(1686) particularly. But Molière may also have been in mind ("d'un
malade dans sa garde-robe"), while the question is the general one
of realism versus theatrical conventions.

Page 201. — 1. **L'on écrit régulièrement,** etc. This review of
French literature might well have gone back ten years farther and
started with *les Lettres provinciales.*

2. **Malherbe,** François (1555–1628). Critic and court poet under
Henry IV and Louis XIII. The reformer of French versification.
Notice the pre-eminent qualities of French style, "ordre" and "net-
teté." Cf. Introduction, page vii.

Du Mérite Personnel.

Page 202. — 1. **vale** = *vaille.* Antiquated form.

2. **aïeuls** = *aïeux.* The distinction now made between the plurals
of *aïeul* did not obtain in the seventeenth century.

3. **V * * * est un peintre.** Claude-François Vignon, the younger
(1633–1703), historical painter.

4. **C * * * un musicien.** Pascal Colasse (?1639–1709), composer
and orchestra leader.

5. **l'auteur de Pyrame.** Nicolas Pradon (1632–1698), Racine's
rival at the time of *Phèdre.* His *Pyrame et Thisbé,* a tragedy, was
played in 1674.

6. **Mignard,** Pierre (1608–1695), the great portrait-painter of the
century.

7. **Lulli,** Jean-Baptiste (1633–1687), the creator of French opera.

Page 203. — 1. **qu'il faut** = *qu'il ne faille,* to-day.

2. **Æmile.** The great Condé, into whose household La Bruyère
had entered in 1683 as tutor to the Duke of Bourbon. Compare this

paragraph, which dates from 1692, with Bossuet's Funeral Oration on Condé.

Page 204. — 1. **ennobli.** La Bruyère wrote *annobli*, which is now limited in meaning.

2. **au chef de sa famille.** The King, Louis XIV, since Condé was of the blood royal.

3. **Mopse.** Supposed to be the Abbé de Saint-Pierre (Charles-Irénée Castel (1658-1743).

Page 205. — 1. **La fausse grandeur.** A lesson learned from Condé perhaps. Cf. Bossuet's Oration, pages 172-175.

Des Femmes.

La Bruyère is even less favorably disposed towards woman than La Rochefoucauld, though his study of the sex is perhaps broader and his conclusions based on a greater number of facts.

Du Cœur.

Much of this chapter is on friendship and love. The tone is like La Rochefoucauld's.

De la Société et de la Conversation.

Page 208. — 1. **délicat** = *difficile*.

Page 209. — 1. **il récite** = *il raconte*.

2. **se hasarde de,** now *se hasarde à*.

3. **mots aventuriers.** Words which pass speedily out of use.

Page 210. — 1. **Théodecte.** Most of the names used in these portraits are of Greek origin. This particular person is supposed to be D'Aubigné, the brother of Mme de Maintenon.

2. **Il faut laisser parler,** etc. La Bruyère found some of the traits of this character in his Greek predecessor, Theophrastus.

Page 212. — 1. **La politesse.** Cf. Pascal: *Pensées*, Art. V, pensée 11, page 94.

Page 213. — 1. **la fuite,** *the desire to escape.*

Page 214. — 1. **J'approche d'une petite ville,** etc. One of the author's celebrated sketches. It was written for the fifth edition, while the paragraph that follows, and which seems to explain this passage, had already appeared in the fourth.

2. ies élus et les assesseurs. The former were minor magistrates who gave decisions in the matter of taxes. The latter were adjuncts to the regular judge, his counsellors.

Page 215. — 1. dispute = *discussion*.

2. L'on a vu, etc. This may be an allusion to Mlle de Scudéry's *Saturdays*, which among other things produced the novel of *Clélie* (cf. Bossuet, Oration on Madame, page 137, note 3). See the next paragraph.

Page 216. — 1. l'imagination. This opposition of the "imagination" to "bon sens," and "jugement" occurs more than once in La Bruyère. His was a realistic epoch.

2. avaient relation = *avaient rapport*.

3. les plus honnêtes gens, *the best-bred people*. The final absurdity of this style of conversation in the lower social circles is the subject of Molière's satire in *les Précieuses ridicules*.

4. Cette manière basse de plaisanter, etc. See Molière's *Critique de l'École des Femmes*, Sc. 1.

5. Lucain. The Latin poet Lucan (39–65), author of the *Pharsalia*.

6. Claudien. Latin poet of the fourth century, who celebrated Stilicon's victories over the Goths.

8. Sénèque. The Roman philosopher, Seneca (2–65).

Page 217. — 1-2. Hongrie . . . Bohême. Bohemia had passed under the direct control of Austria in 1547, while Hungary had maintained some show of independence till 1688, two years before this paragraph was published. See Descartes, page 6, lines 9–11.

3. guerres de Flandre et de Hollande. Those carried on by Louis XIV, especially the one begun in 1688 and in progress at this time (1690).

4. la guerre des Géants. The mythological wars of the Giants with Hercules and the Gods.

5. Henri IV fils de Henri III. Henry III (1574–1589) was childless. Henry IV (1589–1610) was the son of Antoine de Bourbon, brother of Louis de Bourbon, Condé's ancestor.

6. Apronal, etc. These names were taken from a *Histoire du Monde* (1686), by Urbain Chevreau (1615–1701). — **Mardokempad** is *Mardokempados*, a king of the seventh Babylonian dynasty.

7. **Valois.** This family ascended the throne of France in 1328, with Philip VI. It ruled till the death of Henry III.

8. **Bourbon.** The younger branch of the royal family which held the sovereignty beginning with Henry IV.

9. **l'Empereur.** The German Emperor, Leopold I (1658-1705), who was married three times.

10. **Ninus.** The fabled founder of Nineveh, who may have lived about 2000 B.C. Second husband of Semiramis, and murdered by her. See page 218, line 2.

11. **Thetmosis.** Evidently for Thothmes, the name of several kings of Egypt.

Page 218. — 1. **Sémiramis.** Wife of Ninus and queen of Assyria after his death.

2. **Ninyas.** Succeeded his mother in power after having murdered her, according to tradition.

3. **Nembrot,** *Nimrod*, the fabled founder of Babylon.

4. **Sésostris.** Reputed king of ancient Egypt.

5. **Artaxerce.** Artaxerxes I, King of Persia (465-425 B.C.), defeated by the Greeks under Cimon (449 B.C.). Malebranche, in his *Recherche de la Vérité* (1674), had made the same comment on antiquarians. See Book IV, c. 7.

6. **et Cydias bel esprit.** This is a portrait of Fontenelle (see page 198, lines 16-22). He wrote at command and for the benefit of others (mainly in the line of dramas, poems and stories). He published tragedies, librettos, pastoral poems, essays, popular compilations of science and the like.

Page 219. — 1. **Lucien.** Lucian (?120-?200), Greek author and writer of dialogues, which may have suggested Fontenelle's *Dialogues des morts* (1683).

2. **Sénèque.** Seneca in his character as a dramatist evidently, to correspond with Fontenelle's tragedies. Or it may have been his essays to which La Bruyère calls attention.

3. **Platon** might be cited in connection with Fontenelle's *Entretiens sur la pluralité des mondes* (1686).

4. **Virgile . . . Théocrite** (flourished about 270 B.C.), a Greek pastoral poet, would be surpassed by Fontenelle's *Pastorales*. See page 198, note 2.

5. **les contempteurs d'Homère.** Reference to the quarrel of the ancients and moderns. See page 198, lines 10-26.

Des Biens de Fortune.

Page 221. — 1. **Sosie,** etc. La Bruyère says that *Sosie* was the name of a valet or slave with the Greeks (note to his translation of Theophrastus). The paragraph refers to the wealth rapidly acquired by the tax-collectors. They bid in the taxes, which were fixed at a certain amount, and proceeded to extort from the people as much more as they could. More than one lackey ("de la livrée") had attained wealth and position in this way. La Bruyère has many paragraphs on these "farmers," or "partisans," as they were called.

2. **recette.** A tax-collector's office.

3. **sous-ferme.** The sub-contract of tax-collecting, let by the "farmer general."

4. **pouvoirs.** Full legal powers to collect the money was given to all contractors.

5. **huitième denier.** Allusion to a tax established in 1672, which this farmer had bid in.

6. **Avenay . . . Sillery.** Towns in the old province of Champagne (department of Marne), noted for their wines. For the condition of the peasants, see page 223, lines 7–11, and pages 243–244. The French name "Champagne" given to this character would indicate that he was a lackey who had become a farmer of taxes.

Page 222. — 1. **la taille.** The nobles did not pay taxes. Hence the low birth of Sylvain.

2. **il passe à dire** = *il en vient à dire.*

3. **un dorique règne,** etc., *a Doric portico extends along the front.* The architecture of antiquity which came in with the Renaissance. It implies here a new house of large proportions. See page 197, note 4.

4. **pancartes,** *funeral cards,* or papers, according to a note of La Bruyère's. The social position of the deceased was given on them.

5-6. **Noble homme.** A title assumed by burghers in legal documents. — **Honorable homme.** A title assumed by a still lower grade, as small shopkeepers, artisans and the like. — **Messire.** A title reserved for persons of quality and nobles.

Page 223. — 1. **bénéfices.** Church positions which were endowed, or had a revenue.

2. **médailles d'or** = *louis d'or.* (Note of the author's.)

Page 224. — 1. **bienfacteur** = *bienfaiteur.* Both were in use, the latter being the popular form, the former the learned.

Page 225. — 1. **en être avec moi sur le plus ou sur le moins,** *stickle for a greater or less ceremony in dealing with me.*

2. **rappel** = *appel* or *en appeler.*

3. **partisans.** The farmers of taxes.

4. **par son nom.** Simply, without prefixing any title.

5. **les Fauconnets.** Jean Fauconnet had bid in several different taxes, for the period 1680 to 1687, and had consolidated them into one general farm.

Page 226. — 1. **Zénobie.** Zenobia, queen of Palmyra, who was conquered by Aurelian in 272. One of the finest passages in La Bruyère.

2. **Liban,** *Lebanon.*

3. **les Phidias et les Zeuxis.** Phidias (496–431 B.C.), celebrated Greek sculptor, and Zeuxis (last half of the fifth century B.C.), a Greek painter.

Page 227. — 1. **l'état,** *social rank.*

De la Ville.

2. **au Cours.** The Cours-la-Reine, fashionable promenade of the time, now a wide avenue extending along the Seine from the Place de la Concorde to the Trocadero.

3. **Tuileries.** The garden of the Tuileries palace, still existing.

4. **une promenade publique.** Probably at Vincennes.

5. **l'équipage.** In the general sense of "outfit."

6. **Feuillants,** etc. Convent in the rue Saint-Honoré. — **Minimes.** Convent near the Place des Vosges (old Place Royale).

7. **au reversi.** The game at cards now known as "Hearts."

8. **pistoles d'or.** A Spanish pistole was worth eleven francs.

9. **la Gazette de Hollande.** A journal published in Holland which contained letters from Paris.

10. **le Mercure galant.** A French monthly, which began in 1672, containing society news and light literature.

11. **Bergerac**, Savinien Cyrano de (1619–1655), dramatist, satirist and author of fantastic novels, as *le Voyage dans la lune*.

12. **Des Marets** de Saint-Sorlin, Jean (1595–1676), dramatist, poet and novelist.

13. **Lesclache**, Louis de (a. 1600–1671). Author of a treatise on French orthography and popular essays on philosophy.

14. **Barbin**. A bookseller and publisher. The *Historiettes* bought at his shop were called "Barbinades."

Page 228. — 1. **à la Plaine.** Possibly la Plaine des Sablons, between Paris and Neuilly.

2. **avec des bougies.** The "bougie" was a wax candle which came into use among the higher nobility in the fifteenth century.

3. **le Louvre.** The king's palace.

4. **litière**, *Sedan-chair*, which came into general use towards 1617.

5. **à la chambre ou aux enquêtes.** The old Parliaments of France comprised two chambers, the one ("chambre") where judgments were rendered, and the other ("enquêtes") where the briefs of the law suits were examined.

6. **de son pied** = *à pied*.

7. **ils partageaient.** Unlike the grandees', their children had no body servants.

Page 229. — 1. **modestie**, *moderation*.

De la Cour.

2. **V * * *.** Versailles.

3. **Falaise.** In the department of Calvados.

4. **fourriers.** Quartermasters, who chose the king's lodgings when he travelled.

5. **contrôleurs.** Officers who had charge of the outlay for the provisions of the Court.

6. **chefs de fruiterie.** Furnishers of the desserts, candles, etc.

Page 230. — 1. **cercle**, *social gathering*.

2. **d'Arlequin.** The Italian comedy, where Harlequin was the clown.

Page 232. — 1. **une épaisseur**, etc. The tone of this paragraph suggests Montesquieu's *Lettres Persanes*.

2. **Diseurs de bons mots,** etc.　See Pascal : *Pensées*, Art. VI, pensée 19, page 95.　Pascal has *diseur*, in the singular.

Page 233. — 1. **Straton,** etc.　This portrait is the Duc de Lauzun's (1633–1723), who after an adventurous youth had become secretly engaged to Mademoiselle d'Orléans, cousin of the king, and had been imprisoned for ten years in consequence.　Pardoned, he fought in Ireland for James II at the Boyne, where he was among the first to flee.

Des Grands.

In this section the author's bitterness is even greater than before, due evidently to his position in the Condé family, where he was brought into close proximity with the nobles.　Notice the second and third paragraphs quoted.

Page 234. — 1. **La prévention du peuple,** etc.　Cf. Pascal : *Pensées*, Art. V, pensée 2 : "Le peuple honore les personnes de grande naissance."

2. **leurs nains, leurs fous.**　Dwarfs and court fools had passed out of general favor, though some could still be found.

Page 235. — 1. **Renaud** de Montauban, **Roger.**　Legendary heroes in Ariosto's *Orlando Furioso* and elsewhere. — **Olivier.**　The friend of Roland. — **Tancrède.**　One of the leaders of the First Crusade, hero in Tasso's *Jerusalem Delivered*.

Page 236. — 1. **Thersite.**　The cowardly braggart of the *Iliad*.

2. **Le Brun,** Charles (1619–1690).　Distinguished French painter.

Du Souverain ou de la République.

The word *république* has here its Latin meaning of "state," quite frequent in the sixteenth and seventeenth centuries.

3. **Ce qu'il y a de plus raisonnable,** etc.　This idea had been advanced by Montaigne, is found in Bossuet, and will be repeated by Montesquieu.

4. **Soyecour** (pron. *Saucourt*).　Adolphe de Belleforière, chevalier de Soyecour, mortally wounded at Fleurus (1690), where his brother had been instantly killed (see page 237, lines 2–3).　La Bruyère was a friend of the family, and in his sixth edition (1691) had inserted "on l'a toujours vue . . . mais ordinaire !" into this paragraph.

Page 237. — 1. **le bas de saye.** The *saye* was a thick cloak worn by Roman soldiers. The *bas de saye* was the lower part of the *saye*, a kind of skirt reaching to the knees. It was an accessory of the costume of actors of tragedy.

2. **les brodequins.** Lace-boots worn in comedy. The cothurnus was the boot of tragedy.

De l'Homme.

The spirit of this chapter is like the animus of La Rochefoucauld's *Maximes*: self-interest, the actuating motive of man. La Bruyère, however, is more specific and depicts many human foibles.

Page 239. — 1. **La vie est courte,** etc. See Pascal: *Pensées*, Art. III, pensée 5, pages 87-88.

Page 240. — 1. **Nous faisons,** etc. See La Rochefoucauld, m. 200, page 122.

2. **un même fond,** of the carriage.

Page 241. — 1. **Nous cherchons notre bonheur,** etc. See Pascal: *Pensées*, Art. II, pensée 1, pages 83-84.

2. **l'esprit du jeu.** Aptitude at cards was highly valued at this time. See "De la Mode," No. 7, page 254.

Page 242. — 1. **relevé,** *set off, flanked.*

2. **les assiettes.** Side dishes, less in quantity than the "entremets," being contained in one plate.

Page 243. — 1. **l'on voit certains animaux farouches,** etc. A terrible picture of the peasantry of France at the height of Louis XIV's glory.

Page 244. — 1. **il faut aux hommes faits,** etc. See Pascal: *Pensées*, Art. III, pensée 3, page 86, lines 18-28.

2. **mortier.** Velvet cap worn by presidents of the parliaments.

3. **des fourrures.** Furred cloaks worn on occasions by graduates of a university, the kind of fur corresponding to their degrees.

4. **hoquetons.** Coats worn by the archers, or police, of the municipal courts.

Des Jugements.

Page 245. — 1. **Deux choses,** etc. See La Rochefoucauld, m. 426, page 128, and note 1.

2. **doctrine** = *science.*

Page 246. — 1. **La règle de Descartes,** etc. See *Discours de la méthode,* page 16, lines 17-22.

2. **Il y dans le monde,** etc. Portrait of La Fontaine, who was still living (†1695).

3. **Un autre est simple,** etc. Corneille.

Page 247. — 1. **le bachelier,** in theology, who studies the first four centuries of the Christian era for facts on church doctrines and laws.

Page 248. — 1. **masquez-vous?** Masquerades were greatly in fashion during the seventeenth century.

2. **Si le monde,** etc. This is an optimistic view of the future, unusual in an observer of manners, who is quite sure to become a pessimist.

3. **six ou sept mille ans.** See page 197, note 1.

4. **Les hommes, sur la conduite des grands,** etc. This paragraph (dating from 1689) is a summary which the remainder of the chapter separates into its parts. The event which gave rise to it was the expulsion of James II from England by William of Orange. La Bruyère looked on the successful contestant both as an enemy of kings and of public morality.

De la Mode.

Page 249. — 1. **le vivre,** *food.*

2. **viande noire.** Game in general.

3. **la saignée.** The old practice of bleeding fever patients.

4. **Le fleuriste,** etc. Perhaps La Bruyère's most famous portrait.

5. **La Solitaire . . . l'Orientale,** etc. These are names of different kinds of tulips.

6. **il s'assit** = *il s'assied.* The latter form is the older, and in accord with phonetic laws. The former was preferred by La Bruyère.

7. **huilée.** Glistening as though oiled.

8. **à pièces emportées.** Delicately worked, as with a cutting punch (*emporte-pièce*).

Page 250. — 1. **le fruste, le flou et la fleur de coin.** A medal on which the inscriptions etc. are effaced is *fruste:* a medal of which all the lines made in cutting or moulding are filled up even off with one another is *flou;* a medal fresh as though newly stamped is *à fleur de coin.*

Page 251. — 1. le **Petit-Pont.** The bridge close by Notre Dame, connecting the island of the Cité with the left bank of the Seine. It was formerly covered with houses, which were hung with tapestry and pictures on festival days.

2. **rue Neuve** — Notre-Dame led from the Petit-Pont to the Parvis Notre-Dame. It no longer exists.

3. **Callot,** Jacques (1592–1635), a celebrated draughtsman and engraver.

Page 252. — 1. l'**enfilade.** A suite of communicating rooms.

2. **planchers de rapport,** *inlaid flooring.* By *rapport* is meant pieces of wood which bear "relation" to one another, fitting into one another.

3. **Palais-Royal.** Built by Richelieu in 1624, and bequeathed by him to the king.

4. **palais L . . . G . . .** Probably the residence of Langlée, who has figured here under the name of Périandre in "Des Biens de Fortune," No. 21, page 222.

5. **Luxembourg.** Built by Marie de Médicis towards 1615, on the left bank of the Seine.

6. **un tour de lit.** Curtains hung from the ceiling and draped about a bed.

Page 254. — 1. plus d'éclat = *le plus d'éclat.*

2. **il a décidé de l'innocence,** etc. The trial by combat of the Middle Ages and down to the Renaissance.

3. **d'un très grand roi.** Richelieu tried to stop duelling and executed several nobles for engaging in it. Louis XIV followed up his work by several edicts against the practice.

4. **qui le soulève,** *which exalts him*, makes him known. For the prevalence of gambling, see page 241, note 2.

5. **Catulle.** Catullus (87–?45 B.C.), Latin poet famous for the elegance of his style.

6. **Sarrasin,** Jean-François (1605-1654), a writer of madrigals and society verse.

7. **les petites parties.** Pleasure parties.

Page 255. — 1. les **directeurs,** *the father confessors.*

De Quelques Usages.

Page 256. — 1. **quatre quartiers.** Probable reference to the four parts into which an escutcheon was divided, the family arms being "quartered " in the first part.

2. action, *pleading.* A Latinism.

3. écritures, *legal papers.*

Page 257. — 1. **les lanternes des chambres.** The places in the galleries of the court house where one could sit without being seen from the floor.

2. ab intestat, *at law.*

3. obmis = *omis.* Pronunciation affected by the lawyers as more learned.

4. parlements. See page 67, note 3.

5. L'on ne peut guère, etc. In "Des Jugements" (No. 19) La Bruyère had said: "Les langues sont la clef ou l'entrée des sciences," etc.

Page 258. — 1. **conciliez . . . ajustez,** *make consistent . . . harmonize.*

De la Chaire.

Page 259. — 1. **Cette tristesse évangélique** has become a familiar quotation. In succeeding paragraphs La Bruyère asserts that the bar had become the model for the pulpit and was responsible for much of the latter's decline. He prefers homilies to eloquent phrases and word pictures.

2. uniment = *simplement.*

Page 260. — 1. **reçue.** Notice the gender, as though *oraison* were the subject.

Des Esprits Forts.

A chapter directed against religious sceptics. It contains many traces of Descartes', Pascal's and Bossuet's influence.